W0187253

CHRISTINE RATH
Eisblumenglitzern

HERZ AUS EIS Es ist kurz vor Weihnachten und am Bodensee ist es so bitterkalt wie nie zuvor. Im »Café Butterblume« genießen alle außer Maja bei Kerzenschein die romantische Adventszeit. Ihr Herz ist nach dem Tod ihres geliebten Christian ebenso zu Eis erstarrt wie der kalte See. Bei einer Weihnachtsfeier entdeckt sie hinter der Verkleidung des Weihnachtsmannes ihren Jugendfreund Klaus, der sie zum ersten Mal seit langer Zeit wieder zum Lachen bringt. Doch dann verschwinden in der Nachbarschaft auf mysteriöse Weise die Weihnachtspost und ein Familienvater. Als dessen Frau sowie Sohn Jonas deshalb in große Schwierigkeiten geraten und obdachlos werden, nimmt Maja die beiden spontan bei sich auf. Aber dann wird auch Jonas plötzlich vermisst … Kommissar Michael Harter startet eine große Suchaktion, bei der jedoch nicht der Junge, sondern eine tote Frau im Wald gefunden wird. Wer ist sie und wie kam sie ums Leben? Michael muss sich beeilen und das Rätsel lösen, denn es steht nicht nur ein besinnliches Weihnachtsfest, sondern auch das Leben des Jungen auf dem Spiel …

Die Autorin Christine Rath, Jahrgang 1964, lebt und schreibt am schönen Bodensee, wo sie mit ihrer Familie ein kleines Hotel betreibt. Hier findet sie durch die vielen interessanten Begegnungen und Situationen mit anderen Menschen viele neue Ideen für ihre Romane. Ihre Wurzeln hat sie jedoch an der Ostsee und auf der Insel Sylt, auf der ihre Eltern einige Zeit lebten. An beiden Meeren findet sie in der zauberhaften Natur Ruhe und Erholung.

Bisherige Veröffentlichungen im Gmeiner-Verlag:
Heidezauber (2016)
Maiglöckchensehnsucht (2015)
Sanddornduft (2014)
Wildrosengeheimnisse (2013)
Butterblumenträume (2011)

CHRISTINE RATH

Eisblumenglitzern

Ein romantischer Weihnachtskrimi

GMEINER SPANNUNG

Personen und Handlung sind frei erfunden.
Ähnlichkeiten mit lebenden oder toten Personen
sind rein zufällig und nicht beabsichtigt.

Besuchen Sie uns im Internet:
www.gmeiner-verlag.de

© 2016 – Gmeiner-Verlag GmbH
Im Ehnried 5, 88605 Meßkirch
Telefon 07575/2095-0
info@gmeiner-verlag.de
Alle Rechte vorbehalten
1. Auflage 2016

Lektorat: Claudia Senghaas, Kirchardt
Herstellung: Mirjam Hecht
Umschlaggestaltung: U.O.R.G. Lutz Eberle, Stuttgart
unter Verwendung eines Fotos von: © yanikap / shutterstock.com
Druck: GGP Media GmbH, Pößneck
Printed in Germany
ISBN 978-3-8392-1944-7

Morgensonne im Winter

Auf den eisbedeckten Scheiben
fängt im Morgensonnenlichte
Blum und Scholle an zu treiben …

Löst in diamantnen Tränen
ihren Frost und ihre Dichte,
rinnt herab in Perlensträhnen …

Herz, o Herz, nach langem Wähnen
laß auch deines Glücks Geschichte
diamantne Tränen schreiben!

Christian Morgenstern

Für Dieter

1. KAPITEL

»DAS KALTE HERZ«

Brrr ... ist das kalt hier oben! Ich hätte eine Jacke anziehen sollen, denke ich. Aber wer zieht schon eine Jacke an, wenn er in seinem Haus unterwegs ist? Ich ziehe die kleine Holztreppe zum Dachboden aus der Luke und klettere auf ihr hinauf. Eiskalte Luft schlägt mir entgegen und ich bin versucht, wieder umzudrehen. Aber nein, das würde ja bedeuten, dass ich wieder in die fröhliche Adventsstimmung in meinem Café »Butterblume« eintauchen muss, und es tut so gut, hier oben alleine zu sein. Auch wenn die Kälte mir den Atem raubt. Meine Hände tasten nach dem Lichtschalter, doch es tut sich ... nichts. Die kleine Glühbirne, die normalerweise wenigstens ein bisschen schwaches Licht spendet, bleibt dunkel. Nur gut, dass ich in weiser Voraussicht meine Taschenlampe eingesteckt habe. Das wird das Suchen nach dem Weihnachtsschmuck für den großen Tannenbaum, den wir bereits vor Tagen in der Gaststube aufgestellt haben und der bis jetzt bis auf ein paar Lichterketten noch nackt und kahl ist, ein wenig einfacher machen. In den nächsten Tagen werden verschiedene Weihnachtsfeiern bei uns stattfinden und wir sind seit Tagen damit beschäftigt, das ganze Haus entsprechend zu schmücken. In der Küche duftet es nach Zimtsternen, Bratäpfeln, Vanillekipferln und Lebkuchen, mit denen wir die Gäste ebenso verwöhnen wie mit heißer Schokolade, Cappuccino oder Apfelpunsch. Im Kamin prasselt ein warmes, helles Feuer und alle träumen bei leiser Weihnachtsmusik von fallendem Schnee, klingenden Glöckchen und fröhlichen Feiertagen. Alle, nur ich nicht.

Ich habe das Gefühl, ich passe nicht in dieses glitzernde, zuckersüße Weihnachtsglück. Dabei gebe ich mir wirklich die allergrößte Mühe! Jeden Morgen, wenn ich meinen dicken Rollkragenpullover überstreife und unten im Gastraum das Feuer im Kamin anmache, knipse ich gleichzeitig mein »Weihnachtslächeln« an. Das erspart mir viele lästige Fragen und wohlmeinende Ratschläge. Gerade eben erst, als ich diese ganze heile und wundervolle Adventsstimmung einfach nicht länger ertragen konnte und mich deshalb bereit erklärte, auf dem kalten Dachboden nach dem Weihnachtsbaumschmuck zu suchen, hatte Ruth mich wieder so komisch angesehen. Ruth ist in den letzten Jahren nicht nur meine beste und unentbehrlichste Mitarbeiterin, sondern inzwischen auch eine gute Freundin und ein ganz besonderer Mensch in meinem Leben geworden.

Mit ihren warmen braunen Augen hatte sie mich besorgt angesehen und lächelnd gefragt:

»Ist alles in Ordnung, Maja?«

Ich hatte eine – wie ich meine – besonders fröhliche Miene aufgesetzt und mich beeilt zu versichern:

»Na klar, ich sehe nur mal eben nach der Deko, Ruth! Morgen ist doch die erste Weihnachtsfeier und ich möchte heute Abend noch gerne den Baum schmücken. Ich bin gleich wieder da.«

Und noch ehe sie antworten konnte, war ich aus der Tür. Hier oben ist es seltsam still, doch die Stille tut mir gut.

Ich lasse das Licht meiner Taschenlampe über den ganzen Dachboden kreisen und frage mich, was hier oben eigentlich alles gelagert ist. Gerade, als das Licht auf eine große, staubige Kiste, die mit »Weihnachten« beschriftet ist, fällt, entdecke ich es. Es ist so wunderschön, dass ich für einen Moment den Atem anhalte. Das Dachfenster, von dem aus man so schön in den Garten hinaussehen kann, ist übersät mit den zauberhaftesten Eisblumen, die ich je gesehen habe. Ich trete näher und berühre sie vorsichtig mit der Hand. Sie sind so filigran, dass ich Angst habe, sie zu beschädigen, was natürlich völliger Blödsinn ist. Das ganze Fenster ist übersät mit diesen kleinen, wundervollen Kunstwerken, nur mein erstaunter heißer Atem hinterlässt, als ich dagegen hauche, ein winzig kleines Loch. Schnell trete ich zurück, um die zarten Blüten, die wie große Schneeflocken aussehen, nicht zu zerstören und sofort friert das Loch wieder zu. Voller Ehrfurcht vor diesem kleinen Wunderwerk bleibe ich noch einen Moment stehen, dann zwingt mich die Kälte dazu, nach dem staubigen Weihnachtskarton zu greifen und die kleine Treppe wieder nach unten zu steigen.

Ich stelle die Kiste in der Küche ab und wärme mich für einen Augenblick am heißen Backofen auf, in dem ein leckerer Christstollen verführerisch duftet. Aus dem Gastraum höre ich Gläserklirren und leises Gelächter und ich weiß, ich sollte hineingehen und freundlich die Gäste bedienen. Doch ich kann es noch nicht, bleibe stattdessen einfach vor dem Herd stehen und überlege, wie ich mich davor drücken kann. Als Ruth hereinkommt, um den Stollen aus dem Ofen zu nehmen, frage ich sie verlegen: »Sind noch viele Gäste da?«

»Nur drei Tische und die sind alle versorgt. Warum fragst du, Maja?«

Wieder sieht sie mich misstrauisch an.

»Nur so. Ich brauche ein wenig frische Luft. Ich war heute noch gar nicht draußen! Und Jojo muss ja auch noch einmal raus, bevor es dunkel wird. Denkst du, du kommst alleine klar?«

Es ist natürlich eine Lüge, dass meine kleine Mischlingshündin Jojo unbedingt raus muss. Nur äußerst widerstrebend lässt sie sich von mir überreden, ihr warmes Körbchen am Kamin zu verlassen und mir in den kalten Flur zu folgen.

Aber eine bessere Ausrede fällt mir beim besten Willen gerade nicht ein.

»Außerdem möchte ich noch einmal auf die Post und nach dem Päckchen von meiner Mutter fragen.«

Zum Glück ist mir das noch eingefallen! Das wird mir Gelegenheit geben, ein wenig Ruhe in der Natur zu finden.

»Kein Problem, Maja … lass dir ruhig Zeit. Ich komme hier sehr gut alleine zurecht.«

Aufmunternd nimmt Ruth mich in den Arm, nicht ohne mich noch einmal prüfend anzusehen.

Als ob sie Angst hätte, ich könnte mich in den kalten See stürzen. So verrückt bin ich nun auch wieder nicht!

Auch wenn mir meine Idee, um diese Zeit am See entlangzulaufen, im Augenblick gerade komplett wahnsinnig erscheint, obwohl ich es mir doch gerade so sehr gewünscht habe. Wahrscheinlich bin ich dabei, den Verstand zu verlieren!, denke ich bei mir, während Jojo widerwillig neben mir hertrottet.

Eiskalter Wind bläst mir ins Gesicht und raubt mir für einen kurzen Moment den Atem.

»Selber schuld«, schimpfe ich mit mir und ziehe die Mütze noch tiefer über die Ohren.

Warum musste ich unbedingt bei dieser Eiseskälte mein gemütliches, warmes Heim verlassen, um einen Spaziergang am See zu unternehmen? Außer mir ist natürlich kein Mensch weit und breit unterwegs. Der Uferweg, auf dem sich im Sommer so viele Spaziergänger und Radfahrer tummeln, ist wie leergefegt. An einem derart eiskalten Tag wie dem heutigen genießt jeder die wohlige Atmosphäre seiner warmen Stube.

Ich ziehe den Schal über den Mund, damit ich nicht noch mehr kalte Luft einatme, doch der dünne Schal vermag nur wenig von der beißenden Kälte abzuhalten. Ich kann mich nicht erinnern, schon einmal so sehr gefroren zu haben!

In diesem Jahr hatte der Winter sehr früh Einzug gehalten. Schon der Sommer war sehr kühl gewesen und hatte seinem Namen keine Ehre gemacht. Im Oktober wurde es dann bereits richtig kalt und die Temperaturen rutschten drastisch in den Keller. Dabei haben wir normalerweise im Herbst oft noch viele wundervoll sonnige und milde Tage! Jedoch nicht in diesem Jahr, denn schon im November begann es zu schneien. Und nun, wenige Wochen vor Weihnachten, ist es so bitterkalt wie nie zuvor! An manchen Stellen ist der See bereits am Rand zugefroren, genauso wie die kleinen Weiher im Hinterland. Und es scheint von Tag zu Tag kälter zu werden …

Jojo wagt sich mit ihren kleinen Pfoten auf ein Stück Eis am Ufer, doch als es zu knacken beginnt, zieht sie schnell den Schwanz ein und kehrt auf den sicheren Uferweg zurück.

Ein eisiger Wind fegt über den Marktplatz von Überlingen, auf dem auch in diesem Jahr wieder die kleinen Hütten des traditionellen Weihnachtsmarktes stehen. Die Dächer der kleinen Holzhütten, die alle unterschiedlich weihnachtlich geschmückt sind, zittern verdächtig und so manch einer der Standbesitzer blickt besorgt in den dunklen, grauen Himmel, ob aus dem kalten Wind vielleicht ein Sturm werden könnte. Kaum ein Kunde steht heute vor dem Glühweinstand und auch ich gehe weiter, obwohl ich mich eigentlich gerne ein wenig aufwärmen würde.

Als ich das Postamt erreiche, ist es bereits dunkel, obwohl doch erst Nachmittag ist. Ich frage nach, ob es möglich ist, dass ein Weihnachtspäckchen aus den USA seit sechs Wochen unterwegs ist. Die Mitarbeiterin sieht mich verständnislos an.

»Eigentlich nicht«, sagt sie und runzelt die Stirn. »Es kann zwar schon einmal vorkommen, dass eine Sendung etwas länger braucht, um anzukommen … besonders, wenn es einen solch weiten Weg hinter sich bringen muss … noch dazu in der Weihnachtszeit! Aber sechs Wochen? Das erscheint mir doch recht lange. Sind Sie wirklich sicher, dass es schon so lange unterwegs ist? Vielleicht hat sich der Absender ja im Datum geirrt …«

Ich schüttele den Kopf. Was diese Dinge angeht, irrt sich meine Mutter nie. Sie lebt nun schon seit über zwei Jahren bei ihrer großen Liebe Steve in Amerika und weiß daher genau, wie lange ein Weihnachtspäckchen nach Deutschland benötigt. Gerade deshalb bringt sie ihres immer rechtzeitig zur Post, damit meine Tochter Nini und ich es pünktlich erhalten. Ich habe mein Päckchen an sie leider erst in der vorherigen Woche abgeschickt und hoffe inständig, dass es noch rechtzeitig vor den Feiertagen eintreffen wird.

»Warten Sie einfach noch ein wenig«, rät die Dame freundlich. »Es sind ja noch ein paar Wochen bis Weihnachten.«

Sie hat ja recht. Und dennoch bin ich traurig. Es wäre so schön gewesen, eine Nachricht meiner Mutter zu erhalten. Schon der Gedanke an sie, wie sie voller Freude dieses Päckchen an uns gepackt hat, stimmt mich froh. In diesen Momenten verfluche ich die riesengroße Entfernung, die zwischen uns liegt. Wie gerne würde ich jetzt mit ihr Teetrinken und dabei ihrem heiteren Geplauder über ihr neues Leben lauschen. Sie würde mich auch ohne große Worte verstehen und könnte es nachempfinden, wie sehr mir Christian fehlt. Dabei ist es ja keineswegs so, dass die anderen mich nicht verstehen! Vor allem Ruth und Nini sind sehr besorgt um mich. Als das schreckliche Unglück geschah, waren sie rund um die Uhr für mich da und wichen wochenlang nicht von meiner Seite. Sie spürten, wie sehr ich litt und hatten wohl Angst, ich käme auf dumme Gedanken. Doch inzwischen ist seit dem tragischen Unglücksfall, in dem Christian den Tod fand, weit über ein Jahr vergangen und die beiden sind der Meinung, ich müsse so langsam wieder »mehr am Leben teilhaben«. Als ob ich das könnte! Natürlich tue ich ihnen den Gefallen und gebe mir Mühe, mit ihnen zu lachen, doch in meinem Herzen sieht es anders aus. Es gibt Tage, an denen es mir besser geht, aber auch leider Tage wie den heutigen, an denen ich schon früh beim Aufstehen weine. Weil ich wieder einmal nicht geschlafen habe, sondern stattdessen an Christian und unser gemeinsames Leben gedacht habe. Wir waren so glücklich miteinander und hatten noch große Pläne! Manchmal glaube ich, an diesem Tag, an dem Christian in die Tiefe stürzte, bin ich ein klein wenig mitgestorben. Ich fühle mich, als hätte er mich einfach mit in den Tod genommen … zumindest einen Teil von mir: mein Lachen und mein Glück. Ich weiß, dass ich so nicht denken darf! Es geht mir doch gut: Ich bin gesund und habe eine wunderbare erwachsene Tochter und viele andere Menschen um mich herum, die mich lieben und die es nicht nur zur Weihnachtszeit gut mit mir meinen. Ich darf meinen Traum vom eigenen Café »Butterblume« am Bodensee leben und habe jeden Tag mit besonderen Gästen zu tun, die sich darüber freuen, in dem gemütlichen Haus direkt am Ufer mit leckeren Köstlichkeiten verwöhnt zu werden. Darüber hinaus empfange ich in jedem Sommer in meiner Pension »Maiglöckchen« im Nachbarhaus interessante Urlauber, die mein Leben in vielerlei Hinsicht spannend machen und bereichern. Und natürlich meine Existenz sichern. Die vielen Begegnungen mit den unterschiedlichen Menschen, die mir aus ihrem Leben und von ihren Schicksalen erzählen, erfüllen mich jedes Mal aufs Neue.

Es gibt also viele Gründe, um glücklich zu sein und doch scheint mein Herz ebenso eingefroren zu sein wie der kalte See, an dem ich nun auf dem Heimweg entlanglaufe. Wie um Himmels willen soll ich nur Weihnachten überstehen?

*

Wie herrlich es ist, wieder in das warme Haus zurückzukehren! Bei diesen Temperaturen wird man bescheiden ... ein warmes Feuer im Ofen genügt im Augenblick vollkommen, um mich zu erfreuen.

Darüber hinaus duftet es überaus verführerisch nach frisch gebackenem Brot in der Küche.

»Wo warst du so lange?«, fragt mich Nini, die gerade frisch gebackene Zimtsterne in kleine Klarsichttüten verpackt.

»Auf der Post. Ich habe nach Omas Päckchen gefragt, das immer noch nicht angekommen ist! Ich weiß wirklich nicht, was mit der Post los ist. Es kann doch nicht sein, dass ein Päckchen sechs Wochen von Amerika nach Deutschland braucht«, empöre ich mich.

»Es sei denn, sie haben es auf eine Schnecke gebunden«, sagt Nini lachend. »Apropos Post: Heute kam eine Karte von Nora ... aus Dublin.«

Nini überreicht mir die Karte, die ein rotbäckiger, zwinkernder Weihnachtsmann ziert, welcher ein Glas Guinness Bier in der Hand hält.

Neben meinem Café »Butterblume« betreiben Nora und ich noch gemeinsam die Pension »Maiglöckchen«, die sich nur zwei Häuser entfernt in einer alten Villa direkt am Bodenseeufer befindet. Ich habe sie von meiner lieben Nachbarin und Freundin Frieda geerbt und vor fast zwei Jahren überwiegend selbst renoviert. Leider verirren sich im Winter zu wenige Übernachtungsgäste, um den Betrieb aufrechtzuerhalten. Im Moment haben wir nur einen einzigen Gast: Paul Koslowski ... einen traurigen Mann um die Fünfzig, der kurz vor Weihnachten von seiner Freundin auf die Straße gesetzt wurde. Er tut mir irgendwie leid, obwohl ich nicht weiß, ob seine Freundin vielleicht gute Gründe hatte, ihn aus dem Haus zu werfen. Doch das geht mich nichts an und deshalb lasse ich ihn zu einem Spottpreis dort wohnen, auch wenn es im Grunde total verrückt ist, seinetwegen das ganze »Maiglöckchen« zu heizen. Eigentlich wollten wir erst im Frühling wieder öffnen, wenn die Saison erneut beginnt. Vor ein paar Wochen jedoch stand Paul Koslowski auf einmal vor der Tür und fragte nach einem Zimmer. Wie er so vor mir stand mit seinem traurigen und zerknitterten Gesicht, welches immer die Folge von viel zu wenig Schlaf und viel zu großen Sorgen ist, tat er mir unfassbar leid. Er kam mir mit seinem kleinen Köfferchen und den leichten Schuhen (mitten im Winter!) zwar ein wenig seltsam vor, aber mein Mitgefühl siegte. Natürlich sollte man ja das ganze Jahr an seine Mitmenschen denken, aber ist nicht gerade die Weihnachtszeit DIE Zeit, in der wir uns besonders den verlorenen Seelen annehmen? Dieser traurige Mann sah auf jeden Fall so aus, als wäre er bei Nacht und Nebel aufgebrochen und wüsste nicht, wohin. Da im »Maiglöckchen« alle Zimmer leer standen, ließ ich Paul (er sagte spontan »Nennen Sie mich einfach ›Paul‹ … Koslowski kann man nicht gut aussprechen.«) einziehen. Ich habe das Gefühl, dass er sich in seinem vorübergehenden Zuhause inzwischen recht wohl fühlt, auch wenn ich ihn meist nur beim Frühstück sehe, welches er jeden Morgen in der »Butterblume« einnimmt. Jedenfalls ist sein Gesicht nicht mehr ganz so zerknittert und er scheint ein wenig zur Ruhe gekommen zu sein. Bis jetzt habe ich mich noch nicht getraut, ihn zu fragen, was ihn denn so aus der Bahn geworfen hat, obwohl es mich natürlich brennend interessiert. Vielleicht ergibt sich ja einmal eine Gelegenheit, ihn nach seinem Schicksal zu fragen.

Glücklicherweise muss ich mein Café in den Wintermonaten nicht schließen, denn es kommen immer noch genug Gäste, um sich ein wenig bei mir aufzuwärmen und sich mit unseren Leckereien verwöhnen zu lassen. Nur meiner abenteuerlustigen Freundin Nora ist es in dieser ruhigen Zeit am See zu langweilig.

Sie beschloss daher vor Kurzem, ein paar Wochen in ihrer alten Heimat Irland zu verbringen, um alte Schulfreunde zu besuchen und »neue Leute kennenzulernen«. Ich hoffe inständig, dass sie damit keine Männer meint und die Absicht hat, sich in einen Iren zu verlieben, denn es käme einer mittleren Katastrophe gleich, wenn sie nicht zurückkehrte. Nora ist nicht nur ein wahres Organisationstalent, sondern durch ihre stets gute Laune ein richtiger Sonnenschein.

Wenn ich es mir recht überlege, fehlt sie mir jetzt schon, obwohl sie noch gar nicht lange weg ist.

Daher lese ich ungeduldig den Text auf ihrer Karte:

»Ihr Lieben! Die Pubs sind noch genauso cool wie früher und die irischen Weihnachtsmänner küssen einfach gigantisch! Komm her, Maja! Worauf wartest du noch?«

Schmunzelnd nehme ich Klebeband aus der Schublade und klebe die Karte an unseren altmodischen Küchenschrank.

Der Text klingt ganz nach Nora, unbeschwert und fröhlich. Dabei hat sie in ihrem Leben weiß Gott auch schon viel ertragen müssen. Wenn ich doch nur ein klein wenig so sein könnte wie sie! Ob der zwinkernde irische Weihnachtsmann eine kleine Motivationshilfe ist? Schaden kann er jedenfalls nicht, wie ich Ruths schelmischem Lächeln entnehme, die einen Blick darauf geworfen hat, bevor sie das frisch gebackene Brot aus dem Ofen nimmt.

2. KAPITEL
»DER VERBLÜFFENDE WEIHNACHTSMANN«

»Kommst du mit auf den Weihnachtsmarkt?«, fragt mich Nini nach dem Abendessen.

Gemeinsam haben wir, nachdem die letzten Gäste gegangen sind, den großen Weihnachtsbaum mit Strohsternen und filigranen silbernen Weihnachtskugeln, die mich an die Eisblumen am Dachfenster erinnern, geschmückt. Der ganze Gastraum sieht jetzt einfach wundervoll aus. Auf allen Tischen befinden sich silber-weiße Weihnachtsgestecke und in den Fenstern funkeln Lichterbögen und Weihnachtssterne.

»Heute nicht, Nini«, sage ich und schlucke den letzten Bissen des selbst gebackenen Kräuterbrotes herunter. Dazu hat Nini einen leckeren griechischen Bauernsalat mit Schafskäse, Oliven und Thunfisch zubereitet, der nach den ganzen süßen Leckereien vom Nachmittag einfach wunderbar schmeckt. Ich strecke meine Beine unter dem Tisch aus und trinke einen Schluck von meinem Spätburgunder Rotwein.

Auf einmal bin ich furchtbar müde. Ich weiß nicht, ob es an dem anstrengenden Tag liegt oder an der bleiernen Schwere, die jeden Tag auf meinen Schultern liegt und mich gerade in den Abendstunden nach unten zu ziehen droht.

»Warum nicht? Nur auf einen Glühwein, Mama … bitte«, bettelt Nini.

Ich habe den Verdacht, dass es ihr um etwas ganz anderes geht als den Wunsch, gemeinsam den Weihnachtsmarkt zu besuchen.

»Weißt du, wie kalt es draußen ist? Ich war vorhin in der Stadt und wäre beinahe erfroren«, sage ich und betrachte die funkelnden Lichter des großen Sterns, der auch unser Küchenfenster ziert.

»Ach, Mama! Nur ein Stündchen«, bittet Nini noch einmal.

Ich kenne meine Tochter zu gut, um nicht zu wissen, dass sie etwas im Schilde führt und frage daher: »Was ist los, Nini?«

»Ach, Mama! Du weißt, was los ist! Abend für Abend sitzt du hier alleine. Das kann doch so nicht weitergehen.«

Ärgerlich stapelt Nini die Teller aufeinander und räumt sie in die Spülmaschine ein.

»Du musst doch auch einmal etwas unternehmen! Ruth hat dich eben auch gefragt, ob du mit ihr und Michael ins Kino gehen möchtest. Und wieder einmal hast du abgelehnt.«

»Weil ich nicht das dritte Rad am Wagen bei einem verliebten Pärchen spielen möchte.«

Nun schiebe auch ich mein Glas ärgerlich zur Seite.

Warum nur glauben alle, mein Glück sei davon abhängig, etwas zu »unternehmen«?

In Wahrheit bin ich ganz zufrieden mit meinen stillen Stunden auf dem Sofa mit dem schnarchenden Hund zu meinen Füßen. Ich schaffe es nur nicht, Filme, in denen verliebte Paare oder Familien glücklich Weihnachten feiern, im Fernsehen anzusehen.

»Aber du musst doch endlich einmal wieder am Leben teilnehmen.«

Ninis blaue Augen funkeln.

Auf einmal werde ich überwältigt von dem warmen Gefühl der Liebe für meine Tochter.

»Nini, ich weiß, dass du es gut mit mir meinst …« Ich lächle sie an und nehme ihre Hand. »Aber glaub mir, es geht mir gut! Ich nehme doch am *Leben* teil. Das heißt aber nicht, dass ich mich bei dieser Eiseskälte zwischen wildfremde Menschen stellen und einen lauwarmen, klebrig süßen Glühwein trinken muss, während ich es zu Hause so viel gemütlicher habe.«

»Darum geht es doch gar nicht, Mama.« Nini verdreht die Augen und macht eine bedeutungsvolle Pause. »Es ist doch so … Christian ist seit über einem Jahr tot! Und du sitzt jeden Abend hier alleine vor dem Fernseher! Jetzt kommt Weihnachten …«

Aufgeregt läuft Nini hin und her.

»Ich bin doch gar nicht alleine«, sage ich und kraule Jojo hinter den Ohren.

»Du bist doch auch hier! Selbst wenn du mit deinen Freunden manchmal ausgehst …«

»Das ist es ja gerade …«, seufzt Nini.

Ich sehe an ihrer Miene, dass sie etwas bedrückt.

Wusste ich doch, dass etwas anderes hinter dem spontanen Weihnachtsmarktbesuch steckt!

»Heraus mit der Sprache, meine liebe Tochter … was willst du mir denn eigentlich die ganze Zeit sagen?«, lächle ich sie an.

»Ach, Mama … ich weiß gar nicht … nein, lassen wir das.«

Sie steht auf und will aus dem Zimmer gehen, doch ich halte sie auf.

»Lassen wir das? Was? Worum geht es, Nini? Du kannst es mir ruhig sagen! Möchtest du wieder ausziehen?«

Nini ist 20 Jahre alt und wohnt, nachdem sie ihr Studium abgebrochen und vor eineinhalb Jahren eine Ausbildung zur Fotografin in Konstanz angefangen hat, wieder bei mir.

Mir ist natürlich bewusst, dass ein junger Mensch wie sie sicher andere Pläne hat, als ewig bei Mutti zu wohnen, und doch fürchte ich mich jetzt vor ihrer Antwort.

»Nein, Mami … das ist es nicht.«

Nini wirkt trotzdem bedrückt.

Ich sehe sie fragend an, hake aber nicht noch einmal nach.

»Es ist so … Herr Hauser hat mich gefragt, ob ich …«

Herr Hauser ist ein sehr bekannter Fotograf am Bodensee und gleichzeitig Ninis Chef. Inzwischen darf Nini ihn nicht nur zu den verschiedensten Werbeaufnahmen begleiten, sondern auch viele eigene Termine, zum Beispiel bei Hochzeiten, wahrnehmen. Herr Hauser hält große Stücke auf Ninis Talent, und so zieren ihre wundervollen Bodenseefotos nicht nur unser ganzes Haus, sondern auch die Geschäftsräume des Fotogeschäfts in Konstanz.

»Ich habe dir doch erzählt, dass Familie Hauser vorhat, Urlaub in Australien zu machen …«, beginnt Nini.

»Ja, und?«

Nini atmet tief durch.

»Sie wollen mich mitnehmen.«

»Was? Nach Australien? Warum wollen sie dich auf eine solch weite Reise mitnehmen?«, frage ich erstaunt.

»Frau Hauser hat gemeint, dann könnte ich hin und wieder einmal auf die Kinder aufpassen, während sie und ihr Mann etwas gemeinsam unternehmen. Sie meinte, sie könne sonst nicht einmal surfen oder schwimmen gehen.«

»Und dafür wollen sie dir einen Australienurlaub spendieren? Das muss doch ein Vermögen kosten«, werfe ich ein.

»Ja, das tut es wohl. Aber gerade weil es so eine besondere Reise ist, wollen sie auch *beide* etwas davon haben. Herr Hauser hat doch einen Flugschein und sie wollen ein kleines Flugzeug mieten und dieses eindrucksvolle Land von oben sehen. Das geht aber alles nicht mit den beiden Kleinen! Für mich wäre es eine einmalige Gelegenheit, Mama! Ich muss ja nicht nur auf die Kinder aufpassen, sondern könnte dort selbst tolle Fotos machen! Wann komme ich sonst schon einmal nach Australien?«

Da hat sie natürlich recht. Selbst wenn wir fleißig sparen, dürfte das so schnell nicht drin sein.

»Was meinst du dazu, Mama?« Ninis Wangen sind vor lauter Aufregung ganz rot geworden.

»Nini, du brauchst mich doch nicht zu fragen. Ich kann dir das doch nicht verbieten … du bist 20 Jahre alt.«

»Ich weiß, Mama. Aber ich mag dich hier auch nicht allein lassen, weil du doch …«

»Weil ich was? Weil ich immer noch um Christian trauere? Nini, das wird vermutlich noch eine Weile so bleiben«, gebe ich zu.

In Wahrheit glaube ich nicht, dass die Traurigkeit jemals aufhören wird. Jedenfalls kann ich es mir im Moment überhaupt nicht vorstellen.

»Du kannst doch nicht dein eigenes Leben hintenanstellen, nur weil du denkst, dass deine Mutter alleine nicht zurechtkommt! Davon abgesehen ist es doch gar nicht so, Nini! Gut, ich bin vielleicht manchmal nicht ganz so gut drauf ... aber das heißt doch nicht, dass ich nicht alleine klar komme.«

Aufmunternd lächele ich Nini an.

Sie dagegen erwidert das Lächeln nicht.

»Ich weiß nicht, Mama. Ich habe irgendwie ein schlechtes Gewissen ... ich werde einen tollen Urlaub verbringen während du hier weinend zu Hause sitzt.«

»So ein Blödsinn, Nini ... das wird garantiert nicht der Fall sein! Ich halte das für ein sehr großzügiges Geschenk der Familie Hauser, das du ruhig annehmen solltest. Es zeigt ihre Wertschätzung dir gegenüber ... nicht nur als Mitarbeiterin, sondern auch als Mensch, dem sie ihre Kinder anvertrauen.«

Endlich lächelt Nini ein wenig.

»Mach dir mal keine Sorgen um mich, Nini. Ich bin hier nicht alleine. Ruth ist doch jeden Tag hier ... ich habe meine Arbeit in der ›Butterblume‹ ... außerdem wird Nora ja hoffentlich bald wiederkommen. Vorausgesetzt, sie küsst nicht zu viele Weihnachtsmänner in Dublin.«

»Nun ja, *viele* Männer sind ja eigentlich nicht das Problem ... *einer* könnte zu einer Gefahr werden.« Nini lacht.

Ich gieße uns beiden noch einen Schluck Spätburgunder nach.

»Auf das Abenteuer Australien, meine Kleine! Wann soll es denn losgehen?«

»Am 05.12.«, prostet sie mir zu.

Nun habe ich doch einen Kloß im Hals. Also werde ich Weihnachten wirklich ganz alleine sein ...

*

Der frühe Morgen ist dunkel und kalt. Ich ziehe die Decke bis unter meine Nasenspitze und blinzele aus dem Fenster in den grauen Himmel. Am liebsten würde ich den ganzen Tag im Bett liegen bleiben. Ob das der Beginn einer Depression ist? Ich habe die Adventszeit früher immer so sehr geliebt. Für Nini und mich war es die schönste Zeit im Jahr, die unseretwegen noch viel länger hätte dauern können. Wir haben das Haus geschmückt, gebacken und gebastelt und uns auf Weihnachten gefreut. Eigentlich tun wir das dieses Jahr auch und doch erlebe ich auf einmal alles ganz anders. Man sagt, Weihnachten ist ein Gefühl und dieses Gefühl erreicht mein Herz einfach nicht. Am liebsten wäre mir, es wäre alles schon wieder vorbei … und es würde ein neues Jahr beginnen. Ein neues Jahr mit viel Arbeit, die mich vergessen lässt. Ich habe Angst, dass mein Herz so langsam genauso gefroren ist wie der dunkle, kalte See, der vor mir liegt. So weit darf es nicht kommen! Ich muss mich unbedingt mehr zusammenreißen, das bin ich Nini schuldig.

Ich schalte den Wecker aus und angele nach meiner Strickjacke und den warmen Plüschhausschuhen. Selbst Jojo ist es zu kalt heute Morgen. Sie sieht mich zwar an, hat jedoch offenbar überhaupt keine Lust, ihr warmes Körbchen zu verlassen.

Heute Nacht habe ich wieder einmal von Christian geträumt. Den gleichen Traum, der immer wiederkehrt und mich aufs Neue quält: Ich halte seine Hand, doch er lässt meine los und stürzt in die Tiefe. Wie jeden Tag, seitdem das furchtbare Unglück geschah, stelle ich mir die Frage, was geschehen wäre, wenn ich rechtzeitig an der Fidelishöhe eingetroffen wäre. Wir wären uns in die Arme gefallen und hätten uns geküsst und gegenseitig gehalten. Es wäre nicht schon fast dunkel gewesen. Christian hätte sich nicht nach mir umgedreht, als er mich bemerkte …

Er wäre nicht gestolpert und nicht den Abhang hinuntergestürzt.

Er würde noch leben.

Ich weiß, dass ich mir diese Frage nicht stellen darf. Mein Psychotherapeut hat mir ebenso wie alle anderen verboten, auch nur daran zu denken, dass ich in irgendeiner Weise schuld an Christians Tod sein könnte.

Und doch sind sie da … diese heimtückischen, gemeinen Gedanken, die mir seitdem den Schlaf und jede Form von Lebensfreude rauben. Ich kann sie noch so sehr wegschieben und verdrängen, sie kommen immer wieder. Besonders in der Nacht, wenn alles still ist. Am Tage, wenn ich beschäftigt bin und durch die vielen Menschen um mich herum nicht zur Ruhe komme, geht es mir einigermaßen gut. Nicht, dass mir zum Lachen oder gar zu fröhlichen Aktivitäten zumute wäre, aber es ist auf jeden Fall so, dass ich inzwischen wieder meiner Arbeit nachgehen kann, ohne ständig in Tränen auszubrechen. In den ersten Wochen und Monaten nach dem Unglück lebte ich in einem dunklen Kokon aus Verzweiflung und Hilflosigkeit, den ich erst durch die Liebe der Menschen um mich herum wieder verlassen konnte. Als ich realisierte, dass Christian nie wiederkommen und mich nie wieder in die Arme schließen würde, war der Schmerz so heftig, dass er mir den Atem nahm. In manchem düsteren Augenblick bekam ich buchstäblich keine Luft mehr. Dann wünschte ich mir, auch mein Leben würde zu Ende gehen und ich könnte dieses finstere Tal endlich verlassen. Natürlich schalt ich mich augenblicklich selbst, einen solchen Gedanken überhaupt zu hegen. Schließlich musste ich da sein ... für Nini, die mich, auch wenn sie inzwischen erwachsen ist, doch immer noch braucht ... für Jojo ... meine Freunde ... selbst meine über 70-jährige Mutter, auch wenn diese seit Jahren glücklich verheiratet in den USA lebt.

Die Aussicht auf eine Tasse Kaffee vertreibt für einen kurzen Moment meine dunklen Gedanken und lässt mich nach unten gehen.

Doch das Erste, was ich auch an diesem eiskalten Morgen tue, ist nicht die Kaffeemaschine anzumachen, sondern den Kamin anzuheizen. Das warme Feuer erfüllt augenblicklich auch meine Seele mit Licht und Wärme. Ich öffne die Tür, die in den Garten führt, um Jojo ins Freie zu lassen, die sich offensichtlich doch dazu entschlossen hat, ihr warmes Körbchen zu verlassen.

Sofort schlägt mir eiskalte Luft entgegen. Schnell schließe ich die Tür wieder und setze mich für einen Moment an das warme Kaminfeuer. Staunend beobachte ich, wie draußen der Tag beginnt. Ein paar Vögel ziehen ihre Kreise über dem dunklen See, ansonsten ist alles ruhig. Ich genieße diesen Augenblick der Stille, der jäh von Jojos Bellen unterbrochen wird. Selbst dem

Hund ist es draußen zu kalt. Ich schlurfe in die Küche, um endlich die Kaffeemaschine anzuwerfen, da höre ich die Eingangstür. Du liebe Zeit, wer mag das schon sein?

Zum Glück ist es nur Ruth, die mit roten Wangen und vollem Einkaufskorb in die Küche stürmt. Ihr Blick fällt auf mein Outfit, das sie wohl zugegebenermaßen an einen Bahnhofspenner erinnern mag. Ich versuche, mich mit ihren Augen zu sehen: Die alte Strickjacke über einem verwaschenen Flanell-Schlafanzug, bei dem Ober- und Unterteil nicht zusammengehören und weitaus bessere Tage gesehen haben, dazu wirre Haare und ausgelatschte Puschen. Fragend zieht sie eine Augenbraue nach oben und pellt sich aus ihrem dicken Wintermantel.

»Ist das eine Kälte da draußen«, begrüßt sie mich freundlich und lässt sich ihr Unbehagen über mein Aussehen nicht anmerken.

»Guten Morgen, Ruth. Du bist ja schon früh auf heute … ich war noch nicht einmal im Bad.«

»Das sehe ich«, lacht sie. »Bist du gerade erst aufgestanden?«

»Vor ein paar Minuten«, lüge ich, obwohl es sicher schon eine halbe Stunde mindestens ist, die ich träumend am Kamin verbracht habe.

»Ich … ich … hatte einen schlechten Traum«, bricht es aus mir hervor und auf einmal kann ich nur mit Mühe die Tränen zurückhalten. Ich weiß nicht, was es ist. Gerade eben fühlte ich mich zwar traurig und einsam wie an jedem Tag, aber nicht so elend wie jetzt, seitdem die hübsche Ruth zur Tür hereingeschneit ist.

Sie trägt heute ein warmes rotes Strickkleid mit Norwegermuster, das ihr mit ihrer schlanken Figur ganz besonders gut steht und hervorragend zu ihrem blonden Haar passt.

Man sieht ihr weiß Gott nicht an, dass sie schon Mitte 50 ist!

Ruth sieht mich prüfend an, dann nimmt sie meine Hände und sagt: »Maja … es ist jetzt über ein Jahr her. Ich weiß, es ist immer noch schwer für dich. Aber du machst Christian nicht wieder lebendig, wenn du dich so quälst! Versuche doch ein bisschen, dich auf Weihnachten zu freuen.«

Wie kann ich das?, möchte ich sie fragen. Wie kann ich mich freuen, wenn Christian nicht mehr da ist? Nie wieder meine Hand halten und mich unter dem Mistelzweig küssen wird?

Ich spüre, wie mir die Tränen kommen, doch ich schlucke sie tapfer herunter.

Stattdessen nicke ich und drücke fest Ruths Hand.

»Ich versuche es, Ruth. Versprochen.«

Es gelingt mir sogar, sie mit einem zaghaften Lächeln zu täuschen und sofort erhellt sich Ruths Miene.

»Das ist der einzige Weg, Maja! Und nun geh nach oben und mach dich ein wenig frisch, meine Liebe. Ich werde dir inzwischen ein fantastisches Frühstück zubereiten. Du weißt ja, Essen und Trinken hält Leib und Seele zusammen.«

Auf dem Weg nach oben kommt mir ein Gedanke. Ich muss noch einmal auf den Dachboden und die wundervollen Eisblumen betrachten, die das Fenster zieren. Dieses silbern im milden Morgenlicht glitzernde Kunstwerk berührt mein Herz auf seltsame Weise, vielleicht gerade weil es so zerbrechlich wirkt. Wie das Glück, das uns heute noch lachen lässt und uns schon morgen wieder verlassen kann.

»Ach, Christian …«, hauche ich gegen die fragilen Eisblumen. »Wie soll ich nur weiterleben ohne dich?«

*

»I'm dreaming … of a white christmas …«, summt Ruth, als ich wieder nach unten komme. Sie hat ein leckeres Frühstück für mich zubereitet und das kleine Tischchen am Fenster gedeckt, so dass ich die kleinen Vögelchen beobachten kann, die direkt vor mir in ihrem Vogelhäuschen auch gerade frühstücken. Gerührt betrachte ich das kleine Herz aus Kakao, das Ruth zur Dekoration auf meinen Cappuccino gestäubt hat. Ich habe es gar nicht verdient, dass alle so nett zu mir sind! Meine schlechte Laune muss doch allen gerade in dieser schönen Adventszeit auf die Nerven gehen. Doch selbst wenn das so ist, lässt Ruth es sich nicht anmerken. Fröhlich summt sie weiter das alte Weihnachtslied, während sie eine Kerze an unserem großen Adventskranz austauscht, den Nini und sie aus Tannenzweigen, weißen Kerzen und goldenen Bändern hergestellt haben und der jetzt mitten im Raum von der Decke baumelt.

»Oh nein … vergiss das mit der weißen Weihnacht«, unterbreche ich Ruth. »Es ist viel zu kalt für Schnee.«

Die Temperaturen sind inzwischen auf minus zehn Grad gesunken und die Blätter der Bäume und Büsche im Garten sind alle hell gefroren. Sie sind mit lauter kleinen Eiskristallen überzogen, die in der kalten Wintersonne ebenso silbern glitzern wie die schönen Eisblumen an meinem Dachfenster, die ich eben noch bewundert habe.

»Abwarten! Noch sind es ein paar Wochen bis Weihnachten! Es kann doch nicht ewig so eisig bleiben«, meint Ruth.

»Nun … ich weiß nicht recht. Der Wetterbericht hat für die nächsten Tage weiter sinkende Temperaturen angekündigt. Wenn das so weitergeht, können wir bald über den See nach Wallhausen laufen«, sage ich lachend.

»Das ist gar nicht so abwegig. Als ich ein kleines Mädchen war, hatten wir schon einmal eine sogenannte ›Seegfrörne‹. Es war in dem Winter 1962/63, da haben die Menschen den See zu Fuß, mit Schlittschuhen oder mit dem Auto überquert.«

»Du meinst, der *ganze* See war zugefroren?«, frage ich erstaunt. »Nicht nur der kleine Überlinger See hier bei uns?«

»Wirklich der ganze See, selbst die breiteste Stelle zwischen Friedrichshafen und Arbon in der Schweiz! Das kommt nur sehr selten vor und wenn, dann feiern die Menschen deshalb ein Fest! Jedes Mal, wenn der See komplett zufriert, wird die Büste des Heiligen Johannes über den See getragen. Im Winter 1963 fand diese Eisprozession, die von einem Reiter in Anlehnung an das Gedicht von Gustav Schwab angeführt wurde, von Hagnau nach Münsterlingen in der Schweiz statt. Meine Mama hat oft davon erzählt. Es muss ein richtiges Ereignis gewesen sein, welches viele Menschen aus Nah und Fern angelockt hat! Alle wollten unbedingt dabei sein, wir natürlich auch. Ich kann mich nicht wirklich erinnern, ich war ja noch klein. Aber es gibt noch ein Foto von uns, das bringe ich dir gerne einmal mit, wenn es dich interessiert.«

»Sehr gerne! Denkst du denn, dass so etwas noch einmal geschehen könnte, Ruth?«, frage ich erstaunt.

»Warum nicht? Man sagt, alle 70 Jahre könne eine sogenannte ›Seegfrörne‹ tatsächlich vorkommen. Allerdings haben wir ja inzwischen die Klimaerwärmung, da wird das wohl so schnell nicht passieren.«

»Auf jeden Fall wird dieser Winter in die Geschichte der höchsten Heizkosten eingehen«, sage ich seufzend, während ich noch ein paar Scheite Holz in den Kamin werfe.

»Das ist wahr! Dabei muss es doch schön warm sein, wenn die Kleinen gleich kommen«, lacht Ruth. »Schließlich können wir sie ja nicht mit Glühwein aufwärmen.«

»Das nicht, aber ich habe einen großen Topf mit heißem Apfelpunsch auf dem Herd stehen«, antworte ich.

Heute ist die Weihnachtsfeier der evangelischen Kinder- und Jugendgruppe, die seit Wochen das Krippenspiel für den Heiligen Abend probt. Da ich mich seit Christians Tod öfter einmal in der Kirche aufhalte, um ein stilles Gebet zu sprechen, habe ich in der letzten Woche erfahren, dass im Probenraum im Gemeindehaus die Heizung ausgefallen ist. Spontan habe ich der Pfarrerin, Frau Neubauer, angeboten, dass nicht nur die Weihnachtsfeier, sondern auch die nächsten Proben im Café »Butterblume« stattfinden können, sollte die Heizung nicht schnell genug repariert werden können. Schließlich ist sonst das Krippenspiel in Gefahr und darauf freuen sich alle Kinder und Familien doch schon so sehr.

Kurze Zeit später ist der Raum erfüllt vom Gelächter der Kinder und Jugendlichen, die sich sofort ebenso wie ihre Mütter über den Apfelpunsch und das leckere Weihnachtsgebäck hermachen.

»Ach, haben Sie heute etwa eine geschlossene Veranstaltung?«, fragt die alte Frau Waldmann, die gerade zur Tür hereinkommt.

»Was für eine furchtbare Kälte! Ich wollte mich so gerne bei einer Tasse Tee ein wenig bei Ihnen aufwärmen«, lächelt sie freundlich.

Frau Waldmann wohnt gleich um die Ecke in einem alten Haus mit einem schrecklich verwilderten Garten. Für jeden, der an ihrem Haus vorbeikommt, hat sie ein freundliches Wort. Man darf nur nicht den Fehler machen, stehen zu bleiben! Dann nämlich erfährt man ihre sämtlichen Krankheitsgeschichten und dass diese die Ursache für den erbarmungswürdigen Zustand ihres früher so sehr geliebten Gartens sind. Und sie berichtet von ihrem Sohn, der Chefarzt im Hamburger Krankenhaus und viel beschäftigt ist, aber bald einmal vorbeikommen und sich um alles kümmern wird.

»Eigentlich schon ...«, sage ich. »Aber ich bin sicher, dass Frau Pfarrerin Neubauer nichts dagegen hat, wenn Sie sich ein wenig bei uns aufwärmen«, sage ich mit einem Seitenblick auf die Pfarrerin, die gerade ihre Gitarre auspackt.

Aufmunternd nickt Frau Neubauer der alten Dame zu.

Auch Paul ist heute bei uns. Er hat eine große Sammlung von romantischen Weihnachtsgeschichten in einer alten Aktentasche dabei und möchte ein paar davon heute den Kindern vorlesen.

Ansonsten ist er immer noch sehr in sich gekehrt und spricht mit kaum jemandem ein Wort.

Was mag nur geschehen sein, dass er die Weihnachtszeit hier mit für ihn wildfremden Menschen verbringt, statt mit seiner Freundin am Kaminfeuer zu sitzen oder über den Weihnachtsmarkt zu bummeln?

»Der geklaute Tannenbaum ...«, beginnt er gerade. »Es war das Jahr 1943 und Weihnachten stand vor der Tür. Deutschland befand sich im Krieg und die Menschen hatten große Angst vor Bombenangriffen. Es gab kaum Lebensmittel und auch keine Weihnachtsbäume. Trotzdem freuten sich der kleine Frieder und seine Schwester Anneliese auf Weihnachten. Ob der Weihnachtsmann wohl den ersehnten Schlitten und die Puppenstube bringen würde?«

»Meine Güte, der Mann hat ja eine Stimme wie Elmar Gunsch«, schwärmt Frau Waldmann.

»Elmar wer?«, frage ich neugierig.

»Den kennen Sie wohl nicht mehr? Elmar Gunsch war ein österreichischer Schauspieler. Der hatte eine Stimme wie Samt. Wenn ich ihn im Radio hörte, schloss ich einfach die Augen …« Frau Waldmann lächelt verzaubert.

Ich muss schlucken. Auch Christian hatte eine Samtstimme. Allein ihn am Telefon zu hören, verursachte mir jedes Mal eine Gänsehaut. Wie sehr wünschte ich mir, ich könnte sie noch ein einziges Mal hören!

»Jedenfalls ist Elmar Gunsch vor ein paar Jahren gestorben«, erzählt Frau Waldmann weiter. »Aber dieser Paul … der hört sich ganz genauso an. Was macht er so? Arbeitet er beim Radio?«, fragt sie neugierig.

»Nicht dass ich wüsste. Genau genommen weiß ich gar nicht so genau, was er beruflich macht«, gestehe ich. »Ich glaube, er ist so eine Art Vertreter. Jedenfalls hat er mir erzählt, er sei aus Hannover und im Außendienst für eine Firma in Kassel tätig. Paul hat mir erzählt, dass er im Moment gerade Familienschwierigkeiten hat, weshalb er ein paar Tage im ›Maiglöckchen‹ wohnt, bis er weiß, wie es weitergehen soll.«

»So, so … ›Familienschwierigkeiten‹?«

Misstrauisch zieht Frau Waldmann eine Augenbraue nach oben.

»So kurz vor Weihnachten?«

Wir werden unterbrochen von der Pfarrerin, die den Höhepunkt der heutigen Weihnachtsfeier ankündigt: Den Weihnachtsmann, der den Kindern ihre Geschenke bringen soll!

Alle fangen an zu kichern, die kleineren Kinder verstecken sich unter dem Tisch.

Der Feierlichkeit halber haben wir das Licht heruntergedimmt, so dass nur noch die Kerzen auf den Tischen und auf dem Adventskranz brennen.

Der Weihnachtsmann tritt ein und spricht mit tiefer Stimme: »Ho ho ho! Von drauß' vom Walde komm ich her, ich muss euch sagen, es weihnachtet sehr …«

»Oh, Kinder … welche Überraschung! Der Weihnachtsmann kommt persönlich zu uns.«

Die Pfarrerin tut so, als hätte sie nichts davon gewusst. Donnerwetter! Ich bin angemessen beeindruckt. Dafür, dass sie selbst den Auftritt des Weihnachtsmannes organisiert hat, spielt sie die Ahnungslose wirklich gut.

»Kinder, was meint ihr? Wollen wir dem Weihnachtsmann zur Begrüßung ein schönes Lied singen?«

Sie greift nach ihrer Gitarre, stimmt »Oh du fröhliche, oh du selige …« an und bedeutet den Kindern mitzusingen.

Einige Kinder singen leise und schüchtern, andere wieder stellen sich in Positur, damit der Weihnachtsmann auch ja bemerkt, wie toll sie singen können. Alle haben vor lauter Aufregung rote Wangen und glänzende Augen. Auch wenn einige von ihnen richtig falsch singen, kommen mir bei dem romantischen Weihnachtslied vor Rührung die Tränen. Damit es niemand sieht, verziehe ich mich unauffällig in die Küche.

Erst als das Licht wieder angeht, kehre ich zurück und verteile unsere Spezialität, die »Seehupferl«, auf den Tischen.

»Hmmm … sind das etwa Macarons?«, fragt Frau Waldmann.

»So etwas Ähnliches … ›Weihnachts-Seehupferl‹«, lächle ich, während ich nun auch den Weihnachtsmann betrachte, der kleine Päckchen an die Kinder verteilt und jedem ein freundliches Wort schenkt. Auch seine Stimme ist warm und markant … und kommt mir auf einmal sehr bekannt vor!

Ich sehe ihn mir genauer an, kann jedoch keine Ähnlichkeit mit einem Mann feststellen, den ich kenne, was allerdings angesichts des Weihnachtsmannkostüms und des riesigen Bartes in seinem Gesicht auch nicht ungewöhnlich ist. Also lausche ich weiter der Stimme in der Hoffnung, dass sie mir in irgendeiner Form Aufschluss über seine Identität geben wird. Leider vergeblich. Ich schimpfe mit mir selbst. Im Café verkehren so viele männliche Gäste, es wird sicher einer der Stammgäste sein …

»Sagen Sie, Frau Winter, haben Sie eigentlich in letzter Zeit pünktlich die Post bekommen?«, fragt mich auf einmal Frau Waldmann.

»Warum fragen Sie?«, antworte ich zögernd. Mir fällt das Weihnachtspäckchen meiner Mutter ein, das längst hier sein müsste.

»Nun, ich habe gerade von ein paar Nachbarinnen erfahren, dass so mancher Brief nicht angekommen ist. Auch ich warte schon seit Wochen auf ein Päckchen meines Sohnes … er hat es angeblich längst abgeschickt! So lange kann die Post von Hamburg bis hierher doch nicht brauchen …«

Frau Waldmann sieht auf einmal sehr traurig aus.

»Eigentlich wollte Bernd ja dieses Jahr Weihnachten mit der Familie bei mir feiern. Aber er hat ja immer so viel zu tun … und nun sollen die Kinder einen Skikurs in den Bergen machen. Das ist ja auch wichtig …«

Ich denke gerade daran, dass es eigentlich nicht unbedingt ein Umweg wäre, wenn man auf dem Weg von Hamburg in die Berge einen kleinen Zwischenstopp am Bodensee einlegen würde. Die Oma würde sich sicher riesig freuen, zu Weihnachten ihre Enkelkinder zu sehen, die sie das ganze Jahr so sehr vermisst. Vor allem, da Frau Waldmann schon reichlich betagt ist. Wer weiß, wie viele Weihnachten sie noch erleben wird?

Manche Menschen verstehe ich einfach nicht.

»Jedenfalls hat Erika, das ist die Frau von meinem Bernd, ein tolles Hotel am Arlberg gebucht. Aber sie haben an mich gedacht und mir ein ganz schönes Päckchen geschickt, hat mein Bernd erzählt. Das müsste allerdings längst hier sein.«

»Es kommt bestimmt noch«, sage ich aufmunternd. Aber eigentlich macht mich das Verhalten dieser Erika richtig wütend. »Es sind ja noch ein paar Wochen bis Weihnachten«, lächle ich ihr aufmunternd zu.

»Vielleicht haben Sie recht. Ich hoffe nur, dass es nicht verloren gegangen ist.«

Frau Waldmann zieht ihren alten Wollmantel über und ich begleite sie zur Tür.

Plötzlich dreht sie sich noch einmal um und sagt: »Ich will nicht klagen. Mir geht es ja gut. Ich bin doch eine alte Frau und brauche nicht mehr viel. Aber die junge Frau Berger … die ist wirklich arm dran.«

Sie blickt auf eine hübsche dunkelhaarige Frau, die mit verlorenem Blick verträumt in das Licht der Kerze starrt.

»Warum denn?«, frage ich, doch Frau Waldmann ist bereits aus der Tür.

Ruth, die gerade mit weiterem Apfelpunsch aus der Küche kommt, hat das Gespräch mitbekommen und flüstert mir zu: »Hast du das denn nicht mitbekommen? Der Mann ist doch abgehauen.«

3. KAPITEL

DAS LÄCHELN HINTER DEM BART

»Welcher Mann?«, frage ich neugierig.

Offenbar habe ich in der letzten Zeit nur an mich selbst gedacht und gar nicht mitbekommen, was um mich herum geschieht.

»Na, der Mann von der Frau Berger! Der ist doch schon seit Wochen weg! Sie spricht ja nicht darüber, aber natürlich kann man so etwas nicht lange geheim halten. Frau Waldmann wohnt ja direkt neben der Familie. Sie hat als Erste bemerkt, dass da etwas nicht stimmt. Normalerweise kam Herr Berger jeden Abend pünktlich nach Hause. Nie, wirklich nicht ein einziges Mal sei er in einer Kneipe oder sonst irgendwo versackt. Frau Waldmann meinte, man hätte die Uhr nach seiner Heimkehr stellen können. Und dann kam er auf einmal gar nicht mehr …«

»Und wo ist er nun?«, frage ich neugierig.

So unauffällig wie möglich betrachte ich die traurige junge Frau. Sie sitzt ein wenig abseits von den anderen, die fröhlich über Weihnachtsgeschenke plaudern, und starrt immer noch abwesend in die Kerze.

»Das ist ja das Problem: Das weiß niemand … nicht einmal sie! Anfangs hatte sie noch erzählt, dass er zu Besuch bei Bekannten in Oldenburg sei, aber das glaubt inzwischen niemand mehr. Er müsste ja irgendwann einmal wiederkommen! Schließlich muss er doch zur Arbeit gehen, oder nicht?«

»Was meinst du, Ruth? Ob er eine Geliebte hat und einfach zu der gezogen ist?«, frage ich.

»Das habe ich auch gedacht. Aber das müsste er seiner Frau doch gesagt haben! Kein Mensch haut einfach so ab, ohne ein Wort.«

»Vielleicht hat er sich ja nicht getraut?«, gebe ich zu bedenken.

»Das wäre schon möglich. Aber sei mal ehrlich: Was ist das für ein Mann, der seine Familie einfach so sitzenlässt? Das ist doch total verantwortungslos! Er muss doch wissen, wie verzweifelt die beiden jetzt sind.«

»Die beiden?«

»Die Bergers haben einen Sohn … Jonas. Er spielt den Josef im Krippenspiel«, klärt Ruth mich auf.

Sie zeigt auf einen hübschen Jungen von etwa 12 oder 13 Jahren, der sich angeregt mit ein paar anderen Jugendlichen unterhält.

»Seit wann ist Herr Berger denn verschwunden?«, frage ich neugierig.

»Seit Anfang Oktober schon.«

»Und er hat sich gar nicht gemeldet? Nicht ein einziges Mal? Das ist doch merkwürdig. Vielleicht hat er ja Kontakt zu seiner Frau aufgenommen und sie hat es nur niemandem erzählt«, sage ich.

Ich könnte mir vorstellen, dass es Frau Berger vielleicht peinlich ist, verlassen worden zu sein.

Die Frau macht einen sehr traurigen Eindruck. Sie wirkt auf mich, als wäre sie in ihrer eigenen Welt versunken.

»Wer weiß? Vielleicht hat er das ja. Niemand weiß so richtig Bescheid über diese Familie. Die Bergers haben sehr zurückgezogen gelebt und wenig gesellschaftliche Kontakte gepflegt«, berichtet Ruth weiter.

»Das glaube ich gern. Hier im Café habe ich sie jedenfalls noch nie gesehen«, antworte ich.

»Ich glaube, Frau Berger verlässt kaum einmal das Haus«, erzählt Ruth. »Nur die Evi Schönbichler aus dem Blumenladen scheint sie ein wenig näher zu kennen. Die hat mir neulich erzählt, Frau Berger habe sich ihr vor ein paar Wochen nach der Yogastunde anvertraut und gesagt, dass sie in großer Sorge um ihren Mann sei. Er sei von einem Tag auf den anderen plötzlich verschwunden. Danach sei sie allerdings nie mehr beim Yoga gewesen, hat die Evi gesagt.«

»Was sagt denn die Polizei dazu? Sie muss ihn doch vermisst gemeldet haben! Vielleicht ist dem Mann ja etwas passiert?«, frage ich betroffen. »Vielleicht *konnte* er sich ja nicht mehr melden, weil er beim Joggen zusammengebrochen ist und irgendwo mit einem Herzinfarkt hilflos im Wald lag …«, mutmaße ich weiter.

»Er war nicht joggen! Herr Berger hat das Haus wie jeden Morgen mit dem Fahrrad verlassen und dieses beim Bahnhof abgestellt, um mit dem Zug zu seiner Arbeitsstelle in Friedrichshafen zu fahren. Am Abend kam er jedoch nicht zurück«, berichtet Ruth.

»Und das Fahrrad?«, frage ich.

»Das stand immer noch am Bahnhof. Nur von ihm fehlt jede Spur«, sagt Ruth.

»Aber ich verstehe das nicht! Die Polizei muss ihn doch suchen …«, antworte ich betroffen.

»Natürlich hat die Polizei etwas unternommen, was denkst du denn? Michael hat nicht nur Frau Berger und die Kollegen an seinem Arbeitsplatz, sondern alle möglichen Leute aus seinem Umfeld befragt. Aber ohne Ergebnis! Es gibt keine einzige Spur«, weiß Ruth.

Da sie mit meinem besten Freund, dem Kriminalhauptkommissar Michael Harter, liiert ist, bekommt sie dadurch natürlich immer hautnah mit, wenn irgendwo etwas passiert.

Doch nun zuckt sie hilflos die Schultern. »Das Problem ist: Wenn es keinen Hinweis auf eine Straftat oder einen möglichen Suizidversuch gibt, dann stellt die Polizei die Suche irgendwann ein. Michael sagt, die meisten Menschen hauen sowieso aus freien Stücken ab und kommen irgendwann wieder. Sei es nun, dass sie sich in einen anderen Menschen verliebt haben oder einfach nur aus ihrem gewohnten Trott aussteigen wollen.«

»Aber das war bei Herrn Berger nicht so?«, frage ich.

Das Ganze kommt mir wirklich sehr seltsam vor.

»Nein, er war weder auf amourösen Abwegen, noch hatte er eine Midlife-Crisis oder so etwas. Jedenfalls hat seine Frau davon angeblich nichts bemerkt. Aber ich glaube …« Ruth senkt verschwörerisch die Stimme. »… die Familie hat große finanzielle Schwierigkeiten«, flüstert sie nun. »Michael hat herausgefunden, dass er die Arbeitsstelle in Friedrichshafen, zu der er jeden Tag fuhr, schon lange nicht mehr hatte! Offensichtlich wurde er schon vor Monaten entlassen und hat seiner Frau nichts davon erzählt! Sie fiel aus allen Wolken, als sie davon erfuhr. Schließlich war er doch jeden Tag ganz normal aus dem Haus und angeblich zur Arbeit gegangen. Sie hatte nicht die leiseste Ahnung, dass er arbeitslos war. Wahrscheinlich hat er sich einfach nicht getraut, der Familie zu beichten, dass sie den gewohnten Lebensstandard nicht halten können, sondern hat so getan, als wäre nichts und ordentlich Schulden angehäuft.«

Meine Güte! Ich kann es nicht fassen. Man hat solche Geschichten über Männer, die wie jeden Tag das Haus verlassen, um »Zigaretten zu holen« und nie wiederkommen, ja schon öfter gehört. Dennoch ist es für mich nur sehr schwer vorstellbar, wie man seine Familie einfach so, noch dazu mit Schulden, im Stich lassen kann.

»Vielleicht hat er sich ja umgebracht, weil er keinen Ausweg mehr wusste und ihn die Schulden so sehr gedrückt haben! Allerdings hat man weder seine Leiche gefunden noch einen Abschiedsbrief«, rät Ruth.

»Das glaube ich nicht«, sage ich.

»Jeder normale Mensch würde in diesem Fall doch seinen Suizid wie einen Unfall, zum Beispiel mit dem Auto, aussehen lassen, damit die Familie die Unfallversicherung oder Lebensversicherung ausbezahlt bekäme … sei es nun, um seiner Familie die Möglichkeit zu geben, die Schulden zu tilgen oder zumindest irgendwie zu überleben«, denke ich laut.

Ruth nickt und sieht mich ernst an.

»Das Schlimme ist, dass Frau Berger absolut keine Ahnung hat, wie sie das alles bewältigen soll«, sagt sie.

»Sie könnte arbeiten gehen, zum Beispiel«, antworte ich. »Das müssen andere schließlich auch!«

»Für Frau Berger scheint das aber ein echtes Problem zu sein. Offenbar hat sie gleich nach der Schule Jonas bekommen und nie einen richtigen Beruf gelernt. Außerdem fällt es solchen Frauen, bei denen immer der Mann alles entschieden und bezahlt hat, sehr schwer, ihr Leben plötzlich selbst in die Hand zu nehmen«, sagt Ruth nachdenklich.

»Meine Güte, wir leben doch nicht mehr in den Fünfzigerjahren«, empöre ich mich.

Für mich ist die Vorstellung, von einem Mann derart abhängig zu sein, vollkommen absurd. Ich habe Zeit meines Lebens gearbeitet und selbst für mich und mein Kind gesorgt, sodass mir dieses Lebensmodell sehr fremd vorkommt. Doch es scheint wohl auch in unserer heutigen Zeit noch Frauen zu geben, die einen anderen Lebensstil pflegen.

»Stell dir vor, Maja: Ich habe gehört, dass …« Noch einmal senkt Ruth die Stimme und flüstert: »… dass den beiden schon vor Wochen die Wohnung gekündigt wurde, weil sie seit Monaten die Miete schuldig geblieben sind. Nun gab es eine Räumungsklage und sie müssen noch diese Woche ausziehen. Und das so kurz vor Weihnachten … wie hartherzig muss der Vermieter sein! Kein Wunder schaut sie so bedröppelt aus der Wäsche. Sie weiß einfach nicht, wie es weitergehen soll.«

Mein Blick fällt auf Jonas, der gerade mit seinen Freunden herzhaft über das Wichtelgeschenk aus dem Sack des Weihnachtsmannes lacht. Bei der Vorstellung, dass die kleine Familie bald auf der Straße sitzen wird, schlage ich entsetzt die Hand vor den Mund.

»Sie werden doch Freunde haben … Familie … eine Oma, irgendjemanden, der sie aufnehmen kann?«, frage ich bestürzt.

Ruth zuckt die Schultern. »Nicht, dass ich wüsste … die Eltern von Herrn Berger sind wohl schon eine Weile tot und von ihrer Familie ist überhaupt nichts bekannt.«

Auf einmal geht das Licht wieder an und der Weihnachtsmann kommt zu uns herüber.

»Ich glaube, ich habe noch jemanden vergessen«, sagt er mit tiefer, weicher Stimme.

»Hier stehen zwei Weihnachtsengel, die ganz bestimmt auch ein Geschenk verdient haben.«

Er sieht mir direkt in die Augen und mir wird auf einmal ganz warm ums Herz.

Ich kenne diese Augen und ich kenne den Mann, zu dem sie gehören.

*

»Maja?«, fragt die weiche Stimme und ich erkenne ein breites Lächeln hinter dem weißen aufgeklebten Bart.

»Du kennst den Weihnachtsmann persönlich?«, fragt Ruth lachend und freut sich über die Tafel Schweizer Schokolade, die dieser ihr gerade überreicht hat. »Dann kann ja nichts mehr schiefgehen. Sag ihm doch bitte, er soll es ein wenig schneien lassen, damit die Kinder zu Weihnachten ihre neuen Schlitten und Skier ausprobieren können.«

Mit einem verschwörerischen Zwinkern lässt uns Ruth allein, um die kleine Krippenspielgruppe mit der Pfarrerin nach draußen zu begleiten.

»Mit allem hätte ich heute gerechnet, aber nicht damit, DICH wiederzusehen, Maja«, sagt der Weihnachtsmann, der eigentlich mein Jugendfreund Klaus ist. Dabei lächelt er verschmitzt. »Was machst du so? Arbeitest du hier? Mensch, lass dich mal anschauen … toll siehst du aus.«

Klaus kann immer noch sehr gut lügen. Er konnte früher schon die wunderbarsten Komplimente machen und hat uns Mädels damit allen den Kopf verdreht. Doch sein Charme tut mir gut.

»Ja, ich arbeite hier … das kann man so sagen«, grinse ich. »Und du? Was führt dich hierher?«

Doch Klaus antwortet nicht. Stattdessen sieht er mir wieder direkt in die Augen und mir wird für einen kurzen Moment ein wenig unbehaglich. Ich habe das Gefühl, er sieht direkt in mich hinein, in die Tiefe meiner Seele.

Verlegen betrachte ich meine Schuhspitzen. Hier im Café trage ich normalerweise meine Ballerinas, weil ich damit den ganzen Tag herumlaufen kann. Weil es heute so kalt ist, habe ich diese allerdings durch ein anderes, ebenfalls wenig stylisches Schuhwerk ersetzt: meine ausgelatschten Turnschuhe. Dazu die schwarze Hose, die auch schon bessere Zeiten gesehen hat, als sie nicht so um mich herumschlotterte und eine formlose weiße Bluse, die an mir herunterhängt wie ein Sack. Meine Haare habe ich der Einfachheit halber zu einem Zopf gebunden, weil ich keine Lust hatte, sie zu waschen und zu stylen. Super, ich sehe nach über 20 Jahren zum ersten Mal meinen Jugendschwarm wieder und sehe aus wie Aschenputtel. Aber wie hätte ich das auch ahnen können? Schließlich habe ich nur die Krippenspielgruppe von der Kirche erwartet.

»Ich habe doch schon einmal den Weihnachtsmann gespielt … bei der Schulweihnachtsfeier! Erinnerst du dich nicht mehr?«

Ich kann mich wirklich an viel erinnern, was Klaus betrifft … an vollgeschriebene Seiten in meinem Tagebuch, an heimliche Küsse auf dem Schulhof oder an romantische Lagerfeuer mit der Clique am See … aber nicht daran, dass er jemals den Weihnachtsmann bei der Schulweihnachtsfeier gespielt hat. Vielleicht habe ich ja gar nicht daran teilgenommen oder ich war krank. Das sage ich natürlich nicht, sondern lächle nur und biete ihm, um davon abzulenken, ziemlich unbeholfen etwas zu Trinken an.

Klaus schiebt den Ärmel des Weihnachtsmannmantels nach unten und schaut auf seine moderne Armbanduhr, die so gar nicht zu dem altmodischen Weihnachtsmannmantel passt.

»Ich habe heute noch zwei Termine, davon den nächsten bereits in einer halben Stunde im Altersheim.« Du weißt schon, wir Weihnachtsmänner haben gerade Hochsaison«, sagt Klaus und grinst.

Dann nimmt er plötzlich meine Hand.

»Aber ich möchte dich unbedingt wiedersehen, Maja. Ich habe dich gleich entdeckt, als ich hereingekommen bin und habe mich die ganze Zeit gefreut. Wie lange ist das her? 20 Jahre? Ich möchte unbedingt wissen, was inzwischen alles passiert ist in deinem Leben.«

Lieber nicht, denke ich. Was habe ich schon zu erzählen außer traurigen Erlebnissen? Aber nein, das stimmt ja gar nicht!, schimpfe ich mit mir selbst. Ich habe in den vergangenen Jahren doch nicht nur Trauriges, sondern so viel Schönes erlebt ... eine wunderbare Tochter bekommen und mein eigenes kleines Café eröffnet.

Er hat recht, es gibt so viel zu erzählen!

Auf einmal freue ich mich auch. Und ich möchte selbst gerne wissen, wie es ihm in den letzten Jahren ergangen ist. Und darum sage ich ganz schnell, bevor ich es mir anders überlegen kann: »Es ist 22 Jahre her, Klaus. Ich fände es auch schön, über die alten Zeiten zu plaudern.«

Woher nehme ich auf einmal nur den Mut?

»22 Jahre? Wahnsinn! Mein Gott, und du siehst immer noch genauso aus wie damals«, schmeichelt mir seine warme Stimme. »Das müssen wir feiern! Wie wäre es morgen um 19 Uhr auf dem Weihnachtsmarkt? Nein, das ist zu kalt ... dann gehst du ja gleich wieder nach Hause! Vielleicht beim Italiener?«, fragt Klaus.

»Nein, morgen kann ich nicht. Da bin ich schon eingeladen. Aber am Freitag hätte ich Zeit. Um 18 Uhr machen wir hier Schluss ... ich könnte um 19 Uhr auf dem Weihnachtsmarkt sein.«

Sollte ich mich bei dem Treffen nicht gut fühlen, kann ich mich wirklich mit der Kälte herausreden und nach Hause gehen, denke ich.

Falls es jedoch ein nettes Gespräch mit Klaus werden sollte, können wir dieses immer noch beim Italiener fortsetzen.

»Wunderbar«, freut sich Klaus. »Dann werde ich mich jetzt mal auf den Weg ins Altersheim machen. Ich muss nur aufpassen, dass ich den Geschenkesack für die Oldies nicht mit dem für den Swingerklub verwechsele«, sagt er grinsend.

Bei der Vorstellung, wie Leute, die ein Sexspielzeug erwarten, Rheumasalbe oder Stützstrümpfe vom Weihnachtsmann überreicht bekommen, muss auch ich lachen.

»Also abgemacht: Freitag um 19 Uhr auf dem Weihnachtsmarkt! Ich freue mich, Maja ...«

Klaus drückt mir fest die Hand, dann wirft er den Geschenkesack über die Schulter und stapft mit seinen dicken Stiefeln und einem lässigen »Ho ho ho« zum Abschied aus der Tür.

Nachdenklich sehe ich auf den dunklen See hinaus.

»Soso, du bist also morgen eingeladen?«, fragt Ruth grinsend, als sie hereinkommt, um die Tische abzuräumen.

»Hast du etwa gelauscht?«, frage ich genervt.

Ich fühle mich ertappt, dabei ist doch gar nichts passiert.

»Ich wusste nicht, dass ich nicht mithören darf«, sagt Ruth und grinst. »Wer war denn der schmucke Weihnachtsmann?«, erkundigt sie sich neugierig.

»Ach, niemand besonderes. Nur jemand, den ich von früher kenne …«, schwäche ich ab.

»Dafür hast du aber ganz schön rote Wangen, meine Liebe«, lächelt Ruth.

»Das ist doch nur, weil ich direkt neben dem Kaminfeuer stehe. Puuuh … ganz schön warm hier.«

Ich schiebe den Ärmel meiner Bluse nach oben und wische mir eine Haarsträhne aus dem Gesicht.

Dann stelle ich hektisch die Teller aufeinander und puste die Kerzen vom Adventskranz aus.

Ruth sieht mich prüfend an, aber sie ist zu fein, um weitere Fragen zu stellen.

»Ich soll dich ganz lieb zum Abschied von Frau Pfarrerin Neubauer grüßen«, sagt sie stattdessen.

»Sie lässt dir von Herzen danken, dass sie die heutige Weihnachtsfeier bei uns abhalten durften. Und sie würde dein Angebot gerne annehmen, die Proben für das Krippenspiel vorerst hier abhalten zu dürfen. Ob dir Montagabend immer um 19 Uhr recht wäre? Wenn nicht, könnten sie den Termin auch verlegen.«

»Nein, das ist schon in Ordnung. Wir schließen doch immer um 18 Uhr. Ich sage ihr morgen früh gleich Bescheid. Aber nun geh schon nach Hause zu deinem Michael, Ruth. Ich räume hier alleine auf. Vielen Dank für alles.«

Um ehrlich zu sein, möchte ich Ruth gerne loswerden, um in Ruhe noch einmal über die seltsame Begegnung mit dem Weihnachtsmann Klaus nachzudenken.

Ich fürchte, dass sie mich durchschaut, doch sie lächelt mich freundlich an.

»Danke, Maja. Stell dir vor, Michael kocht heute für mich! Bei dieser Gelegenheit kann ich ihn in Ruhe ein bisschen aushorchen, ob es etwas Neues von dem verschwundenen Herrn Berger gibt.«

Ich denke an die traurige junge Frau und ihren netten Sohn Jonas und daran, dass die beiden noch vor Weihnachten auf der Straße sitzen werden, wenn nicht ein Wunder geschieht.

Aber ist Weihnachten nicht die Zeit der Wunder?

4. KAPITEL

GEHEIMNISSE AUF DEM WEIHNACHTSMARKT

»Es hat tatsächlich geschneit, wer hätte das gedacht? Ich dachte, es sei viel zu kalt dazu«, jubelt Nini, die mit einer grasgrünen Wollmütze im Flur steht und ihren »Cappuccino-to-go«-Becher ebenso wie die Plastikvesperdose mit Vanillekipferln in ihrer überdimensionalen Tasche verstaut.

»Ich schon«, antwortet Ruth mit einem Seitenblick auf mich. »Deine Mutter verfügt über gute persönliche Beziehungen zum Weihnachtsmann und das habe ich ausgenutzt und mir Schnee gewünscht. Siehe da, es hat geklappt«, lacht sie.

»DU verfügst über ›gute persönliche Beziehungen‹ zum Weihnachtsmann? Habe ich da etwas verpasst?«, sagt Nini grinsend. »Dann will ich auch gleich einmal einen Wunsch anmelden: Ich könnte ein Tablet brauchen, damit ich im Urlaub immer mit dir skypen kann.«

»Als ob wir nicht genug Tabletts haben«, versuche ich vom Thema abzulenken, obwohl ich natürlich genau weiß, was sie damit meint.

»Schon gut, Mami … ich hab schon verstanden. Ich werde das lieber dem Weihnachtsmann selber sagen.« Sie zwinkert Ruth zu. »Aber kannst du mich vielleicht schnell zum Bahnhof fahren? Ich möchte bei diesem Wetter lieber mit der Bahn als mit dem Auto nach Konstanz fahren und ich bin schon sooo spät dran! Bitte.«

In Anbetracht der Tatsache, dass ich nicht möchte, dass Nini ihren Zug verpasst und sich deshalb doch noch in ihr Auto setzt, um pünktlich zur Arbeit zu erscheinen, stimme ich zu.

Außerdem werde ich meine zuweilen leicht chaotische Tochter sicher schon bald sehr vermissen. Das Haus wird leer und einsam ohne sie sein. Aber vielleicht auch nicht! Seit gestern Abend schwirrt mir eine Idee im Kopf herum und diese will ich nachher gleich in die Tat umsetzen. Bei der Pfarrerin möchte ich auch noch gerne vorbei, um die Krippenspielproben in der »Butterblume« zu bestätigen.

Da Ruth ja schon im Café und unser einziger Gast im Moment noch Paul ist, der gerade sein Frühstück verspeist und sich noch einmal von Ruth sehr herzlich für die wunderbaren Adventsgeschichten bei der gestrigen Weihnachtsfeier danken lässt, kann ich problemlos für ein paar Stunden verschwinden.

»Was war das für eine Andeutung mit dem Weihnachtsmann?«, fragt Nini wenig später im Auto.

Die Straßen sind wirklich eisglatt, der Schnee ist gefroren und wir können nur langsam fahren.

»Ach, nichts …«, antworte ich ausweichend.

»Naaaaaaaaa, Mami … wirklich nicht?????«

»Ach, Quatsch! Bei der Weihnachtsfeier gestern tauchte ein Weihnachtsmann auf, der sich als alter Schulfreund von mir entpuppte. Das ist alles«, erkläre ich ihr.

»Soso … als alter Schulfreund … aha! Wie heißt er denn, der alte Schulfreund?«, fragt Nini neugierig.

»Klaus Schindler. Kennst du nicht«, sage ich nebenbei.

»Und warum hast du mir nie von ihm erzählt?«, fragt Nini neugierig.

»Weil es nicht wichtig war. Das würde doch ein bisschen weit führen, wenn ich dir von jedem Schulfreund von mir erzählen würde, nicht wahr?«, erkläre ich ihr.

»Von jedem Schulfreund schon«, gibt Nini zu. »Aber es gibt ja ›Schulfreunde‹ und ›Schulfreunde‹ … Weißt du, Mami, meine Schulzeit ist noch nicht so lange her.« Sie grinst.

Da ich beim besten Willen nicht in der Stimmung bin, in diesem Moment Nini von meiner Jugendliebe zu erzählen, lenke ich ab:

»Wir sind da! Beeil dich, meine Süße, sonst verpasst du den Zug. Ich wünsche dir einen wunderschönen Tag.«

»Komm doch auch nach Konstanz heute Abend, Mami! Die Geschäfte haben heute im Lago länger auf und wir könnten ein bisschen Weihnachtsshopping machen und uns einen Glühwein auf dem Weihnachtsmarkt am See gönnen. Oder zwei … dann fahren wir anschließend gemeinsam mit der Bahn nach Hause. Was meinst du?«, schlägt Nini beim Aussteigen vor.

Warum eigentlich nicht? Mir ist zwar überhaupt nicht danach, aber nachdem ich Nini neulich erst eine Abfuhr erteilt habe, möchte ich ihr heute gerne eine Freude machen und darum stimme ich zu. Außerdem kommt mir meine »Lüge«, ich sei heute Abend eingeladen, dann vor mir selber nicht mehr ganz so blöd vor.

Wie konnte ich mich nur so dumm verhalten? Wie das Schulmädchen, das ich damals war! Es ist ja fast so, als habe mich die Begegnung mit Klaus in die damalige Zeit zurückversetzt, als wir beide noch die Schulbank im Gymnasium drückten.

Dabei bereue ich die Verabredung mit ihm am Freitagabend eigentlich schon und überlege die ganze Zeit, wie ich mich davor drücken kann. Ich habe weder seine Adresse, noch seine Telefonnummer, wie mir gerade einfällt. Ob ich ihn einfach versetzen soll? Bei dieser Kälte?

Andererseits: Was ist schon dabei? Ich treffe einen alten Schulfreund, weiter nichts.

Die Bezeichnung »alter Schulfreund« trifft es allerdings wirklich nicht so ganz, wie Nini schon richtig vermutet hat und wie ich mir nun selbst eingestehen muss.

Denn Klaus war – jedenfalls für mich – weitaus mehr als nur das.

Er war in meiner Parallelklasse und wir sahen uns praktisch jeden Tag auf dem Schulhof. Klaus war der Schwarm aller Mädchen in unserer Altersklasse: selbstbewusst, attraktiv und sportlich. Immer hatte er einen witzigen und charmanten Spruch auf den Lippen, der uns alle zum Kichern brachte. Heimlich schrieb ich meine Träumereien von ihm in mein Tagebuch, wohl ahnend, dass aus uns beiden nie etwas werden würde. Dafür war sein Fanclub zu groß, die anderen Mädchen zu hübsch und ebenso sportlich und selbstbewusst wie er. Ihr Interesse an ihm war groß, offensichtlich und aggressiv, während ich nur schüchtern im Stillen für ihn schwärmte.

Doch dann kam der Tag, der alles verändern sollte.

Es war der »Schmotzige Dunschdig« an Fasnacht und unsere ganze Clique tanzte ausgelassen im Kursaal.

Ich war mit einer schwarzen Perücke als Zigeunerin verkleidet und trug ein Kleid, das ziemlich tief dekolletiert war. Dieses verhalf mir zu einer ordentlichen Anzahl von Verehrern, sodass ich den ganzen Abend auf der Tanzfläche war. Dann wurde ich auf einmal von hinten umarmt.

»Maja, ich hätte dich fast nicht erkannt.« Klaus wirbelte mich über die Tanzfläche. »Wenn dieses verführerische Kleid nicht den kleinen Leberfleck auf deiner linken Schulter gezeigt und dich damit verraten hätte.« Zärtlich gab mir Klaus auf den Leberfleck einen Kuss … dem noch viele folgen sollten. Bei dem Gedanken daran bekomme ich eine Gänsehaut. Ob er sich wohl auch daran erinnert?

Wahrscheinlich nicht. Er wusste ja nicht einmal mehr das Jahr, in dem wir uns zuletzt gesehen hatten.

Aber was mache ich mir überhaupt so viele Gedanken darüber? Es ist doch vollkommen einerlei, ob und an was sich Klaus erinnert! Die Vergangenheit ist längst passé. Klaus ist vor vielen Jahren nach Norddeutschland gezogen und wir haben nie wieder voneinander gehört.

Etwas in mir interessiert sich allerdings schon dafür, was er hier in Überlingen macht, noch dazu als Weihnachtsmann.

*

Nach meinem Besuch bei der Pfarrerin komme ich am Haus von Frau Waldmann vorbei, die gerade durch den verschneiten Garten zum Briefkasten stapft. Sicher wartet sie noch immer auf Post von ihrem Sohn und ich wünsche ihr so sehr, dass der Weg diesmal nicht vergebens ist.

Das Päckchen von meiner Mutter ist allerdings auch immer noch nicht da, was mir schon ein wenig seltsam erscheint. Ich habe sie gestern Abend angerufen, um noch einmal genau nachzufragen, wann sie es denn abgeschickt hat. Leider war sie nicht zu Hause, was allerdings ziemlich ungewöhnlich ist, da sie um diese Zeit meist daheim ist. Ich habe auf den Anrufbeantworter gesprochen und bis jetzt keinen Rückruf erhalten. Es wird doch nichts passiert sein?

Direkt neben dem Haus von Frau Waldmann befindet sich ein kleines Mehrfamilienhaus mit vier Parteien. Hier müssen die Bergers wohnen. Ohne zu zögern halte ich an und stehe schon kurz darauf vor der Tür und klingele.

Ich habe mit der Pfarrerin über die Bergers gesprochen und auch sie ist sehr betroffen über das Schicksal dieser jungen Familie. Ihres Wissens gibt es keine näheren Verwandten, die sich der beiden annehmen könnten.

Auf mein Klingeln öffnet zunächst niemand, doch so schnell gebe ich nicht auf. Mit Nachdruck drücke ich fest den kleinen Klingelknopf, auch wenn mir dabei fast die Hände abfrieren.

Nun mach schon auf! Es ist bitterkalt!, denke ich.

Endlich summt der Türöffner und ich trete in das warme Treppenhaus ein. Frau Berger jedoch steckt nur den Kopf halb aus der Tür und fragt verwundert: »Ja, bitte?«

»Bitte entschuldigen Sie, wenn ich Sie so einfach überfalle, Frau Berger«, sage ich.

Misstrauisch sieht sie mich an. Vermutlich denkt sie, ich gehöre zu den Zeugen Jehovas oder will ihr ein Zeitschriftenabo verkaufen.

»Kann ich vielleicht einen Augenblick hereinkommen?«, frage ich sie.

Statt eine Antwort zu geben, fragt sie misstrauisch zurück: »Um was geht es denn?«

Freundlich ist sie nicht gerade. Sie macht keinerlei Anstalten, die Tür weiter zu öffnen.

Vielleicht hat sie auch Angst, ich wolle Geld eintreiben, denke ich. Ich weiß ja, dass sie Schulden hat, die sie drücken.

»Ich bin Maja Winter«, sage ich und strecke ihr meine eiskalte Hand hin. »Sie waren gestern mit Ihrem Sohn bei der Weihnachtsfeier der Krippenspielgruppe in meinem Café Butterblume … erinnern Sie sich?«

Frau Berger ignoriert meine ausgestreckte Hand und ich ziehe sie verwundert zurück.

»Ja, da war ich. Und was wollen Sie jetzt von mir? Es hieß, die Weihnachtsfeier würde von der Gemeinde bezahlt.«

Dachte ich mir doch, dass sie glaubt, ich würde Geld von ihr wollen.

Ich höre, wie sich in der oberen Etage eine Tür öffnet.

»Darum geht es nicht, Frau Berger. Kann ich nicht vielleicht doch einen Moment hereinkommen? Es dauert nicht lange.«

Ich sehe mich um, damit sie bemerkt, dass ich nicht möchte, dass uns jemand zuhört.

»Na gut.« Widerwillig öffnet Frau Berger die Tür einen Spalt, damit ich eintreten kann.

»Ist das nicht eine furchtbare Kälte?«, frage ich mit einem Lächeln, um wenigstens das Eis zwischen uns zu brechen. Allzu sympathisch ist sie mir nicht, wie sie mit ihren verschränkten Armen vor mir steht, stelle ich fest.

Außerdem ist es in der Wohnung nicht viel wärmer als draußen. Vermutlich hat Frau Berger auch kein Geld für die Heizung. Die Wohnung ist gut geschnitten, was ich vom Flur aus erkennen kann, und blitzsauber. Allerdings sehr übersichtlich, wie ich feststellen kann. Allzu viele Möbel gibt es nicht.

Ruth hatte mir ja schon erzählt, dass der Gerichtsvollzieher bei den Bergers ein- und ausgeht.

»Was wollen Sie denn von mir?«, fragt sie, noch immer nicht sehr freundlich.

Mit schmalen Lippen und ohne zu lächeln sieht Frau Berger mich prüfend an.

»Ja, also … Frau Berger … es ist so …«, fange ich an. Meine Güte, warum macht sie es mir denn so schwer? Ich will ihr doch nur helfen! Aber das weiß sie ja noch nicht. »… Ich habe gestern von Ihrem Schicksal erfahren. Nicht dass Sie denken, dass in meinem Café über Sie getratscht wird … oh nein! Meine Mitarbeiterin und beste Freundin hat mir – im Vertrauen – erzählt, dass Ihr Mann verschwunden ist und Sie in eine … sagen wir einmal … sehr unglückliche Lage gebracht hat.«

»Mein Mann hat mich in überhaupt keine Lage gebracht! Wie kommen Sie dazu, so etwas zu sagen?« Frau Bergers Augen funkeln mich dunkel an. »Ich frage Sie noch einmal: Was wollen Sie von mir?«, zischt sie nun.

So langsam werde ich ungeduldig.

»Frau Berger, ICH möchte gar nichts von IHNEN«, sage ich daher. »Ich möchte Ihnen etwas anbieten. Sehen Sie, ich betreibe doch die Pension ›Maiglöckchen‹. Das große Haus steht jetzt im Winter praktisch leer und da dachte ich …«

Frau Berger sieht mich abwartend an.

»… da dachte ich, weil Sie doch bald keine Wohnung mehr haben … ob Sie vielleicht Lust hätten, mit Ihrem Sohn vorübergehend bei mir einzuziehen? So lange, bis Sie eine neue Wohnung gefunden haben, meine ich. Sie könnten mir das Geld dafür irgendwann einmal geben, das ist nicht so wichtig …«

»Wer hat Ihnen erzählt, dass ich bald keine Wohnung mehr habe?« Frau Bergers Mund wird immer schmallippiger.

»Das tut doch nichts zur Sache, Frau Berger. Ich habe nur gedacht, weil doch die Krippenspielproben auch bei mir im Café stattfinden … und Ihr Sohn daran teilnimmt … er muss ja auch zur Schule …«

Hilflos hebe ich die Hände. Warum stellt sie sich denn so an?

»Und da dachten Sie, Sie spielen kurz vor Weihnachten mal eben Mutter Teresa und nehmen sich der armen verschuldeten Familie an? Wer sind Sie, dass Sie sich anmaßen, ich könnte SIE brauchen? NEIN, danke. Wissen Sie, ich habe so die Schnauze voll von diesen ganzen Gutmenschen, die alle meinen, sie müssten etwas für mich tun und dann hinter meinem Rücken über mich tuscheln. Sie klopfen sich alle auf die Schulter und beweihräuchern sich selbst. Dabei wird mir kotzübel. Vielen Dank für Ihr Angebot … aber ich brauche Sie nicht! Sie nicht und diese ganzen anderen verlogenen Weiber schon gar nicht.«

So langsam geht mir wirklich der Hut hoch.

»So ist es doch gar nicht«, sage ich nun auch verärgert.

Wie komme ich dazu, mich zu verteidigen? Was bildet sie sich ein? Ich wollte ihr helfen und zum Dank dafür beleidigt sie mich. Das ist doch wirklich die Höhe!

»Hören Sie Frau Berger … ich wollte Ihnen nicht zu nahe treten, sondern Ihnen meine Hilfe anbieten. Wenn Sie sie nicht brauchen, umso besser! Ich habe es wirklich nur gut gemeint.«

Meine Stimme und meine Hände zittern vor Wut.

Ich gehe ein paar Schritte zur Tür. Dann drehe ich mich noch einmal um und sage: »Glauben Sie mir, Frau Berger, ich bin selbst weit davon entfernt, ein ›Gutmensch‹ zu sein. Aber ich weiß, was es heißt, einen geliebten Menschen zu verlieren. Ich weiß, was es heißt, von heute auf morgen auf einmal alleine dazustehen. Manchmal weiß man nicht, wie es weitergeht. Und dann ist es gut, wenn es jemanden gibt, der sagt: ›Es GEHT weiter. Ich helfe dir.‹«

Ich sehe sie an und versuche zu ergründen, was in ihr vorgeht.

Doch Frau Bergers Miene ist undurchdringlich, als sie sagt: »Vielen Dank. Sie finden den Weg alleine nach draußen?«

Trotzig schiebt sie die Unterlippe nach vorne. Ihr schmales, blasses Gesicht ist auf einmal ganz rot vor unterdrückter Wut.

»Na gut«, sage ich.

Sie will sich nicht helfen lassen, so viel steht fest.

Aber vielleicht ist sie ja nur zu stolz dazu …

Frau Neubauer hat mir verraten, dass die Bergers bis Ende der Woche die Wohnung geräumt haben müssen.

Ich drehe mich noch einmal um.

»Falls Sie es sich anders überlegen … mein Angebot steht. Sie wissen, wo Sie mich finden.«

Mit diesen Worten gehe ich hinaus in die Kälte und ich weiß nicht, ob es der kalte Wind oder Wut ist, warum meine Augen auf einmal feucht sind.

*

Am Nachmittag stürze ich mich in den vorweihnachtlichen Trubel der schönen alten Stadt Konstanz, die gerade zu dieser Zeit prächtig geschmückt und beleuchtet ist.

Heute kommt mir die Ablenkung im Einkaufszentrum gerade recht, obwohl ich doch zunächst gar keine Lust auf Weihnachtsshopping hatte. Hier ist es wunderbar warm, was vermutlich auch an den Hunderten von Menschen liegt, die alle dasselbe Ziel haben: das perfekte Weihnachtsgeschenk zu finden.

Überall drängen sich die Leute und ich bin heilfroh, dass ich mit der Bahn gekommen bin und wenigstens keinen Parkplatz suchen musste.

Während ich auf Nini warte, fällt mir wieder das seltsame Gespräch mit Frau Berger von heute Morgen ein.

Warum war sie nur so abweisend? Eigentlich sollte sie froh sein, dass man Anteil an ihrem Schicksal nimmt und ihr helfen möchte.

Vielleicht schämt sie sich aber auch. Immerhin ist es schon schlimm genug, wenn man von einem Tag auf den anderen sitzengelassen wird, und der Schuldenberg macht die Sache nicht gerade leichter. Möglicherweise ist Frau Berger auch in Sorge um ihren Mann. Es besteht ja immer noch die Möglichkeit, dass er sich etwas angetan oder ihm etwas zugestoßen ist, auch wenn das Michaels Meinung nach eher unwahrscheinlich ist.

Ich sehe mich um … in allen Geschäften herrscht hektische Betriebsamkeit. Die Schaufenster übertreffen sich gegenseitig an Glanz und Glamour. Doch die Leute hasten vorbei, kaum einer bleibt einmal stehen, um sich die Dekorationen in Ruhe anzusehen.

»Mami, du bist ja schon da!«, ruft Nini und begrüßt mich freudestrahlend.

»Schau mal, was ich gerade beim Vorbeilaufen entdeckt habe.« Sie zieht mich zu einem weißen Minikleid. »Ist das nicht süß?«

»Bisschen kurz … du wirst dir den Hintern abfrieren bei der Kälte«, sage ich.

»Ist doch für Australien.«

»Wie konnte ich DAS nur vergessen?«, sage ich grinsend.

Wir erwerben das Kleid natürlich und noch ein paar hübsche

helle Sneakers, sowie eine Jeansjacke für Nini, die sie sicher auch in Australien gut gebrauchen kann.

»Bin ich froh, dass ich die ganzen fetten Klamotten und dicken Stiefel ein paar Wochen nicht sehen muss«, freut sie sich, als wir uns gerade bei einem Glühwein auf dem Weihnachtsmarkt aufwärmen.

Wir sind vom Einkaufszentrum aus durch die wunderschön illuminierte Innenstadt bis zum See gebummelt.

Von der Marktstätte bis zum Hafen ziehen sich kleine Buden, die neben vielen hübschen Geschenkideen natürlich auch Glühwein- und Punschspezialitäten sowie typische Gerichte wie Flammkuchen, Currywurst mit Pommes frites, aber auch Schweizer Leckereien wie Stangen-Fondue und Raclettebrot anbieten. Der größte Weihnachtsmarkt am See hat auch heute wieder unzählige Menschen angelockt und nicht wenige davon trotzen der bitteren Kälte am Glühweinstand. Auch wir haben noch ein kleines Plätzchen gefunden, direkt gegenüber vom »Weihnachtsschiff«, auf dem es allerlei Weihnachtliches zu entdecken und natürlich auch zu kaufen gibt.

»Ich werde unser geliebtes Weihnachten sicher sehr vermissen, Mami«, sagt Nini gerade, als sie von ihrem Raclette-Käsebrot abbeißt.

»Ich werde dich auch sehr vermissen, Nini. Aber es ist ja nicht das letzte Weihnachten, das wir zusammen feiern werden! Weißt du was, ich beneide dich! Nicht nur um diese tolle Reise, sondern auch um das warme Klima. Brrr … hier scheint es von Tag zu Tag kälter zu werden. Wenn du in Australien nichts von mir hörst, sind wir hier am See wahrscheinlich alle eingefroren.«

»Nun mal doch den Teufel nicht an die Wand«, lacht Nini. »Die Kälte wird doch nicht ewig andauern.«

»Wer weiß? Ruth meint, sie hat Anfang der 60er Jahre schon einmal eine ›Seegfrörne‹ erlebt. Stell dir vor, damals war der ganze See zugefroren.«

»Der ganze See?«, fragt Nini ungläubig.

»Ja! Ruth meint, so etwas könne durchaus wieder vorkommen! Dann laufen wir auf Schlittschuhen zum Fondue-Essen in die Schweiz hinüber.«

»Ach, Quatsch … das glaube ich nicht. Wir haben doch in den letzten Jahren immer ganz milde Winter gehabt. Auch diese Kälte ist sicher nur eine Frage von wenigen Wochen. Du wirst sehen, Mami … Weihnachten werdet ihr in der Sonne sitzen, wie fast jedes Jahr.«

Ich wünschte, ich könnte ihren Worten glauben.

Im Moment ist es so kalt, dass nicht einmal der Glühwein wärmt und ich mir wünsche, nach Hause in die warme Stube zurückzukehren.

»Ho ho ho.« Ein Weihnachtsmann mit dickem, weißem Bart und klobigen Stiefeln stolpert an uns vorbei.

Ich bekomme einen Schreck. Ob das Klaus ist? Aber nein, zu dieser Jahreszeit sind doch viele Weihnachtsmänner unterwegs! Ich muss lächeln, als ich an unsere gestrige Begegnung denke. Gleichzeitig ist mir ein wenig mulmig zumute. Ob es wirklich richtig ist, Klaus zu treffen?

»Woran denkst du?«, fragt Nini neugierig. »Du siehst auf einmal irgendwie happy aus«, freut sie sich.

»Das trifft es nicht so ganz …«, antworte ich ausweichend.

»Nun sag schon! Hat es was mit dem Weihnachtsmann zu tun, von dem Ruth erzählt hat?«

Nini lässt nicht locker.

»Wie kommst du denn darauf?«

Kann sie etwa hellsehen?

»Nun ja … gerade eben läuft ein ziemlich angesäuselter Weihnachtsmann an uns vorbei und das bringt dich dazu, versonnen in die Glühweintasse zu grinsen«, lacht sie.

»Ach, Nini.«

Vor meiner Tochter kann ich offenbar nichts geheim halten.

»Nun tu doch nicht so geheimnisvoll, Mama! Ich erzähle dir doch auch alles«, empört sie sich.

»Aber es gibt doch gar nichts zu erzählen, Nini! Nur das, was ich dir heute Morgen bereits berichtet habe: Der Weihnachtsmann auf der gestrigen Weihnachtsfeier war Klaus … ein alter Schulfreund, den ich seit über 20 Jahren nicht gesehen habe. Das war … irgendwie witzig nach so langer Zeit«, gebe ich zu.

Nini nickt.

»Ich versteeeehe.« Sie grinst. »Aber da war schon ein bisschen mehr, nicht wahr? Früher, meine ich.«

»Na ja … vielleicht ein winziges, klitzekleines bisschen ›mehr‹.« Ich grinse zurück.

»Wusst' ich's doch: Ihr wart zusammen.«

Nini freut sich, dass sie auf der richtigen Fährte war.

»Wir gingen ein paar Wochen miteinander, wie man so schön sagt. Aber es wurde nichts Festes daraus …«, erkläre ich nun bereitwillig.

»Und warum nicht?«, will Nini wissen.

»Ach, ich weiß nicht … es war nur so ein Geplänkel zwischen uns, nichts Ernstes. Wir hatten so viel zu tun mit der Abschlussprüfung … danach haben wir uns in alle Winde verstreut. Klaus und ich haben uns nicht wiedergesehen. Wahrscheinlich sollte es einfach nicht sein.«

Ich sage ihr nicht, dass ich Klaus gar nicht wiedersehen wollte. Weil er mir das Herz gebrochen hat.

»Und ihr habt euch wirklich all die Jahre nicht gesehen? Das ist hier in Überlingen doch fast nicht möglich! Man läuft sich doch ständig über den Weg«, wundert sich Nini.

»Nein, wirklich nicht! Klaus ist damals in den Norden gezogen. Vermutlich ist er erst vor Kurzem wiedergekommen. Aber genau weiß ich es natürlich nicht«, gestehe ich.

Ehrlich gesagt habe ich in den letzten Jahren nicht einmal mehr an ihn gedacht.

»Und nun? Wollt ihr euch wieder treffen?«, fragt Nini und zwinkert mir zu.

Ich zögere einen Moment, dann gebe ich zu: »Wir wollen uns am Freitagabend auf dem Weihnachtsmarkt in Überlingen treffen. Aber ich weiß nicht, ob ich überhaupt hingehen soll …«

»Warum denn nicht? Das klingt doch lustig! Bestimmt habt ihr euch viel zu erzählen. Es ist doch spannend zu erfahren, was ihr beide in der Zwischenzeit alles erlebt habt.«

Sie hat ja recht. Trotzdem fühle ich mich seltsam. Vielleicht deshalb, weil Klaus mir damals alles andere als gleichgültig war.

»Mami, du gehst da hin … das wird sicher witzig«, bestimmt Nini auf einmal und drückt meine Hand.

Ich weiß ja, dass sie es gut mit mir meint. Sie möchte so sehr, dass ich endlich wieder ein paar fröhliche Stunden verbringe.

Also lächle ich sie an und sage: »Na gut. Dann treffe ich mich eben auf einen Glühwein mit meinem alten Schulfreund! Was ist schon dabei?«

Nini lacht: »So ist es richtig. Apropos Überlinger Weihnachtsmarkt: Ich gehe heute Abend auch noch ein bisschen an die Eisbahn. Du hast doch nichts dagegen?«

»Natürlich nicht, Nini. Mit wem gehst du denn?«

»Mit ein paar Freunden«, antwortet Nini geheimnisvoll.

»So so … ein paar Freunden?«, wundere ich mich.

Komisch, normalerweise nennt Nini mir immer die Namen der jungen Leute, mit denen sie unterwegs ist.

»Möchtest du mir vielleicht auch etwas erzählen?«, frage ich sie daher direkt.

»Nein, Mami … es gibt nichts zu erzählen.« Nini schüttelt energisch den Kopf.

»Was macht eigentlich Freddy? Wann kommt er denn mal wieder?«, erkundige ich mich daraufhin.

Freddy ist Ninis Freund und seit einem Jahr in der Ausbildung auf der Polizeischule in Biberach, was ihm zwar sehr gefällt, ihn jedoch auch sehr fordert.

Anfangs war er so gut wie jedes Wochenende bei uns in Überlingen, doch in letzter Zeit hat er sich ein wenig rar gemacht. Ob bei den beiden etwas im Argen liegt?

Mir ist allerdings nichts aufgefallen, was darauf hindeuten würde. Andererseits will das ja nichts heißen. Schließlich habe ich mich ja in den ganzen letzten Monaten fast nur um mich selbst gekümmert. Könnte mir möglicherweise entgangen sein, dass meine Tochter Liebeskummer hat?

»Ach Freddy«, sagt sie nun wie zur Bestätigung und verdreht die Augen.

»Ist alles in Ordnung bei euch?«, frage ich.

»Ja, schon …«, antwortet Nini ausweichend. »Aber weißt du, Mami … Freddy ist einfach so selten hier.«

»Ich vermute, dass er von der Polizeischule nicht so oft weg kann«, verteidige ich ihn.

»Klar, das ist es schon AUCH. Aber dieses Wochenende hat er zum Beispiel frei … und hält es wieder einmal nicht für nötig, zu mir zu kommen! Und weißt du, warum nicht? Weil er mit Kollegen zum Bowling verabredet ist! Und das, obwohl er weiß, dass ich bald nach Australien abreisen werde. Ich habe das Gefühl, dass ihm ALLES wichtiger ist als ich.«

Trotzig schiebt Nini ihre Unterlippe nach vorne.

»Hmm …«, brumme ich nachdenklich. Ich kann sie verstehen … dieses Gefühl kenne auch ich nur allzu gut.

Auch Christian hat mich oft alleine gelassen und ich habe mich deshalb häufig unwichtig gefühlt.

»Jedenfalls wird Freddy schon sehen, was er davon hat«, bricht es aus Nini heraus.

»Wie meinst du das?«, frage ich. Mich beschleicht auf einmal ein ungutes Gefühl.

Die beiden passen wirklich gut zusammen und ich fände es mehr als schade, wenn sie sich entzweien würden!

»Nun, ich sage dir etwas, Mami: Ich bin zu jung, um immer alleine zu Hause zu sitzen und auf einen Typen zu warten, der offenbar mehr Interesse an anderen Dingen und Menschen als an mir hat! Es gibt durchaus andere junge Männer, die mehr Interesse an mir zeigen …« Sie zwinkert mir verschwörerisch zu.

»Ach, Nini … du weißt doch, dass Freddy dich liebt! Es ist nur so, dass er eben sehr gefordert wird in seiner Ausbildung.«

»Das ist es doch nicht allein.« Nini verdreht wieder die Augen.

»Nini, es ist nun einmal so, wie Jean Paul gesagt hat: ›Eine Frau liebt in einem fort, ein Mann hat dazwischen zu tun.‹«

»Ach, das ist doch Blödsinn, Mami. Ich erwarte doch nichts Außergewöhnliches. Freddy muss mich nicht auf Rosen betten oder mir die Sterne vom Himmel holen … aber hin und wieder einmal ein Wochenende mit mir verbringen … das sollte doch wohl möglich sein. Wahrscheinlich werde ich ihm nicht einmal fehlen, wenn ich in Australien bin.«

Wütend knallt Nini den Becher mit dem Rest Glühwein, der inzwischen kalt ist, auf das kleine Tischchen vor uns.

»Ich verstehe dich doch. Aber …«

Mir fällt beim besten Willen nichts mehr ein, womit ich sie beschwichtigen kann.

»Denkst du denn, er trifft sich mit anderen Frauen?«, fällt mir auf einmal ein.

»Quatsch! Es reicht doch, dass er die Gesellschaft von anderen Menschen, egal ob weiblich oder männlich, MIR vorzieht.«

»Nini … es gibt nun einmal IMMER andere Menschen. Ein Partner kann nie allein alle unsere Bedürfnisse abdecken«, verteidige ich Freddy.

»Eben. Aber das gilt auch für mich«, antwortet Nini. Ich kenne sie genau und weiß, was dieser trotzige Ausdruck in ihren Augen zu bedeuten hat. In diesem Punkt ist sie so ganz anders als ich. Ich bin viel vorsichtiger und denke alles hundertmal durch, bevor ich mich auf etwas einlasse.

»Was hast du vor, Nini? Du machst doch keinen Blödsinn?«

»Keine Sorge, Mami … ich weiß schon, was ich tue.« Sie grinst.

Nini ist ein hübsches Mädchen und mir ist bewusst, dass sie mehr als einen Verehrer hat. Doch ich hoffe nicht, dass sie sich den Kopf verdrehen lässt. Ich mag Freddy und er tut ihr gut. Ich denke, sie würde es bereuen, wenn sie ihr Glück mit ihm aufs Spiel setzen würde.

»Spiel nicht mit dem Feuer …«, rate ich ihr daher.

»Feuer? Ach … so ein bisschen Wärme tut doch gut. Das rate ich dir auch, Mami. Es wird höchste Zeit, dass auch du einmal wieder mit dem Feuer spielst.«

Vielleicht hat sie ja recht … und ein klein wenig Feuer kann mein Herz aus Eis wieder auftauen?

*

Zurück in der »Butterblume« zieht Nini eine Thermostrumpfhose unter ihre Jeans, damit sie an der Eisbahn gut gegen die Kälte ausgestattet ist, dann ist sie auch schon wieder an der Tür. Dort dreht sie sich noch einmal um und sagt: »Denke nicht einmal daran, deine Verabredung mit dem Weihnachtsmann abzusagen! Das könnte sich negativ auf unsere Geschenke auswirken.«

Sie zwinkert mir zu und weg ist sie.

Nachdenklich liege ich auf unserem breiten lila Sofa und kraule Jojo hinter den Ohren, während im Fernsehen beim »Adventsfest der 1000 Lichter« die schönen alten Weihnachtslieder gesungen werden.

Ich ziehe die Wolldecke über meine Knie, denn trotz Kaminfeuer ist mir sogar hier drinnen ein wenig kalt. Das liegt sicher daran, dass ich alleine bin, denke ich. Wäre Christian jetzt hier, könnte ich mich in seine Arme kuscheln und würde nicht so furchtbar frieren.

Vielleicht hat Nini ja recht und uns beiden kann ein klein wenig mehr »Feuer« im Leben wirklich nicht schaden? Was mich angeht, so glaube ich jedoch kaum, dass ich mich noch einmal für einen anderen Mann so richtig »erwärmen« kann. Jedenfalls kann ich mir das im Moment beim besten Willen nicht vorstellen. Dafür war meine Bindung an Christian einfach zu groß, auch wenn er mich wirklich sehr oft allein gelassen hat. Trotz allem war er die Liebe meines Lebens, der Mann, mit dem ich alt werden wollte. Die Zeit, die wir zusammen verbracht haben, war die glücklichste meines Lebens und ich glaube nicht, dass jemals ein anderer diesen Platz in meinem Herzen einnehmen wird. Was für Gedanken ich habe! Schließlich muss das ja auch keiner, und Klaus schon gar nicht. Er ist jemand aus meiner Vergangenheit … mehr nicht. Noch dazu jemand, der mich schon einmal sehr unglücklich gemacht hat. Er wäre wohl der Letzte, dem ich erlauben würde, Christians Platz einzunehmen. Nein, wir beide gehen nur einen Glühwein trinken und sonst nichts!

Um ehrlich zu sein, mache ich mir gerade mehr Sorgen um Nini. Wer ist dieser geheimnisvolle Fremde, mit dem sie sich trifft? Denn dass es ein »Er« ist, steht für mich fest. Von ihren Freunden ist es garantiert keiner, das hätte sie mir erzählt. Ich wundere mich überhaupt, dass sie in diesem Punkt so verschlossen ist. Sie hat weder erzählt, wie er heißt, noch wo er herkommt oder was er so macht. Vermutlich enthält Nini mir nur deshalb diese Information vor, weil sie weiß, wie sehr ich Freddy in mein Herz geschlossen habe. Er gehört für mich praktisch schon zur Familie, so oft, wie er bei uns ein- und ausging. Darüber hinaus war auch er in der Zeit nach Christians Unfall stets zur Stelle, um mich in allen Bereichen zu unterstützen ... so etwas verbindet einfach. Aber natürlich ist Nini mein Kind und es ist mir das Wichtigste, dass SIE glücklich ist. Ich möchte nicht, dass sie einsam und alleine zu Hause sitzt, während sich ihr Freund mit anderen amüsiert. Wer weiß, vielleicht mache ich mir auch viel zu viele Gedanken und die beiden haben nur einen kleinen Streit. Nini ist schließlich erwachsen und wird schon wissen, was sie tut!

Gerade, als ein Chor kleiner Weihnachtsengelchen im Fernsehen durch eine verschneite Bühnenlandschaft hüpft, klingelt es plötzlich.

Nanu? Wer ist denn das noch so spät? Vielleicht hat Nini etwas vergessen und findet ihren Schlüssel in ihrer Riesenhandtasche mal wieder nicht.

Widerwillig verlasse ich mein gemütliches Sofa. Auch Jojo begibt sich äußerst unwillig und knurrend mit mir zur Tür.

Als ich öffne, könnte ich überraschter nicht sein. Denn ich blicke in die traurigen Augen von Frau Berger, die in ihrem dünnen Mäntelchen schlotternd in der Kälte steht und fragt: »Können wir reden?«

5. KAPITEL

NEUES LEBEN IM ALTEN HAUS

Ich muss nicht fragen, warum sie hier ist. Ich sehe die Verzweiflung in ihrem Gesicht. Es muss sie schrecklich viel Überwindung gekostet haben, ihren Stolz aufzugeben und zu dieser Stunde an der Tür einer für sie wildfremden Frau zu klingeln.

»Kommen Sie rein«, sage ich daher nur und schlurfe vor ihr her in die warme Küche. »Darf ich Ihnen eine heiße Schokolade anbieten? Oder einen Tee?«, frage ich sie.

Sie sieht schrecklich aus und ist offensichtlich total durchgefroren.

»Haben Sie nichts Stärkeres?«

Ihre Unterlippe zittert.

Ich setze Wasser auf und bereite ihr einen richtig starken Grog zu. Dann setzen wir uns gemeinsam auf das große lila Sofa. Im Fernsehen sind zwei Sängerinnen in Glitzerlamé-Abendkleidern zu sehen, die die zauberhafte Weihnachtswunderwelt besingen. Eine heile Welt, die es für Frau Berger nicht gibt.

Ich sage nichts, sondern gebe ihr die warme Decke, damit sie sich darin einwickeln kann.

»Frau Winter … bitte entschuldigen Sie, dass ich heute Vormittag so unfreundlich zu Ihnen war«, beginnt sie bedrückt.

»Schon gut«, sage ich und lächle ihr aufmunternd zu. »Ich kann mir schon denken, dass es gerade nicht einfach ist für Sie.«

»Nicht einfach? Das ist die Untertreibung des Jahrhunderts«, seufzt sie und trinkt einen großen Schluck von ihrem Grog.

»Was ist denn passiert?«, frage ich sie. Denn dass etwas passiert ist, ist mir klar. Sonst wäre sie wohl kaum hier.

»Wir müssen schon morgen ausziehen«, gesteht sie.

»Morgen schon?« Betroffen sehe ich sie an.

»Ich weiß es schon eine ganze Weile. Aber ich habe es die

ganze Zeit vor mir hergeschoben ... ich dachte, die werden uns doch nicht zu Weihnachten auf die Straße setzen! Das können die doch nicht machen.«

Frau Berger fängt an zu weinen. Sie tut mir unendlich leid.

»Wer sind ›die‹?«, frage ich.

»Mein Vermieter und sein blöder Anwalt! Gut, wir haben die Miete ein paar Mal nicht bezahlt ... aber deshalb gleich eine Räumungsklage? Wo sollen wir denn jetzt hin?«

Frau Bergers Hände zittern so stark, dass ich Angst habe, dass ihr der Becher aus der Hand fällt.

»Ganz ruhig«, sage ich daher. »Sie brauchen keine Angst zu haben.«

»Hab ich aber! Wissen Sie, wie das ist, wenn man jeden Tag vor seinem Kind so tun muss, als sei alles in Ordnung? Wenn man nicht weiß, was man kochen soll ... oder was man sagen soll, wenn er mit seinen Freunden ins Kino will und man das wieder ablehnen muss?« Sie wischt sich die Tränen ab. »Die ganzen Umstände sind ja furchtbar genug. Das Schlimmste aber ist, dass ich vor Jonas verbergen muss, dass wir jetzt obdachlos sind.«

Ich kann nur erahnen, wie furchtbar das alles für sie sein muss.

Ich frage mich zwar, wie es so weit kommen konnte und ob es nicht eine Möglichkeit gegeben hätte, diese Räumungsklage abzuwenden. Sie hätte sich doch Arbeit suchen können ... und vielleicht in eine kleinere Wohnung umziehen ... Als hätte sie meine Gedanken erraten, sagt Frau Berger: »Ich habe das alles verdrängt, weil ich es nicht wahrhaben wollte. Ich habe so sehr jeden Tag gehofft, dass Frank wiederkommt. Ich war mir so sicher! Er hätte uns doch niemals im Stich gelassen ...«

Offenbar doch. Sonst wäre sie jetzt nicht hier, sondern bei ihrer Familie zu Hause. Es sei denn, es ist ihm etwas zugestoßen ...

»Erzählen Sie doch einmal, wie das alles passiert ist«, bitte ich sie.

»Ach, Frau Winter, ich weiß gar nicht, wo ich anfangen soll«, seufzt sie erneut.

»Es gab so gar keine Anzeichen, dass Frank mich ... uns ... verlassen könnte. Oder vielleicht doch? Vielleicht habe ich sie nur übersehen. Vielleicht wollte ich es einfach nur nicht wahrhaben.«

Im Verdrängen scheint sie wirklich Talent zu haben, denke ich für mich.

»Jedenfalls hatten wir keine größeren Schwierigkeiten. Glaube ich jedenfalls. Das Übliche in einer Ehe eben ... ab und zu Streit ums Haushaltsgeld oder andere Ansichten über Jonas' Erziehung. Frank war der Meinung, dass ich viel zu streng mit dem Jungen bin. Aber er hatte ja leicht reden! Wer war denn den ganzen Tag mit dem Kind zusammen? Ich musste ihm doch etwas beibringen! Aber das war doch alles nichts Schlimmes ... nichts, weswegen man einfach so ... einfach so ... von heute auf morgen abhaut.« Ihre Augen füllen sich erneut mit Tränen.

»Glauben Sie denn, dass er abgehauen ist? Dass er Sie wirklich verlassen hat? Ich meine, wenn Sie – abgesehen von ein paar harmlosen Streitereien – wirklich glücklich waren, dann ist das doch eher unwahrscheinlich. Könnte Ihrem Mann nicht auch etwas zugestoßen sein?«, frage ich daher.

»Das habe ich mir ja auch gedacht! Frank liebt seine Familie. Er hätte uns niemals einfach im Stich gelassen. Es MUSS ihm etwas passiert sein! Ich habe natürlich gleich die Polizei eingeschaltet und diese hat in alle Richtungen ermittelt. Aber sie haben keinerlei Anhaltspunkte dafür gefunden, dass Frank einen Unfall hatte ... oder überfallen wurde. Dieser Kommissar, Herr ...«

»Michael Harter?«

»Sie kennen ihn?«, fragt Frau Berger neugierig.

»Er ist ein guter Freund. Und der Lebensgefährte meiner besten Freundin und Mitarbeiterin.«

»Hat er Ihnen etwa von uns erzählt?« Misstrauisch sieht sie mich an.

»Wo denken Sie hin? Das würde Michael niemals tun, es sei denn, es wäre für seine Ermittlungen notwendig.«

»Jedenfalls ist dieser Herr Harter der Meinung, dass mein Frank schon wieder auftauchen wird. Er meint, es sei nicht so ungewöhnlich, dass ein Mann um die 40 so etwas wie eine Midlife-

Crisis hätte und von einem Tag auf den anderen aus seinem ›alten‹ Leben in ein neues wechselt. Vor allem, wenn er sich verliebt …«

»Halten Sie das denn für möglich, dass sich Ihr Mann in eine andere Frau verliebt hat?«

Frau Berger denkt einen Moment nach.

»Bis vor Kurzem hätte ich noch bedingungslos gesagt: Nein, auf gar keinen Fall! Er war doch jeden Abend pünktlich zu Hause. Auch am Wochenende war er immer bei uns … Wann hätte er eine andere kennenlernen oder treffen sollen?«

»Sie sagen, bis vor Kurzem hielten Sie das nicht für möglich. Das heißt, Sie haben Ihre Meinung dazu geändert?«

»Ich weiß es nicht. Ich weiß überhaupt nichts mehr. Sicher ist nur eins: Frank hatte Geheimnisse vor mir. Vielleicht hatte er auch eine Geliebte … es wäre nicht das Einzige, das er vor mir verschwiegen hat.«

»Was denn noch? Verzeihen Sie, ich möchte nicht unfreundlich und neugierig erscheinen … ich versuche nur zu verstehen, was passiert ist.«

»Das ist schon in Ordnung. Es tut gut, sich einmal alles von der Seele reden zu können. Ich habe mich die ganze Zeit so sehr zusammengerissen …«

Sie macht eine kurze Pause.

»Er hat seinen Job verloren, vor Monaten schon. Und mir nichts davon gesagt! Die Polizei hat das herausgefunden. Stellen Sie sich vor, er hat jeden Tag das Haus verlassen und ist zur ›Arbeit‹ gegangen.«

Mit weit aufgerissenen Augen starrt sie mich an.

»Wir wussten von nichts. Abends kam er nach Hause, wie immer … müde und einsilbig. Ich frage Sie: Wo war er? Was hat er den ganzen Tag gemacht? Wissen Sie jetzt, warum ich gesagt habe, er könnte auch eine Geliebte gehabt haben? Es ist alles möglich.« Sie fängt wieder an zu weinen. »Es ist aber auch möglich, dass ihm wirklich etwas zugestoßen ist. Er hat sich in letzter Zeit oft so komisch verhalten, war schweigsam und in sich gekehrt. Und dann gab es diese Anrufe …«

»Was denn für Anrufe?«, frage ich.

»Nun … manchmal klingelte das Telefon und wenn ich ranging, wurde aufgelegt. Das würde ja für eine Geliebte sprechen, ich weiß. Aber manchmal war Frank ja zu Hause … und dann ging er ans Telefon. Dann wurde er oft total einsilbig und blass und legte auf … ohne Abschiedsgruß. Wenn ich nachfragte, wer das gewesen war, meinte er nur knapp, das sei ein Kollege, der mit seiner Arbeit nicht weiterkäme. So hörte sich das aber gar nicht an! Und einmal, da …« Frau Berger macht eine kurze Pause, als ob sie sich nicht sicher wäre, ob sie mir davon erzählen soll. Doch sie spricht weiter: »… einmal sah ich ihm nach, als er das Haus verließ. Ein dunkel gekleideter Mann tauchte auf einmal hinter den Müllkisten auf und verfolgte ihn. Jedenfalls glaube ich, dass er ihn verfolgte. Als Frank in sein Auto einstieg, stieg dieser Mann auch in seinen Wagen und fuhr ihm nach.«

»Haben Sie das Michael erzählt?«

»Natürlich! Aber ich habe mir natürlich das Kennzeichen des Wagens nicht gemerkt. Ich dachte ja auch nicht, dass es wichtig sein könnte. Denn Frank kam wenig später wieder nach Hause.«

»Wann war das denn genau?«

»Kurz bevor Frank verschwunden ist. Ein paar Tage davor! Ich habe so ein ungutes Gefühl … vielleicht hat ja der Mann etwas damit zu tun. Vielleicht bilde ich mir all das auch nur ein. Ich verstehe das alles einfach nicht.« Frau Berger atmet tief aus. »Es war so seltsam. Nachdem sich Frank über Wochen so merkwürdig still verhalten hatte, war er auf einmal wieder gut drauf, beinahe euphorisch. Deshalb konnte ich mir beim besten Willen nicht vorstellen, dass er kurz darauf einfach so weggeht. Noch dazu ohne seine Sachen? Ich meine, er hätte doch etwas mitgenommen, an dem sein Herz hängt. Er hat sogar sein geliebtes Auto dagelassen … einen Oldtimer. Das war das Wertvollste, das er besaß und das hat er gehütet wie einen Augapfel.«

»Wo ist das Auto jetzt?«

»In der Garage. Ich weiß, ich hätte es verkaufen können. Bestimmt ist es ein bisschen was wert. Aber ich denke immer noch, vielleicht kommt Frank ja wieder. Dann soll er sehen, dass wir alle auf ihn gewartet haben! Jonas, ich … und der Oldtimer.«

Sie wischt sich die Tränen aus dem Gesicht.

»Frau Winter, ich weiß einfach nicht, wie es weitergehen soll. Ohne ein Lebenszeichen von Frank, ohne Geld, ohne Wohnung …«

Ich nehme ihre Hand und sage: »Es geht weiter! Glauben Sie mir. Ich stehe zu meinem Wort und helfe Ihnen. Packen Sie Ihre Sachen und kommen Sie mit Jonas zu mir ins ›Maiglöckchen‹.«

Im Stillen denke ich, dass es nicht darauf ankommt, ob ich noch ein weiteres Zimmer heize oder ob die wenigen Habseligkeiten von den Bergers inklusive dem Oldtimer vorübergehend in unserem Schuppen stehen.

»Hier können Sie mit Ihrem Sohn Weihnachten feiern und in Ruhe überlegen, wie es weitergehen soll. Ich werde Ihnen dabei helfen, Arbeit zu finden. Dann können Sie auch eine kleine Wohnung bezahlen. Haben Sie keine Angst … es wird alles gut.«

Frau Bergers riesengroße Augen sehen mich misstrauisch an. »Warum machen Sie das eigentlich? Sie kennen mich doch gar nicht«, fragt sie mich.

»Das stimmt, ich kenne Sie nicht. Aber was ich kenne, ist das Gefühl, jemanden zu verlieren und alleine zu sein! Und Weihnachten sollte niemand alleine sein …«

Sie hat recht, ich kenne sie nicht. Ich habe keine Ahnung, ob ich die Entscheidung, die beiden bei mir aufzunehmen, bereuen werde. Aber das Eine weiß ich, dass ich es nicht zulassen kann, dass die Bergers zu Weihnachten auf der Straße beziehungsweise im Obdachlosenasyl sitzen!

*

»Du hast WAS getan?«, fragt mich Ruth, als ich ihr am nächsten Morgen erzähle, dass die Bergers am Nachmittag im »Maiglöckchen« einziehen werden. »Oh Maja, wenn in diesem Jahr jemand zum Weihnachtsengel befördert wird, dann DU! Erst der arme

Paul und nun auch noch diese kleine Familie ... was ist los mit dir?«, sagt Ruth lachend.

»Ich handle eben, während alle anderen nur reden«, sage ich trotzig.

»So habe ich das doch gar nicht gemeint, Maja. Ich finde es ja ganz toll und wirklich ehrenvoll von dir. Aber natürlich auch ein bisschen mutig ... Ich meine, du weißt doch gar nicht, was das für Menschen sind, die jetzt in deinem Haus wohnen.«

»Das weiß ich doch sonst auch nicht, Ruth! Das ist ja gerade das, was eine Pension ausmacht, oder etwa nicht? Dass nicht nur deine Freunde und Bekannten dort wohnen, sondern FREMDE.«

»Fremde, die dafür bezahlen. Während du eine Art kostenloses Asyl für gestrandete und gebrochene Existenzen bietest.«

»Ja, genau.« Ihre Haltung macht mich langsam wütend. Geht es denn immer nur ums Geld? »Ist DAS nicht eigentlich der Sinn von Weihnachten, Ruth? Dass man für seine Mitmenschen da ist? Denk mal an das Krippenspiel ... Maria und Josef waren auf der Suche nach der Herberge, nicht wahr? Und was haben wir? Richtig, eine Herberge.«

»Ach Maja, sei mir nicht böse! Ich weiß, du meinst es nur gut. Aber ich denke natürlich auch an dich! Ich habe das Gefühl, du willst aus dem ›Maiglöckchen‹ eine Art Insel für Gestrandete mit gebrochenem Herzen machen ... weil du dich selbst auch einsam und alleine fühlst.«

»Lass das mal meine Sorge sein, Ruth«, antworte ich ihr leicht angesäuert. Was geht es Ruth überhaupt an, ob und aus welchen Gründen ich mich dazu entschlossen habe, fremde Menschen bei mir aufzunehmen! »Warum hast du denn so schlechte Laune heute Morgen?«, frage ich sie, um vom Thema abzulenken.

Ruth verdreht die Augen. »Du hast ja recht. Ich bin heute obermies drauf. Weißt du was, Maja? Manchmal denke ich, es war einfacher, als es keinen Mann in meinem Leben gab«, gibt sie zu.

»Wie bitte? Du und Michael, ihr seid doch das absolute Traumpaar.«

Ich bin wirklich überrascht.

»WAS ist denn bitteschön in deinen Augen ›ein Traumpaar‹?«, fragt Ruth genervt.

Ganz offensichtlich hängt der Haussegen bei den beiden wirklich ordentlich schief.

»Nun ... ein Paar wie ihr beide es seid! Jedenfalls habe ich das bis jetzt gedacht. Kläre mich doch bitte auf, wenn es nicht so ist.«

Unruhig laufe ich in der Küche herum. Ich habe heute Morgen schon im Garten einige Tannenzweige abgeschnitten und möchte gerne auf dem Dachboden noch ein paar Strohsterne dafür holen, um auch das »Maiglöckchen« ein wenig zu schmücken. Nun, da nicht nur Paul, sondern auch die Bergers darin wohnen werden, soll es dort ein wenig hübsch und behaglich zu den Feiertagen aussehen.

Zuvor muss ich allerdings unbedingt erfahren, was Ruth so wütend macht, dass sie das halbe Milchkännchen für Pauls Frühstück auskippt!

»Ich hatte soo ein schönes und ruhiges Leben. OHNE Mann. Du weißt gar nicht, wie gut du es hast, Maja! Niemand, der dich ärgert ... niemand, der dir sinnlose Vorhaltungen macht ... und behauptet, dass deine ›Hormone‹ mit dir durchgehen ...«

»Was ist denn passiert?«, frage ich neugierig.

Sonst ist doch immer alles Friede, Freude, Eierkuchen bei den beiden!

»Ach, Maja! Passiert ist eigentlich nichts. Ich bin heute einfach nicht gut drauf und total genervt ...«

»Und was nervt dich so sehr, dass du heute so miesepetrig bist?«

»*Ich* muss immer zu *ihm* fahren, weil er ja soo einen anstrengenden Job hat und man es ihm nicht zumuten kann, dass er nach der Arbeit den weiten Weg nach Sipplingen zu mir fährt. Ich dagegen darf bei Eis und Schnee jedes Mal ins Hinterland nach Owingen fahren, obwohl ich morgens doch wieder früh hier sein muss«, platzt Ruth heraus.

»Ruth, wenn es das ist ... dann kannst du gerne später anfangen! Ich bin doch hier und kann selbst alles vorbereiten.«

»Darum geht es nicht! Es geht darum, dass es ihm völlig egal ist, was ich möchte und was nicht. Hauptsache, er hat es schön bequem! Ich glaube, ich bin nur ein Accessoire für ihn, das sich komfortabel in sein Leben integrieren lässt.«

Bei dem Wort »Accessoire« muss ich unwillkürlich lächeln.

»Das glaubst du doch selber nicht, Ruth. Ihr beide passt wunderbar zusammen und ergänzt euch gut. Vielleicht könnt ihr ja eine Lösung finden und euch abwechseln mit den Besuchen? Mal fährst du nach Owingen und mal kommt er zu dir nach Sipplingen?«

»Wir könnten auch einfach zusammenziehen, nicht wahr? Aber davon ist ja nie die Rede.«

Wütend wirft Ruth das Geschirrtuch auf den Tisch mit dem ausgerollten Haselnussteig, aus dem sie gleich ihre berühmten Nougat-Terrassenplätzchen herstellen möchte.

»Hast du es ihm denn einmal vorgeschlagen?«, frage ich.

»Nein. Da bin ich altmodisch. Das muss doch von ihm kommen! Ich habe schon ein paar Mal angedeutet, es wäre alles nicht so umständlich, wenn wir nur einen statt zwei Haushalte hätten … aber darauf kommt keine Reaktion von ihm.«

»Ruth, das ist doch Blödsinn. Wenn es dein Wunsch ist, mit ihm zusammenzuleben, dann sag ihm das doch einfach! Männer verstehen es nicht, wenn man etwas durch die Blume sagt.«

»Nein, das mache ich ganz bestimmt nicht! Stell dir vor, als wir neulich nach dem Kino noch ein Glas Wein im ›Weinstein‹ getrunken haben, tänzelt doch diese Martina zur Tür herein. Du weißt schon, Riesendekolleté und immer einen Knopf zu viel offen. Sie kommt zu uns herüber und spricht natürlich nur mit Michael … wie es denn so geht … und so weiter. Sie kichert herum, wirft die Haare nach hinten und erzählt ungefragt, dass sie wieder Single ist und wie toll das doch ist, wenn man niemanden hat, der einem Vorschriften macht. Und dass sie NIE wieder mit einem Mann zusammenziehen will, sondern sich nur noch zu romantischen Dates mit einem Mann treffen will. Dabei hat sie ihm tief in die Augen gesehen.«

»Und Michael?«, frage ich grinsend.

»Der hat die ganze Zeit mit ihrem Busen gesprochen und ihr beigepflichtet. Dieses ganze ›Aufeinander-Gehocke‹ wäre ›der sichere Tod der Liebe‹, hat er gesagt«, empört sich Ruth und rollt energisch mit der Teigrolle über den Haselnussteig. »Und da soll ich ihn fragen, ob er mit mir zusammenziehen will? Bestimmt nicht.«

»Ich bin sicher, dass Michael das nicht so gemeint hat«, antworte ich und richte das Frühstückstablett für Paul an, der gerade im Café Platz genommen hat.

»Keine Ahnung. Vielleicht wollte er ja dieser Martina auch nur nach dem Mund reden. Die Männer müssen sich ja immer noch andere Optionen offen halten, das ist ja das Schlimme. Ich habe das Gefühl, sie warten immer, ob sich noch etwas Besseres findet.«

»Quatsch. Das bildest du dir ein, Ruth«, beruhige ich sie.

»Was bildet sich mein Hasimausi ein?«, fragt Michael, der gerade zur Tür hereinkommt. »Guten Morgen, die Damen! Gibt es vielleicht einen Cappuccino für einen alten Herrn?«

Ich sehe an Ruths erschrockenem Gesicht, dass sie nicht weiß, wie viel Michael von unserer Unterhaltung mitbekommen hat.

»Sie bildet sich ein, dass der Teig für die Nougat-Terrassenplätzchen diesmal misslungen ist. Dabei hat sie ihn nur auf den Küchenboden fallenlassen«, lache ich und umarme Michael. »Natürlich bekommst du einen leckeren Cappuccino von mir. Wie schön, dich endlich einmal wiederzusehen, alter Freund! Seitdem du Ruth nicht mehr nur hier, sondern auch zu Hause treffen kannst, hast du dich sehr rar gemacht«, werfe ich ihm vor.

»Das stimmt, Maja … und das tut mir auch sehr leid! Aber ich hatte die letzte Zeit einfach wahnsinnig viel zu tun. Man sollte nicht glauben, was in der ›ruhigen und besinnlichen‹ Weihnachtszeit alles so passiert! Von den Trickdiebstählen auf den Weihnachtsmärkten hast du ja sicher schon gehört. Aber in letzter Zeit haben sich osteuropäische Banden darauf spezialisiert, nicht nur die Handtaschen, sondern gleich die ganzen Häuser der Leute auszurauben, während diese gemütlich auf dem Weihnachtsmarkt ihren Glühwein schlürfen. Ganz zu schweigen von Schlägereien und häuslicher Gewalt. Gerade die ›friedlichen‹ Adventstage scheinen manchen Menschen gar nicht zu bekommen. Dabei sind Familienstreitigkeiten noch das Harmloseste.«

»So einen Fall von ›Familienstreitigkeiten‹ haben wir auch hier.« Ruth zeigt heimlich auf Paul, der im Gastraum in Ruhe seine Zeitung liest.

»Wer ist denn das?«, fragt Michael misstrauisch.

»Na, das ist doch der Paul, von dem ich dir erzählt habe, Mausebär«, klärt Ruth Michael auf.

Bei dem Wort »Mausebär« muss ich innerlich lachen. Das würde ich mir an Ruths Stelle noch einmal gut überlegen, meinen Freund so zu nennen. Da muss ein Mann doch die Flucht ergreifen!

»Der Paul, den Maja im ›Maiglöckchen‹ so gut wie umsonst wohnen lässt. Weil er zu Hause rausgeflogen ist.«

Michael nickt nachdenklich mit dem Kopf.

»Wisst ihr denn, warum er zu Hause ›rausgeflogen‹ ist?«, fragt er.

Ich schüttele den Kopf.

»Ich kam noch nicht dazu, ihn danach zu fragen.«

»Weil er seine Freundin vergewaltigt hat«, antwortet Michael ruhig.

6. KAPITEL

ÜBERRASCHUNG AUF DEM FLUGHAFEN

»Er hat WAS getan? Das glaube ich jetzt nicht«, sage ich fassungslos.

Der nette, stille, harmlose Paul soll seine Freundin vergewaltigt haben?

Irgendwie traue ich ihm das ganz und gar nicht zu. Aber sind es nicht immer die »Harmlosen«, bei denen sich im Nachhinein herausstellt, dass sie etwas auf dem Kerbholz haben?

»Zumindest behauptet sie das«, sagt Michael.

»Er bekam deshalb eine sogenannte ›Wegweisung‹ und darf die Wohnung vorläufig nicht mehr betreten, bis der Sachverhalt geklärt ist.«

»Und wie ist nun der Stand der Dinge? Konntet ihr denn den Sachverhalt ›klären‹?«

Auf einmal ist mir total unwohl bei dem Gedanken, dass sich möglicherweise ein Vergewaltiger in meinem Haus aufhalten könnte.

»Noch nicht. Es ist sehr schwierig herauszufinden, was tatsächlich an diesem Abend geschehen ist. Die Geschichte der Frau klang zunächst einmal schlüssig. Sie sagte, die beiden hätten Streit gehabt, da sei er komplett ausgerastet und hätte sie geschlagen. Dann hätte er plötzlich Sex von ihr gewollt, doch sie hätte sich ihm verweigert. Als sie sich umgedreht hätte, hätte er sie wieder geschlagen, brutal aufs Bett geworfen und sei über sie hergefallen. Als Beweis konnte sie mehrere blaue Flecken vorweisen.«

»Oh Gott! Dann ist es also eindeutig?«

Mir wird ganz mulmig.

»Nein, das ist es nicht. Die Beweislage ist bisher nicht ausreichend für den Erlass eines Haftbefehls, zumal sich die Frau in Widersprüche verwickelt hat.

Die Anzeigende erklärte, dass der Beischlaf, so heißt es im Gesetz, gewaltsam vollzogen wurde, das heißt der Koslowski soll gewaltsam in ihren Körper eingedrungen sein und es soll bei ihm zu einem Samenerguss gekommen sein. Das streitet der Beschuldigte vehement ab. Er bestätigt zwar den heftigen Streit zwischen den beiden, welcher zudem nach seinen Aussagen von ihr provoziert wurde. Er will sie aber nicht geschlagen haben und zu sexuellen Übergriffen soll es auch nicht gekommen sein. Natürlich haben wir die Frau sofort einem Arzt vorgestellt und einen Abstrich machen lassen. Es wurden auch Spermien in der Scheide der Anzeigenden gesichert, allerdings waren die schon circa drei Tage alt und stammen nicht von Paul Koslowski. Die angegebenen Verletzungen waren auch nicht ganz eindeutig. Die hätte sie sich auch selbst zufügen können. Da alles ein bisschen dubios ist, war der Richter nicht überzeugt und hat deshalb auch keinen Haftbefehl erlassen. Es besteht ja weder Verdunklungs- noch Fluchtgefahr und nach bisheriger Beweislage auch kein dringender Tatverdacht, der eine Untersuchungshaft rechtfertigen würde. Deshalb wurde Paul Koslowski auf freien Fuß gesetzt, bekam aber gleichzeitig die Wegweisung aus der Wohnung wegen häuslicher Gewalt. Damit sich eine solche Situation nicht wiederholt.«

»Eine Wegweisung heißt also, er muss die Wohnung verlassen und darf sie auch nicht wieder betreten? Auch wenn er da wohnt?«, frage ich nach.

»Richtig. Es ist sehr schwierig für die Polizei, vor Ort die Sachlage zu entscheiden. Aber nach dem ersten Anschein ging die Gewalt von Paul Koslowski aus und deshalb musste er die Wohnung verlassen. Für denjenigen, dem so etwas widerfährt, ist es natürlich schwierig, sofort eine neue Bleibe zu finden, wenn er keine Freunde oder Verwandte hat, die ihn aufnehmen können. Es gibt zwar Frauenhäuser, in die Frauen sich flüchten können, aber keine Männerhäuser. Den Männern bleibt die Wahl, unter einer Brücke zu schlafen … oder sich in einer Pension wie dem ›Maiglöckchen‹ einzumieten, bis die Ermittlungen abgeschlossen sind. Denn so lange muss Herr Koslowski erreichbar sein.«

»Oh Gott, Michael … haben wir jetzt etwa einen Verbrecher im Haus?«, frage ich ängstlich.

Bei dem Gedanken daran, dass die hübsche Frau Berger mit ihrem Sohn Jonas ab heute ebenfalls im »Maiglöckchen« wohnen wird, ist mir mehr als unbehaglich zumute. »Soll ich ihn bitten, zu gehen?«, frage ich Michael.

»Das musst du selbst entscheiden, Maja. Ich verstehe natürlich, wenn du jetzt Angst hast. Ich kann dir nur von unseren Ermittlungen berichten. Und die haben bisher keineswegs ergeben, dass Herr Koslowski etwas Unrechtes getan hat.«

»Aber seine Freundin hat doch gesagt, er habe sie geschlagen … und blaue Flecken als Beweis gezeigt.«

»Die kein Beweis dafür sind, dass dieser Herr Koslowski dafür verantwortlich ist. Die kann sie sich problemlos selbst beigebracht haben.«

»So ein Quatsch! Wer haut sich denn selbst ein blaues Auge?«, fragt Ruth spöttisch.

»Nun, es wäre nicht der erste Fall, bei dem eine Frau aus Rache den Mann beschuldigt, sie geschlagen oder vergewaltigt zu haben. Denke nur an den Fall des damaligen Fernseh-Wettermanns«, entgegnet Michael.

»Aber warum sollte sie so etwas tun?«

»Wie gesagt, aus Rache. Vielleicht hat Herr Koslowski irgendetwas getan, was ihr nicht gefallen hat … sie betrogen zum Beispiel. Er selbst schwört jedenfalls Stein und Bein, dass sie zwar heftig gestritten haben, er sie aber nicht angerührt hat.«

Michael macht eine kurze Pause.

»Ich kann mir gut vorstellen, dass es für euch seltsam sein muss, dass dieser Koslowski hier bei euch im Haus wohnt. Aber es besteht beim besten Willen kein hinreichender Tatverdacht, dass er etwas Unrechtes getan hat. Vielleicht ist das ja eine Beruhigung für dich, Maja.«

»Glaubst du, dass Paul die Wahrheit sagt, Michael?«, frage ich. Sein Urteil ist mir sehr wichtig, denn davon hängt ab, ob ich Paul hier weiter wohnen lassen werde.

Michael sieht mich ernst an und sagt: »Ja, das halte ich für möglich, Maja. Dieser Herr Koslowski ist nie zuvor in irgendeiner Form gewalttätig gewesen. Für mich ist es eher unwahrscheinlich, dass er dieser Frau etwas getan hat.«

*

Nachdenklich gehe ich auf den Dachboden, um die Strohsterne für die Tannenzweige zu holen. Das milde Licht der späten Nachmittagssonne fällt durch die filigranen Eisblüten am Fenster und ich bin wieder einmal überwältigt von der Schönheit dieses Anblicks.

Irgendwie kann ich mir beim besten Willen nicht vorstellen, dass Paul ein gewalttätiger Mann sein soll. Er kommt mir immer so still und traurig vor. Obwohl ich es natürlich nicht sicher weiß, beschließe ich, ihm vorerst nicht zu kündigen. Es muss schlimm genug für ihn sein, unschuldig verdächtig zu sein und seine Wohnung nicht mehr betreten zu dürfen. WENN er unschuldig ist. Doch ich vertraue auf Michaels Worte und mein Bauchgefühl.

Gerade als ich mit den Zweigen und dem Schmuck zum »Maiglöckchen« herübergehen will, hält auf einmal ein großer schwarzer Geländewagen neben mir.

»Leon, was machst du denn hier?«, freue ich mich.

Der Weingutsbesitzer Leon steigt aus und umarmt mich herzlich. Wie gut er aussieht, denke ich. Seine Schläfen sind graumeliert, doch er hat noch immer dieses jungenhafte Blitzen in den grauen Augen. Seine gute Figur steckt in einem wertvollen, dunklen Tuchmantel und er trägt italienische Schuhe von exquisiter Qualität. Ich dagegen habe wie üblich den alten Rollkragenpullover und darüber die Alltags-Steppjacke an.

Wir beide waren zwei Jahre ein Paar, was von seiner eingebildeten Mutter Katharina nicht gerne gesehen wurde.

Eine alleinerziehende Mutter, die mit ihrem Job und ihrem Kind statt mit Golf und Shopping beschäftigt war, war nicht die Frau, die sie sich für ihren geliebten Sohn gewünscht hatte.

Sicher war sie überglücklich, als ich mit Christian zusammenkam und Leon endlich eine standesgemäße Partie machen konnte. Er und die arrogante Beatrice sind nun schon seit fast zwei Jahren verheiratet … doch Nachwuchs hat sich, wie ich mitbekommen habe, bis jetzt nicht eingestellt. Es wird Katharina sicher nicht gefallen, dass es noch keinen Thronfolger gibt!

»Ich wollte dir die beiden Kisten Wein bringen, die du neulich bestellt hast.«

Leon strahlt mich an.

»Und das macht der Chef jetzt immer selbst?«, grinse ich zurück.

»Nur bei besonderen Kundinnen.«

Nanu, will Leon etwa mit mir flirten? Was seine Beatrice wohl dazu sagen würde?

»Ich wollte dir gerne etwas persönlich überreichen«, sagt Leon und überreicht mir einen goldenen Umschlag.

»Was ist das?«, frage ich und mache den Umschlag neugierig auf.

»Eine Einladung zu einer Weihnachtsfeier auf dem Weingut. Nur die besten Kunden bekommen die«, sagt Leon stolz.

»Aha … tja, also vielen Dank«, sage ich und stecke die goldene Karte in meine Jeans.

»Du kommst doch, Maja? Es wird ein tolles Buffet geben … und Musik und Tanz.«

»Sehr verführerisch, Leon, wirklich.« Ich lächle ihn an, damit er denkt, dass ich mich darüber freue, zum Kreis der »Auserwählten« zu gehören. »Aber ich weiß noch nicht …«

»Warum nicht? Hast du etwas Besseres vor? Vielleicht gibt es ja wieder jemanden in deinem Leben?«

Das wüsste er wohl zu gern!

»Nicht unbedingt, Leon. Aber du weißt doch … weder deine Mutter noch deine *Frau* schlagen vor Freude Purzelbäume, wenn sie mich sehen.«

»Ich schon! Bitte, Maja … mach mir die Freude und komm! Du kannst auch jemanden mitbringen, die Einladung gilt für zwei Personen.«

»Gut, ich will mal sehen«, sage ich, um ihn loszuwerden, denn ich habe schließlich noch etwas vor. »Also bis dann.« Ich winke ihm freundlich zu, nehme meine Zweige und lasse ihn stehen.

Komisch, dass er mich unbedingt bei diesem Fest dabeihaben will.

Ob er noch glücklich mit seiner Beatrice ist? Ich habe sie nicht oft gesehen, fand aber ihr Getue jedes Mal einfach unerträglich affektiert. Aber vielleicht empfinde ich das ja auch nur so, weil ich selbst einmal mit Leon zusammen war?

»Aähmm … hallo, Frau Winter. Da sind wir …«, unterbricht eine leise Stimme meine Gedanken.

»Nennen Sie mich bitte Maja«, begrüße ich Frau Berger freundlich.

»Schön, ich bin Linda.« Sie streckt mir ihre Hand hin.

»Herzlich willkommen! Dann kommen Sie mal mit.«

Ich gehe vor ihr die Treppe hinauf in das größte unserer Zimmer, das »Sonnenzimmer«, welches ich heute schön warm eingeheizt habe, damit die beiden es gemütlich darin haben.

Daneben befindet sich noch eine kleine Kammer, die zum Vermieten eigentlich zu klein ist und in der wir normalerweise Dinge wie Bettzeug, Bettwäsche, Handtücher, den Staubsauger und andere Putzutensilien verwahren.

Damit Jonas nicht mit seiner Mutter in einem Bett schlafen muss, habe ich Ninis altes Jugendbett aus dem Keller nach oben geholt und hineingestellt. Zusammen mit einem Stuhl ist das Zimmer beinahe schon voll. Jedoch kann Jonas sich hier zurückziehen, wenn er einmal alleine sein oder einfach nur fernsehen möchte. Denn Ninis alten tragbaren Fernseher habe ich auch installiert.

Ich gebe Linda den Schlüssel und erkläre ihr alles Notwendige, wie zum Beispiel die Waschküche, den Code für den Internetzugang und vieles mehr.

Mürrisch folgt uns ihr Sohn Jonas, der vermutlich überhaupt nicht einsieht, warum er sein eigenes Zuhause aufgeben und plötzlich mit seiner Mutter in einer Pension leben soll. Ich sehe Linda an, wie schwer das alles für sie sein muss und helfe ihr mit den Koffern

»Den Rest Ihrer Dinge und Möbel können wir bei uns im Keller lagern. Den Oldtimer stellen Sie am besten in den Schuppen, dort steht er trocken und sicher«, sage ich.

»Warum können wir die Möbel nicht einfach bei uns im Keller lassen? Ich denke, wir sind nur ein paar Tage hier«, mault Jonas.

Linda verdreht die Augen.

»Wolltest du dich nicht mit deinen Freunden treffen?«, fragt sie ihn.

Jonas zuckt mit den Schultern, nimmt seine Jacke und geht aus der Tür.

»Ich geh zu den anderen, Schlittschuhlaufen«, ruft er zum Abschied.

»Aber du bist zu Hause, bevor es dunkel wird!«

Es klingt mehr wie ein Befehl als eine freundliche Bitte.

»Zu Hause?«, fragt er grimmig, dann ist er weg.

»Ich meine natürlich hier«, ruft sie ihm laut hinterher.

Linda packt hektisch ein paar Kosmetikartikel aus dem Koffer und räumt diese ins Bad.

»Ich helfe Ihnen«, biete ich Linda an, weil ihre Hände so zittern. Sie wirkt total überfordert.

Zusammen haben wir nur eine Stunde später ihre wenigen Habseligkeiten eingeräumt.

»Tut mir leid. Normalerweise ist er nicht so«, entschuldigt sich Linda. »Es ist ja auch für ihn nicht einfach. Nicht nur, dass sein geliebter Papa fehlt … und ich ihm praktisch jeden Wunsch abschlagen muss … jetzt muss er auch noch sein eigenes Zimmer aufgeben.«

»Das verstehe ich doch«, sage ich. »Ich habe ja selbst eine Tochter.« Aufmunternd lächele ich ihr zu. »Es wird schon alles werden. Leben Sie sich ruhig erst einmal in Ruhe ein.«

Darauf drückt mir Linda ein Päckchen in die Hand.

»Was ist das?«

»Eine Art Begrüßungsgeschenk«, lächelt sie verlegen.

»Das brauchen Sie doch nicht«, sage ich.

»Doch, es ist mir auch schon so unangenehm genug.« Sie

macht eine kleine Pause. »Ich habe mir etwas überlegt, Maja. Ich kann Ihnen ja kein Geld für das Zimmer geben. Aber ich möchte hier auch nicht umsonst wohnen! Solange ich keinen Job habe … möchte ich mich hier gerne ein wenig nützlich machen. Ich kann ja nicht viel … aber ganz gut putzen … und vor allem recht gut kochen! Nein wirklich, ich bestehe darauf. Ich fühle mich sonst zu schlecht. Wäre das in Ordnung für Sie?«

Sie hat vor Aufregung ganz rote Wangen. Aber ich verstehe sie. Sie ist zu stolz, um Almosen zu empfangen.

»Na gut, wenn Sie sich damit besser fühlen …«, sage ich und lächle. Ich mache das Päckchen auf. »Oh, wie wundervoll.«

Es ist eine Weihnachtskugel aus Glas, in der lauter kleine gläserne Eiskristalle eingearbeitet sind. Wie die Eisblumen, die ich oben am Dachfenster entdeckt habe. Ich habe fast ein bisschen Angst, dieses filigrane Glas in den Händen zu halten.

»Echte Glasbläserkunst aus Lauscha in Thüringen. Da komme ich nämlich her«, sagt sie und lächelt zum ersten Mal, seitdem sie hier ist.

»Die Kugel ist wunderschön, Linda. Vielen Dank! Ich werde sie gleich an unseren Weihnachtsbaum im Café hängen«, sage ich bewundernd und ergänze: »Wollen wir uns nicht duzen, Linda? Wir sind doch altersmäßig gar nicht so weit auseinander.«

»Sehr gerne, Maja.« Dankbar lächelt Linda mir zu.

»Aus Thüringen kommst du also?«, frage ich und sie nickt. »Du musst mir unbedingt einmal mehr von deiner Heimat erzählen, ja?«

»Das tue ich sehr gerne. Danke, Maja … für alles.«

*

Am nächsten Tag bin ich unglaublich aufgeregt. Die ganze Zeit laufe ich von einem Zimmer in das nächste, ohne irgendetwas Sinnvolles zu erledigen. Es ist Freitag und heute ist meine Verabredung mit dem Weihnachtsmann Klaus. Die Frage, was ich anziehen soll, erübrigt sich. Es ist immer noch so bitterkalt, dass es auf jeden Fall die dicke Winterjacke, warme Stiefel, Mütze und Handschuhe sein werden. Nicht unbedingt das attraktivste Outfit für ein Rendezvous. Aber das ist es ja auch gar nicht!, schimpfe ich mit mir selbst.

Ich treffe einen alten Freund, mehr nicht! Dennoch bin ich den ganzen Tag nicht zu gebrauchen, da mich eine seltsame Art nervöser Unruhe befallen hat. Diese geht allen auf die Nerven, vor allem jedoch Nini, die sich von mir wünscht, ich würde ihr bei ihren Reisevorbereitungen helfen.

Punkt 18 Uhr schließe ich das Café und räume nur das Nötigste auf. Mein Haar ist wirr und nicht gewaschen, doch das wird unter der Mütze ohnehin niemand erkennen. Ein wenig roséfarbener Lippenstift und etwas Wimperntusche, das muss genügen. Meine Augen wirken müde und matt … mit diesem Aussehen kann ich nun wirklich niemanden hinter dem Ofen vorlocken. Einzig die Wangen glühen rot vor Aufregung. Als ich gerade das Haus verlassen will, hält mich Nini zurück.

»Du willst doch nicht etwa soo zu deinem Date gehen?«, fragt sie mich.

»Warum nicht?«, frage ich zurück.

»Mit dieser alten Jacke und der grauen Strickmütze? Mama, es wird höchste Zeit, dass du dir einmal etwas Neues kaufst«, sagt sie vorwurfsvoll.

»Na und? Ich habe dir doch gesagt, dass es kein *Date* ist.«

»Komm mal mit.«

Nini zieht mich in ihr Zimmer und öffnet ihren Schrank.

Sie wirft mir eine schwarze Jacke mit gefälschter Fellkapuze zu.

»Zieh die mal über! Die brauche ich in Australien sowieso nicht.«

Dann öffnet sie die Schublade ihrer Kommode und entnimmt dieser einen weichen roten Schal sowie die dazu passende rote Strickmütze mit Fellbommel.

»So, und dazu diese schwarzen Stiefel … voilà.« Grinsend schiebt sie mich vor den Spiegel. »Du siehst zehn Jahre jünger aus, Mami.«

Recht hat sie. Ich kann es kaum glauben. Das warme Rot schmeichelt meinem Teint, die schwarze Jacke und die Stiefel wirken edel und sportlich zugleich.

Ich hätte nicht gedacht, in die Klamotten meiner Tochter zu passen, aber ich habe wohl in den letzten Monaten ganz schön abgenommen.

»SO kannst du zu deiner Verabredung gehen.« Nini grinst und umarmt mich. »Viel Spaß … und tu nichts, was ich nicht auch tun würde.«

»Das ist doch sonst mein Spruch!« Ich lache zurück.

»Klopfst du bei mir, wenn du zurück bist? Ich möchte wissen, wie es war«, bittet Nini.

»Sei nicht so neugierig«, antworte ich schmunzelnd. »Du hast mir auch nichts von deinem Abend neulich erzählt.«

»NOCH nicht. Und jetzt geh schon … sonst kommst du zu spät.« Nini schiebt mich aus der Tür.

Irgendwie komme ich mir seltsam vor in den schicken Sachen … so fremd. Es ist so lange her, dass ich mich mit einem Mann verabredet habe, dass ich gar nicht weiß, wie ich mich verhalten soll. Da tut es gut, ein paar Schritte zu gehen, um ein wenig Zeit für mich zu haben und in Ruhe zu überlegen, wie ich Klaus begegnen soll. Ich habe das Auto auf dem Parkplatz am Tennisplatz geparkt und gehe noch ein wenig den kleinen Weg am Ufer entlang, auch wenn es bitterkalt ist.

Die Eisschollen am Seeufer scheinen immer größer zu werden. Ob es wirklich möglich ist, dass der ganze See zufriert? Wenn es so kalt bleibt, könnte es in ein paar Wochen tatsächlich geschehen … jedenfalls an den schmalen Stellen am Untersee zwischen Allensbach und der Insel Reichenau oder bei uns am Überlinger See zwischen Überlingen und Wallhausen oder Ludwigshafen und Bodman. Während ich die Eisschollen betrachte, taucht auf einmal aus dem Nichts eine dunkle Gestalt auf. Ich erschrecke zu Tode, als er sagt: »Ganz schön gefährlich, das Eis …«

Erschrocken blicke ich in das Gesicht, das jetzt direkt vor mir ist und erkenne …

»Herr Koslowski! Sie haben mich aber erschreckt.«

Was zum Teufel macht er hier um diese Zeit?

Mir fällt ein, was Michael über ihn erzählt hat und ich bekomme eine Gänsehaut.

»Sie wollten mich doch Paul nennen, Maja«, sagt er freundlich und setzt hinzu: »Ich wollte noch ein wenig frische Luft schnappen. Ich kann sonst immer nicht gut schlafen. Wenn man den ganzen Tag im Auto sitzt und keine Bewegung hat, fühlt man sich einfach unwohl.«

Ich nicke und setze meinen Weg fort, obwohl ich bemerke, dass er gerne weiterplaudern möchte.

Doch obwohl ich ihm eigentlich nichts Schlechtes zutraue, ist es mir einfach zu dunkel und zu einsam hier.

»Schönen Abend für Sie, Maja«, wünscht mir Paul freundlich und ich erwidere den Wunsch, beschleunige jedoch meinen Schritt.

Ich bin froh, als ich in der Innenstadt ankomme, die um diese Zeit noch voller Leben ist.

Zahlreiche Weihnachtsmarktbesucher haben sich eingefunden, um an den kleinen Ständen hübsche Kleinigkeiten für ihre Lieben oder Leckereien für sich selbst zu erwerben.

Nach dem unverhofften Treffen mit Paul, bin ich so schnell gelaufen, dass ich vor dem Café »Aran« einen Augenblick verweile, um Luft zu holen. Ich erkenne Klaus sofort, obwohl er heute natürlich nicht das Weihnachtsmannkostüm, sondern eine dunkle Jacke trägt. Er steht vor dem Fischhaus Löwenzunft und lässt suchend seinen Blick durch die Menge gleiten. Gut sieht er aus mit seinem vollen, dunklen Haar, dem Dreitagebart und der sportlichen Figur … von Weitem sieht er fast aus wie früher.

Ich bin versucht, die Flucht zu ergreifen. Was will ich eigentlich hier? Alte Erinnerungen aufwärmen? So ein Blödsinn! Diese Zeit ist lange vorbei und das ist auch gut so. Nicht alles war schön damals! Ich erinnere mich an mein gebrochenes Herz und will auf dem Absatz kehrt machen. Doch es ist zu spät, er hat mich erkannt.

»Maja? Hier bin ich«, ruft er mir lachend zu.

Nun gibt es kein Zurück.

Ich nehme mir vor, nur einen Glühwein mit ihm zu trinken und dann nach Hause zu gehen und Nini beim Packen zu helfen.

»Schön, dass du da bist, Maja. Du siehst toll aus.«

Lachend nimmt Klaus mich in den Arm.

»Weiß du was? Ich habe schon befürchtet, du würdest nicht kommen.«

»Ach ja? Warum denn?«, frage ich lächelnd. Wenn er wüsste, wie richtig er mit dieser Vermutung lag.

»Nur so ein Gefühl«, sagt er und sieht mir direkt in die Augen. »Auch ein Glühwein für dich?«

»Sehr gerne. Bei dieser Kälte brauche ich etwas zum Aufwärmen.«

Obwohl ich mich noch eben verdrücken wollte, wird mir auf einmal ganz warm ums Herz. Ob das an dem Glühwein liegt, den Klaus mir eben in die Hand gedrückt hat?

»Mit einem Schuss Amaretto. Den mochtest du doch früher so gerne.«

Ich wundere mich, dass er das noch weiß. Ich weiß ja beinahe selbst nicht mehr, was ich früher gerne getrunken habe. An Amaretto erinnere ich mich allerdings gut. Dieser war zwar klebrig süß, aber irgendwie hatte ich ein Faible dafür. Interessanterweise schmeckt er auch im Glühwein sehr gut.

»Ich hab dir was mitgebracht«, sagt Klaus und zieht ein verknittertes Foto aus der Jackentasche.

Es zeigt unsere Clique am Ufer sitzend, vor dem Lagerfeuer. In der Mitte Klaus und ich. Er hat einen Arm um mich gelegt und ich lächle glücklich in die Kamera. Wie jung wir darauf aussehen! Das waren wir ja auch. 19 vielleicht oder gerade 20.

»Woher hast du das?«, frage ich erstaunt.

»Tja, aufbewahrt, meine Liebe! Sag bloß, du hast kein altes Foto mehr von uns?«

Das habe ich in der Tat nicht.

Was vermutlich daran liegt, dass ich alles, was mit Klaus zusammenhing, damals vernichtet habe.

Ich schüttele den Kopf.

Es ist irgendwie seltsam und lustig zugleich, den Mann auf dem Foto mir gegenüber zu sehen. Es ist derselbe Mensch, mit dem gleichen unwiderstehlichen Lächeln im Gesicht … nur 22 Jahre älter, mit ein paar Fältchen mehr im Gesicht.

»Erzähl mir von dir, Maja … was hast du so gemacht in den letzten Jahren?«

Stunden später sitzen wir immer noch zusammen. Inzwischen haben wir den Weihnachtsmarkt längst gegen den gemütlichen Italiener und den Glühwein gegen Bardolino (sehr viel) und Wasser (sehr wenig) getauscht.

Ich habe Klaus mein ganzes Leben erzählt. Er ist begeistert von der Tatsache, dass ich eine erwachsene Tochter habe und das Café »Butterblume«, in dem er neulich seine Weihnachtsmannvorstellung hatte, mein eigenes ist.

»Was ist mit Ninis Vater? Seid ihr verheiratet?«

»Nein, Ninis Vater war kein Mann zum Heiraten …«, sage ich ausweichend und denke: Er war eher so ein Mann wie du. Jemand, in den man sich heftig verliebt … aber für den Beständigkeit und Zuverlässigkeit Fremdwörter sind.

Aber weiß ich denn überhaupt, wie er heute ist? Der Klaus, mit dem ich damals zusammen war, war ein junger, ungestümer Mann. Der heutige Klaus mag ganz anders sein!

»Dann bist du mit einem anderen verheiratet?«, fragt Klaus neugierig.

»Nein, Klaus, ich bin nicht verheiratet. Ich war in den letzten Jahren mit einem Mann zusammen, aber noch bevor wir heiraten konnten, ist er …«

Fragend blickt mir Klaus wieder direkt in die Augen.

»Weggegangen?«

»So ähnlich.«

Ich trinke noch einen Schluck von dem Bardolino. Meine Augen brennen auf einmal und ich bin müde.

»Wie kann man eine Frau wie dich verlassen?«, fragt Klaus.

»Er hat mich nicht verlassen, Klaus. Jedenfalls nicht freiwillig. Er ist … Christian hatte einen Unfall.«

»Scheiße«, sagt Klaus betroffen. »Oh Mann, das tut mir echt leid für dich.«

Ich nicke.

»Und du? Bist du verheiratet?«, frage ich, um abzulenken. Ich verspüre nicht die geringste Lust, Klaus von Christians Absturz an der Fidelishöhe zu erzählen.

»Nein, auch bei mir kam es leider nicht dazu«, erzählt Klaus bereitwillig.

»Hast du die Richtige nicht gefunden?«, wundere ich mich.

Die Frauen müssen Klaus doch die Bude eingerannt haben. Jedenfalls war es früher so.

»Nicht so richtig. Du weißt ja vielleicht, dass ich damals nach Norddeutschland gegangen bin … auf die Insel Fehmarn. Ich habe ja schon immer gern gesurft, auch hier am Bodensee. Aber dort oben, da bläst ein anderer Wind! Ich kann dir sagen, das war echt der Knaller! Ich habe eine Surfschule eröffnet mit dem zugehörigen Surfshop und einer kleinen Strandbar. Das hat unheimlich viel Spaß gemacht und ich hatte … sagen wir mal so … einige Affären.«

Klaus grinst. Das kann ich mir nun wirklich gut vorstellen!

»Aber man wird ja nicht jünger. Irgendwann wünscht man sich ›anzukommen‹ und ein richtiges Zuhause zu haben … du weißt schon, mit einer Frau, die abends auf einen wartet … und kleinen Kindern, denen man auch das Surfen und Schwimmen und Radfahren beibringen kann …«

»Und da fand sich keine geeignete Frau?«, frage ich neugierig. »Bei den vielen Urlauberinnern, die nach Fehmarn kommen, muss doch einmal eine dabei gewesen sein … von den einheimischen Schönheiten ganz zu schweigen.«

»Doch, da war schon jemand.« Versonnen sieht Klaus in sein Weinglas. Auf einmal wirkt er sehr traurig auf mich.

»Wir waren über 10 Jahre zusammen und ein echt gutes Team …«

»Warum habt ihr nicht geheiratet?«

»Ich hab's vermasselt! Sie wollte schon und hat immer so Andeutungen gemacht. Aber ich hab viel zu lange herumgetrödelt und mich ihrer so sicher gefühlt. Als ich es dann endlich packen wollte, war es zu spät.«

»Was heißt das?«

»Das heißt, dass sie nicht mehr wollte. Sie hatte einen anderen kennengelernt ... so einen echten Frauenversteher. Sie meinte, der würde nicht so lange brauchen wie ich, um zu wissen, was er will.«

»Und ... war das so?«

»Na klar war das so. Der war ja kein Idiot und meine Biene eine echte Traumfrau. Er hat das erkannt, offenbar schneller und besser als ich. Er hat einfach die Gelegenheit genutzt ... sie war unzufrieden mit mir und der Beziehung und sah keine Zukunft für uns. Er dagegen versprach ihr Haus und Heim und Ehe. Da Biene auch schon Mitte 30 war und keine Zeit mehr verlieren wollte ... du weißt schon, die biologische Uhr, die tickt ja fleißig bei euch Frauen ... ließ sie mich einfach so im Stich.«

»Das tut mir auch leid, Klaus. Aber wenn du ehrlich bist ...«

»... bin ich selber schuld, ja! Das weiß ich doch selbst. Es hat trotzdem höllisch wehgetan. Ich bin total abgestürzt ... hab nur noch gesoffen und mich überhaupt nicht mehr um den Laden gekümmert. Der lief ja ohnehin nur im Sommer, aber ich hab gar nix mehr getan. Ich hab mich mit Touristinnen getröstet, um Biene eins auszuwischen. Stell dir vor, ihr hat das überhaupt nichts ausgemacht! Sie hat seelenruhig diesen Langweiler in der Dorfkirche geheiratet. Es war ihr vollkommen egal, was mit mir ist. Irgendwann hat mein Vermieter beschlossen, die Strandbude groß umzubauen. Ich hätte mit einsteigen können und wäre dadurch nicht nur Mieter, sondern Miteigentümer geworden. Dazu hätte ich mich allerdings bis über beide Ohren verschulden müssen. Wozu? Dafür, dass es nach wie vor ein Saisonbetrieb ist, der mal besser, mal schlechter läuft? In den letzten Jahren eher schlechter ... die große Zeit des Surfens ist einfach vorbei.«

»Es hätte aber doch auch eine Chance sein können? Gut, es wäre ein Sprung ins kalte Wasser gewesen ... aber du warst mit deinem Laden doch bereits bekannt. Und wieso ist die Zeit des

Surfens vorbei? Solange es Wind und Wellen gibt, wollen die Menschen doch auf dem Wasser sein. Da könnte man doch auch sagen, die große Zeit des Segelns ist vorbei.«

Ich frage mich gerade, warum Klaus so mutlos war. Als ich damals die Chance bekam, das Café »Butterblume« zu eröffnen, griff ich sofort zu … auch wenn vieles dagegen sprach.

»Nein, Segeln ist etwas ganz anderes. Das wird nie ›out‹ sein! Aber Surfen … das war eine Zeitlang sehr modern, doch heute macht man andere Dinge wie Kite-Surfen oder Standup-Paddling.«

Ich verstehe es nicht richtig, aber er wird schon wissen, wovon er spricht. Allerdings hätte er ja seinen Laden dann in diese Richtung entwickeln können, denke ich. Mit seinem Hobby Geld zu verdienen und ein modern umgebautes Geschäft zu besitzen … noch dazu auf einer tollen Urlaubsinsel, das hört sich für mich gar nicht so schlecht an. Doch offenbar sieht Klaus das ganz anders.

»Ich dachte, das mit dem Umbau ist ein Zeichen. Ein Zeichen, vielleicht noch einmal etwas ganz Neues anzufangen. Es heißt doch immer, es ist nie zu spät für einen Neubeginn, nicht wahr? Irgendwie wollte ich einfach weg von der Insel … und von Biene und ihrem unerträglichen Familienglück.«

Das scheint mir der Hauptgrund für Klaus' Entscheidung zu sein. Sein Herz war gebrochen und er wurde ständig daran erinnert! Auch wenn er selbst an der Entwicklung der Dinge nicht ganz unschuldig war, kann ich mir denken, warum er einen Neuanfang weit weg von dem Ort gesucht hat, an dem er zuletzt so unglücklich war.

»Ich glaube, ich war lange genug im Norden. Hier am Bodensee bin ich doch zu Hause! Also beschloss ich zurückzukehren … und hier bin ich«, sagt Klaus grinsend.

»Das ist schön«, sage ich, auch wenn ich glaube, dass es nicht so einfach ist, sich wieder in der alten Heimat einzuleben, wenn man so lange weg war wie Klaus. »Nur ist es vielleicht nicht gerade die beste Jahreszeit, um am Bodensee einen Neubeginn zu starten! Vor allem etwas anzufangen, das mit Wassersport zu tun hat … es hat den Anschein, als ob der See im Begriff ist zuzufrieren«, gebe ich zu bedenken.

»Was meinst du wohl, warum ich als Weihnachtsmann arbeite? Man muss sich der Saison anpassen«, lacht Klaus.

»Die Weihnachtssaison ist aber in ein paar Wochen vorbei! Und was willst du dann tun?«, frage ich ihn.

»Das überlege ich gerade. Es gibt mehrere Optionen, aber ich habe mich noch nicht entschieden.«

So, so … mehrere Optionen. Etwas Genaues möchte Klaus offenbar noch nicht verraten.

»Hast du denn eigentlich noch Familie hier?«, frage ich.

»Mein Vater lebt noch hier. Aber wir sind zu verschieden, um es miteinander aushalten zu können. Ich bin auch zu alt, um wieder daheim einzuziehen! Daher habe ich eine kleine Wohnung gemietet. Ich will mal sehen, wie es sich so entwickelt.«

»Ich denke auch, dass es gut für dich ist, erst einmal zur Ruhe zu kommen. Es wird sich schon ein neuer Weg finden«, sage ich aufmunternd.

»Da bin ich mir ganz sicher.«

Wieder sieht mir Klaus tief in die Augen. Dann sagt er plötzlich: »Weißt du noch, als wir beim Abschlussball heimlich nach draußen in den Park sind, um zu knutschen? Ich habe dich nie vergessen, Maja.«

Klaus nimmt meine Hand.

Es ist ein schönes Gefühl und doch ziehe ich die Hand zurück, als hätte ich mich verbrannt.

»Ich glaube, ich muss jetzt gehen«, sage ich und setze die Mütze auf, damit ich es mir nicht anders überlegen kann. »Ich habe meiner Tochter versprochen, sie morgen in aller Frühe nach Zürich zum Flughafen zu fahren. Aber es war schön, dich wiederzusehen, Klaus! Danke für den schönen Abend. Ich wünsche dir wirklich alles Gute …« Ich stehe auf und ziehe Ninis schwarze Jacke an.

»Ich möchte dich sehr gerne wiedersehen, Maja.« Klaus steht ebenfalls auf nimmt noch einmal meine Hand.

Diesmal lasse ich es geschehen.

»Darf ich dich anrufen?«

*

»Und du hast tatsächlich deine Hand weggezogen?«, fragt Nini neugierig, als ich auf ihrer Bettkante sitze.

Wie versprochen habe ich an ihrer Zimmertür geklopft und ihr von dem ganzen Abend mit Klaus berichtet.

Sie ist begeistert von dem alten Foto, auf dem ich große Ähnlichkeit mit ihr habe. Das gleiche Lächeln, ein ähnlicher Blick, nur unsere Haare sind sehr unterschiedlich. Meine sind dunkel und stark gelockt, Ninis Mähne ist blond und glatt.

»Wolltest du denn nicht, dass er dich berührt?«, fragt sie grinsend.

Doch, das wollte ich ... möchte ich sagen. Ich wollte, dass Klaus meine Hand hält. Und gerade dieser Gedanke hat mich dazu gebracht, sie wegzuziehen. Ich habe Angst ... ich möchte diese Gefühle nicht haben!

Darum lenke ich schnell ab und frage: »Was ist denn mit dir? Was war das für eine geheimnisvolle Verabredung neulich?«

»Ach, Mami ... da ist auch nichts ... jedenfalls nichts von Bedeutung. Aber ...«

Nini druckst herum.

»Aber was?«

»Ich fühle mich zu Marcel hingezogen, obwohl ich einen Freund habe. Das ist doch nicht normal.«

Marcel heißt also der geheimnisvolle Verehrer, der Nini ein ganz klein wenig den Kopf verdreht hat, wenn ich ihr Verhalten richtig deute.

»Stimmt ... normal ist das nicht, Nini. Wenn man glücklich ist in seiner Beziehung, dann ist man eigentlich immun gegen andere Verführungen. WENN man glücklich ist! Es könnte also ein Anzeichen sein, dass bei euch etwas nicht stimmt. Ich finde, dass du mit Freddy reden solltest, wenn dir etwas an der Beziehung mit ihm liegt«, rate ich ihr.

»Du meinst, ich soll ihm von Marcel erzählen? Das kann ich doch nicht! Das würde er nie verstehen.«

»Nein, das meine ich nicht, Nini. Ich meine, du solltest ergründen, was dir bei Freddy fehlt und mit ihm darüber sprechen, *bevor* du etwas mit diesem …«

»Marcel …«

»… Marcel anfängst. Ich denke, es liegt nur daran, dass Freddy so wenig Zeit für dich hat. Deshalb kommst du auf dumme Gedanken.«

»Meinst du, Mami? Ich will Freddy ja eigentlich nicht verlieren … aber du hast recht: Unsere Beziehung macht mich zurzeit einfach total unglücklich. Weißt du, er war heute hier, um sich von mir zu verabschieden. Stell dir vor: Ich fahre für sechs Wochen weg und er kommt nur vorbei, um kurz ›Tschüß‹ zu sagen! Er ist nicht einmal über Nacht geblieben … sondern gleich wieder zurück nach Biberach gefahren! Das ist doch nicht normal. Ich war so enttäuscht und kurz davor, Marcel zu treffen«, berichtet Nini aufgebracht.

»Ich kenne die Gründe nicht, warum er zurückgefahren ist, Nini. Vielleicht *musste* er ja zurück? Ich bitte dich, nichts übers Knie zu brechen. Freddy ist so ein wertvoller Mensch«, rate ich noch einmal.

»Das weiß ich doch. Deshalb liege ich ja auch schön brav in meinem Bettchen … allein! Und statt mit Marcel zu flirten, rede ich mit meiner Mami über ihre Jugendliebe«, sagt Nini grinsend und wirft noch einmal einen Blick auf das alte Foto.

»Weißt du was? Jetzt freust du dich erst einmal auf deine tolle Reise. In Australien wirst du auf andere Gedanken kommen und du kannst dort in Ruhe darüber nachdenken, wohin dein Herz dich zieht! Manchmal braucht man ein wenig Abstand, um die Dinge klarer sehen zu können.«

Nini umarmt mich. »Danke Mami. Der Rat ist super! Ich habe auch einen für dich: Ich glaube, du solltest diesem Klaus vielleicht doch noch einmal eine kleine Chance geben, deine Hand zu halten.«

*

Am nächsten Morgen bin ich nach einer durchwachten Nacht völlig fertig. Offenbar hat mich die Begegnung mit Klaus so sehr durcheinandergebracht, dass ich kaum schlafen konnte und völlig wirre Träume hatte.

So verläuft die Fahrt zum Flughafen Zürich sehr einsilbig, weil wir beide unseren Gedanken nachhängen. Auch Nini ist ungewohnt schweigsam heute Morgen und ich vermute, dass dies nicht nur wegen der Aufregung vor der großen Reise ist. Am Züricher Airport treffen wir auf Familie Hauser, die uns freudig begrüßt. Die beiden Kleinkinder quengeln herum. Sie sind wahrscheinlich noch müde und wirken angesichts der Menschenmasse, die am frühen Morgen bereits auf dem Flughafen unterwegs ist, ängstlich und gestresst. Ich frage mich, was all diese Menschen vorhaben. Reisen sie nach Hause, um mit ihren Lieben Weihnachten zu feiern? Oder brechen sie wie die Hausers auf in ferne Länder, um Weihnachten zu entfliehen … sei es nun, weil sie keine Lieben haben, mit denen sie das Fest feiern könnten oder Weihnachten generell nicht mögen. Auch so etwas soll es ja geben!

Plötzlich werde ich furchtbar traurig. Auch ich werde Weihnachten nicht mit meinen Lieben, sondern alleine feiern. Dabei fällt mir Paul Koslowski ein, der vermutlich ebenso einsam und alleine sein wird, sollte es keine Versöhnung mit seiner Freundin geben. Und das ist nach den schwerwiegenden Vorwürfen, die sie gegen ihn erhoben hat, wohl sehr unwahrscheinlich. Auch die beiden Bergers werden alleine sein, wenn Vater Berger tatsächlich etwas zugestoßen sein oder er seine Familie wirklich im Stich gelassen haben sollte.

Insofern werde ich also doch nicht *ganz* alleine zu Weihnachten sein! Wie hat Ruth so schön gesagt? Das »Maiglöckchen« ist eine Insel der gebrochenen Herzen? Wie recht sie doch hat! Auch Klaus' Herz ist gebrochen, doch an ein gemeinsames Weihnachtsfest vermag ich nicht zu denken. Ich sollte ihn am besten gar nicht wiedersehen!

Die Hausers drängen zum Aufbruch. Das kleine Mädchen hat sich vom Quengeln in einen Heulkrampf hineingesteigert und Nini versucht vergeblich, sie mit ihrem Stoffhasen zu beruhigen. Das geht ja schon gut los! Ich sehe an ihrer Miene, dass sie sich gerade fragt, ob die Reise wirklich so eine gute Idee war.

Gemütliche Weihnachten sehen anders aus.

Wir umarmen uns und ich versuche zu scherzen, damit ich nicht in Tränen ausbreche: »Bring mir ein Känguru mit, Liebes. Oder nein … lieber einen hübschen Australier.«

Nini lacht.

»Pass auf dich auf, meine Kleine … und tu nichts, was ich nicht auch tun würde.«

»Das gilt auch für dich, Mami. Sei lieb zu dem Weihnachtsmann! Du weißt doch … wegen der Geschenke.« Sie kneift ein Auge zu.

Die Hausers halten uns vermutlich für gaga, doch das ist mir egal. Die sollen sich lieber um ihre Kinder kümmern! Sie versprechen zwar, auf Nini Acht zu geben, doch das halte ich angesichts ihrer Zuwendung zu ihren Kindern im Moment für sehr fragwürdig. Allerdings habe ich volles Vertrauen zu meiner Tochter. Sie ist schließlich erwachsen und weiß schon, was sie tut. Meistens jedenfalls.

Wir drücken uns noch einmal fest, dann sind die Fünf in der Menschenmasse verschwunden. Traurig gehe ich zum Ausgang. Am liebsten würde ich jetzt auch wegfliegen … irgendwohin … statt alleine nach Hause zu fahren!

»Nun hören Sie mal … das darf doch jetzt nicht wahr sein! Wir haben einen zwölf Stunden Flug hinter uns und Sie sagen uns, dass Sie keinen Leihwagen mehr haben? Und das am frühen Morgen? Was sind Sie denn für ein Saftladen? So etwas gibt es weder in Germany noch bei uns in Amerika, das können Sie mir glauben.«

Am Stand der Leihwagenvermietung entsteht ein mittlerer Tumult.

Und mittendrin …

»Mama.«

Ich kann es nicht fassen. Die Dame, die gerade die arme Frau hinter dem Tresen übel beschimpft, ist meine Mutter Luise.

Neben ihrem unerschütterlichen Selbstbewusstsein trägt sie ihren braunen Webpelzmantel und einen bunten Schal. Trotz des Langstreckenfluges, den sie hinter sich hat, sieht sie unglaublich gut aus, was vermutlich an den roten Wangen liegt, die sie gerade vor Aufregung hat. Neben ihr steht cool und lässig mit einem breiten Grinsen ihr Mann Steve.

»Maja! Was machst du denn hier? Du wusstest doch gar nicht, dass wir kommen! Steve, hast du ihr das etwa verraten? Es sollte doch eine Überraschung werden.«

Sie lässt die Leihwagen-Frau, die verständnislos fragt: »Also brauchen Sie jetzt doch keinen Leihwagen?« einfach stehen und kommt mit ausgebreiteten Armen auf mich zu. Für einen Moment bin ich überwältigt vor Glück.

»Die Überraschung ist euch gelungen«, sage ich mit Tränen in den Augen.

»Eine größere Freude hättet ihr mir zu Weihnachten gar nicht machen können.«

»Siehst du, Steve? Sie freut sich.«

Freudestrahlend hakt sie mich unter, während Steve die beiden großen Koffer hinter sich herzieht. Er grinst allerdings dabei, weil er sieht, wie glücklich seine Frau gerade ist.

Die beiden haben sich vor ein paar Jahren durch einen Briefclub kennen- und durch den Austausch vieler Briefe liebengelernt. Gleich bei dem ersten Besuch meiner Mutter in Amerika stand für beide fest, dass sie zusammenbleiben wollen.

»Was machst du hier am Flughafen, wenn du gar nicht wusstest, dass wir kommen?«, fragt mich meine Mutter.

Misstrauisch wirft sie ihrem Steve einen fragenden Blick zu. Vermutlich glaubt sie, er habe mir die Überraschung ihres Besuches doch verraten.

Ich erkläre ihr in wenigen Worten, dass Nini auf dem Weg mit den Hausers nach Australien ist.

»Oh wie schade! Dann können wir ja gar nicht alle zusammen Weihnachten feiern«, bedauert meine Mutter. »Aber ich verstehe das natürlich. Wenn man als junger Mensch eine solche Chance geboten bekommt, muss man einfach zugreifen! Das hätte ich auch getan. Wir hatten ja solche Möglichkeiten nicht und waren nach dem Krieg schon froh, wenn wir überhaupt ein Dach über dem Kopf hatten.«

»Dafür jettest du jetzt in der Weltgeschichte herum«, sage ich lachend.

»Wolltet ihr nicht eigentlich erst im Frühling an den See kommen?«, frage ich erstaunt.

So sehr ich mich freue, die beiden zu sehen, wundere ich mich doch ein wenig. Der Winter ist doch nicht gerade die schönste Jahreszeit bei uns am Bodensee. Besonders bei dieser Eiseskälte, die uns noch immer voll im Griff hat.

»Ja, das stimmt. Aber Weihnachten gehört nun einmal der Familie«, sagt meine Mutter.

Ich denke daran, dass Steves Tochter ja auch zur Familie gehört und nun ohne die beiden feiern muss.

»Aus diesem Grund haben wir beschlossen, unseren Besuch vorzuziehen! Was ja nicht heißt, dass wir nicht im Sommer wiederkommen können, nicht wahr, Steve?«, sagt meine Mutter lachend.

»Oh ja, mein Schatz. Das können wir.«

Steve sieht müde aus und ich biete ihm an, ihm einen Koffer abzunehmen.

»Wie geht es dir, Maja? Mein Gott, du bist ja noch dünner geworden! Isst du denn überhaupt nichts mehr? Siehst du, Steve … es ist gut, dass wir gekommen sind. Höchste Zeit, das Kind ein bisschen aufzupäppeln.«

Ich muss lachen. Es ist doch ganz egal, wie alt man ist. Für die eigene Mutter bleibt man immer das »Kind«, auch wenn man längst auf eigenen Beiden steht und selbst eine erwachsene Tochter sowie ein Geschäft sein Eigen nennt. Im Augenblick tut mir Mamas Fürsorge jedoch richtig gut. Das erleichtert den Abschiedsschmerz von Nini ungemein.

»Also, so etwas wie mit dieser Leihwagenfirma ist mir ja im ganzen Leben noch nicht passiert! Dabei hatte ich den Wagen doch extra noch von Amerika aus im Internet gebucht. Stell dir nur vor, wenn du jetzt nicht hier gewesen wärst! Was hätten wir denn dann gemacht?«, ereifert sich meine Mutter.

»Dann wären wir eben mit dem Zug gefahren, Darling«, sagt Steve und grinst dabei.

Ich frage mich, wie er immer so ruhig und gelassen bleiben kann.

Entweder liegt es in seinem Naturell oder er versteht vielleicht nur die Hälfte von dem, was sie so von sich gibt. Oder beides …

»Trotzdem! Das ist doch eine Frechheit! Ach Maja, ich wollte eigentlich noch unterwegs anhalten und Blumen für dich kaufen. Außerdem haben wir jetzt doch gar kein Auto in Überlingen. Wir wollen doch mobil sein am See! Ich will schließlich auch meine Freunde besuchen und Tante Ingeborg …«

Sie plappert munter weiter.

Die Rückfahrt nach Überlingen verläuft auf diese Weise auf jeden Fall sehr viel gesprächiger als die Hinfahrt!

Nachdem ich den beiden versichert habe, dass wir genug Blumen und Weihnachtsdekoration sowohl in der »Butterblume« als auch im »Maiglöckchen« haben und sie während ihres ganzen Aufenthalts entweder meinen Mini oder Ninis Beetle nutzen können, erzähle ich ihnen von den neuen Dauergästen in der Pension.

Ich verschweige allerdings den Vergewaltigungsverdacht gegen Paul, das würde meine Mutter zu sehr aufregen.

»Und diese Frau Berger wurde einfach von ihrem Mann sitzengelassen? So kurz vor Weihnachten? Das ist doch ein Schwein, wenn du mich fragst! Das macht man doch nicht! Nicht wahr, Steve?«

Steve nickt zustimmend.

»Besonders leid tut es mir für den Jungen«, sage ich. »Was auch immer bei seinen Eltern vorgefallen sein mag, er leidet jetzt darunter. Nicht nur, dass sein Vater weg ist und keiner weiß, wo er sich aufhält … die Familie hat offenbar dadurch große finanzielle Probleme. Nun haben sie auch noch die Wohnung verloren und wissen nicht, wie es weitergeht«, berichte ich.

»Oh je! Wie gut, dass du sie aufgenommen hast, Maja.«

Als wir in der »Butterblume« eintreffen, erwartet uns ein

gedeckter Tisch und ein großer Topf warme Kartoffelsuppe, gekocht von Linda.

»Oh, ich wusste nicht, dass Sie noch jemanden mitbringen! Ich habe nur vier Würstchen in die Suppe geschnippelt …«

»Das passt schon.« Ich lache und stelle ihr meine Mutter und ihren Mann Steve vor.

»Gerade haben wir von Ihnen gesprochen«, zwitschert diese.

Misstrauisch hebt Linda eine Augenbraue.

»Ach ja?«

»Maja hat uns von Ihrem Schicksal erzählt. Also wenn Sie mich fragen, dann können Sie froh sein, dass Sie den Mistkerl los sind! Sie einfach so im Stich zu lassen … noch dazu an Weihnachten«, empört sich meine Mutter.

»Er ist kein Mistkerl«, antwortet Linda leise und bindet sich die Schürze ab.

»Nun verteidigen Sie ihn nicht auch noch! Schließlich ist das doch der Grund, warum Sie hier sind.«

Linda wirft mir einen Blick zu und geht aus dem Zimmer.

»Mama! Musste das sein?«, frage ich sie genervt. Manchmal fehlt ihr einfach das Feingefühl.

»Ist doch wahr? Oder habe ich etwas gesagt, das nicht stimmt?« Beleidigt verzieht meine Mutter ihren Mund.

»Nein, es ist wahr. Aber Linda ist ohnehin schon total überfordert mit der ganzen Situation. Man muss sie ja nicht ständig daran erinnern.«

»Was heißt da ständig? Ich bin doch gerade erst angekommen! Aber gut … ich verschließe jetzt meinen Mund …«

Sie macht eine Handbewegung, als würde sie ihren Mund abschließen und den Schlüssel wegwerfen.

»Wenn mein Rat hier nicht gefragt ist …«

»So habe ich das nicht gemeint …«, sage ich und gehe Linda nach, um sie zu beschwichtigen, damit wir alle in Ruhe die köstliche Kartoffelsuppe zu uns nehmen können.

Es sieht allerdings so aus, als würde diese kleine Weihnachts-Wohngemeinschaft ganz schön viel Zündstoff in sich tragen!

7. KAPITEL
WEIHNACHTEN AUF DEM WEINGUT

In den nächsten Tagen leben sich alle trotz meiner anfänglichen Bedenken sehr gut ein. Steve unterhält sich oft mit Paul und spielt hin und wieder eine Partie Schach mit ihm. Ich bin ganz froh, dass nun noch ein anderer Mann im Hause ist, auch wenn ich nach wie vor nicht glaube, dass Paul ein böser Vergewaltiger ist. Dennoch fühle ich mich beruhigter.

Linda hält ihr Versprechen und kocht jeden Tag für uns. Auch sie hat sich bei dem gemeinsamen Essen ein wenig mit Paul angefreundet, der ja ebenso wie sie ein gebrochenes und einsames Herz hat.

Eines Abends, als Linda und ich gerade ein Glas Wein zusammen trinken, frage ich sie, wie es sie denn an den Bodensee verschlagen hat.

»Auf die traditionelle Weise«, sagt sie lächelnd. »Natürlich durch die Liebe.«

»Also ist dein Frank ein Bodensee-Mann?«, frage ich sie.

»Ja, Frank ist ein echter Überlinger. Wir haben uns allerdings in Lauscha kennengelernt. Franks Oma kommt aus Thüringen und er war dort zu Besuch. Weißt du eigentlich, dass Lauscha eine Glasbläserstadt ist?«

Ich schüttele den Kopf und betrachte die wunderschöne Christbaumkugel.

»Dann gibt es dort noch mehr solcher Kunstwerke?«, frage ich sie.

»Oh ja! Sie werden alle auf traditionelle Weise hergestellt. In Lauscha findet zu Weihnachten immer der Kugelmarkt statt. Dort kann man die schönsten Christbaumkugeln kaufen, die du je gesehen hast! Weißt du, dass ich einmal Lauschaer Glasprinzessin war? Die wird jedes Jahr gewählt! In dem Winter, in dem ich Glasprinzessin wurde, habe ich meinen Frank kennengelernt. Er war so stolz auf mich! Aber zurück zu den Kugeln. Es werden nicht nur Christbaumkugeln, sondern auch andere Glaskugeln wie Glasaugen für Puppen und auch für Menschen hergestellt. Aber natürlich sind das Schönste die Christbaumkugeln. Man kann eine echte Farbglashütte besichtigen und den Glasbläsern bei der Arbeit zusehen. Wir sind sehr stolz auf diese Handwerkskunst, schließlich kamen die ersten Kugeln, die in Amerika verkauft wurden, aus Lauscha! Ein Herr Woolworth war aufmerksam auf die schönen Arbeiten geworden und kaufte Unmengen davon für seine Warenhäuser ein. Damals musste in fast jedem Haushalt für die Herstellung dieser Kugeln gearbeitet werden. Heute kaufen die Leute ja lieber die Billigkugeln aus dem Supermarkt, die aus Plastik sind und in Asien hergestellt werden.«

»Ich glaube nicht, dass die Leute lieber die billigen Kugeln kaufen. Ich denke, wir alle hätten lieber ein solches Kunstwerk am Baum hängen ... aber es ist nun einmal eine Preisfrage.«

Linda nickt nachdenklich. Vermutlich fällt ihr ihre eigene finanzielle Situation wieder ein.

»Da hast du recht. Meine Mutter war auch in der Glashütte tätig ... viel mehr Industrie gibt es dort eigentlich nicht. Für uns junge Leute war das wirklich schwierig. Ich habe nach der Schule eine Zeitlang im Supermarkt als Verkäuferin gearbeitet, weil ich absolut keine Ahnung hatte, was ich tun sollte ... aber das war furchtbar öde. Dann wurde ich Glasprinzessin und Frank trat in mein Leben! Er nahm mich mit an den Bodensee, wir heirateten und Jonas kam auf die Welt.«

»Das hört sich doch toll an! Der Prinz, der die Glasprinzessin mit zu seinem Schloss in den Süden nimmt ...« Schwärmerisch und übertrieben verdrehe ich die Augen.

»Na ja ... Schloss ist vielleicht ein bisschen zu viel gesagt ... aber irgendwie kam mir das Ganze trotzdem märchenhaft vor. Wahrscheinlich, weil ich so verliebt in Frank war.«

»Dann war es offensichtlich die richtige Entscheidung, Linda.

Aber was war mit deiner Familie? Die musst du doch sehr vermisst haben.«

»Ach, meine Familie …«

Linda seufzt.

»Mein Vater war Offizier bei der Grenzbrigade 13 in Rudolstadt. Nach der Wende wurde er natürlich entlassen, denn eine Grenze gab es ja nicht mehr! Danach hat er sich sehr verändert …«

Linda sieht auf einmal sehr traurig aus.

»Er bekam nur noch Aushilfsjobs und fing an zu trinken. Weißt du, für meinen Vater war die Wiedervereinigung eine absolute Vollkatastrophe. Er hat ja an die DDR geglaubt und war voller Überzeugung und aus tiefstem Herzen Sozialist. Der Westen war für ihn feindliches Ausland und er war dazu auserwählt, die tolle DDR dagegen zu verteidigen. Als die Grenzen aufgingen, waren die meisten Menschen in Lauscha erst einmal skeptisch und ängstlich. Sie wussten ja gar nicht, was auf sie zukommt! Jahrelang wurde den Menschen in der DDR ja weisgemacht, dass der kapitalistische Westen böse sei. Erst als sie merkten, dass der Westen ihnen wohlgesonnen war und sie noch Begrüßungsgeld geschenkt bekamen, wurde Vertrauen geschaffen und sie verfielen in einen Kaufrausch. Als auch noch die ehemaligen Kollegen meines Vaters und selbst Mutti und ich von diesem Überschwang erfasst wurden, fühlte er sich verraten. Er war der Meinung, dass alle nur noch ›den Bananen und der westlichen Glitzerwelt‹ hinterherjagten. Viele Leute fuhren nach Hof, weil sie gehört hatten, dass es dort mehr Begrüßungsgeld geben sollte. Nur er saß zu Hause oder in der Kneipe herum und schimpfte, dass wir vom Westen einfach so übernommen worden waren und gar nicht gefragt wurden. Er war nur noch schlecht drauf und ungerecht, vor allem zu Mutti.«

»Oh … das hört sich ja nicht gerade wie eine glückliche Familie an«, werfe ich ein.

»Stell dir eher das Gegenteil vor, Maja! Mein Vater schlug den Militärton auch zu Hause an. Mit den Jahren wurde es immer schlimmer. Wir dachten alle, irgendwann würde er sich daran gewöhnen und sich über die guten Zeiten freuen. Mutti hat wirklich alles versucht. Sie hat so viel gearbeitet, damit wir uns auch ein bisschen was leisten konnten. Aber nicht einmal zu einem kleinen Urlaub in Italien konnte sie ihn überreden. Er wollte nur an die Ostsee, doch selbst dort pöbelte er herum, wie viel besser doch alles zu DDR Zeiten gewesen war. Glaub mir, es war schrecklich, es war kein Leben mehr für mich dort! Ich war so froh, als sich mir die Gelegenheit bot, mit Frank an den Bodensee zu gehen. Mir tat nur Mutti leid, weil ich sie zurücklassen musste. Andererseits war ich auch irgendwie wütend auf sie, weil sie so schwach war und sie sich nie gegen meinen Vater aufgelehnt hat! Ich habe so oft versucht, ihr zu helfen. Doch sie nahm alles klaglos hin, auch Vatis Sauferei. Ich glaube, manchmal ist ihm sogar die Hand ausgerutscht. Sie hat so viel geweint, hielt aber trotzdem zu ihm. Natürlich habe ich Mutti oft vermisst, besonders am Anfang. Ich hatte ein Baby und hätte mir oft gewünscht, dass sie in meiner Nähe gewesen wäre, um mir zu helfen. Ich war ja hier ganz allein mit Jonas. Es fiel mir auch schwer, Kontakte zu knüpfen … die Leute hier sprechen einen eigenen Dialekt und ich hatte ständig das Gefühl, sie schauen auf mich herunter, weil ich ein Ossi bin. Leider bin ich ja auch nicht so der ›Kontaktmensch‹, sondern eher zurückhaltend.«

»Hat dich denn deine Mutti wenigstens hin und wieder hier am Bodensee besucht?«, frage ich.

Ich habe das Gefühl, dass es Linda gut tut, über ihre Vergangenheit zu sprechen. Sie scheint Vertrauen zu mir zu haben und es kommt mir so vor, als tue es ihr gut, sich einmal auszusprechen. Ich glaube, dass Linda diese Dinge viel zu lange für sich behalten hat.

»Anfangs schon. Ich habe versucht, sie zu überreden hierzubleiben! Aber sie schüttelte immer den Kopf und sagte: ›Vati braucht mich doch!‹ Und dann wurde sie ganz schlimm krank … bestimmt aus Kummer.« In Lindas Augen schimmern Tränen. »Ich habe das nicht kommen sehen, Maja. Ich war egoistisch und habe nur an mich und mein neues Leben hier gedacht. Vielleicht hätte ich es früher erkennen müssen. Und darauf bestehen, dass sie mit hierherkommt. Vielleicht würde sie dann noch leben! Mein Vater hat sie kaputt gemacht. Das verzeihe ich ihm nie! Deshalb zieht es mich dort auch nicht mehr hin.«

»Das heißt, du hast gar keinen Kontakt zu deinem Vater?«

»Wir schreiben uns Geburtstags- und Weihnachtskarten. Er hält mich für eine Verräterin, die der Glitzerwelt des Westens erlegen ist und ich glaube, dass er Mutti auf dem Gewissen hat. Warum sollten wir uns treffen? Um uns gegenseitig zu beleidigen? Meine Familie ist jetzt hier.«

»Aber du sagtest doch, du wärst hier am Anfang nicht so glücklich gewesen?«, frage ich nach.

»Nein, anfangs hatte ich großes Heimweh. Doch so langsam lebte ich mich ein, auch wenn ich viel allein war, weil Frank arbeitete. Wir fanden die schöne Wohnung, Jonas kam in die Schule und fand Freunde ... wir hatten ein gutes Leben, Maja! Und nun ... ist alles zerbrochen ...Wie heißt es so schön? Glück und Glas ... wie leicht bricht das?« Traurig sieht sie mich an.

Was mag nur geschehen sein, dass Lindas Leben, das sie sich hier im Westen so mühsam aufgebaut hat, jetzt in Scherben liegt?

»Das Glück hat dich nicht verlassen, Linda. Es hat sich nur versteckt ... und du musst es wiederfinden. Eine Glasprinzessin bleibt eine Glasprinzessin.«

Zaghaft lächelt mir Linda zu. »Wenn du meinst ...«

»Das weiß ich! Sag mal, Linda ... hast du vielleicht Lust, mich auf eine Weihnachtsfeier zu begleiten?«

Spontan kam mir gerade dieser Gedanke. Ich habe zwar nicht die geringste Lust, zu dem Fest auf dem Weingut zu gehen, aber eines muss man Leon lassen: Es befinden sich immer die richtigen Leute auf seinen Veranstaltungen! Vielleicht ergibt sich ja eine Gelegenheit für Linda, dort jemanden kennenzulernen, der ihr Arbeit verschaffen kann, sei es nun im Einzelhandel oder in der Gastronomie.

»Eine Weihnachtsfeier? Wieder von der Kirche?« Linda klingt wenig begeistert.

»Nein, von einem alten Freund von mir auf einem Weingut. Es wird sicher ganz lustig.«

Lustig wird es mit Sicherheit nicht, wenn ich an die schmalen Lippen der Hausherrin Katharina und ihrer eingebildeten Schwiegertochter Beatrice denke, aber zu zweit werden wir das schon überstehen.

»Na gut, wenn du möchtest … dann begleite ich dich sehr gerne«, willigt Linda zögernd ein.

So stehe ich also am nächsten Tag vor meinem Kleiderschrank und überlege mir ein standesgemäßes Outfit.

Luise ist wenig begeistert von meiner Idee, auch wenn ich ihr glaubhaft versichern konnte, dass wir eigentlich nur auf Jobsuche für Linda gehen.

»Ich mochte Leon nie«, sagt sie trotzig und betrachtet mich misstrauisch in meinem roten Spitzenkleid. »Viel zu aufreizend für diesen eingebildeten Blödmann.«

»Mama! Sag doch so etwas nicht …«

»Ist doch wahr. Oder hast du etwa vergessen, dass du nie gut genug für diese Familie warst?«, sagt meine Mutter empört.

»Das war Katharinas Meinung, nicht Leons«, verteidige ich ihn.

»Die ER zugelassen hat! Er stand doch nie zu dir«, erinnert sie mich.

»Ganz so war es zwar nicht, Mama … aber du hast schon recht. Ich habe einfach nicht zu diesen Leuten gepasst. Deshalb ist es ja gut, dass ich mich in Christian verliebt habe. Er hat viel besser zu mir gepasst.«

»Ja, das stimmt. Und trotzdem finde ich, dass du ihn langsam loslassen musst, Maja. Nicht vergessen, nur loslassen …«

Meine Mutter sieht mich besorgt an.

»Wenn das so einfach wäre! Ich gebe mir ja Mühe.«

»Vielleicht ist es gar nicht so schlecht, wenn du heute einmal unter Leute gehst! Aber fang bloß nicht wieder was mit DEM an«, warnt sie mich.

»Warum sollte ich, Mama? Leon ist verheiratet«, sage ich lachend.

»Meiner Erfahrung nach hält das die wenigsten Männer davon ab, einer hübschen Frau nachzustellen! Schon gar nicht, wenn sie soo gekleidet ist.«

»Na gut, dann ziehe ich eben etwas Anderes an.«

Ich fische einen schwarzen Hosenanzug und eine weiße Bluse aus dem Schrank, doch damit sehe ich aus wie die Kreditberaterin bei der Sparkasse. Oder eine Nachrichtensprecherin.

»Übertreiben brauchst du nun auch nicht gerade.« Meine Mutter schüttelt grinsend den Kopf. »Was ist mit diesem?« Sie nimmt ein schwarzes Strickkleid vom Bügel.

Schlicht, kurz, eng … mit tiefem Dekolleté.

»Das kleine Schwarze, unaufdringlich elegant … aber auf eine sexy Weise«, sagt meine Mutter und betrachtet es bewundernd.

»Dann ist es ja genau richtig«, sage ich und steige mutig auch noch in ein Paar schwarze hohe Pumps.

»Bist du sicher, dass du nichts mehr mit Leon anfangen willst?«, fragt mich Luise misstrauisch.

»Das bin ich! Aber ich will mir neben Beatrice auch nicht wie Aschenputtel vorkommen«, sage ich bestimmt.

»Mit diesem Kleid hast du so viel Ähnlichkeit mit Aschenputtel wie ein Pfau mit einem Zwerghuhn! Aber bitte entschuldige mich … ich bin ein wenig müde und möchte mich kurz hinlegen. Viel Spaß euch beiden! Und tue nichts, was ich nicht auch tun würde«, verabschiedet sich meine Mutter mit einem Augenzwinkern.

Ich muss innerlich über ihren Spruch lachen, den auch ich bei Nini immer anwende, wundere mich aber gleichzeitig ein klein wenig über meine Mutter. Sie will sich hinlegen? Dabei ist sie doch gerade erst von ihrem Mittagsschlaf aufgestanden! Nachdenklich sehe ich ihr nach.

Normalerweise ist sie ein solches Energiebündel, mit dem ich nur schwer mithalten kann, auch wenn ich viel jünger bin als sie. In den letzten Tagen ist mir jedoch aufgefallen, dass ihre Bewegungen langsam und müde sind und sie sich immer wieder hinsetzen muss. Sie wird doch nicht langsam alt werden?

Nun, ich werde mich hüten, sie das zu fragen!

Zufrieden mit meinem Outfit klopfe ich an Lindas Tür.

Auch sie hat offenbar für diese Feier das Beste herausgesucht, was ihr magerer Kleiderschrank und ihre Kosmetikbestände hergegeben haben!

Sie trägt einen gold bestickten, ultra kurzen Minirock, der ihre schlanken Beine betont, und einen hautengen schwarzen Rolli, dazu schwarze Stiefel.

»Ist das zu übertrieben?«, fragt sie mich.

»Für diese Veranstaltung genau richtig«, lobe ich sie.

Aus eigener Erfahrung weiß ich, dass die Damen auf dem Weingut Römfeld stets die neueste Designermode tragen und eigens für diesen Anlass nicht nur beim Frisör, sondern auch im Kosmetikinstitut (wenn nicht sogar in der Schönheitsklinik in Lindau) gewesen sind. Wenn wir hier bestechen wollen, müssen wir uns schon gewaltig anstrengen!

»Es ist das erste Mal seit langer Zeit, dass ich Jonas alleine lasse«, sagt Linda traurig, als wir zum Auto gehen. »Seitdem Frank weg ist, bin ich nicht mehr ausgegangen. Nur einmal zur Yogastunde …«

»Mir geht es doch ähnlich«, gebe ich zu.

»Aber irgendwann müssen wir wieder unter Leute gehen! Außerdem ist Jonas doch nicht alleine.«

Als wir uns verabschiedet haben, saß der Junge mit Steve vor dem Fernseher, um den Ski World Cup anzuschauen.

»Du hast ja recht, Maja. Es ist trotzdem komisch. Weißt du, am Anfang dachte ich immer, ich dürfe nicht ausgehen, denn es könnte ja sein, dass gerade in der Zeit, in der ich weg bin, Frank zurückkommt. Oder anruft. Bis ich irgendwann realisierte, dass er nicht wiederkommen wird … ob ich nun zu Hause auf ihn warte oder nicht.«

»Gab es denn wirklich gar keine Anzeichen für sein Fortgehen?«

Linda schüttelt den Kopf.

»Ich habe mir das Hirn zermartert, ob ich vielleicht etwas übersehen habe. Aber das einzig Merkwürdige, das mir einfällt, ist dass Frank in letzter Zeit öfter einmal seltsame Anrufe bekam … und eines Tages ein Mann vor unserem Haus herumlungerte … huhh!«

Als plötzlich eine Gestalt im Dunkeln vor uns auftaucht, erschrecken wir beide.

»Guten Abend, die Damen.«

Es ist Paul, der wieder wie aus dem Nichts aufzutauchen scheint. Wie kann es sein, dass sich ein erwachsener Mann derart anschleichen kann?

»Paul! Sie haben uns aber erschreckt«, werfe ich ihm vor.

»Oh Verzeihung, die Damen … das wollte ich nicht! Ich komme nur gerade von der Arbeit und habe gedacht, die beiden Hübschen kenne ich doch. Da wollte ich Ihnen guten Abend sagen«, antwortet er freundlich.

»Na dann … auch für Sie einen guten Abend«, sagen wir wie aus einem Mund.

Nachdenklich sehe ich ihm nach, wie er still und mit gebeugtem Kopf zum »Maiglöckchen« geht. Irgendetwas stimmt nicht mit ihm, das steht fest!

*

Auf dem Weingut ist die Weihnachtsfeier bereits in vollem Gange, als wir eintreffen. Wie immer hat sich die Hausherrin Katharina selbst übertroffen und bereits den kleinen Park, der das Gut umgibt, in ein Lichtermeer verwandelt. Alle Bäume, die die Zufahrt säumen und den ganzen Garten zieren, sind mit Lichterketten verziert. Vor dem Eingang steht ein großer weißer Schlitten, vor den goldene Kunststoff-Rentiere gespannt sind und in dem ein überdimensionaler Weihnachtsmann mit hunderten von bunten Paketen sitzt. Bei seinem Anblick muss ich automatisch an Klaus denken und ich lächle bei der Erinnerung an unseren schönen Abend. Seitdem hat er mir einige Nachrichten geschickt, in denen er mich um ein Wiedersehen bittet, doch ich weiß nicht, ob das gut für mich ist. Einerseits hat mir das Wiedersehen mit

Klaus große Freude bereitet, doch andererseits ist mir nicht ganz klar, was er eigentlich von mir will. Ich vermute, dass er nur die Gelegenheit nützen möchte, an eine alte Freundschaft anzuknüpfen, weil er so viele Jahre weg war. Es ist sicher nicht so leicht, noch einmal ganz von vorne anzufangen und sich einen neuen Bekanntenkreis aufzubauen. Wie gut, wenn man da schon jemanden von früher kennt! Was mich angeht, so schwanke ich zwischen dem sentimentalen Gefühl, das ich habe, wenn er mir wie früher direkt in die Augen sieht und der Erinnerung daran, dass er mir schon einmal das Herz gebrochen hat. Ich verspüre nicht die geringste Lust, dass sich das wiederholt! Womöglich will er mich nur ausnutzen, weil er sonst niemanden kennt und lässt mich wieder fallen, sobald jemand Neues auftaucht. So wie damals! Nein, so weit wird es nicht kommen. Was sollen auch diese Überlegungen? Ich bin selbst doch noch lange nicht bereit, mich auf einen anderen Mann einzulassen. In meinem Herzen ist immer noch Christian und ich fürchte, daran wird sich nie etwas ändern!

Nachdem wir den Wagen abgestellt haben, empfangen uns Jagdhornbläser im Hof zur Begrüßung. Jeder eintreffende Gast bekommt sofort, nachdem er seinen Mantel abgelegt hat, im Inneren des Gebäudes von einem als Engel verkleideten hübschen Mädchen ein Glas Sekt überreicht.

Im Eingangsbereich, der einer Halle gleicht, hat Katharina einen eigenen kleinen Weihnachtsmarkt aufgebaut, bei dem allerlei Künstlerisches und Kulinarisches sowie natürlich vor allem der hauseigene Wein (auch in der Glühwein-Variante) angeboten wird. Bei den Weihnachtskugeln rümpft Linda die Nase, ansonsten ist sie schwer beeindruckt. Außerdem stehen Dutzende von Weihnachtsbäumen herum, die mit roten und goldenen Kugeln geschmückt sind.

»Das ist ja wie in einem Schloss«, flüstert sie begeistert.

»So ehrfürchtig brauchst du nun auch wieder nicht zu sein«, sage ich und grinse. »Warte ab, bis du die Schlossherrin siehst.«

Da kommt sie auch schon auf uns zu. Katharina trägt einen

schwarzen Blazer zu einem langen Samtrock, darunter eine rote Seidenbluse. Ihr blonder Bob ist wie immer makellos geföhnt.

»Maja … was verschafft uns die Ehre?«, fragt sie misstrauisch. Linda scheint sie völlig zu übersehen.

Ich reiche ihr die Hand, die sie nur widerwillig nimmt.

»Guten Abend, Katharina«, begrüße ich sie freundlich. Schließlich weiß *ich*, was sich gehört!

»Du hast auch eine Einladungskarte?« Ihr Blick ist fordernd, ja geradezu feindselig.

»Selbstverständlich.« Ich mache jedoch keine Anstalten, meine Tasche zu öffnen, obwohl sich die Karte darin befindet. Im Augenblick bin ich einfach nur wütend. Ich wusste doch, dass es ein Fehler war, hierherzukommen!

Was hat sich Leon nur dabei gedacht, mich einzuladen? Er muss doch wissen, dass an einem solchen Abend für seine Mutter und seine Ehefrau nur diejenigen Gäste zählen, mit denen sie gute Geschäftsbeziehungen unterhalten oder von denen sie in sonstiger Hinsicht profitieren.

Mir war doch klar, dass ich eigentlich nicht zu diesem Kreis der Auserwählten gehöre! Ich hätte lieber zu Hause bleiben sollen.

Doch da fällt mir Linda wieder ein.

»Darf ich dir jemanden vorstellen, Katharina? Das ist meine Freundin Linda aus der Glasbläserstadt Lauscha. Du weißt doch sicher, dass dort die weltberühmten Christbaumkugeln herkommen, nicht wahr? Linda war selbst auch in der Glasbläserbranche tätig …«

»Sooo?« Katharinas rechte Augenbraue wandert nach oben. »Als Glasbläserin?«

Für einen Augenblick scheint sie wirklich interessiert, doch Linda zerstört diesen Moment, indem sie sagt: »Nein, als Glasprinzessin.« Die Erinnerung zaubert doch tatsächlich ein breites Lächeln auf ihr Gesicht, was sie auf einmal unglaublich hübsch aussehen lässt.

»Als WAS?« Katharinas Lippen verziehen sich zu einem schmalen Strich.

»Da haben wir also heute Abend eine echte Prinzessin zu Gast«, rettet Leon die Situation, der gerade mit Beatrice zu uns stößt.

»Beatrice, wärst du wohl so lieb und würdest unserer Glasprinzessin die Hütte mit den Weihnachtskugeln zeigen?«, fragt er scheinheilig nach einer kurzen Begrüßung und schiebt die beiden in Richtung des kleinen Weihnachtsmarktes. Auch Katharina verabschiedet sich, schließlich muss sie sich um wichtigere Gäste kümmern.

»Maja, wie schön, dass du da bist«, sagt Leon und umarmt mich herzlich.

Er zieht mich aus der Menge weg und drückt mir ein Glas des hauseigenen Rotweins in die Hand.

»Geht es dir gut, Leon?«, frage ich ihn. Er kommt mir ein wenig blass und angespannt vor.

»Geht so. Ehrlich gesagt geht mir der ganze Zauber hier ziemlich auf den Wecker«, erklärt er mürrisch.

Um uns herum stehen nur gut gelaunte Gäste, die der leisen Weihnachtsmusik lauschen und sich von der prachtvollen Dekoration verzaubern lassen. Die Stimmung ist ausgesprochen entspannt. Was hat Leon denn?

»Warum machst du denn dann diesen ›Zauber‹? Immerhin bist du der Veranstalter«, frage ich neugierig.

»Warum ich das mache? Weil es von mir erwartet wird, Maja! Das weißt du doch. Es ist gut fürs Geschäft, Kontakte zu pflegen«, erklärt er mit immer noch mürrischer Miene.

»Soweit ich mich erinnern kann, hast du das immer sehr gerne getan … das mit dem ›Kontakte pflegen‹, meine ich.«

»Das stimmt. Aber je älter ich werde, desto mehr bin ich genervt von diesen ganzen gesellschaftlichen Verpflichtungen.«

Nun, wie ich vermute, sind diese seit seiner Eheschließung mit Beatrice nicht gerade weniger geworden.

»Manchmal möchte ich am liebsten alles hinwerfen, Maja«, bricht es plötzlich aus Leon heraus.

»Bist du betrunken, Leon?«, frage ich angesichts dieses Geständnisses.

»Nein, ich war noch nie so klar, Maja! Ich denke immer mehr, dass das alles ein großer Fehler war ...«

»Was genau meinst du mit ›das alles‹? Das Weingut ist doch dein Leben«, frage ich verwundert.

»Das Weingut schon ... aber nicht dieser ganze Blödsinn hier! Ich komme mir oft so vor, als sei mein ganzes Leben eine riesengroße Inszenierung. Wie ein Theaterstück, in dem wir alle eine Rolle spielen.«

Leon fährt sich durch die Haare.

»Ich vermisse so sehr das einfache Leben, Maja. Das Leben, das ich mit dir hatte! Einfach mal im Sommer auf dem Steg in der Sonne dösen. Ein Käsebrot essen.«

»Das kannst du doch nach wie vor tun, Leon.«

»Eben nicht! Wir haben ständig irgendwelche wichtigen Verabredungen und Verpflichtungen. WENN wir am See sind, dann nur bei irgendwelchen Bekannten, die dort ein Haus haben. Oder ein Riesenboot. Oder beides. Statt Käsebrot gibt es Kanapees und es wird Champagner getrunken, bereits am Morgen. Die Damen tragen statt Shorts und Flipflops Designerkleider und High Heels und reden die ganze Zeit nur über andere Leute. Wenn du wüsstest, wie sehr mich das langweilt.«

Leon wirkt ehrlich genervt.

»Was langweilt dich, mein Schatz?« Beatrice legt ihre sorgfältig manikürte Hand auf seinen Arm und zeigt ein einstudiertes Lächeln mit makellosen Zähnen. Mich übersieht sie natürlich geflissentlich.

Bevor Leon jedoch antworten kann, zieht sie ihn mit den Worten »ich glaube, es wird Zeit für deine kleine Willkommensrede, Schatz! Bevor dir noch langweiliger wird« von mir fort.

Nachdenklich sehe ich den beiden nach. Irgendwie tut mir Leon leid. Ich beneide ihn nicht um sein ach so glamouröses Leben, das ihn offensichtlich alles andere als glücklich zu machen scheint.

Mit strahlendem Lächeln begrüßen die beiden ihre Gäste, doch Leons Miene sieht gequält aus. Dann beginnt eine Band, moderne Weihnachtslieder zu spielen und die ersten Gäste begeben sich auf die Tanzfläche. Andere stehen in kleinen Gruppen um Stehtische versammelt, auf denen sich goldene Windlichter befinden. Das große Buffet ist bestückt mit lauter leckeren kleinen Häppchen und ich nehme mir ein paar leckere Kanapees, da ich den Wein bereits spüre. Trotz der vielen Menschen um mich herum fühle ich mich auf einmal schrecklich allein. Sie alle gehören zu irgendjemandem, haben ihren Mann oder ihre Partnerin an ihrer Seite. Selbst Leon, auch wenn er nicht glücklich zu sein scheint. Doch da fällt mir Linda wieder ein. Auch sie ist allein und muss sich zusätzlich noch die Frage stellen, wo ihr Mann ist und warum er einfach so ohne ein Wort gegangen ist.

Ich mache mich auf die Suche nach ihr und finde sie am Stand des Goldschmieds Warnke, wo sie die wundervollen Schmuckstücke bewundert, die sie sich selbst niemals leisten können wird.

»Ich sehe, Sie haben meine Freundin Linda Berger bereits kennengelernt, Herr Warnke …«, beginne ich, mutig geworden durch das Gläschen Wein. »Frau Berger kommt aus der Glasbläserstadt Lauscha in Thüringen und ist gewissermaßen Expertin für schöne und exquisite Dinge«, erzähle ich ihm.

Immerhin sind wir ja deshalb hier. Nicht um Leons weinerliches Gejammer über seine Luxusprobleme anzuhören, sondern um einen Job für Linda zu suchen.

Herr Warnke begrüßt uns freundlich. Er und seine Frau sind hin und wieder zu Gast in der »Butterblume«.

»Sagen Sie, Herr Warnke … Sie können nicht zufällig jemanden brauchen, der Sie ein wenig im Verkauf Ihrer wundervollen Schmuckstücke unterstützt?«, frage ich weiter. Linda sieht mich mit weit aufgerissenen Augen an.

Herr Warnke betreibt mit seiner Frau in der Innenstadt von Überlingen ein gut gelegenes Geschäft, das sich sowohl bei Einheimischen als auch Touristen großer Beliebtheit erfreut.

Er lässt seinen Blick anerkennend über die schöne Linda schweifen, zögert einen Moment, in dem wir den Atem anhalten und sagt dann: »Wir könnten in der Tat jetzt in der Vorweihnachtszeit eine Aushilfe benötigen. Sind Sie denn vom Fach?«

»Das gerade nicht. Aber ich habe bereits im Verkauf gearbeitet«, antwortet Linda mit einem bezaubernden Lächeln. »Ich könnte mich sicher schnell in die Materie einarbeiten.«

»Nun ... wir haben im Moment so viel zu tun und könnten auf jeden Fall eine Hilfe, und wenn es nur zum Geschenke einpacken ist, benötigen. Meine Frau könnte Ihnen alles Notwendige zeigen. Wann könnten Sie denn anfangen?«, fragt Herr Warnke.

»Morgen, wenn Sie wollen.« Linda lächelt glücklich.

»Schön. Kommen Sie doch am Dienstag einmal in unserem Geschäft vorbei. Dann kann ich Sie meiner Frau vorstellen und wir können alles Weitere vor Ort besprechen.«

*

»Siehst du? Ich habe dir doch gesagt, dass wir auf dem Weingut ein paar Kontakte knüpfen können«, sage ich lachend, als wir uns von dem Stand entfernen. »Beziehungen schaden nur dem, der keine hat.«

»Ach, Maja ... das ist ja toll.« Linda lächelt dankbar. »Auch wenn ich gar nicht weiß, ob ich das überhaupt kann. Ich meine ... ich bin doch keine gelernte Verkäuferin.«

»Du musst mit deiner Persönlichkeit überzeugen, Linda! Trau dir doch einfach einmal etwas zu! Du siehst gut aus, bist freundlich ...« Manchmal jedenfalls, denke ich. »... und du hast ein Auge für schöne Dinge. Warum sollst du das nicht überzeugend rüberbringen und gut beraten können? Nur Mut.« Ich drücke aufmunternd ihren Arm. »Ich glaube, wir haben unser Ziel für heute erreicht. Hast du etwas dagegen, wenn wir nach Hause gehen? Ich bin etwas müde ...«, bitte ich Linda.

Ich möchte ihr nicht sagen, dass mich der Anblick der ganzen glücklichen Paare um uns herum doch sehr traurig macht.

»Das geht mir ganz genauso«, stimmt Linda zu. »Aber vielen

Dank, dass du mich mit hierher genommen hast! Ich habe so ein schönes Ambiente noch nie erlebt.«

Als ich unsere Mäntel holen möchte, packen mich auf einmal zwei starke Arme und ziehen mich hinter die Garderobe.

»Leon! Was soll das?«, frage ich überrascht.

Er sollte bei seiner Frau sein und mit ihr Walzer tanzen!

»Du willst doch nicht etwa schon gehen, Maja? Ich wollte dich noch etwas fragen …«

»Ach ja … und was denn?«, frage ich misstrauisch.

»Ich wollte dich fragen, ob wir uns nicht einmal wiedersehen können.«

Spontan reißt er mich in die Arme und küsst mich.

»Bist du verrückt geworden?«, keuche ich. »Du bist verheiratet.«

Leon zeigt auf den großen Mistelzweig, der mit einer großen roten Schleife verziert über der Garderobe hängt.

»Du weißt doch, was das bedeutet, nicht wahr, Maja?« Er grinst.

»Ach, Leon.« Ich schiebe ihn von mir weg und hole meinen Mantel. »Geh zurück zu deiner Frau.«

»Heißt das, du willst mich nicht wiedersehen?« Leon hat sein verschmitztes Lächeln aufgesetzt, welchem ich schon früher nicht widerstehen konnte.

»Das heißt, dass du eine Frau hast und *diese* küssen solltest. Danke für die Einladung und den schönen Abend.«

Als ich auch Lindas Mantel gefunden habe, gebe ich ihm die Hand und verabschiede mich.

Ich bin schon auf dem Weg zurück zu Linda, da drehe ich mich noch einmal um und sehe, dass Leon an derselben Stelle steht und mir nachsieht.

»Grüß deine Mutter schön von mir«, kann ich mir nicht verkneifen, ihm zuzurufen.

Um ehrlich zu sein, bin ich froh, als wir wieder zu Hause sind. Zwar hat mein bescheidenes Heim mit der eben zur Schau gestellten Pracht so gar nichts gemein, doch es ist warm und gemütlich. Auch wenn Katharina und Beatrice sich allergrößte Mühe gegeben haben, ihr Weingut in ein Winterwunderland zu verwandeln, so ist es ihnen doch nicht gelungen, Wärme in die Herzen der Menschen zu bringen. Jedenfalls nicht in meins. Und offenbar auch nicht in Leons. Es ist offenkundig, dass er nicht glücklich ist. Neben der kühlen, perfekten und stets etwas unnahbar wirkenden Beatrice wirkt er sehr zurückhaltend und distanziert. Als wir noch zusammen waren, war er der große Macher ... ein erfolgreicher Geschäftsmann, neben dem ich mich immer ein wenig klein und nichtssagend gefühlt hatte. Beatrice scheint offenbar einen anderen Mann aus ihm gemacht zu haben. Einen Mann, der ganz offensichtlich auf der Suche nach Wärme und Liebe ist. Doch selbst wenn uns noch immer viel verbindet und Leon auch heute noch ein guter Freund ist, so könnte ich mir beim besten Willen nicht vorstellen, wieder mit ihm zusammen zu sein. Selbst wenn er nicht verheiratet wäre. Dafür ist einfach in der Zwischenzeit zu viel geschehen!

Müde kuschele ich mich in mein warmes Bett und sehe aus dem Fenster. Es ist eine sternklare Nacht und das Mondlicht fällt silbern auf den eisigen See. Mein Handy piept ... es kommt eine Nachricht herein. Sie ist von Klaus:

»Liebe Maja, möchtest du am Wochenende mit mir Schlittschuhlaufen gehen? Ich würde dich gerne wiedersehen.«

Nun sind es schon zwei Männer, die mich wiedersehen wollen! Eigentlich sollte ich mich geschmeichelt fühlen. Ich nehme das Foto vom Nachttisch, auf dem Christian und ich auf dem Segelboot »Sommerwind« zu sehen sind. Wie glücklich wir aussehen! Und wie jung. Ich habe das Gefühl, ich bin inzwischen um hundert Jahre gealtert. Ich habe so Sehnsucht danach, mich wieder genauso zu fühlen wie auf dem Foto! Genauso unbeschwert und fröhlich möchte ich wieder sein. Doch dieses Gefühl kann mir weder Leon noch Klaus schenken. Nur Christian, und der lebt nicht mehr.

»Lieber Klaus, ich glaube, das ist zu gefährlich ...«, schreibe ich daher zurück.

Nur eine Minute später kommt die Antwort: »Du weißt doch,

ich bin der Weihnachtsmann … Ich werde schon aufpassen, dass du nicht in das Eis einbrichst … und wenn doch, dann werde ich dich retten!!«

Ich muss schmunzeln. Denn eigentlich habe ich das Eis gar nicht gemeint …

8. KAPITEL
GEFÄHRLICHES EIS

Am nächsten Morgen wache ich zu gewohnter Zeit auf, doch dann fällt mir ein, dass das Café heute ja geschlossen hat. Auch wenn ich nicht mehr schlafen kann, so genieße ich den Moment der Ruhe und die Wärme in meinem gemütlichen Bett. Ich lasse das milde Licht des Morgens herein und betrachte ein Entenpaar, das einsam auf einer silbern glänzenden Eisscholle sitzt.

Nanu? Was ist denn das für ein Mann in unserem Garten? Ich springe aus dem Bett und sehe aus dem Fenster.

Ein ziemlich großer und kräftiger Mann läuft in unserem Garten herum. Weil er so warm angezogen und mit einer Mütze und einem Schal vermummt ist, kann ich ihn nicht richtig erkennen. Das ist doch die Höhe! Was hat er in unserem Garten zu suchen? Schon ist er meinem Blickfeld entschwunden und ich laufe nach unten, um den Vorgarten besser einsehen zu können. Brrr ... ist das kalt ohne Hausschuhe! Doch wohin ich auch blicke, der Mann ist verschwunden. Ich ziehe meine warme Jacke über und schlüpfe barfuß in die Stiefel, um draußen nachsehen zu können, doch es gibt weit und breit keine Spur von dem unbekannten Mann. Seltsam ... Was wollte er hier?

Weil mir eiskalt ist, kehre ich noch einmal in mein kuschelig warmes Bett zurück, um mich aufzuwärmen.

Noch in meinem Flanellschlafanzug hole ich meinen Laptop, um mit Nini zu skypen.

Oft fluche ich über die Technik und sehne mich nach den Zeiten zurück, als alles noch etwas gemütlicher war und wir nicht ständig per E-Mail oder Handy zur Verfügung stehen mussten. Doch heute freue ich mich darüber, mit meiner Tochter, die gerade am anderen Ende der Welt ist, kommunizieren zu können.

»Hi, Mami! Was geht so am See?«, begrüßt mich eine gut gelaunte und bereits braun gebrannte Nini.

»Hier geht alles seinen normalen Gang.« Ich verschweige den seltsamen Mann in unserem Garten, damit sie sich keine Sorgen macht. »Mal abgesehen davon, dass wir uns so langsam alle in Eisblumen verwandeln.«

»Ist es etwa immer noch so kalt bei euch? Du liebe Güte … und wir sind hier jeden Tag am Strand«, sagt Nini und lacht.

Ich berichte kurz von den eisigen Temperaturen und davon, dass der See jeden Tag ein bisschen mehr zufriert.

Aber auch von den Gefahren, die das Eis mit sich bringt. Und den neuen Mitbewohnern, die allerhand Aufregung in unseren Alltag bringen.

»Und du sagst, bei euch geht alles seinen normalen Gang?«, fragt Nini lachend. »Das ist schon ein wenig anders als ›normal‹.«

»Und dabei habe ich dir noch gar nicht gesagt, dass deine Oma hier ist.«

»Oma? Oh nein … sie wollten doch erst im Frühling kommen! Wenn ich das gewusst hätte, wäre ich lieber zu Hause geblieben«, ruft Nini enttäuscht.

»Es sollte eine Überraschung sein. Vielleicht kann ich die beiden ja überreden, solange zu bleiben, bis du wiederkommst.«

»Das wäre toll! Was macht ihr denn so Schönes? Geht ihr zusammen zum Weihnachtsmarkt?«

»Ehrlich gesagt, haben wir bis jetzt gar nicht so viel gemeinsam unternommen, Nini. Deine Oma war sehr müde von der langen Reise und ich habe das Gefühl, sie hat sich noch immer nicht davon erholt. Vielleicht wird sie ja doch langsam alt?«

»Du sprichst von Oma? Alt? Nie und nimmer! Hoffentlich ist sie nicht krank?«

»Nein, sie reißt ihre Witze und scheucht ihren Steve in der Gegend herum wie eh und je. Alles scheint in Ordnung zu sein. Was ist mir dir? Habt ihr schon viel gesehen, Nini?«

»Ach, Mami. Wir sind immer noch in Sydney. Das ist eine

echt supergeile Stadt! Aber leider habe ich bis jetzt noch nichts davon entdecken können …«

»Was? Warum denn nicht?«

»Die Hausers sind jeden Tag unterwegs und lassen mich mit den Kleinen am Strand zurück. Wenn sie wiederkommen, ist es meist schon Abend und ich bin so fertig davon, den ganzen Tag den Zwergen hinterherzulaufen, dass ich nichts mehr unternehmen mag. Alleine schon gar nicht! Jetzt weiß ich auch, warum die mich mitgenommen und die teure Reise für mich bezahlt haben.«

Ninis Stimme klingt enttäuscht.

»Aber das geht doch nicht! Natürlich hast du eine gewisse Verpflichtung, weil sie dir diese Reise ermöglichen, aber du hast doch auch Anspruch auf Freizeit! Du musst ihnen das sagen, Nini.«

»Habe ich schon! Jetzt habe ich doch tatsächlich am Sonntag den ganzen Tag frei. Darauf freue ich mich soo sehr! Ich werde versuchen, alle Sehenswürdigkeiten Sydneys in diesen einen Tag zu packen. Wer weiß, wann ich wieder einmal frei bekomme.«

»Ach, Liebes. Ich vermisse dich.«

»Ich dich auch, Mami. Ehrlich gesagt, habe ich ziemlich Heimweh. Eigentlich würde ich jetzt doch lieber Weihnachten mit euch feiern als in dieser Hitze am Strand zu liegen. Das ist einfach nicht Weihnachten, wie ich es gewohnt bin! Apropos Weihnachten: Was macht eigentlich dein Weihnachtsmann?«

»Er würde mich gerne wiedersehen …«

»Und du?«

»Ich weiß nicht, Nini. Ich glaube, er möchte mich nur treffen, weil er so lange weg war und niemanden hier kennt. Ich bin ein Teil seiner Vergangenheit, weiter nichts.«

»Das glaube ich nicht. Er möchte dich wiedersehen, weil du nett und hübsch bist«, sagt Nini und grinst. »Und du suchst nur nach Ausreden, weil du Angst hast. Du hast Angst, er könnte dir wieder mehr bedeuten, so wie früher. Dieses Gefühl willst du nicht zulassen … habe ich recht?«

»Kann schon sein. Vielleicht ist es einfach noch zu früh ...«, antworte ich.

»Vielleicht aber auch nicht! Mami, man kann sich den Zeitpunkt nicht aussuchen, wann man jemanden in sein Herz lassen sollte. Vielleicht soll das gerade jetzt passieren! Ich finde, du solltest ihm eine Chance geben.«

»Danke, Liebes! Ich werde darüber nachdenken«, verspreche ich.

»Nicht nur darüber nachdenken ... handeln! Ich muss leider Schluss machen, wir müssen los. Tschüss, Mami, bis bald.«

»Pass auf dich auf, meine Kleine.«

Nun, zumindest brauche ich mir keine Gedanken machen, dass sich meine Tochter ins australische Nachtleben stürzt und dort von Aborigines verführt wird. Nach dem, was sie mir erzählt hat, besteht ihr »Urlaub« ausschließlich aus Kindermädchenpflichten. Es tut mir jedoch sehr leid, dass sie offenbar von der großartigen Stadt Sydney noch gar nichts gesehen hat. Hoffentlich kann sie dies an ihrem freien Tag nachholen.

Auch ich weiß nicht recht, was ich mit meinem freien Tag anfangen soll.

Ich beschließe daher, erst einmal mit Jojo einen schönen Spaziergang am See zu machen.

Meine Mutter und Steve wollen mich nicht begleiten, da sie immer noch kaputt von dem langen Flug sind und es sich bei der Kälte draußen lieber in der warmen Stube gemütlich machen wollen.

Die Luft ist noch immer so kalt, dass sie mir den Atem raubt. Ich schiebe meinen Schal bis unter die Nase und ziehe die Mütze ganz tief in mein Gesicht.

In der Innenstadt bummele ich ein wenig durch die Läden. Ich erstehe eine neue Pfeife für Steve zu Weihnachten und eine neue Leinwand und Farben für meine Mama, da sie erst gestern gesagt hat, dass sie so gerne die wundervolle Eiswelt am Bodensee malen würde. Außerdem kaufe ich einen wundervollen Rosenduft für sie. Sie liebt Rosen über alles und ich bin davon überzeugt, dass ich ihr damit zu Weihnachten eine große Freude bereiten werde.

Als ich die Parfümerie Drahtmann verlasse, laufe ich direkt in die Arme des Weihnachtsmannes.

»Klaus«, sage ich überrascht. »Was machst du denn hier?«

»Hallo, Maja.« Klaus nimmt meine Hand und sieht mir tief in die Augen.

Als er meinen Namen sagt, schlägt mein Herz ein klein wenig schneller, fast wie früher.

Dass allein der Klang seiner Stimme meinen Herzschlag verändern kann, überrascht mich.

»Ich bin gerade auf dem Weg zu einer Weihnachtsfeier«, erklärt er und hält immer noch meine Hand.

»Altersheim oder Swingerklub?«, frage ich amüsiert.

Im Stillen ärgere ich mich über meine verwaschene Jeans und den alten Pulli unter meiner Daunenjacke.

Dabei sieht er doch viel alberner aus in seinem Weihnachtsmannkostüm.

»Weder noch. Kegelklub Überlingen.« Er grinst. »Ich bin leider ein bisschen in Eile, Maja. Sonst würde ich dich jetzt gerne zum Kaffee einladen. Aber wie sieht es heute Abend aus? Hättest du Zeit, mit mir ins Kino zu gehen?«

Ich überlege einen Moment. Hatte ich mir nicht vorgenommen, Klaus nicht wiederzusehen?

Sein Blick trifft meinen. Für eine Sekunde fühle ich mich wieder genau wie das junge Mädchen, das ich damals war.

»Welcher Film läuft denn?« frage ich.

»Eine Weihnachtsgeschichte‹ von Charles Dickens. In der Disney-Version. Also genau das Richtige für uns.«

»Oh, wie schön! Ich liebe diese Geschichte.«

»Dann ist es also abgemacht? Um 19 Uhr vor dem Kino in der Greth?«, freut sich Klaus.

Und ich freue mich auf einmal auch.

*

Zwei Stunden nach dem Kino sitzen Klaus und ich immer noch zusammen in der Weinstube »Weinstein«.

Die Geschichte des hartherzigen Ebenezar Scrooge, der durch den Besuch der Geister der Vergangenheit, der Gegenwart und der Zukunft zu einem anderen Menschen wird, der den Menschen zu Weihnachten eine Freude machen will, war amüsant und warmherzig dargestellt.

Es tut gut, mit Klaus zusammen zu sein. Ich betrachte die kleinen Grübchen in seinen Wangen, wenn er lacht. Wenn ich sehe, wie er sich das Haar zurückstreicht, kommt er mir vor wie der junge Mann, der er damals war und der auf eine ganz eigene Weise noch immer in ihm steckt. Mein Herz klopft und ich bin aufgeregt, weil ich mit diesem attraktiven Mann zusammensitze, der mir immer wieder einen Blick aus seinen Samtaugen und dazu ein warmes Lächeln schenkt. Beinahe fühle ich mich wie das verliebte Schulmädchen von früher. Dieses Treffen ist viel mehr als nur ein romantisches Date zwischen zwei Fremden. Es gibt eine gewisse Vertrautheit zwischen uns, die in der Vergangenheit entstanden ist und trotz der langen Zeit dazwischen gerade wieder aufzuleben scheint. Diese Vertrautheit tut mir gut und lenkt mich von den vielen dunklen Gedanken ab, die meinen Geist in den letzten Monaten belastet haben. Gleichzeitig bin ich beunruhigt. Was geschieht hier?

Ich möchte mein Herz nicht noch einmal aufs Spiel setzen!

Aber warum mache ich mir überhaupt so viele Gedanken? Ich sollte heute einfach den Abend und das Zusammensein mit Klaus genießen, ohne mich zu fragen, wohin das führen soll.

»Weißt du noch, als wir mit dem Motorrad ins Allgäu gefahren sind? Deiner Mutter hast du erzählt, du würdest mit einer Freundin ins Strandbad gehen. Hinter der Straßenecke wartete ich mit der Lederjacke und dem Helm auf dich«, sagt Klaus und grinst.

Heute, da ich selbst Mutter bin, kommt mir das Ganze unglaublich leichtsinnig vor. Was, wenn etwas passiert wäre? Meine Mutter hätte nicht einmal gewusst, wo ich bin, da sie mich ja im Strandbad wähnte.

»Wir hatten so eine tolle Zeit zusammen, Maja! Ich weiß gar nicht, wie es damals zu der Trennung kam …«

Ich dagegen schon.

Er hat recht, wir hatten eine unglaublich schöne Zeit zusammen, wild und aufregend.

Nicht nur unsere Motorradtouren, die vielen wunderbaren Abende am See oder die romantischen Picknicke am Waldrand sind für immer in mein Gedächtnis eingebrannt. Leider auch der Abend, an dem unsere Liebe zerbrach. Es war ein wunderschöner Sommerabend und unsere Clique wollte sich wie immer am Seeufer treffen, am Lagerfeuer zusammensitzen, Bier trinken und quatschen. Doch ich hatte überraschend meine Tage bekommen und fühlte mich schrecklich, hatte furchtbare Kopf- und Bauchschmerzen. Klaus war enttäuscht, dass ich nicht mitkommen wollte, doch wir verabredeten uns für den nächsten Tag. Nach einer Weile wurde mir jedoch langweilig zu Hause und die Bauchschmerzen waren nach der Einnahme einer Schmerztablette verschwunden. Damals hatten wir ja noch kein Handy, also beschloss ich, einfach nachzukommen und Klaus zu überraschen. Ich ging zu Fuß zu dem Plätzchen, wo wir uns immer trafen. In der festen Überzeugung, dass Klaus sich freuen würde, mich doch zu sehen, trat ich aus dem kleinen Waldstück, das zum Ufer führte. Doch was ich sah, ließ mein Glück und meine Träume wie Seifenblasen zerplatzen. Klaus saß wie erwartet am Lagerfeuer, doch in seinem Arm war eine andere … Uli. Dieselbe Uli, die schon die ganze Zeit versucht hatte, mit ihm zu flirten … sogar in meinem Beisein.

Der Schmerz, den ich empfand, zog mir den Boden unter den Füßen weg. Klaus hatte unsere Beziehung ganz offensichtlich nicht so ernst genommen wie ich. Bei der erstbesten Gelegenheit konnte ich also durch eine andere ersetzt werden! Ich wollte ihn nie wiedersehen und ließ mich von diesem Tag an am Telefon verleugnen. Die Schule war vorbei, somit gab es keinen Grund, dass wir uns zufällig über den Weg liefen. Das Plätzchen am See mied ich genauso wie all unsere anderen Treffpunkte. Als Klaus mich eines Tages vor der Haustür abpasste, sagte ich nur, mir sei klar geworden, dass es nicht passe mit uns beiden und es sei vorbei. Dann ging ich schnell weiter, damit er meine Tränen nicht sah.

Kann es wirklich sein, dass er das alles vergessen hat? Auch wenn inzwischen mehr als 20 Jahre vergangen sind, muss er sich doch auch an diesen Abend erinnern!

»Wir waren 20 Jahre alt, Klaus. Wir hatten so viele Ideen und Träume …«, sage ich daher ausweichend. Wenn er sich nicht erinnert, dann will ich ihm auch nicht dabei auf die Sprünge helfen. »Dein Traum war, von hier fortzugehen …«

»Das stimmt, Maja. Aber du hast mir sehr viel bedeutet. Ich glaube, wir waren alle ein wenig durcheinander in diesem Sommer nach dem Schulabschluss. Keiner von uns hatte einen richtigen Plan, was er mit seinem Leben anstellen sollte. Wir dachten, wir machen alles richtig, aber eigentlich hatten wir keine Ahnung, wohin unsere Reise geht.«

Plötzlich nimmt Klaus meine Hand.

»Du bist noch genauso schön wie damals.«

Ich ziehe sie weg, doch ich lächle dabei.

»Maja, ich weiß … du hast Schlimmes hinter dir. Ich will dich auch nicht bedrängen. Es tut nur so gut, mit dir zusammen zu sein. Ich möchte so gerne mehr Zeit mit dir verbringen.«

»Was macht deine Jobsuche?«, frage ich, statt Klaus eine Antwort zu geben.

Obwohl es mir ebenso wie ihm geht und seine Anwesenheit unglaublich gut tut, bin ich mir nicht sicher, ob ich mich noch einmal auf ihn einlassen soll.

»Oh, wie ich schon sagte … Ich habe mehrere Optionen, die alle gar nicht so schlecht sind. Am besten gefällt mir ein Angebot aus Ludwigshafen. Ich könnte dort das Strandbad mit der dazugehörigen Surf- und Stand-up-Paddling-Schule übernehmen«, erzählt Klaus begeistert.

»Mensch, das wäre doch genau das Richtige für dich«, freue ich mich für ihn.

»Ich war neulich dort und habe mich mit dem bisherigen Pächter unterhalten. Er hat vor, nach München zu gehen, nun soll das Strandbad neu verpachtet werden. Ich glaube, ich habe ganz gute Chancen. Ich möchte morgen noch einmal hingehen und mir das Ganze in Ruhe ansehen.«

»Da drücke ich dir fest die Daumen, Klaus.«

Als er mich nach Hause bringt, stehen wir einen Augenblick schweigend davor.

In der Stille zwischen uns liegen unendlich viele Worte. Manchmal möchte man so viel sagen und sagt dann doch nichts.

Klaus nimmt mich in die Arme und ich schließe die Augen. Mein Kopf liegt an seiner Schulter, die wie dafür geschaffen scheint, dass ich mich anlehne.

Mit einer unglaublich sanften Bewegung streicht er mir das Haar aus dem Gesicht. Dann küsst er mich sanft.

Ich öffne die Augen und blicke in seine.

Für einen Moment bleiben wir so stehen und sehen uns nur an.

Was geschieht hier mit uns?

Dann tritt er plötzlich zurück und verschwindet mit den Worten »Ich rufe dich an, Maja« in der eiskalten Dunkelheit.

*

»Wie war eigentlich Weihnachten auf dem ›Schloss‹?«, fragt meine Mutter amüsiert am nächsten Tag.

Stimmt, wir haben uns ja seit der großen Feier auf dem Weingut gar nicht mehr gesehen. Ich habe heute Nacht sehr unruhig geschlafen, da mir die Begegnung mit Klaus gestern nicht mehr aus dem Kopf geht.

Dabei wollte ich es doch eigentlich vermeiden, ihn wiederzusehen! Ich dachte mir schon, dass es mich nur durcheinanderbringen würde.

»Oh, du meinst die Weihnachtsfeier auf dem Römfeldschen Weingut? Sehr viel Gold. Sehr viel falsches Gelächter. Und sehr viele Glaskugeln …«, erzähle ich.

»… die auf jeden Fall nicht so teuer und so protzig waren wie der Rest«, sagt Linda und grinst. »Also, da bin ich aus Lauscha Besseres gewohnt! Aber sonst war es fantastisch …«, schwärmt Linda. »Ich habe so etwas noch nie gesehen! Und das in einem Privathaushalt …«

»Na ja … ein normaler ›Privathaushalt‹ ist es ja eigentlich nicht, Linda. Es handelt sich immerhin um eines der größten und bekanntesten Weingüter am ganzen Bodensee«, werfe ich ein.

»Kein Wunder war diese Frau Römfeld so arrogant«, meint Linda daraufhin.

»Ach, das war doch extrem freundlich für ihre Verhältnisse«, gebe ich grinsend zurück.

»Mit anderen Worten: Königin Mutter, wie sie leibt und lebt«, sagt meine Mutter lachend. »War sie nicht erschrocken, als ihr beiden Hübschen aufgetaucht seid?«

»Selbst wenn … das würde sie sich doch niemals anmerken lassen. Diese Frau ist die wandelnde Contenance«, sage ich.

Was mir Leon erzählt hat, behalte ich lieber für mich. Und auch seinen heimlichen Kuss hinter der Garderobe lasse ich lieber unerwähnt. Womöglich glaubt meine Mutter sonst, ich würde wieder etwas mit ihm anfangen.

Da ich dies sicher nicht tun werde und sie auch nicht unnötig aufwühlen möchte, sage ich lieber nichts. Sie ist auch ohne diese Aufregung schon blass genug.

»Ist alles in Ordnung, Mama?«, frage ich stattdessen besorgt.

»Aber natürlich, mein Schatz. Was soll denn nicht in Ordnung sein?« Sie zieht ihre Strickjacke fester um die Schultern. »Es ist nur ein wenig kalt hier.«

»Wartet mal …«, springt Ruth auf einmal auf und dreht das Radio lauter.

»Und nun noch eine wichtige Durchsage der Polizei. Es wird dringend davor gewarnt, die zugefrorenen Eisflächen auf dem Bodensee oder den umliegenden kleinen Weihern zu betreten! Es besteht Lebensgefahr! Das Eis ist noch nicht dick genug, um tragfähig zu sein. Bitte betreten Sie das Eis erst, wenn die Behörden die Eisflächen freigegeben haben. Wir teilen mit, dass heute

Vormittag ein bisher unbekannter Mann dabei beobachtet wurde, wie er in Ufernähe in die nicht tragende Eisdecke einbrach. Jegliche Hilfe blieb leider erfolglos. Der sofort am Unfallort eingetroffenen Feuerwehr gelang es nach stundenlanger Suche mit mehreren Tauchern nicht, den Mann zu bergen! Nach Zeugenaussagen soll es sich um einen circa 40 bis 50 Jahre alten Mann handeln, der mit einer schwarzen Jacke bekleidet war. Die Polizei bittet um sachdienliche Hinweise.«

Ruth schlägt die Hand vor den Mund und auch Linda wird leichenblass. Ich kann mir denken, was in ihr vorgeht.

Nicht nur, dass sie sich Gedanken macht, ob es sich bei dem Mann um ihren Frank handeln könnte, sie weiß auch, dass ihr Sohn Jonas am liebsten jeden Tag mit seinen Freunden auf dem Eis ist.

Als wenig später Michael vorbeikommt, um sich mit einem Milchkaffee von seinem Außeneinsatz aufzuwärmen, bestürmen wir ihn mit lauter Fragen:

»Was ist heute auf dem Eis passiert, Michael?«, fragt Ruth, während sie ihm ein besonders großes Stück Stollen zu seinem Kaffee auf den Teller legt.

»Habt ihr das etwa auch schon mitbekommen? Vor euch kann man doch nichts geheim halten«, sagt er verschmitzt.

»Was heißt da geheim halten?«, frage ich.

»Du bist doch bei der Polizei, Michael! Und genau die hat uns heute Morgen im Radio davor gewarnt, aufs Eis zu gehen, weil es lebensgefährlich sei«, knurrt Ruth.

»Das ist richtig. Hmmmm … dieser Stollen ist eine Wucht! Hast du den gebacken, Maja?«, fragt Michael und beißt genießerisch ein großes Stück ab.

»Nein, den hat Linda gebacken. Angeblich nach einem Originalrezept aus Dresden. Linda ist doch von ›drüben‹«, klärt ihn Ruth mürrisch auf.

Bei den Worten »von drüben« muss ich innerlich grinsen. Linda war bei der Wiedervereinigung noch ein Kind von ungefähr 10 Jahren.

»Linda? Ist das die hübsche Dunkelhaarige, die jetzt bei euch wohnt?«, fragt Michael.

»Ja, die ›Glasprinzessin‹.« Eifersüchtig verdreht Ruth die Augen.

Gut, dass Linda gerade gegangen ist. Sie ist unterwegs in die Stadt, um den Termin im Schmuckatelier Warnke wahrzunehmen. Hoffentlich ist Frau Warnke nicht genauso eifersüchtig auf die hübsche Linda. Ich weiß gar nicht, was in Ruth gefahren ist, so zickig kenne ich sie gar nicht.

»Das ist doch jetzt gar nicht wichtig, Michael. Erzähl uns doch lieber, was auf dem Eis passiert ist beziehungsweise, was es mit diesem Mann auf sich hat«, bitte ich ihn.

»Also gut … es stimmt: Momentan ist es wirklich lebensgefährlich, das Eis zu betreten! An manchen Stellen ist es aufgrund des wochenlangen Frostes zwar schon sehr dick und tragfähig, aber an manchen Stellen eben nicht. Wenn man also die falsche Stelle betritt, kann das sehr schnell fatal ausgehen. Die Eisdecke ist eben nie durchgehend gleich dick! Man sollte sich grundsätzlich nicht auf Eisflächen begeben, die nicht freigegeben und von der DLRG überwacht sind, wenn einem sein Leben lieb ist. Eine Freigabe erfolgt immer erst ab einer Eisdicke von 15 Zentimetern oder mehr. Deshalb sollten die Verbotsschilder dringend beachtet werden! Die meisten Leute freuen sich jedoch im Moment über das Eis und schlittern händchenhaltend darüber. Doch mit der Romantik ist es schnell vorbei, wenn einer einbricht.«

»Aber sind nicht gerade am Untersee viele Menschen auf dem Eis? Da sollte die Eisschicht doch dick genug sein, oder? Da ist das Wasser doch eher flach«, frage ich. Erst gestern hat ein Gast im Café erzählt, wie schön es dort sei und wie gut man dort Schlittschuhlaufen könne.

»Wie gesagt, es gibt manche Stellen, die vom DLRG überwacht sind. Aber man sollte auf keinen Fall auf eigene Faust irgendwo am See oder im Hinterland auf einem zugefrorenen Weiher aufs Eis gehen, schon gar nicht alleine! Eisdecken unter zehn Zentimetern sind grundsätzlich, vor allem für Menschenansammlungen, wie sie beim Schlittschuhlaufen unvermeidlich sind, lebensgefährlich«, klärt er uns auf.

»Und was genau ist heute passiert?«, frage ich neugierig.

»Wir wissen noch nicht, wer er ist. Sicher können wir nur sagen, dass sich heute Vormittag ein Mann in Ludwigshafen auf das Eis begeben hat. Spaziergänger, die in etwas weiterer Entfernung zu Fuß unterwegs waren, haben beobachtet, dass er einbrach und laut um Hilfe rief. Obwohl sie selbst Angst hatten, auf dem Eis einzubrechen, liefen sie so schnell es ging am Uferrand in seine Richtung und riefen von unterwegs per Handy den Notruf. Als sie an der Stelle ankamen, war der Mann bereits unter dem Eis verschwunden. Die sofort gerufene und eintreffende Feuerwehr konnte ihn leider trotz umfangreicher Suche, bei der mehrere Taucher im eiskalten Wasser waren, nicht bergen. Es muss blitzschnell gegangen sein: Der Mann brach ein, konnte sich nicht selbst wieder an der Eisscholle hochziehen und ging unter. Vermutlich hat die Strömung ihn unter Wasser abgetrieben.«

»Wie schrecklich«, sage ich bestürzt.

»Ich wusste nicht, dass so etwas derart schnell geht.«

»Oh doch! Durch die Kälte erleidet der Körper einen Kälteschock und wird handlungsunfähig. Das Schwierigste ist, aus dem Loch, das in das Eis gebrochen ist, herauszukommen. Wenn es ein kleines Loch ist, kann man sich hinten abstoßen und vorne auf die Eisscholle ziehen. Wenn es größer ist, wird es unmöglich, aus eigener Kraft herauszukommen. Nach spätestens 15 Minuten wird man ohnmächtig und ertrinkt. Am besten, ihr geht gar nicht erst aufs Eis, Mädels.«

»Das haben wir auch nicht vor«, sage ich.

»Du sagtest, es sei in Ludwigshafen passiert. Wo denn dort genau?«

»Auf dem zugefrorenen Stück See direkt vor dem Strandbad.«

»Vor dem Strandbad?« frage ich.

Klaus hatte mir doch erzählt, dass er heute noch einmal zum Strandbad Ludwigshafen wollte, um sich dort umzusehen!

Oh Gott, er wird doch hoffentlich nicht der Mann sein, der

auf dem Eis eingebrochen ist, als er sich das Strandbad ansehen wollte! Ich bekomme eine Gänsehaut.

Gleichzeitig denke ich auch an Linda, die ihren Mann noch immer vermisst.

Was, wenn er der unbekannte Mann wäre?

»Habt ihr eigentlich eine Spur von Frank Berger?«, frage ich Michael daher.

»Leider nein. Er ist wie vom Erdboden verschluckt! Die arme Frau … sie scheint ja recht tapfer zu sein«, sagt er.

»Linda? Oh ja«, sage ich. »Aber es ist hart für sie. Und vor allem für den Jungen. Ich verstehe das nicht … es muss doch irgendeinen Hinweis geben, wo dieser Frank stecken könnte.«

»Herr Berger ist zur Fahndung ausgeschrieben, aber bis jetzt leider ergebnislos. Glaub mir, Maja, wir sind wirklich *allen* Hinweisen nachgegangen. Es gibt keinerlei Anzeichen auf ein Verbrechen oder einen Suizid. So, wie sich uns die Sachlage darstellt, hat Herr Berger seine Familie schlicht und ergreifend verlassen, so grausam sich das auch für euch anhören mag. Aber das kommt gar nicht so selten vor«, erzählt Michael.

»Linda glaubt nicht daran, dass ihr Mann sie verlassen hat. Sie sagt, er hatte überhaupt keinen Grund dazu«, gebe ich zu bedenken.

»Das sagen die meisten«, antwortet Michael.

»Dabei gibt es immer einen Grund. Wenn dieser nicht im privaten Bereich liegt, dann haben die Menschen anderswo versagt. Sie flüchten, weil sie den Druck nicht mehr aushalten. Meist ist etwas vorausgegangen, was sie über einen längeren Zeitraum quält«, ergänzt er.

»Das kann schon sein. Linda hat mir erzählt, dass ihr Mann in den letzten Wochen und Monaten sehr bedrückt und schweigsam war. Doch kurz bevor er verschwand sei er auf einmal wieder wie früher gewesen … er habe fast schon glücklich und euphorisch auf sie gewirkt«, berichte ich.

»Auch das ist nicht untypisch«, sagt Michael.

»So manch ein Verzweifelter glaubt, eine Lösung für sein Problem gefunden zu haben und ist deshalb wieder obenauf. Und wenn diese ›Lösung‹ nur darin besteht, dass er oder sie endlich eine Entscheidung getroffen hat. Entweder, aus dem Leben zu gehen …«

Erschrocken sehen Ruth und ich ihn an.

»… oder einfach aus dem Leben der anderen zu verschwinden. Wie gesagt, das kommt nicht so selten vor, wie ihr glaubt! Immer wieder steigen Menschen von heute auf morgen aus ihrem gewohnten Leben aus«, berichtet er weiter.

»Sie steigen aus, ja. Aber doch nicht ohne ihrer Familie oder ihrer Frau Lebwohl zu sagen?«, fragt Ruth.

»Manchen fehlt einfach der Mut dazu«, antwortet Michael und sieht Ruth ernst an.

»Ich finde das unverantwortlich! Wie kann man nur so etwas Ungeheuerliches tun?«, ruft Ruth entgeistert.

»Vielleicht weil es Frauen … Menschen …«, verbessert sich Michael sogleich darauf, »… gibt, die kein Verständnis für ein bestimmtes Problem haben. Da geht man lieber, als sich damit auseinanderzusetzen …«

»Das ist doch feige. Man kann doch über alles reden«, sagt Ruth und verschränkt die Arme.

»Ach ja? Nicht alle können das«, antwortet Michael.

Ruth verdreht die Augen.

Bevor die beiden in einen Beziehungsstreit geraten, lenke ich schnell ab: »Gibt es eigentlich etwas Neues in dieser angeblichen Vergewaltigungssache?«, frage ich Michael.

»Du meinst diesen Paul Koslowski? Nein, auch da ermitteln wir noch. Es gibt in diesem Fall, wie schon gesagt, sehr widersprüchliche Aussagen seiner Exfreundin. Die reichen einfach nicht aus, um den Verdacht gegen Koslowski zu erhärten und ihn festzunehmen.«

»Aber einen Verdacht gibt es nach wie vor?«, frage ich besorgt.

»Die Dame hat ihre Anzeige nicht zurückgezogen. Allerdings gibt es natürlich keine Zeugen für die Vergewaltigung. Es kann sowohl sein, dass sie recht hat und er sie tatsächlich im Streit geschlagen und anschließend vergewaltigt hat. Ebenso gut ist aber auch möglich, dass sie maßlos übertreibt und lügt, um diesem Koslowski etwas anzuhängen.«

»Aber das müsst ihr doch herausfinden«, sage ich.

»Das finde ich allerdings auch, Herr Kriminalhauptkommissar«, sagt Ruth.

»Keine Sorge, wir geben uns größte Mühe, Licht ins Dunkel zu bringen«, sagt Michael und zieht seine Jacke an. »Aber wenn den Damen die Situation zu unheimlich wird, könnt ihr Herrn Koslowski immer noch auf die Straße setzen.«

So kurz vor Weihnachten? Auch wenn Michael recht hat und Paul mir tatsächlich manchmal seltsam vorkommt, so kann ich ihn trotzdem nicht einfach vor die Tür setzen! Irgendwie sagt mir mein Bauchgefühl, dass das nicht richtig wäre.

*

»Warum bist du eigentlich so garstig zu Michael?«, frage ich Ruth, nachdem ihr »Mausebär« uns wieder verlassen hat.

»Findest du, dass ich garstig bin?« Mit ernstem Gesichtsausdruck rollt Ruth den Plätzchenteig aus.

»Nun … du warst auf jeden Fall schon liebevoller zu ihm. Viel liebevoller«, sage ich. »Bitte fasse das nicht als Einmischung auf, Ruth. Es fällt mir nur auf! Ihr beide wart immer so verliebt, dass man richtig neidisch werden konnte.«

»Ach, Maja … wenn die Liebe nur ein klitzekleines bisschen einfacher wäre«, seufzt Ruth auf einmal. »Es ist ja wahr: Erst ist man soo verliebt, dass man die ganze Welt umarmen könnte. Man ist unfassbar glücklich, weil man endlich nicht mehr alleine ist und den *einen* Menschen gefunden hat, der zu einem passt. Das ist ein großes Geschenk, wirklich! Wie ein Sechser im Lotto.«

Doch ich sehe Ruth an, dass sie etwas bedrückt.

»Aber dann … dann kommt das Schwierigste: es reicht nicht, einen Menschen zu *finden*, mit dem man glücklich sein kann. Man muss ihn auch *halten*.«

»Und du denkst, du kannst ihn halten, indem du unfreundlich zu ihm bist?«, frage ich sie. Irgendwie will mir das nicht recht einleuchten.

»Das bin ich doch nicht mit Absicht«, seufzt Ruth. »Aber wenn du wüsstest, wie schwierig es manchmal ist! Diese Sorgen hatte ich alle nicht, als ich noch verheiratet war. Da wusste man einfach, zu wem man gehört und fertig. Ich hätte mir nie vorstellen können, dass ich mich einmal sooo unsicher fühlen könnte! Es ist ja nicht nur, dass er mir ständig davon vorschwärmt, wie gut seine Ehe war. Meine Güte, ich kann es schon nicht mehr hören! Seine Frau ist schon seit Jahren tot. Wir leben doch JETZT! Ich reibe ihm doch auch nicht ständig meinen verstorbenen Ehemann unter die Nase.«

»Ruth, du musst doch nicht eifersüchtig auf eine Frau sein, die schon lange nicht mehr lebt.«

»Nein, das weiß ich auch. Aber es tut trotzdem weh, ständig verglichen zu werden. Ich fühle mich manchmal so ungeliebt. Das ist aber nicht meine einzige Sorge …« Ruth sieht auf einmal sehr traurig aus.

Ich nehme ihre Hand. »Was quält dich denn noch, Ruth? Mir kannst du es sagen.«

»Weißt du, Maja … ich bin ja nun mal nicht mehr die Jüngste … und Michael ist sehr attraktiv. Du kannst dir nicht vorstellen, wie manche Frauen drauf sind, Maja! Sie haben keinerlei Skrupel, dir den Mann, den du liebst, einfach wegzunehmen. Keine will alleine sein und gute Männer sind rar.«

Ich denke daran, wie diese Uli mir damals auch ohne jegliche Rücksichtnahme Klaus ausgespannt hat. Und damals war ich jung und hübsch! Ich weiß daher genau, was Ruth meint.

»Ruth, du bist eine sehr attraktive und dazu eine überaus liebenswerte Frau! Das weiß Michael doch. Was euch beide verbindet, würde er doch niemals aufs Spiel setzen«, tröste ich sie. »Oder gibt er dir etwa Anlass, an seiner Treue zu zweifeln?«

»Nein, das nicht … aber woher soll ich schon wissen, was er den ganzen Tag tut? Er erzählt mir doch kaum etwas. Das mit dem Toten im See hat er eben doch eher dir als mir erzählt.«

»Das ist doch Blödsinn, Ruth. Michael ist Kriminalhauptkommissar und muss Verbrechen aufklären. Es ist doch logisch, dass er nicht alles mit dir beredet, was er so erlebt. Das *darf* er wahrscheinlich gar nicht«, gebe ich zu bedenken.

»Darum geht es doch gar nicht. Es geht darum, dass ich ihm nicht richtig vertraue und ich nicht weiß, ob er die Zeit ohne mich wirklich nur mit Arbeiten verbringt«, seufzt Ruth und macht eine kleine Pause.

»Michael ist nun mal ein Frauentyp, Maja. Es gibt so viele Frauen, die jünger und schöner als ich sind … und die mit ihm sogar in meinem Beisein flirten.«

»Dann lass ihn doch ein bisschen flirten, Ruth! Auch Michael ist nicht mehr der Jüngste und die Aufmerksamkeit anderer Frauen tut wahrscheinlich seinem Ego gut. Das heißt aber noch lange nicht, dass er dir untreu werden möchte. Du musst ihm vertrauen! Ohne das geht es nicht. Mit Misstrauen und Unfreundlichkeit machst du alles kaputt und treibst ihn am Ende wirklich noch in die Arme einer anderen.«

»Meinst du?«, fragt Ruth ängstlich.

»Ach, Ruth …«

Ich nehme sie in den Arm.

»Das meine ich! Ich glaube, du machst dir viel zu viele unnötige Gedanken. Aber nun müssen wir uns beeilen, sonst werden die Florentiner nicht mehr rechtzeitig fertig.«

9. KAPITEL

MORGEN KOMMT DER WEIHNACHTSMANN

Am Nachmittag gehe ich zum »Maiglöckchen«, um ein wenig mit meiner Mutter zu plaudern. Doch sie hat sich hingelegt, wie mir Steve berichtet, der gerade zu einem kleinen Spaziergang aufbricht. Ich bin unruhig und in Sorge, denn ich habe mehrfach bei Klaus angerufen und er hat nicht abgenommen. Nun, es kann natürlich sein, dass er wieder einen Termin als Weihnachtsmann wahrnimmt. Allerdings hatte er mir doch erzählt, dass er in Ludwigshafen noch einmal das Strandbad genau ansehen wollte. Und Michael hat gesagt, dass der unbekannte Mann direkt vor dem Strandbad in das Eis eingebrochen ist. Ich muss unbedingt später noch einmal versuchen, ihn zu erreichen!

Paul sitzt im eigentlichen Frühstücksraum des »Maiglöckchens« an seinem Laptop, während Jonas Schularbeiten macht. Es herrscht eine friedliche Stimmung und ich denke an Michaels Worte. Er hat gesagt, dass sich manchmal später herausstellt, dass der Täter eigentlich das Opfer ist. Ob es auch bei Paul so ist?

»Warst du schon auf dem Eis?«, fragt er gerade Jonas.

»Ja, klar! Jeden Tag«, antwortet der Junge und grinst. »Meine Freunde und ich gehen immer Eishockey spielen.«

»Eishockey? Toll! Das habe ich früher auch gemacht. Könnt ihr das denn gefahrlos hier am See?«, fragt Paul.

»Nö … Nicht am See. Wir gehen immer zum Andelshofer Weiher. Der ist nicht so tief und schon total zugefroren.«

»Das heißt, das Eis ist dort sicher und trägt?«, hakt Paul nach.

»Klar! Wir sind da jeden Tag. Hat noch nicht einmal geknackt.«

»Dann hast du hoffentlich einen Helm auf?«

»Ja, meinen Fahrradhelm. Was anderes habe ich ja nicht«, sagt Jonas leise.

»Aber einen Schläger hast du? Und gute Schlittschuhe?«, fragt Paul.

»Ich hab gar nichts. Deshalb stehe ich auch nur im Tor. Ich würde sooo gern auch einmal RICHTIG mitspielen! Aber ich hab ja nicht mal Schlittschuhe.«

»Dann wünsche sie dir doch zu Weihnachten ... das ist doch schon bald«, rät Paul. »Weißt du, als ich ein Junge war, ging es mir ähnlich wie dir. Wir waren im Winter immer Eissegeln am Steinhuder Meer. Die anderen hatten alle ein eigenes Boot, nur ich nicht. Ich musste immer warten, bis ich großzügigerweise einmal eins ausleihen durfte. Da habe ich einmal den ganzen Sommer im Freibad im Kiosk gearbeitet, dann hatte ich das Geld zusammen! Doch im darauffolgenden Winter war die Eisdecke nicht dick genug ...«

»Eissegeln? Was ist denn das?« Jonas klappt sein Schulheft zu.

»Das ist ein Boot auf drei Kufen mit einem großen Segel, mit dem man mit atemberaubender Geschwindigkeit über das Eis segeln kann! Ich sag dir, das macht vielleicht Spaß! Bis zu 130 km/h hatten wir manchmal drauf ...«

So euphorisch habe ich Paul noch nie gesehen.

Seine Begeisterung überträgt sich auf Jonas. »Wow! Das würde ich auch gerne einmal.«

»Gerade weil man so irre schnell ist, muss auch das Eis gar nicht so dick sein. Man gleitet ja so schnell darüber ... Schau mal ... hier kannst du es sehen ...«

Paul hat im Internet einige Bilder von Eisseglern herausgesucht, die wir beide nun interessiert betrachten.

Auch ich finde diese ungewöhnliche Sportart sehr interessant.

Wir sind so vertieft in Pauls Erzählungen vom Eissegeln auf dem Steinhuder Meer, dass wir Linda nicht gleich bemerken, die gerade zur Tür hereinkommt.

»Wie war es denn?«, frage ich sie, die ein wenig abgespannt aussieht.

»Eigentlich ganz gut. Aber auch anstrengend. Ich musste gleich dableiben, weil so viel los war ... und die ganze Zeit die Schmuckstücke einpacken, die die Männer für ihre lieben Frauen zu Weihnachten erworben haben.«

»Das ist doch toll«, freue ich mich für sie. Immerhin hat sie nun eine Aufgabe und ein bisschen Geld kommt auch ins Haus. Als würde Jonas meine Gedanken teilen, fragt er seine Mutter auch schon:

»Mama, wenn du jetzt arbeitest, dann kannst du mir doch sicher Schlittschuhe zu Weihnachten schenken.« Er grinst sie verschmitzt an.

»Das kommt ja überhaupt nicht in Frage«, antwortet Linda darauf jedoch barsch. »Das ist viel zu gefährlich. Heute früh kam im Radio, dass man nicht aufs Eis gehen soll!«

»Ach, Mama, bitte ... die anderen haben doch auch alle welche! Nur ich nicht. Ich muss immer in dem blöden Tor stehen auf dem Eis! Ich will auch mal richtig mitspielen ...«, bettelt Jonas.

»Du hast wohl nicht gehört, was ich gerade gesagt habe? Es ist zu gefährlich! Sogar die Polizei warnt davor.«

»Aber Mama ... die meinen doch den See ... die Weiher sind doch alle dick und fest zugefroren! Bitte, kauf mir doch die Schlittschuhe ... ich möchte sonst nichts zu Weihnachten! Paul war auch in seiner Jugend immer auf dem Eis ... er war sogar ein Eissegler.«

Jonas schaut hilfesuchend Paul an. Sein Blick ist eine Mischung aus Hoffnung und Verzweiflung.

»Nichts da. Reicht es nicht, dass es schon einen Toten gegeben hat? Es ist zu gefährlich und damit basta! Ich will nichts mehr davon hören«, antwortet Linda streng.

Jonas springt auf und schreit: »Du bist so gemein! Aber ich gehe trotzdem aufs Eis, das kannst du mir nicht verbieten.« Er nimmt wütend seine Schultasche und lässt die Tür mit einem lauten Knall hinter sich zufallen.

»Du tickst wohl nicht mehr richtig? Komm sofort zurück und entschuldige dich«, ruft ihm Linda aufgebracht hinterher.

Paul versucht, sie zu beruhigen:

»Frau Berger, ich wollte Ihnen eben nicht in den Rücken fallen. Aber überlegen Sie sich das doch noch einmal. Im Moment ist es vielleicht wirklich an manchen Stellen gefährlich, das Eis zu betreten. Aber wenn es weiterhin so kalt bleibt, ist das Eis zumindest auf den Weihern, auf denen Jonas Eishockey spielen möchte, sicher fest genug. Ich glaube, es ist Jonas unglaublich wichtig …«

»Was zum Teufel geht Sie das eigentlich an?«, schreit Linda ihn an. »Halten Sie sich gefälligst da raus und kümmern sich um Ihren eigenen Kram.«

Da ich gerade Steve erblicke, der in den Garten geht, um seine Pfeife zu rauchen, ziehe auch ich meine Jacke über und verlasse die beiden Streithähne. Nicht zum ersten Mal stelle ich mir die Frage, ob es wirklich richtig war, diese fremden Menschen bei mir aufzunehmen. Harmonische Weihnachten scheinen das jedenfalls nicht zu werden!

*

Am Abend schneide ich kleine Weihnachtssterne aus Gold- und Silberpapier aus, mit denen ich meine Weihnachtskarten an Freunde und Verwandte, sowie die Speisekarten im Café bekleben möchte. Eigentlich bin ich für diese diffizile Arbeit viel zu unruhig. Ich habe mehrmals versucht, Klaus zu erreichen … leider vergeblich. Hoffentlich ist ihm nichts passiert! Ständig taucht das Bild des Mannes, der in Ludwigshafen vor dem Strandbad in das Eis eingebrochen ist, in meinem Kopf auf und verhindert, dass ich mich entspannen kann. Doch mit irgendetwas muss ich mich ja beschäftigen, um auf andere Gedanken zu kommen! Auf der Mailbox von Klaus habe ich gleich mehrere Nachrichten hinterlassen, dass er mich bitte sofort zurückrufen soll, sobald er zu Hause ist, doch bisher habe ich nichts von ihm gehört.

Warum mache ich mir nur so viele Gedanken? Kann es sein, dass mir Klaus doch schon mehr bedeutet, als mir lieb ist? Blödsinn, schimpfe ich mit mir selbst. Ich möchte nur nicht, dass meinem alten Freund etwas zugestoßen ist! Doch der Gedanke an seinen zärtlichen Kuss lässt meine Haut kribbeln und mein Herz ein wenig schneller klopfen. Dabei denke ich an Ruth und daran, was sie heute Morgen zu mir gesagt hat. Vielleicht sollte es eine Warnung sein! Am Anfang ist man total verliebt und dann gehen auf einmal die Sorgen mit den Männern los …

Im Grunde kann ich mir schon vorstellen, was in ihr vorgeht. Auch sie war – ähnlich wie ich jetzt – nach dem Tod ihres Mannes jahrelang allein. Wie einsam sie sich oft gefühlt haben muss, wenn all ihre Freundinnen mit ihren Partnern und Ehemännern Geburtstage, Weihnachten und sonstige Feiertage zelebrierten oder sich auf gemeinsame Urlaube freuten. Nun, da sie selbst endlich auch nicht mehr alleine ist, möchte sie dieses Glück bewahren und hat Angst, es wieder zu verlieren.

Aber das Glück lässt sich nicht festhalten! Je mehr wir es versuchen, desto mehr entgleitet es uns.

Das Klingeln an der Tür reißt mich aus meinen Gedanken. Wer kann das sein? Vielleicht Klaus?

Mein Herz klopft noch schneller.

Doch draußen steht eine völlig aufgelöste Linda.

»Jonas ist noch nicht zu Hause«, sagt sie aufgebracht.

Nach dem Ärger heute Nachmittag überrascht mich das nicht allzu sehr.

»Es ist doch erst kurz nach acht, Linda. Keine Panik … wahrscheinlich ist Jonas noch bei einem Freund …«, versuche ich sie zu trösten.

»Aber er ist doch sonst immer pünktlich! Hoffentlich ist ihm nichts passiert …«

Sie sieht total verzweifelt aus.

»Komm doch einen Moment herein. Ich mache uns einen Tee …«, biete ich ihr an.

»Danke, Maja. Aber ich möchte lieber da sein, wenn Jonas nach Hause kommt.«

Ich kann gut nachempfinden, was in Linda vorgeht.

»Gut. Dann komme ich eben mit zu dir. Ich wollte ohnehin noch bei meiner Mutter hereinschauen. Die habe ich den ganzen Tag nicht mehr gesehen …«

Ich streife meine dicke Jacke über und wir treten hinaus in

die Kälte. Schweigend gehen wir gemeinsam zum »Maiglöckchen« hinüber.

Der eiskalte Wind schmerzt im Gesicht und ich bin froh, dass wir nicht weit laufen müssen.

Auf einmal hören wir ein unheimliches Knacken im Gebüsch.

»Was war das?«, fragt Linda ängstlich.

In unserem ruhigen Wohngebiet kann es in den dunklen Wintermonaten durch die schwache Beleuchtung und die hohen Bäume zuweilen ein wenig unheimlich sein.

»Ach, das war sicher nur ein Kätzchen …«, beruhige ich sie. Und mich. Dass ich die einsame Gegend gewohnt bin, heißt nicht, dass mir nicht auch ein wenig gruselig zumute ist.

»Quatsch. Selbst die Kätzchen liegen bei dieser Kälte lieber am warmen Ofen«, sagt Linda.

Sie hat recht. Denn es ist kein Kätzchen, welches hinter dem Schuppen vorkommt, sondern …

»Jonas! Wo kommst du her? Ich habe mir Sorgen gemacht«, schimpft sie los.

»Ich war bei Matthias. Wir haben Computer gespielt und die Zeit vergessen … tut mir leid, Mama.«

Er will sich an uns vorbei ins Haus schleichen, doch es ist zu spät. Nicht nur ich, sondern offensichtlich auch Linda hat bemerkt, dass Jonas' Schuhe und seine beiden Hosenbeine nass sind.

»Wo warst du?«, kreischt sie hysterisch los. »Du warst auf dem Eis und bist eingebrochen … gib es zu.«

»Nein, ich bin ausgerutscht … da war eine Pfütze«, verteidigt sich Jonas.

Es ist offensichtlich, dass er lügt.

Ich glaube, dass er tatsächlich auf dem Eis war und auf einer Eisscholle ein wenig, wenn auch nicht allzu sehr, mit Wasser in Berührung gekommen ist. Seine Mutter glaubt das auch, denn sie schreit ihn an: »Lüg mich nicht an, Freundchen! Wenn das so weitergeht und ich mich nicht auf dich verlassen kann, hast du ab sofort Hausarrest.« Linda ist bleich vor Wut und sie sieht aus, als wolle sie ihm eine Ohrfeige verpassen.

Wie zur Bestätigung zieht Jonas auch schon den Kopf ein und wendet sich demütig von uns ab.

Nun wird es Zeit für mich, nach Hause zu gehen.

Ich wünsche den beiden noch einen schönen Abend, obwohl sie diesen ganz bestimmt nicht haben werden und kehre zurück in mein gemütliches und vor allem warmes Heim. Dabei denke ich darüber nach, was Linda mir zu Beginn unserer Bekanntschaft erzählt hat: Dass ihr Mann ihr häufig vorwarf, zu streng zu Jonas zu sein. Inzwischen teile ich seine Meinung. Auch wenn sie in Sorge um ihr Kind ist, sollte sie ihn nicht so behandeln. Meiner Meinung nach wird Jonas dadurch doch erst recht Heimlichkeiten vor ihr haben! Ob Linda auch so streng zu ihrem Mann war und er deshalb das Weite gesucht hat? Plötzlich kommt mir ein absonderlicher und ungeheuerlicher Gedanke: Was, wenn die schöne, zurückhaltende, zuweilen sogar verschlossen und unnahbar wirkende Linda in Wirklichkeit eine Frau ist, die zu Wutausbrüchen und Gewalttätigkeiten neigt? Wer weiß, ob ihr geliebter Mann Frank überhaupt verschwunden ist? Vielleicht ist er längst tot und liegt vergraben im Garten …

Obwohl dieser Gedanke recht absurd ist, läuft es mir eiskalt den Rücken herunter.

Als ich alleine zur »Butterblume« zurückkehre, habe ich das unbestimmte Gefühl, beobachtet zu werden. Ich drehe mich um … ein großer Mann mit Hut steht vor dem »Maiglöckchen« und beobachtet das Haus. Es ist derselbe, der neulich bei uns im Garten war! Ich gehe weiter … unschlüssig, was ich jetzt tun soll. Was hat er hier zu suchen? Ob er auch zu so einer Bande gehört, die Häuser ausspionieren? Michael hat uns doch davon erzählt. Auch Linda hat von einem seltsamen Mann gesprochen, der vor ihrem Haus stand! Vielleicht ist es ja derselbe! Soll ich nach Hause oder zurückgehen und ihn fragen, was er hier sucht? Ich entscheide mich für letzteres, auch wenn mein Herz klopft wie verrückt. Doch als ich mich umdrehe, ist der Mann verschwunden.

*

Am nächsten Morgen fühle ich mich hundeelend. Ich habe die ganze Nacht im Halbschlaf verbracht und ständig an diesen seltsamen Mann gedacht, der wieder vor unserem Haus stand. Außerdem habe ich immer wieder auf mein Handy gesehen. Keine Nachricht von Klaus! Mein Körper und mein Geist sind kein bisschen zur Ruhe gekommen. Warum meldet er sich nicht? Eine eiskalte Hand greift nach meinem Herzen, als ich an den verunglückten Mann in Ludwigshafen denke. Es kann doch nicht sein, dass schon wieder einem Mann, der mir etwas bedeutet, etwas zugestossen ist!

Zwischen den Gedanken an den seltsamen Mann mit dem Hut und der Sorge um Klaus habe ich auch immer wieder an unseren gemeinsamen Abend gedacht. An die Nähe und Wärme, die Klaus mir geschenkt hat.

Irgendwie hatte es sich mit ihm so angefühlt, als wäre überhaupt keine Zeit zwischen unserer letzten Begegnung vergangen. Als ob ich mich in seinem Beisein wieder in das junge Mädchen, das ich damals war, verwandelt hätte … das sich so unbeschwert fühlen könnte wie in jenem Sommer, als das ganze Leben mit seinen 1.000 Möglichkeiten noch vor uns lag.

Jeder einzelne Blick von Klaus hatte mir gezeigt, dass er ähnlich empfindet. Und nun? Keine winzig kleine Nachricht von ihm.

Er hatte doch gesagt, er würde mich anrufen …

Und wenn ihm nun gar nichts passiert ist? Es könnte ja auch sein, dass ihm unser gemeinsamer Abend gar nicht so viel bedeutet hat wie mir …

Warum mache ich mir überhaupt so viel Gedanken um Klaus?, schimpfe ich mit mir selbst. In den letzten 22 Jahren habe ich doch auch nie an ihn gedacht!

»Sag mal, ist mein Weihnachtspäckchen etwa immer noch nicht angekommen?«, fragt meine Mutter pikiert, die lustlos in ihrem Müsli herumstochert.

»Oh, wie gut, dass du mich daran erinnerst, Mama«, freue ich mich über die Ablenkung von meinen trüben Gedanken.

»Ich habe bereits bei der Post nachgefragt. Dort bat man mich noch um etwas Geduld. Ich habe allerdings in der Zwischenzeit von ein paar Nachbarinnen erfahren, dass sie ebenfalls Weihnachtspost vermissen. Am besten, ich frage Michael einmal danach.«

Mir ist natürlich bewusst, dass der Kriminalhauptkommissar ein wenig mehr zu tun hat, als nach ein paar verschwundenen Weihnachtsbriefen zu suchen, dennoch scheint sich Michael über meinen Anruf zu freuen. In Wirklichkeit bietet es mir eine willkommene Gelegenheit, ihn nach dem Mann zu fragen, der in Ludwigshafen unter dem Eis verschwunden war.

»Michael … ist es möglich, dass jemand die Weihnachtspost stiehlt?«, beginne ich nach einem kurzen »Hallo«

»Erwartest du etwas Bestimmtes? Einen Ring von ›Tiffany‹ vielleicht?«

Michaels Stimme klingt belustigt.

»Sehr witzig.« Es war ja klar, dass dieses Anliegen für ihn unwichtig ist. »Es ist nur so … einige Nachbarinnen erwarten ebenso wie ich Briefe oder Päckchen zu Weihnachten, die die Absender längst abgeschickt haben, die bis heute jedoch nicht eingetroffen sind. Wie können wir vorgehen?«

»Nun, es ist in der Tat nicht so ungewöhnlich, dass gerade zu den Feiertagen Post verschwindet. Viele Menschen versenden gerade in diesen Tagen Geschenke oder Geld.«

»Was willst du damit sagen? Dass die Postler klauen? Das sind doch Beamte.«

»Ach, Maja! Du bist manchmal wirklich köstlich naiv. Gerade in der Weihnachtszeit, in der viel Post verschickt wird, wird das Personal auch von der Post aufgestockt. Oder habt ihr etwa immer den gleichen Austräger?«

»Ehrlich gesagt, nein. Die wechseln oft so häufig, dass ich mir weder Namen noch Gesicht merke.«

»Siehst du! Ich will dem- oder derjeningen, die eure Post austrägt, auf keinen Fall unterstellen, dass er oder sie etwas entwendet. Ich sage nur, dass es prinzipiell möglich und auch nicht so ungewöhnlich ist. Gerade in diesen Tagen brauchen die Menschen mehr Geld, als sie zur Verfügung haben und kommen auf die absonderlichsten Gedanken.«

»Was können wir tun?«

»Ich fürchte, ihr könnt nicht allzu viel tun. Die einzige Möglichkeit ist, sich direkt an die Post zu wenden und dieser genau mitzuteilen, was und seit wann etwas vermisst wird. Diese wird die Angelegenheit prüfen. Tut mir leid, Maja, dass ich dir nicht weiterhelfen kann …«

»Da ist noch etwas, Michael …«, fange ich an, weil ich merke, dass er auflegen möchte.

Ich betrachte die filigranen kleinen Eiskristalle, mit denen der Holunderbusch vor meinem Fenster überzogen ist.

»Und was ist das, Maja?«

»Ja, also … es ist so … du hast uns doch von diesem Mann erzählt, der in Ludwigshafen in das Eis eingebrochen und nicht wieder aufgetaucht ist. Weiß man schon, wer das war?«

»Leider nein. Bis jetzt wurde noch niemand vermisst gemeldet. Warum fragst du?«

»Nun … weil *ich* vielleicht jemanden vermisse.«

»Ach ja? Und wen vermisst du?«, fragt Michael auf einmal interessiert.

»Einen alten Schulfreund … er heißt Klaus. Wir haben uns neulich bei einer Weihnachtsfeier wiedergesehen. Er hat mir erzählt, dass er sich dafür interessiere, das Strandbad in Ludwigshafen zu pachten und es sich deshalb noch einmal ansehen wollte.«

»Und nun denkst du, dieser Klaus könnte der Mann sein, der sich vor dem Strandbad auf das Eis gewagt hat und eingebrochen ist?«

»Ja, genau. Er hatte gesagt, er wolle sich bei mir melden. Das hat er aber nicht getan. Und ich erreiche ihn auch nicht auf dem Handy«, sage ich aufgeregt.

»Bleib ganz cool, Maja«, beruhigt mich Michael. »Ich glaube, Klaus meldet sich schon. Wir Männer sind manchmal nicht so schnell, wie ihr Frauen denkt.«

Ich kann sein Grinsen direkt vor mir sehen. Herrgott, komme ich mir gerade blöd vor! Es war ein Fehler, Michael anzurufen. Wegen der Briefe hätte ich lieber gleich bei der Post anrufen sollen! Und nach Klaus zu fragen, war das Allerblödeste, das ich tun konnte. Nun werden alle denken, ich sei in Klaus verliebt!

Erst als ich aufgelegt habe, fällt mir ein, dass ich Michael auch von dem seltsamen Mann mit dem Hut vor unserem Haus erzählen wollte. Aber vermutlich hätte er meine Ängstlichkeit nur belächelt und mich womöglich noch als überspannt bezeichnet.

Zum Glück lenkt mich der Besuch von der Pfarrerin ab, die mit hochrotem Gesicht gerade die Tür zur »Butterblume« öffnet.

»Guten Morgen, Frau Neubauer«, begrüße ich sie freundlich.

Bestimmt will sie mir noch einmal dafür danken, dass die Kinder nach wie vor am Montagabend in der »Butterblume« ihr Krippenspiel üben dürfen.

»Darf ich Ihnen einen Cappuccino anbieten?«, frage ich sie.

Ich mag sie sehr, denn sie ist eine engagierte Frau, die sich mit vollem Herzen um ihre Gemeinde kümmert.

»Oh, das ist nett von Ihnen, Frau Winter … aber ich bin leider auf dem Sprung. Es gibt ja so viel zu tun in diesen Tagen, nicht wahr? Die Gottesdienste zu den Feiertagen wollen vorbereitet werden … der Chor muss ständig proben …«

»… und die Kinder das Krippenspiel …«, unterbreche ich sie.

»Ja, richtig! Genau deshalb bin ich hier.«

Das dachte ich mir ja schon. Ich lächele sie freundlich an.

»Es ist ja so nett von Ihnen, Frau Winter, dass Sie uns Ihren Gastraum zur Verfügung gestellt haben, weil unsere Heizung kaputt ist.«

»Aber ich bitte Sie, das ist doch selbstverständlich.«

»Oh nein, das ist es nicht. Dafür sind wir Ihnen auch außerordentlich dankbar …« Sie nimmt eine Schachtel Pralinen aus ihrer Korbtasche und drückt sie mir in die Hand. »… und deshalb möchte ich mich heute noch einmal ganz herzlich bedanken, dass wir in den letzten Wochen dieses großzügige Angebot annehmen durften.«

Sie macht eine kurze Pause.

Mein Bauchgefühl sagt mir, dass das noch nicht alles ist, was sie mir sagen will.

Und richtig ... Frau Neubauer holt tief Luft und sagt dann: »Aber nun wollen wir wieder im Gemeinderaum proben.«

»Ach ja? Geht denn die Heizung wieder?«, frage ich.

»Nun ... so gut wie. Aber das ist nicht der Grund.«

Ich sehe sie fragend an.

Es ist ihr unangenehm, das spüre ich.

Dennoch sagt sie bestimmt: »Frau Winter, es tut mir sehr leid, aber ich wurde von verschiedenen Frauen ... Müttern darauf angesprochen ... dass Sie in Ihrer Pension einen Mann beherbergen, der ... ein Vergewaltiger ist.« Sie scheint erleichtert, dass sie die Worte ausgesprochen hat.

Das macht es aber für mich nicht besser.

»So, so. Dann sind die Frauen ... Mütter ... offenbar besser informiert als ich«, antworte ich daher ruhig.

»Wollen Sie etwa sagen, Sie wüssten nichts davon? Es wird hier doch überall geredet ...«

»Frau Neubauer ... falls Sie oder die anderen Damen Herrn Koslowski meinen ... es ist keinesfalls bewiesen, dass er eine Frau vergewaltigt hat! Sonst würde nicht ich, sondern ein Gefängnis ihn ›beherbergen‹, nicht wahr?«, sage ich bestimmt.

»Aber es besteht doch ein Verdacht, das können Sie doch nicht abstreiten«, entgegnet Frau Neubauer.

»Das tue ich auch gar nicht. Aber bevor man ein Urteil über jemanden fällt, sollte man sich schon ein genaues Bild von der Situation machen. Und genau DAS tut die Polizei gerade: Sie macht sich ein Bild von der Situation und den Umständen. Bevor das nicht geklärt ist, gilt Herr Koslowski jedenfalls als unschuldig.«

»Nun, Sie müssen es ja wissen ... Frau Winter. Sie können natürlich tun, was Sie wollen. Aber haben Sie bitte Verständnis, dass die Mütter Angst um ihre Töchter haben! Haben Sie noch einmal vielen Dank. Guten Tag.«

Frau Neubauer rauscht aus der Tür.

Wütend knalle ich die Pralinenschachtel auf den Tresen.

Wie kann gerade eine Pfarrerin so kalt sein? Paul ist doch auch ein Mensch!

Andererseits ... was ist, wenn die Mütter alle recht haben? Und sich hinter der gutmütigen und lächelnden Maske ein brutaler Vergewaltiger verbirgt? Würde ich meine Tochter zur Krippenspielprobe gehen lassen?

Auch ich hatte am Anfang meine Zweifel an Pauls Unschuld ... doch je länger ich ihn kenne, desto weniger kann ich mir vorstellen, dass er ein Verbrecher sein soll.

Nicht einmal der Duft von Lindas köstlicher Kürbissuppe kann heute meine Laune heben.

»Was ist los?«, fragt sie, als sie meine zornige Miene sieht. Ich kläre sie in wenigen Sätzen über den Besuch der Pfarrerin auf.

»Oh ha! Das soll also christlich sein? Jemanden zum Täter machen, bevor es bewiesen ist, dass er etwas Unrechtes getan hat? Diese Scheinheiligkeit! So etwas gab es bei uns in der DDR nicht. Bei uns war die Kirche ja verpönt ... es gab ja nicht einmal Kommunion oder Konfirmation ... nur die Jugendweihe.« Eifrig rührt Linda in der Suppe.

»Bei euch war der Sozialismus eure Religion. Das war doch auch nicht besser«, sage ich.

Dieses Gerede bringt mich erst recht auf die Palme.

Ich gehe auf den Dachboden, um eine Girlande aus unechten Tannennadeln zu holen, die ich auf dem Geländer vor dem Haus anbringen möchte. Dabei bewundere ich wieder einmal »meine« kostbaren Eisblumen und komme ein wenig mit meinen Gedanken zur Ruhe. Sie erscheinen mir wie ein Wunderwerk der Natur, das ich so gerne bewahren möchte! Dabei sind sie so filigran und zerbrechlich. Nachdenklich hauche ich ein kleines Loch in die Schönheit der Eisblumen. Sobald es wärmer wird, werden sie verschwunden sein.

Aber ist es nicht mit allen Dingen in unserem Leben so? Sobald wir uns an etwas gewöhnt und es lieben gelernt haben, entschwindet es aus unserem Blickfeld. Ob das nun unsere Kinder sind, oder die Liebe zu einem Mann …wir können nichts festhalten. Vielleicht ist das die wichtigste Lektion im Leben, die wir lernen müssen: Das wir uns an nichts gewöhnen, unser Herz an nichts und niemanden hängen dürfen … da nichts von Dauer ist.

»Hast du heute schlechte Laune?«, fragt meine Mutter, die mir hilft, die Girlande am Geländer zu befestigen.

»Aber nein, Mama. Mir geht nur die Kälte auf den Wecker«, flunkere ich. »Nini hat es gut! Sie aalt sich in der Sonne am Strand.«

»Wahrscheinlich holt sie sich gerade einen Sonnenbrand oder ärgert sich über die Blagen der Hausers …«, sagt meine Mutter lachend. »… und sie träumt dabei von leckeren Zimtsternen mit Punsch und davon, wie liebevoll ihre Mutter gerade das Haus dekoriert.«

»Du hast ja recht, Mama«, sage ich.

»Komisch, dass wir immer die anderen für glücklicher halten, als wir es selbst sind«, antwortet sie leise. »Dadurch machen wir uns das Leben oft so schwer! Weißt du, was Tolstoi gesagt hat: ›Denke immer daran, dass es nur eine wichtige Zeit gibt: Heute. Hier. Jetzt.‹ An diesen Spruch denke ich in letzter Zeit immer öfter, Maja! Wie oft habe ich mir im Leben den Kopf über die Vergangenheit zerbrochen oder mir Sorgen über die Zukunft gemacht. Dabei ist doch meist alles ganz anders gekommen, als ich befürchtet hatte! Wenn ich damals schon gewusst hätte, was ich heute weiß, dann würde ich mir definitiv das Gegrübel ersparen. Es führt zu nichts außer Frust. Ich würde das Leben viel mehr genießen, jeden einzigen Augenblick.«

Obwohl ihre Worte so wahr klingen, höre ich schon gar nicht mehr richtig zu. Mein Handy hat gesummt und gespannt lese ich die Nachricht von Klaus, die gerade hereingekommen ist. Er lebt!, denke ich erleichtert.

»Bitte entschuldige, dass ich mich erst jetzt melde, Maja! Aber ich bin total kaputt. Ich war den ganzen Tag in Zürich und bin gerade erst zurückgekommen. Es tut mir sehr leid, dass ich deine Anrufe verpasst habe, aber ich hatte mein Handy leider zu Hause vergessen. Ich hoffe, es war nichts Wichtiges? Ich würde gerne morgen einmal bei dir vorbeikommen. Heute bin ich leider zu kaputt. Bis morgen, LG Klaus.«

LG Klaus?

Obwohl ich ganz furchtbar erleichtert bin, dass ihm nichts passiert ist und er nicht der Mann ist, der in Ludwigshafen in das Eis eingebrochen ist, bin ich auf einmal wütend. Wie nüchtern diese Nachricht klingt! Kein Wort über unseren gemeinsamen Abend oder gar den Kuss. Er war also in Zürich und hatte sein Handy »zu Hause vergessen« ... und nun hofft er, mein Anruf war »nichts Wichtiges«? Allzu sehr scheint ihn mein Anliegen ja nicht zu interessieren, sonst hätte er ja jetzt zurückrufen können! Aber vermutlich ist er zum Anrufen zu »kaputt«. Verstimmt stecke ich das Handy wieder in die Jackentasche. Ich werde auf gar keinen Fall gleich antworten! Klaus braucht sich nicht einbilden, ich habe nur auf seine Nachricht gewartet. Obwohl es ja eigentlich so ist.

Morgen braucht er auch nicht vorbeizukommen. Von wegen »Morgen kommt der Weihnachtsmann.« Pah! Da habe ich schon etwas anderes vor!

»Alles in Ordnung, Maja?«, fragt meine Mutter.

»Ja, natürlich ... warum fragst du?«, antworte ich gereizt.

»Weil du gerade die Girlande zum dritten Mal festgezurrt hast. Ich denke, sie sollte jetzt halten ...«, sagt sie grinsend.

»Gut. Es ist sowieso viel zu kalt hier draußen. Lass uns reingehen.«

»Warte eine Minute, Maja. Hat es etwas mit der SMS zu tun, die du gerade gelesen hast?«

Natürlich kann ich ihr wieder einmal nichts verheimlichen.

»Von wem war die denn?«

»Von Klaus, meinem alten ... Schulfreund«, berichte ich daher.

»DER Klaus mit der Kawasaki?«, fragt meine Mutter daraufhin erstaunt.

»Ich wusste gar nicht, dass ihr noch Kontakt habt.«

»Hatten wir auch nicht. Klaus war ja viele Jahre auf Fehmarn. Wir haben uns kürzlich bei einer Weihnachtsfeier hier in der ›Butterblume‹ wiedergesehen. Klaus war der Weihnachtsmann.«

»Der Weihnachtsmann?«, prustet meine Mutter los. »Da hat er es ja weit gebracht.«

»Ach, Mama. Das ist doch nur ein Zwischenjob. Bis er wieder was Richtiges gefunden hat. Er ist doch gerade erst wieder zurückgekehrt.«

»Aha. Macht man sich nicht vorher Gedanken, was man arbeiten will … ich meine, bevor man sein gewohntes Leben aufgibt und woanders einen Neuanfang startet?«, fragt meine Mutter.

»Hast du das denn, Mama?«, frage ich sie. Ich kann nicht verhindern, dass meine Stimme einen leicht gereizten Klang annimmt.

»Das war bei mir doch etwas völlig anderes, Maja! Ich bin zu meiner großen Liebe nach Amerika gegangen. Ich hatte keine Ambitionen, beruflich einen Neustart hinzulegen, sondern wollte nur bei dem Menschen sein, den ich liebe. Ist das bei Klaus am Ende etwa auch so? Ist er deinetwegen hier?«, fragt sie misstrauisch.

»Quatsch. Klaus hat ein paar unschöne Dinge auf Fehmarn erlebt und sich entschlossen, in seine Heimat zurückzukehren. Punkt! Wir haben uns bei der Weihnachtsfeier zum ersten Mal seit langer Zeit wiedergesehen, das habe ich doch schon gesagt.«

»So so. Und nun versucht er, wieder bei dir anzudocken, weil er sonst niemand hat?«

Meine Mutter wirkt auf einmal besorgt.

»So ein Blödsinn, Mama! Natürlich haben wir uns gefreut, dass wir uns wiedergesehen haben. Und ja … es ist richtig, dass er nach all den Jahren hier nicht mehr viele Freunde und Bekannte hat. Er freut sich einfach, jemanden aus der alten Zeit wiederzusehen …«

»… und an alte Bindungen anzuknüpfen?«

Misstrauisch hebt meine Mutter eine Augenbraue.

»Was du nur immer denkst, Mama! Wir waren einmal zusammen aus und haben einen Kaffee getrunken. Das ist alles.«

»Wirklich?« Meine Mutter nimmt besorgt meine Hände.

»Kind, ich will doch nur, dass du glücklich bist.« Sie sieht mich ernst an. »Ich weiß, du bist oft allein und einsam. Es fehlt ein Mann in deinem Leben … jemand, der für dich da ist … der dein Herz erfreut und dich zum Lachen bringt. Aber dieser Klaus … er hat dir damals schon nicht gut getan.«

Ihre ernste Miene erinnert mich plötzlich wieder an den Kummer, den ich damals seinetwegen empfand.

Natürlich war ihr seinerzeit nicht verborgen geblieben, dass ich nächtelang vor Liebeskummer in mein Kissen geweint hatte.

Sie hat ja recht. Klaus war damals schon unzuverlässig und hat mich nicht nur mit dieser Uli betrogen, sondern einfach sitzengelassen, um sich ein Leben ohne mich auf Fehmarn aufzubauen.

Seine gleichgültige SMS zeigt mir, dass ich auch heute nicht mehr für ihn bin als ein harmloser Zeitvertreib.

Ich drücke ihre Hand fest. »Mach dir keine Sorgen, Mama! Den Weihnachtsmann lasse ich nur in mein Haus, nicht in mein Herz.«

10. KAPITEL
»BEACH BAR«

Niedergeschlagen sitzt Paul am Tisch. Dabei hatte der Tag so gut für ihn begonnen. Nachdem er sich bei Linda entschuldigt hatte, dass er Jonas so viel vom Eissegeln erzählt und ihm somit noch mehr Flausen in den Kopf gesetzt hatte, waren die beiden zu einem kleinen Spaziergang aufgebrochen, den sie beim Weihnachtsmarkt ausklingen ließen. Zwei einsame Herzen, die gerade in der besinnlichen Weihnachtszeit keinen Partner haben, mit dem sie ihre Gefühle teilen können. So schwer Lindas Schicksal auch ist, sie muss sich wenigstens nicht für eine Straftat verteidigen, die sie gar nicht begangen hat.

Einige Stunden nach dem Spaziergang backt Linda ihren wundervollen Marzipanstollen und erzählt mir dabei, dass sie Paul nie und nimmer zutrauen würde, seine Freundin wirklich vergewaltigt zu haben!

»Irgendwie komisch ist er aber schon«, sage ich und wiege das Mehl für die Vanillekipferl ab. »Nicht nur, dass er ständig in sich gekehrt und still ist. Manchmal taucht er wie aus dem Nichts auf und steht auf einmal vor mir! Er schleicht regelrecht durch die Gegend. Der einzige, mit dem er spricht, ist Jonas. Ich habe das Gefühl, er lebt so ganz und gar in seiner eigenen Welt.«

»Paul ist ein Sensibelchen, Maja, das spüre ich. Der will nur seine Ruhe haben. Er sagt, sein Job sei sehr anstrengend. Ständig müsse er Leuten etwas verkaufen, was diese gar nicht haben wollen. Der Erfolg ist entsprechend gering. Das frustriert ihn natürlich«, erzählt sie.

»Du weißt ja, wozu Frust führen kann, Linda?«, frage ich sie.

»Was meinst du, Maja?«

»Nun, es kann dazu führen, dass man mehr trinkt als gewöhnlich. Und Alkohol wirkt enthemmend. Es könnte also doch durchaus sein, dass Paul eines Abends – ob nun aus Frust über seinen Job oder einem anderen Grund – mehr getrunken hat, als er verträgt. Dann ist es vielleicht doch zu Gewalttätigkeiten zwischen ihm und seiner Freundin gekommen.«

»Das glaube ich nicht! Wenn doch, dann würde er sich ja total verstellen.«

»Wir haben alle unsere Geheimnisse, Linda.«

Ich denke daran, dass auch Linda ihre Geheimnisse hat. Das Verschwinden ihres Mannes gehört auch dazu.

Wer weiß schon, ob sie uns nicht etwas verschweigt, das damit zusammenhängt?

»Weiß Paul denn, dass wir wissen, dass er …«, frage ich sie.

Zu mir ist er immer ausgesprochen höflich, jedoch auch sehr verschlossen.

Einzig zu Linda hat er mehr Kontakt, was möglicherweise an seinem guten Draht zu Jonas liegen könnte.

Ob er selbst auch Kinder hat?

»Ich denke schon. Er sieht ja Michael öfter einmal, wenn er Ruth abholt oder ein Käffchen mit euch trinkt. Da kann er sich doch denken, dass euch dieser informiert hat. Das wird ihm sicher zu schaffen machen«, sagt Linda.

»Als er eingezogen ist, hat er mir einmal erzählt, dass er eigentlich aus Hannover stammt. Meinst du, er wird dorthin zurückkehren?«, frage ich.

Vielleicht hat ja Paul mit Linda darüber gesprochen. Es wäre sehr hilfreich, zu wissen, für wie viele Personen unser Weihnachtstisch gedeckt sein soll. Denn dass wir alle zusammen feiern, steht für mich fest. Niemand soll am Heiligen Abend alleine und einsam in seinem Stübchen vor dem Fernseher sitzen müssen. Selbst Paul nicht … außer natürlich, es würde sich inzwischen herausstellen, dass er doch schuldig ist.

»Solange die Ermittlungen laufen, muss sich Paul der Polizei zur Verfügung halten, Maja. Er kann nicht einfach so zurück nach Hannover! Mal abgesehen davon, dass ihn dort auch nichts mehr erwartet. Seine Frau hat ihn schon vor Jahren verlassen, weil er arbeitslos war und hin und wieder zu viel trank.«

»Siehst du«, sage ich.

»Er hatte damals eine echt harte Zeit. Sie ist von einem Tag auf den anderen ausgezogen ... zu einem anderen Mann, mit dem sie offenbar schon länger ein Verhältnis hatte, und hat den gemeinsamen Sohn mitgenommen. Paul hatte von diesem Verhältnis nichts geahnt! Erst als der Möbelwagen vor der Tür stand, wurde ihm klar, dass sie wirklich gehen würde.«

Linda knetet wütend den Stollenteig und ich weiß, was gerade in ihr vorgeht. Sie denkt an ihren Frank, der auch sie von heute auf morgen im Stich ließ. Offensichtlich haben die beiden etwas ganz Ähnliches erlebt.

»Das muss furchtbar für Paul gewesen sein. Er sagt, er sei danach regelrecht depressiv geworden. Nur ganz langsam habe er sich von dem Schock erholt, vor allem durch viel Sport. Irgendwann ergab sich die Möglichkeit, für eine Firma aus Kassel im Außendienst zu arbeiten und er nahm sie an. Ganz langsam sei sein Leben wieder fast normal geworden. Bis auf die Tatsache, dass ihn der Beruf nicht wirklich erfüllt, weil es immer nur um Zahlen geht. Und natürlich die Familie, die unwiderruflich kaputt ist. Mit seinem Sohn hat er auch heute noch fast keinen Kontakt. Seine Frau hat das anscheinend total abgelehnt und den Sohn entsprechend beeinflusst.«

So langsam wird das Bild von dem traurigen Mann, der in unserem Frühstücksraum sitzt, immer klarer.

»Kein Wunder unterhält er sich so gern mit Jonas! Ich glaube, er erinnert ihn an seinen Jungen«, sage ich.

»Ja, das ist ganz bestimmt so. Die beiden müssen ungefähr im gleichen Alter sein. Jonas findet seine Geschichten ganz toll, besonders die vom Eissegeln! Ich wünschte, er würde ihm nicht so davon vorschwärmen ...«

»Mach dir nicht so viele Gedanken, Linda. Ich glaube, Jonas findet es gut, sich auch einmal mit einem Mann auszutauschen! Hier sind so viele Frauen um ihn herum, die nur von Weihnachten und Plätzchenbacken reden … Ich vermute, er vermisst seinen Vater einfach sehr.«

Linda steigen die Tränen in die Augen. »Na klar tut er das! Aber was kann ich denn dafür? ER ist doch einfach abgehauen.«

Wütend knallt sie den fertigen Teig auf den Tisch, dass das Mehl durch die ganze Küche staubt. Wieder einmal wird mir bewusst, wie aufbrausend sie sein kann.

»Du kannst gar nichts dafür, Linda. Ich meine ja nur, du solltest Jonas ruhig hin und wieder einmal mit Paul plaudern lassen.«

»Solange Paul nichts von Action auf dem Eis erzählt, ist alles gut«, sagt sie mit schmalen Lippen.

»Hat er dir denn erzählt, warum er überhaupt am Bodensee ist?«, frage ich, um abzulenken. Sonst landet der Teig am Ende noch auf dem Fußboden.

»Das hat er. Wie gesagt, auch wenn ihn die Aufgabe im Außendienst nicht besonders erfüllte, so hatte sein Leben dadurch doch wieder so etwas wie Struktur und Inhalt. Das gab ihm auch psychisch Auftrieb. Irgendwann beschloss Paul, dass er zu jung war, um alleine zu bleiben und meldete sich bei einer Partnerbörse im Internet an. Nach einigen erfolglosen und langweiligen Verabredungen in Hannover lernte er plötzlich eine Barbara aus Überlingen kennen. Die beiden schrieben sich eine Weile, dann telefonierten sie und schließlich besuchte er sie am schönen Bodensee. Paul verliebte sich sofort … sowohl in die Frau als auch in den See … und bat seinen Arbeitgeber um eine Versetzung in das Bodenseegebiet. Überglücklich fing er hier ein neues Leben an.«

»Dieses ›Glück‹ liegt aber ganz offensichtlich in Scherben. Ich meine, sieh ihn dir doch an, Linda … Paul sieht einfach schrecklich traurig aus«, sage ich.

Heimlich werfen wir einen Blick zu ihm, wie er mit gesenktem Haupt seine Zeitung liest.

Wenigstens weiß ich jetzt, warum er neulich so zusammengezuckt ist, als ich ein paar Kirschblütenzweige in eine Vase gestellt hatte.

»Zweige zu Weihnachten?«, hatte er gefragt.

»Das sind Barbarazweige«, hatte ich geantwortet. »Man stellt sie am 4. Dezember, dem Gedenktag der heiligen Barbara, in warmes Wasser und mit etwas Glück blühen sie zu Weihnachten.«

Barbara ... der Name erinnerte ihn an die Frau, für die er sein Leben in Hannover aufgegeben und die ihn in seinen Augen verraten hat.

»Ich glaube, er musste heute noch einmal zur Polizei«, flüstert Linda. »Als wir auf dem Heimweg waren, hat dein Freund Michael angerufen und ihn für heute Nachmittag auf das Revier bestellt.«

»Nun, es sieht auf jeden Fall nicht so aus, als ob diese Barbara ihre Anzeige zurückgezogen hat«, stelle ich fest.

»Ich sag dir was, Maja: Wenn sie gelogen hat und er unschuldig ist, dann sollte man ihr das hier in den Leib rammen.«

Wütend fuchtelt Linda mit dem Küchenmesser herum. Ihre Augen funkeln dunkel und ich habe Angst, sie könnte ernst meinen, was sie gesagt hat.

»Schau ihn dir an: Er ist ein Wrack. Sie hat ihn zerstört.«

*

Am frühen Abend gebe ich mit Frau Waldmann und ein paar Nachbarinnen, die ebenfalls Post vermissen, meinen schriftlichen Antrag auf Suche der verschwundenen Weihnachtspost bei der Poststelle ab. Während die Damen noch einen Bummel auf dem Weihnachtsmarkt planen, verabschiede ich mich. Ich erwerbe einen Gedichtband mit Weihnachtsgedichten bei der Buchhandlung Osiander und mache mich auf den Heimweg. Kalt schlägt mir der Abendwind entgegen.

»Maja! So ein Zufall ... Gerade wollte ich dich anrufen.«

Es ist Klaus, der mit dicker Jacke und kariertem Schal plötzlich vor mir steht.

»Wie schön, dich zu sehen.« Er strahlt mich an. »Du hast ja eine ganz rote Nase! Du könntest als mein ›Rentier Rudolph‹ mit zu den Weihnachtsmann-Terminen kommen.«

Mit einer zärtlichen Geste berührt er meine Nasenspitze und mir wird auf einmal trotz der Kälte ganz warm ums Herz.

»Wundert dich das bei der Kälte?«, frage ich.

»Nicht wirklich. Ich freue mich so, dich zu sehen, Maja! Ich habe schon ein paar Mal bei dir angerufen, aber dich nie erreicht«, antwortet er.

»Ich war sehr beschäftigt«, murmele ich in meinen Schal.

»Ich dachte schon, du bist böse auf mich.« Klaus grinst.

»Warum sollte ich böse auf dich sein?« Ich tue so, als wüsste ich nicht, was er meint.

»Weil du mich neulich nicht erreicht hast. Ich hatte einen geschäftlichen Termin in Zürich und dummerweise mein Handy zu Hause gelassen.«

»Was hast du denn in Zürich gemacht?«, frage ich neugierig.

»Ach, das ist eine lange Geschichte. Hast du Zeit für einen Kaffee? Oder darf ich dich zum Essen einladen?«

Sein Lächeln haut mich immer noch um.

»Heute nicht«, sage ich, obwohl es mich schon interessiert, was Klaus in Zürich gemacht hat.

Ich bin immer noch ein winziges bisschen sauer, weil er mich an diesem Abend nicht zurückgerufen, sondern stattdessen nur eine gleichgültige SMS geschrieben hat.

Außerdem frage ich mich, wohin das Ganze führen soll. Vielleicht ist es ja wirklich so, wie meine Mutter sagt und er sucht nur nach jemandem, an den er »andocken« kann, weil er hier niemanden kennt.

»Ich bin heute schon verabredet«, lüge ich daher, obwohl ich das Spielchen, das so viele Frauen bei einem Mann anwenden, um sich interessant zu machen, eigentlich unmöglich finde.

»Dann komme ich morgen einmal bei dir vorbei«, sagt Klaus und lächelt.

Er nimmt meine Hand, die in einem wenig attraktiven Handschuh steckt und macht eine Bewegung zu seinem Mund, als wolle er sie küssen. Für einen Moment schlägt mein Herz ein ganz kleines bisschen schneller.

Klaus sieht mir noch einmal direkt in die Augen, dann verschwindet er in der Menge und lässt mich wieder einmal ratlos zurück.

*

Am nächsten Tag backt Ruth eine Schoko-Walnuss-Torte, die sie mit Schokoladenherzen verziert. Linda hat bereits einen Gugelhupf mit Zabaione gebacken und macht sich nun an die Herstellung von Feigen-Walnuss-Herzen.

»Musst du heute nicht arbeiten?«, frage ich sie.

Ich finde es ja toll, dass Linda sich nützlich macht und ständig in unserer Küche herumwerkelt, habe aber die Befürchtung, das alles könne ihr langsam ein wenig zu viel werden. Obwohl sie richtig aufgeblüht ist, seitdem sie bei uns ist. Ihre Idee, statt Miete für das Zimmer zu bezahlen, lieber für uns zu kochen oder ausgefallene Kuchen zu backen, wird von allen überaus geschätzt und diese Bestätigung tut ihr unheimlich gut.

Wenn die Gäste ihre Kuchen oder Plätzchen loben, leuchten auf einmal ihre Augen und ihre Wangen werden ganz rot.

»Heute habe ich frei«, sagt Linda und streicht Feigenkonfitüre auf die gebackenen Herzen. »Ich habe sowieso schon viel mehr Stunden gearbeitet, als wir ursprünglich vereinbart haben.«

»Dann gefällt es dir also in Warnkes Schmuckatelier?«, frage ich sie.

»Oh Maja … der Schmuck ist einfach unglaublich schön«, schwärmt sie.

»Und die Warnkes?«, frage ich.

»Die sind auch sehr nett, vor allem er. Aber meistens nur, wenn sie nicht dabei ist«, kichert Linda. »Frau Warnke hat Haare auf den Zähnen. Wenn sie da ist, darf ich nur die Geschenke einpacken. Zum Glück ist sie nicht jeden Tag da! Herr Warnke lässt mich nämlich auch die Kunden bedienen. Das macht mir so viel Spaß, Maja! Ich habe schon viel gelernt, Herr Warnke hat mir viel über die verschiedenen Edelsteine, die er verarbeitet, beigebracht. Er hat sich dafür richtig Zeit genommen und mir alles genau erklärt.«

Im Stillen denke ich, dass das Frau Warnke vielleicht nicht so gut gefallen wird.

»Meist sind es ja Paare, die das Geschäft betreten. Die Frau hat einen konkreten Wunsch und braucht nicht so viel Beratung. Ich zeige dann nur verschiedene Stücke und lasse sie selbst die Wahl treffen. Manchmal sage ich auch: ›Die Farbe des Saphirs passt aber gut zu Ihren Augen!‹, und schon sind die Ohrringe gekauft.« Linda grinst. »Oft kommt auch nur ein Mann ins Geschäft, der für seine Frau ein Schmuckstück erwerben will. Dann frage ich ein bisschen nach, was sie für ein Typ ist. Eher romantisch oder eher sportlich ... jung oder nicht mehr ganz so jung ...« Sie lächelt wieder und ich merke ihr an, dass ihr die Tätigkeit wirklich große Freude bereitet. »... welche Haarfarbe sie hat und welche Augenfarbe. Ob sie Ohrringe trägt oder lieber Armbänder ...«, berichtet sie weiter. »Ich habe die Erfahrung gemacht, dass Männer, die alleine im Geschäft sind, oft großzügiger sind als wenn die Frau dabei ist. Sie können sich dann nicht zwischen Kette und Ohrringen entscheiden und nehmen einfach beides.« Sie zwinkert mir zu.

»Ich sehe schon, du hast die Männerkundschaft übernommen und dadurch Herrn Warnke zu einer Umsatzsteigerung verholfen«, sage ich lachend.

»So würde ich das vielleicht nicht unbedingt nennen ...«, sagt Linda und lacht ebenfalls. »Aber er lobt mich schon sehr. Natürlich nur, wenn seine Frau nicht dabei ist.«

Ich fange Ruths Blick auf. Linda hat einfach eine Art, auf Männer zu wirken, die Ruth und vermutlich auch Frau Warnke ganz und gar nicht gefällt.

»Bis jetzt bin ich ja nur die Aushilfe. Aber wenn es weiter so gut läuft, dann übernehmen die Warnkes mich vielleicht fest im neuen Jahr. Dann kann ich mir eine eigene Wohnung nehmen und ihr seid mich hier los«, sagt Linda, die Ruths missbilligenden Blick natürlich bemerkt hat.

»Mach dir bitte darüber keine Gedanken, Linda«, sage ich und ergänze mit einem Seitenblick zu Ruth: »Wir freuen uns alle sehr, dass du und Jonas hier seid! Wenn du eine feste Anstellung hast, dann helfe ich dir gern bei der Wohnungssuche. Bis dahin seid ihr hier sehr gerne gesehen.«

Ruths Lippen werden schmal. Ich habe den Verdacht, dass sie eifersüchtig ist, weil Michaels Blick öfter an der hübschen Linda hängenblieb.

»Was schenkst du eigentlich Michael zu Weihnachten?«, frage ich sie daher, um das Thema zu wechseln.

»Wenn ich das wüsste«, seufzt sie. »Ich wollte ihm eigentlich ein Skiwochenende am Arlberg schenken, wenn die ›Butterblume‹ geschlossen ist. Über Silvester vielleicht. Jetzt hat er neulich gesagt, dass er es hasst, eine Reise geschenkt zu bekommen! Weil er dann nicht selbst entscheiden kann, wohin es geht und einfach über seinen Kopf entschieden wird.«

»So ein Blödsinn! Ein Skiwochenende ist doch keine große Reise! Das freut ihn doch bestimmt.«

»Ich weiß nicht, Maja. Ich bin unsicher.«

An ihrem Blick kann ich erkennen, dass sie nicht nur das Skiwochenende meint.

Sie will wahrscheinlich nur im Beisein von Linda nicht darüber reden.

»Wer weiß, ob er überhaupt ein Weihnachtsgeschenk für mich hat«, sagt Ruth trotzig.

»Das hat er bestimmt«, sage ich und fange diesmal Lindas Blick auf.

Ob er vielleicht in Warnkes Schmuckatelier bei Linda etwas für Ruth gekauft hat?

Sie lächelt jedenfalls geheimnisvoll.

»Vielleicht denken wir Frauen auch manchmal zu viel nach …«, sage ich darum und lächle Ruth aufmunternd zu.

»Also das kann ich nur unterschreiben«, ertönt eine lachende männliche Stimme.

»Leon! Was machst du denn hier?«, frage ich überrascht.

»Ich wollte Rotkäppchen spielen und dir Wein und Kuchen bringen.«

Er nimmt seine rote Strickmütze vom Kopf.

»Das hast du doch neulich erst«, erinnere ich ihn.

»Das stimmt. Aber weil dir der Glühwein von unserem Spätburgunder neulich auf der Weihnachtsfeier so gut geschmeckt hat, dachte ich, ich bringe dir ein paar Flaschen davon.«

Mit Schwung hievt er einen ganzen Karton Weinflaschen auf unseren alten Küchenschrank.

Linda wirft mir einen erstaunten Blick zu.

»Das ist nett, Leon. Wirklich nett«, bedanke ich mich artig.

Mir ist immer noch nicht ganz klar, was er hier eigentlich *wirklich* will.

Oder vielleicht doch? Vielleicht hat es ja mit seinem Gejammer neulich zu tun.

Ich habe den Verdacht, dass er mit der kühlen Beatrice ganz und gar nicht glücklich ist und sich in der romantischen Weihnachtszeit ein wenig nach Streicheleinheiten sehnt.

Wer wäre da besser geeignet als die einsame Maja?

Ich lächle ihn an und warte, dass er seine Mütze wieder aufsetzt. Doch stattdessen zieht er seine Jacke aus und fragt: »Ob ich wohl einen Cappuccino zum Dank für meine Mühe bekommen könnte?«

»Selbstverständlich, Leon. Und dazu ein Stück von unserer leckeren Schoko-Walnuss-Torte. Gerade fertig geworden.« Ich schneide ein Stück ab, lege es auf einen Weihnachtsteller und schiebe Leon aus der Küche in den Gastraum.

»Aufgewärmte Suppe schmeckt nicht«, flüstert Ruth mir verschwörerisch zu.

Es wird schon langsam dunkel und die ersten Lichter auf der gegenüberliegenden Seite des Sees sind zu erkennen. Außer Leon sind keine Gäste mehr da und das Feuer im Kamin ist beinahe erloschen.

»Lass nur, ich kümmere mich darum«, sagt Leon fürsorglich und legt etwas Holz nach.

Ich zünde die Kerzen auf dem Adventskranz noch einmal an und bereite Leon einen Cappuccino mit Milchschaum, allerdings ohne das Kakaoherz, das wir normalerweise obendrauf stäuben. Schließlich will ich keine falschen Signale senden!

»Diese Schokotorte ist wirklich göttlich! Wie sagt Oscar Wilde: Allem kann ich widerstehen, nur der Versuchung nicht«, schwärmt Leon, sieht mir in die Augen und schiebt sich dabei ein weiteres großes Stück in den Mund.

»Wenn das meine ...«

Er kann sich gerade noch verkneifen, »Frau« zu sagen.

»... Beatrice sehen würde! Soo viel Fett. Und dann der ungesunde Zucker«, murmelt er mit vollem Mund.

»Deine *Frau* gönnt dir kein Stück Schokotorte?«, frage ich amüsiert.

Das Wort »Frau« betone ich natürlich ganz besonders.

»Nun ja ... sie meint, es sei so ungesund. Und macht dick! Beatrice mag keine Männer mit Bauch.«

Ich muss grinsen.

Als Leon und ich ein Paar waren, gingen wir ständig essen. Schon allein, um all seine Kunden in den Restaurants zu besuchen. Aber nicht nur deshalb: Leon liebt Essen. Und Trinken. Reichlich!

Ich kann mir gut vorstellen, dass es für ihn keine Freude ist, darauf auch nur ansatzweise zu verzichten.

»Maja, weißt du, wie schrecklich es ist, neben einer Frau zu sitzen, die auf einem trockenen Salatblatt herumkaut, denn im Dressing könnte ja Öl, also Fett, enthalten sein? Wenn diese Frau dann eine Augenbraue hochzieht und mit ihrer mageren Hand auf mein Glas Wein zeigt und vorwurfsvoll sagt: ›Das ist schon das zweite heute Abend, Leon!‹. Und den Kellner, der die Dessertkarte bringen will, mit den Worten wegschickt: ›Nein danke, WIR haben schon genug gegessen‹, und dabei demonstrativ über meinen Bauch streichelt. Dann hat man als Mann doch genug! Oder glaubst du, ich hätte dann noch Appetit auf Nachtisch zu Hause?«

Ich weiß, was er meint. Obwohl ich es eigentlich nicht will, muss ich auf einmal lachen.

»Armer Leon«, bedauere ich ihn in übertriebener Weise. »Ein solch sinnenfroher Mann wie du muss seine Bedürfnisse unterdrücken.«

»Maja ... Du kannst dir nicht vorstellen, wie verloren ich mir manchmal vorkomme ... wie allein ...« Er macht ein unglückliches Gesicht.

»Du hast dir Beatrice doch ausgesucht, Leon. Soviel ich weiß, war es eine Liebesheirat, oder nicht?«

»Liebesheirat? Ach, Maja ... ich weiß nicht. Es war eher eine Kurzschlusshandlung. Sie wollte unbedingt heiraten, sie war schön ... irgendwie passte das alles. Damals war sie ja auch noch nett zu mir und nicht so kratzbürstig! Und außerdem warst du ja mit diesem Christian zusammen ...«

Bei der Erinnerung an Christian spüre ich einen Stich im Herzen.

»Maja ... als ich dich bei der Weihnachtsfeier in diesem aufregenden Kleid gesehen habe ... fielen mir wieder unsere heißen Nächte ein ... deine weiche Haut ... deine Brüste ... du warst so sinnlich.«

Leon nimmt meine Hand und ich ziehe sie sofort zurück.

»Hast du das denn alles vergessen?«, fragt er mich.

»Nein, das habe ich nicht. Aber ich habe noch viel weniger vergessen, dass du ein verheirateter Mann bist, Leon.«

Ich stehe auf. »Darf ich dir noch einen Cappuccino machen, bevor du gehst?«

»Soll das etwa ein Rausschmiss sein?«, fragt Leon traurig.

Auf einmal tut er mir leid. Er scheint wirklich nicht glücklich zu sein. Aber das ist noch lange kein Grund, wieder etwas mit ihm anzufangen.

»Ach, Leon«, sage ich daher nur.

»Ho ho ho ...«, ertönt auf einmal eine Stimme.

»Wer zum Teufel ist das?«, fragt Leon. Seine Traurigkeit weicht einer gewissen Verärgerung. Vermutlich hatte er geglaubt, mich doch noch irgendwie weich zu bekommen.

»Das ist der Weihnachtsmann, das sieht man doch«, lache ich Klaus entgegen.

»Eine romantische Stimmung habt ihr hier zu meiner Begrüßung«, sagt dieser mit Blick auf den brennenden Kamin und die Kerzen.

Misstrauisch betrachtet Klaus Leon, der keine Anstalten macht zu gehen, sondern stattdessen frech sagt: »Ich würde gerne dein Angebot annehmen und noch einen Cappuccino mit dir trinken, Maja.«

Was soll das denn jetzt?

»Darf ich die Herren bekannt machen?«, frage ich etwas unbeholfen. »Das ist Klaus Schindler, ein alter Schulfreund. Und das ist Leon Römfeld, auch ein alter Freund. Leon hat mir ein paar Flaschen von seinem tollen Wein gebracht. Er ist der Besitzer vom Weingut Römfeld, das kennst du sicher noch, Klaus.«

»Hallo, Klaus.« Leon gibt sich lässig. »Was heißt da: Das kennst du sicher noch? Warst du längere Zeit nicht am See?«

Leon duzt Klaus und tut so, als wäre dieser keine ernst zu nehmende Konkurrenz für ihn.

Doch er betrachtet mich misstrauisch, zumal Klaus es sich nicht nehmen lässt, mich mit einem Küsschen auf die Wange zu begrüßen.

»Nein, ich war über 20 Jahre nicht mehr am See. Ich war lange Zeit auf Fehmarn … hatte dort eine Surfschule«, erzählt Klaus und setzt sich.

»So, so. Und was machst du jetzt hier, Klaus? Außer alte Schulfreundinnen besuchen, meine ich.«

»Klaus möchte vielleicht das Strandbad in Ludwigshafen pachten«, erkläre ich. Ich finde es unerträglich, wie herablassend Leon sich Klaus gegenüber benimmt.

»So … das Strandbad? Da könnten wir ja vielleicht ins Geschäft kommen? Oder wird dort nur Bier und billiger Wein aus dem Tetra Pak ausgeschenkt?«, fragt Leon arrogant.

Doch Klaus ist souverän genug, sich nicht einschüchtern zu lassen. »Au contraire, mon cher«, antwortet er lässig und grinst. »Ich plane da eine ganz große Sache. War deshalb extra kürzlich in Zürich. Maja, das weißt du ja noch gar nicht: Das wird kein einfaches Strandbad, sondern eine ›Beach Bar‹ … eine echte Event-Location!

Mit Beachpartys und Dancefloor auf dem See … Ich möchte eine Seebühne errichten und dort Theater oder Musicals auf dem See aufführen … sozusagen als Konkurrenz zu den Bregenzer Festspielen«, schwärmt Klaus.

»Donnerwetter! Da hast du dir ja ganz schön was vorgenommen«, Leon scheint beeindruckt. »Aber ist das nicht eine Nummer zu groß für dich?«

Ganz kurz wirkt Klaus leicht verärgert, dann lächelt er süffisant und antwortet: »Nun, ich werde das Projekt ja nicht alleine durchziehen. Ich habe meine Connections.«

Hinter dem Tresen, wo ich gerade für die beiden Herren den Cappuccino zubereite, verdrehe ich die Augen.

Ich kann nicht fassen, wie Klaus auf einmal aufdreht, um Leon zu beeindrucken.

»Es gibt da Schweizer Investoren, die sich geradezu darum reißen, mit ins Boot zu dürfen.«

»Ich frage mich nur, was die Gemeinde dazu sagen wird. So wie ich die kenne, wollen die doch immer, dass alles so bleibt, wie es ist und seit 100 Jahren war. ›Beachpartys‹? Da wird dir ganz schön Gegenwind ins Gesicht blasen, mein Lieber«, sagt Leon.

»Vielleicht auch nicht, mein Lieber«, sagt Klaus grinsend. »Denkst du etwa, ich habe meine Hausaufgaben nicht gemacht? Ich bin doch kein blutiger Anfänger, sondern schon seit vielen Jahren im Strandcafé-Business unterwegs«, ergänzt er.

»Nun, das mag ja auf Fehmarn auch funktioniert haben. Hier am See sind die Leute allerdings etwas eigen, was Neuerungen angeht. Du scheinst wirklich lange weggewesen zu sein«, sagt Leon.

»Hier kommt der Cappuccino für die Herren! Darf es vielleicht sonst noch etwas sein?«, unterbreche ich.

Doch die beiden nehmen mich gar nicht zur Kenntnis.

»Nun, ich habe mich selbstverständlich bei der Gemeinde erkundigt, bevor ich nach Investoren gesucht habe. Ich mag ja lange weg gewesen sein, aber ich bin ja nicht bescheuert! Die Gemeinde ist höchst erfreut, dass endlich einmal jemand eine größere Summe Geld in die Hand nehmen und etwas Neues auf den Weg bringen will. Man muss doch den vielen Touristen und Tagesausflüglern etwas bieten, die den ganzen Sommer über an den See kommen. Und das kann die Gemeindekasse doch nicht alleine stemmen.«

»Und du willst da wirklich Beachpartys veranstalten?« Leon wird langsam neugierig.

»Natürlich! Mit DJ und Live-Acts. Wie gesagt, ich möchte gerne eine Seebühne errichten, auf der getanzt wird … und die man natürlich auch für Theater und Konzerte nutzen kann.«

»Nicht schlecht. Da kannst du sicher viel Kohle machen, so etwas gibt es hier weit und breit nicht. Wenn dann noch das Publikum stimmt und die Getränke …«

»Nun, es wird natürlich eine Bar errichtet werden, ganz romantisch unter den großen Weidenbäumen«, erzählt Klaus mit strahlenden Augen.

»Apropos Getränke: Du wirst natürlich Wein benötigen! Und zwar nicht den aus dem Tetra Pak, das war nur ein Witz«, sagt Leon und lacht. »Wenn es dir gelingt, gutes Publikum anzulocken …« Seine Stimme wird leiser. »Du weißt schon: gute Frauen! Dann kommen auch die guten Männer! Also wenn dir das gelingt, dann brauchst du auch gute Getränke. Vor allem guten Wein! Und welches ist hier der beste am See?« Großspurig steht Leon auf.

»Ich habe zufällig ein paar Flaschen im Wagen. Du kannst dich gleich selbst einmal von der herausragenden Qualität der Römfeld-Weine überzeugen. Warte einen Augenblick …«

Ohne mich zu fragen, ob mir dieser spontane Umtrunk überhaupt recht ist, geht Leon nach draußen und kehrt mit mehreren Flaschen Spätburgunder, Grauburgunder, Müller Thurgau und Rosé zurück. »Maja, sei so gut und bring uns ein paar Gläser«, ruft er mir zu.

»Äh … Leon … wir schließen gleich«, antworte ich.

»Kein Problem. Ich möchte Klaus nur ein paar unserer Weine vorstellen. Du kennst sie ja alle«, zwinkert er mir zu.

Ich habe das Gefühl, Leon erwartet sich von dieser kleinen außergewöhnlichen Weinprobe eine vielversprechende Geschäftsbeziehung. Stunden später sitzen die beiden immer noch da und entwerfen die kühnsten Pläne für die neue Beach Bar in Ludwigshafen.

Mir fällt der arme Mann ein, der vor wenigen Tagen dort im Eis eingebrochen ist und nun irgendwo unter den Eisschollen tot herumtreibt. Im Stillen hoffe ich, dass er gefunden wird, bevor die großartige Beach Bar eröffnet wird. Es wäre doch kein schöner Anblick für das »gute Publikum« (vor allem die »guten Frauen«) wenn neben der Seebühne, zu der sie mit kleinen Booten herübergerudert werden, auf einmal eine gruselige Wasserleiche auftauchen würde!

»Maja?«, Leon klopft mir auf die Schulter. Ich muss eingenickt sein, irgendwann zwischen den Worten »Bademodenshow« und »Phantom der Oper auf dem See«.

»Liebste Maja … Du siehst müde aus … aber süüüß«, lallt nun auch Klaus und sieht mir verliebt in die Augen. »Maja und ich … wir haben früher schon … im See gebadet … nackt versteht sich«, lallt er weiter.

»Stimmt das, Maja?« Auch Leon hat einen beachtlichen Zungenschlag.

»Ich glaube, die Herren gehen jetzt besser nach Hause. Ich bin in der Tat sehr müde … und morgen muss ich wieder früh raus.«

Ich erhebe mich, damit sie sehen, dass es mir ernst ist. Die beiden Male davor hatten sie mich überredet, noch »fünf Minuten« bei ihnen sitzen zu bleiben.

»Okay … wenn es sein muss. Auf unsere neue Geschäftsbeziehung, Klaus! Und auf die Beach Bar.«

Leon hebt sein Glas, um mit Klaus anzustoßen, trifft jedoch das Glas nicht und der »gute Spätburgunder« ergießt sich über das ganze Tischtuch.

»Wie soll die Bar überhaupt heißen?«

»Waikiki ...«, lallt Klaus.

Waikiki in Ludwigshafen? Der hat sie doch nicht alle, denke ich.

»Waikiki?« Nun grinst auch Leon.

»Aber nur, wenn ein paar heiße Girls in Baströckchen die Drinks servieren! Oben nur mit einer Blumenkette bekleidet ... hihihi.«

»So, das reicht jetzt. Die ›Waikiki Jungs‹ gehen jetzt mitsamt den leeren Flaschen nach Hause.« So langsam werde ich wütend.

»Ist ja schon gut, Maja. Gaaaaaanz ruhig«, Leon streicht mir über die Haare, als wäre ich sieben Jahre alt.

»Ich fahr dich heim, Klaus. Maja ist ja ganz süß, aber sie versteht manchmal einfach keinen Spaß.«

»Du fährst ganz sicher heute Abend nicht mehr«, ertönt auf einmal eine schrille Stimme.

»Bea-Baby? Wo kommst du denn auf einmal her?«, lallt Leon. Sehr erfreut über das plötzliche Auftauchen seiner Angetrauten scheint er jedoch nicht zu sein.

»Hast du die etwa angerufen?«, schnarrt er mich an. Doch ich schüttele den Kopf und drehe mich weg, weil ich mir das Lachen verbeißen muss. Es ist auch wirklich zu komisch. Die schöne, dünne Beatrice steht in der Tür wie eine Amazone, die in den Krieg ziehen will.

»Es war überhaupt nicht nötig, mich anzurufen, Leon. Du hast mir schließlich eine SMS geschrieben, dass du im Café ›Butterblume‹ eine Geschäftsbesprechung hast. Nachdem du Stunden später immer noch nicht zu Hause warst, dachte ich mir schon, dass hier ein Saufgelage stattfindet. Allerdings hätte ich es schon begrüßt, wenn die ›Wirtin‹ ...«, antwortet Beatrice mit einem bissigen Seitenblick zu mir, »... ihre Gäste sich nicht derart betrinken lässt oder dann wenigstens so verantwortungsvoll ist, ein Taxi zu rufen! Aber das kann man ja hier offenbar nicht erwarten.«

»Ich wünsche Ihnen auch einen guten Abend«, sage ich mit einem Lächeln, das mir allerdings in diesem Moment sehr schwer fällt. Am liebsten würde ich ihr die Schoko-Walnuss-Torte in ihr makellos geschminktes Gesicht werfen, aber dafür hat Ruth zu lange daran gearbeitet.

»Wie gut, dass Sie gekommen sind«, antworte ich stattdessen. »Die beiden sind in der Tat nicht mehr imstande, nach Hause zu fahren.«

Angesichts meiner Freundlichkeit fällt Beatrice nichts mehr ein, wie sie mich treffen kann und drängt stattdessen zum Aufbruch.

»Wir nehmen Sie selbstverständlich mit. Wo soll ich Sie hinfahren?«, lächelt sie nun etwas versöhnlicher Klaus zu.

»Danke, das ist nicht nötig«, lallt dieser und steht auf. »Ich bleibe über Nacht hier«, sagt Klaus und nimmt mich in den Arm, dass ich beinahe umfalle.

»Ach, dann seid ihr beide … du und Maja … ein Paar?« Leon wirkt irritiert, wird jedoch von seiner Beatrice am Arm gepackt und zum Ausgang geschoben.

Ich schiebe Klaus hinterher und sage zu ihr: »Vielen Dank, dass Sie den Herrn hier mitnehmen. Er sagt Ihnen die Adresse unterwegs.«

Ich schließe die Tür hinter der merkwürdigen kleinen Gruppe und atme tief durch.

Beatrice hat alle Mühe, die beiden in ihr schickes Auto zu bugsieren und sieht schrecklich genervt aus.

Endlich Ruhe! Nachdem ich die Reste des Umtrunks aufgeräumt habe, sehe ich aus dem Fenster. Der Mond scheint auf die glitzernden Eisschollen auf dem See. Ich nehme Christians Foto in die Hand und sehne mich nach ihm wie noch nie zuvor.

11. KAPITEL
EISBLUMENGLITZERN

»Ich finde, du solltest noch einmal über die Schlittschuhe nachdenken«, sage ich zu Linda, als wir am nächsten Tag gemeinsam Hagebutten-Ingwer-Taler backen.

»Es scheint mir Jonas' Herzenswunsch zu Weihnachten zu sein! Und du verdienst doch jetzt ein bisschen was.« »Nein, Jonas bekommt ganz sicher keine Schlittschuhe«, antwortet Linda erbost.

»Aber warum denn nicht? Denke doch noch einmal darüber nach, Linda. Du weißt, er hat in der letzten Zeit viel mitgemacht. Du kannst froh sein, dass er dir nicht mehr Probleme bereitet! Andere Kinder wären viel aufmüpfiger«, sage ich.

»Meinst du?« fragt sie auf einmal etwas versöhnlicher.

»Das meine ich. Jonas geht brav zur Schule, er spielt beim Krippenspiel mit ... Das Einzige, was er sich wirklich wünscht, sind Schlittschuhe, damit er mit seinen Freunden beim Eishockey mitspielen kann! Du machst ihn doch zum Außenseiter, wenn du ihm das verwehrst«, antworte ich.

»Lieber ein Außenseiter als tot, Maja! Michael sagt, es ist immer noch lebensgefährlich, aufs Eis zu gehen«, sagt Linda laut und bestimmt.

»Was sagt Michael?«, fragt Ruth misstrauisch, als sie gerade hereinkommt. »Mein Gott, es ist immer noch so furchtbar kalt.« Sie zieht ihren braunen Wollmantel aus und hängt ihn an der Garderobe auf. »Also was hat mein Mausebär euch wieder erzählt?«

»Michael hat nur gesagt, dass es immer noch viel zu gefährlich sei, um das Eis zu betreten«, klärt Linda sie auf.

»Ach so, das weiß ich ja schon. Nun, er hat sicher recht. Man muss auf jeden Fall vorsichtig sein. Denkt nur an den armen Mann aus Ludwigshafen«, sagt Ruth.

»Weiß man denn schon, wer das war?«, fragt Linda. »Jemand wird ihn doch vermissen.«

Ich bin sicher, dass sie bei dem Wort »vermissen« an ihren Frank denkt.

»Michael hat mir nur gesagt, dass ein circa 50-jähriger Mann aus Stockach vermisst wird. Sein Wagen stand auf dem gegenüberliegenden Parkplatz. Man vermutet, dass er es war, der in das Eis eingebrochen ist.«

»Was wollte er denn dort?«, frage ich und nehme das Blech mit den duftenden Plätzchen aus dem Ofen.

»Vermutlich das, was alle gerade wollen: Schlittschuhlaufen oder einfach auf dem Eis spazieren gehen! Aber trotz der Kälte trägt es einfach noch nicht. Der Mann hat wohl versucht, ein Stück darauf zu laufen und ist dabei eingebrochen. Den Rest wisst ihr ja.«

Ich denke gerade an die großartigen Pläne für die Beach Bar in Ludwigshafen und da fragt mich auch schon Ruth, als habe sie meine Gedanken erraten: »Sag mal, Maja … was war das denn für ein feucht fröhlicher Umtrunk mit Leon und Klaus gestern Abend?« Sie grinst.

»Große Ereignisse werfen ihre Schatten voraus«, sage ich geheimnisvoll.

»Ach ja? Und was sind das für Ereignisse? Welcher der beiden Verehrer dich zum Essen ausführen darf?«, fragt Ruth lachend.

»Blödsinn! Es ging um ein Geschäft, das die beiden eventuell vorhaben. Aber ich darf noch nichts verraten«, berichte ich.

Ich möchte jetzt nicht etwas kundtun, was sich vielleicht nie ereignen wird. Wer weiß, ob Klaus das überhaupt alles so ernst gemeint hat! Ich glaube eher, dass er einfach nur ein bisschen vor Leon auftrumpfen wollte, weil sich dieser anfänglich so arrogant verhielt.

»Na, da bin ich ja einmal gespannt«, sagt Ruth und zuckt mit den Achseln.

»Die beiden sind aber hoffentlich nicht mehr mit dem Auto gefahren?«, fragt Linda. »Als ich gegangen bin, waren sie schon ordentlich bezecht.«

Ich berichte, dass die schöne Beatrice die beiden abgeholt und zähneknirschend nach Hause gebracht hat.

Offenbar waren die beiden Trunkenbolde trotz der gestrigen späten Stunde heute schon früh auf, denn beide Autos waren bereits weg, als ich mit Jojo meine morgendliche Runde am See gedreht habe.

Als ich die Post hereinhole, finde ich eine Nachricht von Klaus im Briefkasten, die er offenbar eingeworfen hat, als er sein Auto geholt hat.

»Liebe Maja, das war wohl mehr als ein Gläschen zu viel! Ich hoffe, du bist nicht böse, dass wir dich gestern Abend mit unserem Geschwätz so lange gestört haben. Ich würde es gerne wiedergutmachen und möchte heute Abend für dich kochen. Um 19 Uhr bei mir? Lilienweg 7.«

Er will für mich kochen? Ich muss schmunzeln. Das hat noch nie ein Mann für mich gemacht! Aber bei ihm zu Hause? Das ist doch viel zu gefährlich! Ich vermute, dass Klaus mehr als nur mit mir essen will. Wie soll ich mich dann verhalten?

Dann kannst du immer noch nach Hause gehen, Maja!, sage ich zu mir selbst. Du bist doch eine erwachsene Frau!

Ich bin durcheinander und beschließe, den Rat meiner Mutter einzuholen, auch wenn ich jetzt schon weiß, was sie sagen wird.

Nachdenklich gehe ich zum »Maiglöckchen« hinüber und finde dort Steve im Garten vor.

»Meine Güte, ist das kalt! Warum bist du hier draußen?«, frage ich ihn.

Wortlos zeigt er auf seine Pfeife.

»Hör mal, du musst nicht bei dieser Eiseskälte hier draußen sein«, sage ich. »Du kannst doch in der kleinen Teeküche dein Pfeifchen rauchen, die benutzen wir doch erst im Frühling wieder. Bis dahin wird sie wieder ordentlich ausgelüftet sein! Bei diesen Temperaturen holst du dir noch eine Erkältung …«

»Ach was, Sweetheart. Ich bin doch warm angezogen! Ich rauche lieber draußen. Deine Mutter mag es nun einmal nicht, wenn ich nach Rauch rieche …«, antwortet er mit einem Grinsen.

»Wo ist sie überhaupt?«

»She sleeps a little. Sie hat sich ein kleines bisschen hingelegt«, klärt Steve mich auf.

»Schon wieder?«

So langsam kommt mir das seltsam vor. Meine Mutter ist das reinste Energiebündel und legt sich tagsüber nie freiwillig hin, nicht einmal, wenn sie Grippe hat.

Steve antwortet nicht.

Und gerade das ist mir Antwort genug. Auf einmal weiß ich, warum die beiden jetzt schon hier sind und mit ihrem Besuch nicht bis zum Frühling gewartet haben, wie es eigentlich geplant war.

Das darf nicht wahr sein. Nicht auch noch meine Mutter …

Ich kann die Worte nicht aussprechen, die in mir aufsteigen und die mir gerade die Luft abschnüren.

Doch ich sehe es an seinem Gesicht, das auf einmal so unendlich traurig aussieht.

Ich möchte weglaufen … ich will es nicht hören … und doch muss ich es wissen: »Was ist los Steve?«

Steve sagt nichts. Ich sehe Tränen in seinen Augen.

»Sag es mir, bitte.«

Ich nehme seine Hand und sehe ihm direkt in die Augen.

»No. Ich darf nicht«, antwortet er.

»Du musst es mir sagen, Steve.« Ich fange an zu weinen.

Da nimmt er mein Gesicht in beide Hände und sagt: »Okay. Also gut. Es ist Krebs, Maja.«

Ich nicke. Um uns herum ist alles still. Düster ragen die Äste in den winterlich grauen Himmel, als wollten sie beten. Auf einmal scheint die ganze Welt still zu stehen. Ich höre Steves Worte, doch sie scheinen nicht in mein Inneres vorzudringen

»Ein Knoten in der Brust, der viel zu spät entdeckt worden ist und gestreut hat. Ich habe versprochen, nichts zu sagen.«

Wie schlimm muss es für ihn sein, jeden Tag zu lächeln und so zu tun, als wäre nichts!

»Was kann man tun? Eine Chemotherapie?«, frage ich ängstlich.

Steve wiegt bedenklich den Kopf. »I don't know. Die Ärzte sagen, es gibt nur wenig Hoffnung. Du weißt doch, ihr schwaches Herz ...«

»Aber irgendetwas muss man doch tun! Wir können doch nicht zusehen, wie sie ... stirbt.«

Der Kummer überwältigt mich auf einmal so sehr, dass ich bitterlich zu weinen anfange.

Schluchzend werfe ich mich Steve an die Brust.

»Das schaffe ich nicht ...«, schluchze ich. Ich kann nicht noch einen geliebten Menschen verlieren. Wie soll ich das ertragen?

»Doch, Maja, ... du schaffst es. Du bist doch nicht allein. You are not alone! We are a family.«

Obwohl es bitterkalt ist, sind wir noch immer im Garten. Ich denke daran, wie wir hier alle zusammen die Eröffnung des Maiglöckchens gefeiert haben. Es kommt mir vor, als sei es in einem anderen Leben gewesen.

»Du darfst um Himmels Willen nicht sagen, dass ich es dir erzählt habe! Du kennst deine Mutter: Sie bringt mich um.« Steves Augen funkeln.

Ich schüttele den Kopf. »Ich habe es doch selbst herausgefunden. Sie ist so anders als sonst ... so müde. Sie nimmt mich ständig in den Arm ...« Wieder laufen mir die Tränen herunter.

»Listen ... Hör mal, Maja! Wir dürfen sie nicht jetzt schon betrauern ... noch lebt unsere Luise! Und wir wollen ihr den Rest ihres Lebens so schön machen wie es nur geht, nicht wahr?«

»Wie stellst du dir das vor, Steve? Wir tun alle so, als wäre nichts und feiern gemütlich Weihnachten?«, frage ich fassungslos.

»Exactly. Genau so! Sie will keine stundenlangen Krankheitsgespräche oder Mitleid. Du kennst sie doch! Sie wollte unbedingt hierherkommen, um noch einmal mit euch ein schönes, deutsches Weihnachtsfest zu verbringen«, antwortet Steve.

»Wenn ich das gewusst hätte, hätte ich doch Nini niemals nach Australien reisen lassen«, weine ich.

»Deine Mutter ist sehr traurig, dass Nini nicht hier ist. Aber sie will, dass Nini glücklich ist. Diese Reise ist wichtig für sie.«

Steve macht eine kurze Pause und atmet tief durch. »Das Leben muss weitergehen, Maja«, sagt er.

Wie kann es das nur? Ich habe nicht die leiseste Idee, wie ich das aushalten soll. Ich kann doch nicht Theater spielen und so tun, als wäre alles in Ordnung, während meine Mutter todkrank ist!

»Bitte erfülle deiner Mutter diesen Wunsch, Maja! Sie will keine gebrechliche, alte Frau sein. Sie will leben und lustig sein bis zu ihrer letzten Minute. Und wir helfen ihr dabei, versprochen? Please promise me.«

Ich gebe Steve mein Versprechen, auch wenn ich im Moment nicht weiß, ob und wie ich es erfüllen kann.

Am Abend sitze ich vor dem Fenster und betrachte die Eisschollen auf dem See. Die Nachricht über die tödliche Krankheit meiner Mutter hat mir einen schweren Schlag versetzt. So langsam glaube ich, verflucht zu sein! Habe ich denn gar kein bisschen Glück verdient? Auf einmal schäme ich mich. Wie kann ich nur so egoistisch sein und nur an mich denken? Wie schlimm muss es für meine Mutter sein? Gerade sie, die das Leben immer so sehr geliebt hat, hat es nicht verdient, jetzt an ihrem Lebensabend leiden zu müssen. Vor wenigen Jahren hat sie doch erst ihre große Liebe gefunden und noch einmal mutig ein neues Leben in einem fernen Land begonnen. Beim Gedanken an die romantische Hochzeit der beiden auf der Insel Mainau kommen mir die Tränen. Warum dürfen sich die beiden nicht noch ein paar Jahre an ihrem Glück freuen? Warum ist das Schicksal so grausam und muss die beiden auseinanderreißen? Es muss furchtbar für Steve sein. Und ich denke nur an mich.

Mein Handy klingelt. Es ist Klaus.

»Maja, wo bleibst du denn? Das Fleisch ist schon total verbrutzelt …«, höre ich seine muntere Stimme.

Du liebe Güte, ich habe Klaus vor lauter Kummer total vergessen!

»Klaus, sei mir nicht böse, aber ich kann nicht kommen. Es geht mir heute nicht so gut …«, sage ich.

»Was ist los? Bist du krank?«, fragt er besorgt.

»Nein, das ist es nicht. Oder doch. So etwas Ähnliches. Tut mir leid, dass ich vergessen habe abzusagen …«

»Hmm. Bist du sicher, dass du nicht kommen kannst? Du verpasst hier ein superleckeres Drei-Gänge-Menü … wer weiß, wann ich so etwas wieder einmal zustande bringe.«

»Das ist lieb von dir, Klaus, wirklich. Aber mir geht es nicht gut.«

»Oh … ja dann … gute Besserung.«

Er klingt enttäuscht. Das ist ja auch kein Wunder. Sicher hat er sich meinetwegen viel Mühe gemacht.

Aber ich kann heute beim besten Willen keinen romantischen Abend mit Klaus verbringen! Meine Gedanken kreisen ständig um meine Mutter und darum, wie ich es anstellen soll, dass sie nicht merkt, dass ich von ihrer Krankheit weiß.

Das Mondlicht lässt die Eisschollen auf dem See wie Silber glänzen. Ich denke daran, wie schön jetzt die Eisblumen aussehen werden. Spontan gehe ich nach oben auf den Dachboden. Die Schönheit der filigranen Blumen am Fenster, die silbern im Mondlicht glitzern, berührt so sehr mein Herz, dass mir die Tränen kommen.

»Das ist ja traumhaft«, sagt auf einmal eine tiefe, leise Stimme hinter mir. Mein Herz setzt einen Moment lang aus. Ich habe keine Schritte kommen hören und wage nicht, mich umzudrehen.

»Bitte verzeihen Sie, wenn ich störe …«

Nun erkenne ich die Stimme und drehe mich doch um.

»Paul! Was in aller Welt machen Sie hier oben? Sie haben mich zu Tode erschreckt«, rufe ich aus.

»Oh nein … das wollte ich nicht.«

In seiner gewohnt unterwürfigen Art geht Paul einen Schritt zurück. Dennoch rast mein Herz wie verrückt.

Bis auf das Mondlicht, das durch das Eisblumenfenster scheint, ist es fast vollkommen dunkel hier oben und ich kann nur Pauls Silhouette erkennen. Mir ist bewusst, dass wir beide hier alleine sind. Und Paul beschuldigt wird, eine Frau vergewaltigt zu haben.

Ruhig bleiben, Maja, denke ich und atme tief aus.

»Bitte entschuldigen Sie … ich wollte Sie nicht stören. Die Eingangstür war offen und ich wollte gerne eine Tasse Kaffee trinken, um mich aufzuwärmen. Doch in der Gaststube war niemand …«

Paul wendet sich zum Gehen.

»Was wollten Sie denn hier oben?«, frage ich nervös.

Mein Atem geht immer noch unregelmäßig.

»Es tut mir leid, wenn ich Sie erschreckt habe …«, antwortet er leise und macht wieder einen Schritt auf mich zu. »Ich hätte hier nicht einfach so eindringen dürfen. Aber ich habe per Zufall heute Morgen gehört, wie sie in der Küche ihrer Mitarbeiterin von den Eisblumen auf dem Dachboden vorgeschwärmt haben.«

Wenn er unser Gespräch heute Morgen gehört hat, dann hat er womöglich auch all die anderen Gespräche gehört, die wir über ihn geführt haben. Wie oft haben wir über den Vergewaltigungsverdacht und mögliche Schlussfolgerungen gesprochen. Mir wird heiß und kalt zugleich.

»Ich gebe es zu – meine Neugier war geweckt. Ich kenne Eisblumen aus meiner Kindheit … meine Großmutter besaß ein altes Haus auf dem Lande …«, erzählt Paul plötzlich. »Wir haben dort jedes Jahr Weihnachten gefeiert und ich liebte die Eisblumen am Fenster. Auch meinem Sohn habe ich sie einmal gezeigt, als wir alle zusammen Weihnachten bei der Großmutter feierten. Er war ebenso von den Eisblumen fasziniert wie ich. Leider habe ich seither keine mehr zu Gesicht bekommen. Heutzutage sind die Fenster ja alle derart gut isoliert, dass man solche Kunstwerke höchstens einmal in Büchern oder dem Internet, aber keinesfalls in natura findet! Ich bitte noch einmal um Entschuldigung, Maja. Ich hätte Sie natürlich um Erlaubnis bitten müssen, statt einfach heimlich auf den Dachboden zu gehen.«

Reumütig sieht er mich an.

Ich schwanke zwischen dem Unbehagen, mit ihm hier oben alleine zu sein, und Mitleid mit dieser traurigen Gestalt, die schon wieder die Schultern hängen lässt.

»Kommen Sie näher«, sage ich.

Gemeinsam bewundern wir die zarten Eisblüten, die so wundervoll im Mondlicht glitzern.

»So etwas Schönes habe ich noch nie gesehen«, sagt Paul.

»Und was ist mit der Glaskugel aus Lauscha in unserem Gastraum?«, frage ich.

Paul lächelt. Ich glaube, es ist das erste Lächeln in den ganzen Wochen seitdem er hier ist, das ich an ihm sehe.

»Danke«, sagt er nur. Und verschwindet genauso leise, wie er gekommen ist.

12. KAPITEL
DER KOKON

Nanu? Noch eine dunkle Gestalt, die in unserem Garten herumschleicht? Paul ist es nicht, der ist viel kleiner und schmächtiger. Ob das wieder dieser seltsame Mann ist, den ich schon ein paar Mal hier und vor dem »Maiglöckchen« gesehen habe? Mit der Taschenlampe in der Hand gehe ich trotz Herzklopfen mutig die Treppe hinunter. Ich mache kein Licht, doch Jojo fängt auf einmal an, wie verrückt zu bellen.

Mir ist unheimlich. Irgendjemand ist da draußen! Etwa ein Einbrecher? Nun wünschte ich mir, Paul wäre geblieben.

Durch den Gastraum spähe ich in den Garten. Doch da ist niemand!

Leise schleiche ich durch das Treppenhaus in den vorderen Bereich des Hauses, öffne die Eingangstür und blicke in die dunklen Augen von …

»Klaus! Was machst du denn hier?«, rufe ich aufgebracht.

Noch so ein Schreck und mein Herz wird stehenbleiben!

»Ich wollte dich überraschen, Maja«, sagt er grinsend und nimmt mich in den Arm.

»Deine Stimme klang am Telefon so niedergeschlagen und da dachte ich … du hast doch sicher nichts gegessen … wäre doch schade um mein schönes ›Menü‹ … und außerdem ist doch sicher niemand hier, der sich um dich kümmert, wenn es dir nicht gut geht«, sagt er mit einem Lächeln.

»Und da hast du beschlossen, einfach vorbeizukommen ohne vorher anzurufen?«, frage ich genervt.

»In der Tat. Ich wollte dich überraschen.« So langsam verschwindet das Lächeln aus seinem Gesicht.

Ob er dachte, ich hätte ihm abgesagt, um mich mit meinem alten Freund Leon zu treffen?

»Und warum hast du nicht geklingelt, sondern bist stattdessen um das Haus geschlichen? Ich hätte beinahe meinen Rottweiler auf dich gehetzt«, knurre ich ihn an.

Das Lächeln in seinem Gesicht ist wieder da, als Klaus die kleine Jojo erblickt, die sich gerade hinter meinen Beinen vor dem »Einbrecher« versteckt.

»Das habe ich getan. Aber als mir niemand öffnete, obwohl Licht brannte, dachte ich, ich gehe einmal um das Haus herum und klopfe an die Terrassentür. Vielleicht bist du ja unten im Gastraum, um einen deiner fantastischen Kuchen backen …«

»Nein, ich war auf dem Dachboden. Und die ›fantastischen Kuchen‹ werden meistens von Ruth und Linda gebacken. Aber nun komm schon rein, dir ist doch sicher hundekalt«, antworte ich etwas zugänglicher.

Er hat es gut gemeint und wollte mich überraschen, denke ich.

Klaus drückt mir den Korb mit den Leckereien in die Hand und pellt sich aus seiner dicken Jacke.

Er hat breite Schultern und auf einmal wünsche ich mir, dass er mich in die Arme nimmt. Ich bin überrascht von diesem Gefühl, aber plötzlich finde ich es schön, dass er da ist. Nicht nur deshalb, weil ich nicht alleine mit meinen trüben Gedanken sein möchte. Ich freue mich einfach über seinen Besuch.

»Was ist? Warum schaust du mich so an?«, fragt Klaus und lächelt.

»Ach … du erinnerst mich an jemanden, den ich von früher kenne«, sage ich und lächle zurück. Doch ich bin ein bisschen verlegen und um mir das nicht anmerken zu lassen, nehme ich den Korb und gehe mit diesem voraus nach oben in unser Wohnzimmer. Dass es nicht allzu aufgeräumt ist, scheint Klaus ebenso wenig zu stören wie meine Leggins und der alte Norwegerpullover.

»Simply Red«, sage ich und nehme staunend die CD aus dem Korb.

»Die hast du doch früher immer so gerne gehört. Weißt du noch?«

Dass sich Klaus daran erinnert!

Begeistert lege ich die CD ein, zünde ein paar Kerzen an und packe aus, was Klaus mitgebracht hat.

»Halt! Lass mich das machen …«, unterbricht er mich.

»Kannst du ein paar Teller besorgen? Und Gläser?«

Als ich mit beidem zurückkomme, hat Klaus den Tisch mit dem Inhalt des Korbes gedeckt.

»Voilà … der erste Gang: Feldsalat mit gebratenen Birnen und Walnussstücken an Balsamicodressing! Zweiter Gang: Hähnchenbrust auf italienische Art … und zum Abschluss: Marzipan-Bratapfel mit Zimtsauce! Und dazu ein leckerer Grauburgunder. Diesmal aber nicht vom Weingut Römfeld, sondern aus dem Supermarkt.«

»Donnerwetter … Klaus! Das ist ja wirklich fantastisch«, sage ich begeistert.

Ich bin schwer beeindruckt. »Ich wusste gar nicht, dass du so gut kochen kannst.«

»Warte erst einmal ab, ob es überhaupt gut schmeckt. Weißt du, ich habe schon immer gern gekocht. Auch in meiner Strandbude! Meist klaue ich Rezepte von anderen und wandele sie nach eigenem Gutdünken ab.«

Während wir die Hähnchenbrust noch einmal kurz im Backofen erwärmen, genießen wir den leckeren Feldsalat und ein Glas Wein. »Das mit gestern tut mir übrigens sehr leid. Du weißt schon … der Umtrunk mit diesem Leon … ist ein bisschen aus dem Ruder gelaufen«, sagt Klaus auf einmal.

»Ach, das war doch gar nicht schlimm! Bei Leon muss man mit solchen Aktionen rechnen«, antworte ich lächelnd.

»Sag mal … du und er … läuft da irgendetwas?«, fragt Klaus neugierig.

Ich schüttele den Kopf. »Du hast doch seine Frau kennengelernt«, erinnere ich ihn an die schöne Beatrice.

»Na und? Das muss nichts heißen! Ich habe die Blicke gesehen, die er dir zugeworfen hat«, sagt Klaus.

Es sieht fast so aus, als sei er eifersüchtig!

»Nein, Leon und ich sind nur gute Freunde.«

»Wirklich nur Freunde?« Klaus kommt immer näher. Statt einer Antwort lächele ich ihn an und stehe auf.

»Ich sehe mal nach dem Hähnchen.«

Als ich zurückkomme, sieht Klaus mich auf einmal ernst an.

»Du wolltest mich heute gar nicht sehen, Maja. Stimmt's?«

Er hat ja recht! Ich wollte ihn wirklich nicht sehen. Und nun? Sitzen wir hier bei Kerzenschein, essen das leckerste Essen, das je ein Mann für mich zubereitet hat und ich schäme mich fast, dass ich es genieße.

Ich setze mich und trinke einen Schluck Wein.

»So ist es nicht, Klaus.«

Mit einer zärtlichen Bewegung nimmt Klaus eine meiner Locken und streicht sie mir aus dem Gesicht. »Wie ist es dann? Krank scheinst du jedenfalls nicht zu sein, das sehe ich doch.«

»Ich bin nicht krank. Aber meine Mutter«, verrate ich ihm.

Ich erzähle, was Steve mir am Nachmittag berichtet hat und wie schrecklich ich mich seitdem fühle.

»Verstehst du mich jetzt? Ich konnte nicht einfach zu dir zum Essen kommen und so tun, als wäre nichts! Schlimm genug, dass ich mir meiner Mutter gegenüber nichts anmerken lassen darf.«

»Oh Maja … es tut mir so leid.«

Seine dunklen Samtaugen ruhen auf meinem Gesicht. Es ist, als könnte er in die Tiefe meiner Seele schauen und spüren, was ich empfinde. Ich habe Angst, dass ich weinen muss und stehe deshalb schnell auf und räume die Teller zusammen.

Doch Klaus hält mich fest und zieht mich zu sich heran.

»Maja, es ist schlimm, ich weiß. Aber eine Krebsdiagnose muss kein Todesurteil sein! Es gibt heutzutage wirklich erstklassige Therapien. Auch und gerade in Amerika, wo deine Mutter doch jetzt lebt!

Weißt du, was die Spanier sagen? ›Wenn das Leben dir die kalte Schulter zeigt, dann kneif es in seinen knackigen Arsch!‹«

Obwohl mir eben noch zum Weinen zumute war, bringe ich ein Lächeln zustande. Weiß ich doch, was Klaus mir damit sagen will.

»Ich würde gerne so mutig sein wie sie«, sage ich und sehe ihn an. »Ich möchte tapfer sein und sagen: ›Es wird alles gut.‹ Aber wie kann ich das? Woher soll ich wissen, dass alles gut wird? Ich habe in meinem Leben erfahren, dass manche Dinge nicht gut werden … und nicht alles gut ausgeht! Was soll ich nur tun, wenn es bei meiner Mutter auch so ist?«

»Es ist doch gar nicht gesagt, dass es bei ihr auch so ist, Maja. Es gibt *immer* eine Chance. Man darf nicht vorher schon aufgeben! Du musst an sie glauben und ihr Kraft geben. Nur so kannst du ihr helfen.«

»Wie kann ich ihr Kraft geben, ohne dass ich davon überhaupt wissen darf?«, frage ich.

»Einfach nur, indem du da bist. Indem du so bist, wie du bist, Maja«, sagt Klaus auf einmal leise.

Und dann steht er auf und küsst mich. Er nimmt mich in seine starken Arme und auf einmal möchte ich nirgendwo sonst sein. Sanft ziehe ich ihn in mein Schlafzimmer und während wir uns noch immer küssen, ziehen wir uns gegenseitig aus. Auf einmal hält Klaus inne, hält mich immer noch fest und sagt: »Du musst das nicht, Maja … Ich weiß, es geht dir nicht gut …«

»Ich möchte aber«, sage ich und verschließe seinen Mund mit einem langen Kuss.

Viel später liegen wir engumschlungen in meinem Bett und sehen schweigend aus dem Fenster in die eiskalte Nacht. Wir haben keine Worte, weil wir nicht fassen können, was gerade passiert ist. In meinem Kopf ist ein einziges Durcheinander und ich bin traurig und glücklich zugleich.

»Vom ersten Augenblick an, als wir uns wiedergesehen haben, habe ich mir das hier gewünscht«, sagt Klaus auf einmal.

Ich kann nicht antworten, weil es bei mir nicht so war. Nie und nimmer hätte ich mir träumen lassen, dass ich mit Klaus im Bett landen werde!

Und doch fühlt es sich so gut an. Seine Nähe, seine Zärtlichkeit und Wärme tun mir unglaublich gut. Doch ich frage mich, ob es eventuell nur daran liegt, weil ich heute so traurig war.

Vielleicht ist es nur der Trost, der meinen Körper und meine Seele streichelt?

Als ob Klaus meine Gedanken erraten hätte, sagt er plötzlich: »Eigentlich wollte ich dich heute einladen, um dir etwas zu erzählen.«

»Und was ist das?«

»Ich habe noch ein anderes Jobangebot bekommen. Ich könnte ein Strandlokal auf Teneriffa aufmachen. Das wäre ganzjährig, nicht nur ein Saisonbetrieb im Sommer wie das Strandbad in Ludwigshafen«, berichtet Klaus stolz.

Wie kommt es, dass mir der Gedanke daran auf einmal ganz und gar nicht gefällt?

»Das hört sich ja interessant an«, antworte ich knapp.

»Das ist es ganz bestimmt! Es hat eine ganz tolle Lage, direkt an einem Strand, zu dem viele Touristen kommen.« Klaus klingt begeistert.

»Und? Willst du das jetzt machen?«, frage ich zögernd.

Einen Moment lang antwortet Klaus nicht, dann sieht er mich an und streicht mir mit einer unendlich zärtlichen Geste über mein Gesicht.

»Alles, was ich wirklich will … liegt im Moment in meinen Armen.«

Statt einer Antwort lächle ich. »Hast du schon einmal Eisblumen gesehen?«, frage ich Klaus leise.

»Leider nur auf Fotos.«

»Komm mal mit … ich möchte dir etwas zeigen.«

*

Blass und schmal sitzt meine Mutter vor dem Kamin.

Ich denke daran, dass sie immer für mich da war. Jede Träne getrocknet hat, die ich eines Mannes oder eines anderen Kummers wegen geweint habe. Ich denke an die vielen Stunden, in denen sie mich getröstet hat, wenn ich krank war.

Und ich soll nun so tun, als ginge mich das alles nichts an?

Das kann ich nicht! Doch ich habe Steve mein Versprechen gegeben. Wir sollen »keine große Sache« daraus machen. Aber Krebs ist nun einmal eine »große Sache« … es geht um Leben und Tod.

»Was ist los, Maja?«, fragt sie nun auch noch, als habe sie meine Gedanken erraten. »Was ist dir heute schon über die Leber gelaufen?«

»Nichts, Mama … ich überlege nur gerade etwas«, antworte ich.

»So wie du aussiehst, kann das nichts Gutes sein«, sagt sie besorgt.

»Oh doch! Sag mal, Mama … meinst du, Steve kann sich heute einmal alleine beschäftigen?«

»Warum das denn?«

Ich weiß ja, dass die beiden nie etwas getrennt voneinander unternehmen.

Doch heute möchte ich meine Mutter einmal für mich alleine haben.

»Überraschung«, sage ich daher. »Vor Weihnachten darf man seine Geheimnisse haben, oder nicht?« Ich zwinkere ihr zu. »Abfahrt ist in einer Viertelstunde. Zieh dich warm an.«

Eine Stunde später suchen wir verzweifelt nach einem Parkplatz in Lindau. Hier waren wir beide schon vor Jahren einmal zur »Hafenweihnacht«. Endlich haben wir eine Lücke gefunden, in die ich den Mini einparken kann.

Über die Brücke laufen wir im Nebel auf die Insel. Es ist bitterkalt, doch der Anblick der heimeligen, glanzvoll beleuchteten Altstadt von Lindau erwärmt unsere Herzen.

»Oh, das ist ja eine richtige Weihnachtsinsel! Das hätte meinem Steve auch gefallen«, sagt meine Mutter schwärmerisch.

»Bestimmt, Mama. Aber heute ist unser ›Mädelstag‹ … wie früher! Das muss doch auch einmal sein. Wie oft haben wir das früher genossen, auch mit Nini. Und nun kommen wir gar nicht mehr dazu, weil du so weit entfernt lebst. So schön es ja auch mit den Männern sein mag, hin und wieder müssen wir auch einmal unter uns sein.«

Ich hake sie unter und schlucke den Kloß in meinem Hals herunter, den ich schon wieder spüre. Die Angst, sie zu verlieren ist, seitdem mir Steve von ihrer schrecklichen Krankheit erzählt hat, mein ständiger Begleiter.

Aber heute möchte ich davon nichts wissen, sondern nur die wundervolle Atmosphäre in den festlich geschmückten Gassen genießen. Am Hafen bummeln wir vor der Kulisse der berühmten Hafeneinfahrt mit dem Leuchtturm und dem Löwen an zahllosen liebevoll dekorierten Marktständen vorbei. Meine Mutter verliebt sich in eine kleine Krippe aus Glas und ich kaufe sie ihr spontan.

»Sag mal, wo hast du denn eigentlich diese wundervolle Christbaumkugel mit dem Eiskristall her?«, fragt sie.

»Die hat mir Linda geschenkt. Sie stammt aus ihrer Heimat Lauscha in Thüringen. Ist sie nicht bezaubernd?«

»Die Glaskugel oder Linda?«, fragt meine Mutter mit schmalen Lippen.

»Was hast du nur gegen sie? Linda hat viel durchgemacht in der letzten Zeit, Mama.«

»Das glaube ich dir ja, Maja. Aber ich traue ihr irgendwie nicht. Sie kann einem nie richtig in die Augen schauen.«

»Das liegt daran, dass Linda schüchtern ist.«

»Schüchtern? Komischerweise scheint das für die Männerwelt nicht zu gelten.«

»Ach, Mama«, sage ich. Meine Mutter scheint genauso eifersüchtig zu sein wie Ruth, die ja neulich etwas ganz Ähnliches gesagt hat. »Ich glaube, Linda weckt bei den Männern den Beschützerinstinkt, weil sie so zart und zerbrechlich wirkt.«

»Nur bei ihrem eigenen nicht«, sagt meine Mutter. »Sonst wäre er wohl kaum auf und davon.«

»Das wissen wir doch gar nicht, Mama. Wenn du Linda hörst, war er ein sehr liebevoller Familienvater, der seine Familie nie verlassen hätte.«

»Aber es muss doch so gewesen sein, oder nicht?«

»Vielleicht ist ihm ja etwas zugestoßen und er wurde überfallen. Immerhin hat Linda von Schulden erzählt. Vielleicht ist er auch vor diesen davongelaufen.«

»Dann hätte er wohl mit seiner Familie darüber gesprochen und sie nicht im Unklaren gelassen, Maja! Nein, irgendetwas stimmt bei der Sache nicht, wenn du mich fragst. Ich finde jedenfalls, Linda ist weder zart noch zerbrechlich, sondern streng und herrisch! Es würde mich nicht wundern, wenn sie an dem Verschwinden ihres Mannes nicht so ganz unschuldig wäre.«

»Was meinst du damit, Mama?«

»Nun, ich will ja keinen Verdacht äußern. Aber so wie sie den Männern immer schöne Augen macht, wäre es doch denkbar, dass sie sich einen anderen angelacht und ihr Frank darauf das Weite gesucht hat.«

»Das ist doch Blödsinn, Mama. Wenn es so wäre, dann wäre sie wohl kaum völlig verzweifelt bei uns im ›Maiglöckchen‹ aufgetaucht, sondern schon längst bei ihrem neuen Lover eingezogen.«

»Das würde sie wohl kaum tun. Schließlich hat sie ein Kind und Jonas hängt sehr an seinem Vater«, entgegnet meine Mutter.

»Ich weiß nicht, Mama. Wir sollten nicht so schlecht von Linda denken. Sie ist doch arm dran.«

»Das stimmt, Maja. Aber du solltest auch nicht *zu* vertrauensselig sein. Die Menschen sind nicht immer die, für die sie sich ausgeben! Aber nun ist mir kalt und müde bin ich auch. Wollen wir nach Hause gehen?«

»Lass uns doch noch eine heiße Schokolade trinken gehen«, bitte ich sie.

»Ein Tee wäre mir lieber.«

Im Theatercafé stärken wir uns mit Tee und Apfelstrudel mit Vanille-Zimt-Sauce, bevor wir uns auf den Heimweg machen.

Als wir an der St. Stephan Kirche vorbeikommen, hören wir leise Orgelklänge.

»Lass uns noch einen Augenblick hineingehen und zuhören«, bittet meine Mutter plötzlich.

Wir setzen uns in die letzte Bank und lauschen den Klängen der Musik. Die weihnachtlichen Lieder berühren mich zutiefst und ich nehme die Hand meiner Mutter. Im Stillen spreche ich ein kurzes Gebet für sie, doch meine Gefühle überwältigen mich so sehr, dass ich hinausgehen muss.

Sie flüstert mir zu, dass sie gleich nachkommen wird und ich trete hinaus in die eiskalte Luft. Ich atme tief durch und wische die Tränen von meiner Wange.

»Maja, was machst du denn hier?«, höre ich plötzlich eine vertraute Stimme.

»Vermutlich das Gleiche wie du, Leon! Wir wollten uns vom Zauber der ›Hafenweihnacht‹ berühren lassen. Wo ist denn deine Holde?«

»Bea sucht eine Toilette. Du weißt ja, wie ihr Frauen seid. Ein Tässchen Glühwein und schon müsst ihr für kleine Mädchen.« Leon verdreht die Augen und fährt sich genervt durchs Haar. »Maja … das mit neulich Abend … tut mir leid, dass es ein bisschen später geworden ist! Aber es war wirklich lustig mit diesem Klaus. Auch wenn er mir nicht unbedingt geeignet für dieses Projekt erscheint.«

»Ach, nein? Dafür hast du dich aber ausführlich mit ihm darüber unterhalten«, sage ich genervt.

Leon ist nur eifersüchtig, weil er merkt, dass Klaus großes Interesse an mir hat.

»Läuft da etwa was zwischen euch?«, fragt er neugierig. Wusste ich's doch!

»Kann schon sein …«, sage ich ausweichend und betrachte meine Schuhspitzen.

»Maja, der ist doch nichts für dich«, entrüstet sich Leon.

»Ach nein?«, frage ich. »Und warum nicht?«

»Er mag ja ein lustiger Knabe sein. Aber du weißt schon, was ich meine. Mal abgesehen von den zugegebenermaßen ganz guten Ideen, die er hat, steckt doch nichts dahinter! Das spüre ich …«, sagt er auf einmal.

»Ach, Leon, was du so alles spürst«, seufze ich.

»Ich spüre auf jeden Fall, dass du mir immer noch sehr viel bedeutest, Maja.«

»Du solltest dich lieber um deine Beatrice kümmern. Du bist schließlich mit ihr verheiratet.«

Leon rollt entnervt mit den Augen. »Ich glaube, das mit Bea und mir … das wird nichts mehr.«

»So?«, frage ich, obwohl diese Information für mich nun wirklich nicht neu ist. Es ist ja nicht das erste Mal, dass er sich über seine unglückliche Ehe beklagt.

»Sie ist so furchtbar anstrengend, Maja! Ganz anders als du. Ständig passt ihr etwas nicht und ich muss tausend Dinge tun, um sie zufriedenzustellen. Auch heute wieder: Statt den niedlichen kleinen Weihnachtsmarkt zu genießen, nörgelt sie nur herum. Es ist ihr kalt, der Glühwein ist aus dem Tetra Pak und es gibt nur Ramsch zu kaufen und so weiter und so fort. Mir reicht es langsam.«

»Du Armer«, sage ich ohne ernstes Bedauern. »Aber mal ehrlich: Wusstest du das nicht vorher?«

»Nein, am Anfang war Beatrice sehr liebevoll zu mir und ist auch auf meine Bedürfnisse eingegangen. Aber seitdem wir verheiratet sind, denkt sie nur noch an sich.«

»Ich glaube, du solltest nicht so schnell aufgeben, Leon. Vielleicht kannst du sie ja wieder in die Frau verwandeln, in die du dich einmal verliebt hast.«

»Das will ich eigentlich gar nicht mehr.« Er nimmt meine Hand und sieht mir tief in die Augen.

»Können wir das nicht einmal in Ruhe besprechen, Maja?«

Ich ziehe meine Hand weg und antworte: »Besser nicht. Ich muss dann auch weiter …« Zum Glück sehe ich meine Mutter aus der Kirche treten. »Frohe Weihnachten, Leon.«

Leon sieht traurig und zugleich unglaublich attraktiv aus in seiner dunklen Jacke und dem roten Schal, doch ich stelle fest, dass ich davon nicht mehr berührt werde.

*

In den nächsten Tagen fällt es mir unsagbar schwer, mich meiner Mutter gegenüber fröhlich und unbeschwert zu zeigen. Ständig muss ich an ihre Krankheit denken und daran, wie ich ihr helfen könnte. Natürlich halte ich mein Versprechen, Steve nicht zu verraten und tue so, als wüsste ich von nichts. Doch sie kennt mich zu gut, als dass sie mir nicht hin und wieder einen misstrauischen Blick zuwerfen würde. Das könnte allerdings auch mit Klaus zusammenhängen!

Zum Glück werde ich nämlich jeden Tag von ihm aus meinen düsteren Gedanken befreit. Wir sehen uns täglich, gehen spazieren, reden, lachen, kochen zusammen. Und schlafen zusammen. Seine Liebe wärmt mich wie eine warme Decke. In ihr fühle ich mich sicher und geborgen wie in einem Kokon. Alle Sorgen und Probleme scheinen auf einmal so weit weg zu sein wie der Mond, der jede Nacht unser Bett erhellt. Am Tage bin ich einfach nur glücklich. Natürlich bleibt das auch den anderen nicht verborgen. Erst kürzlich hat mich Ruth gefragt, ob ich verliebt sei, weil ich in letzter Zeit immer so strahlen würde. Ich antwortete, dass mir der Weihnachtsmann in diesem Jahr ein besonderes Geschenk gemacht habe. Mehr verrate ich nicht, doch sie kann sich denken, welchen Weihnachtsmann ich meine. Immer öfter stehe ich in der Öffentlichkeit dazu, mit Klaus zusammen zu sein. Zum Beispiel, wenn uns Leute, die ich kenne, auf der Straße begegnen. Ich lasse es zu, dass Klaus mich stürmisch mitten auf dem Weihnachtsmarkt küsst und küsse ihn ebenso leidenschaftlich an der Eisbahn zurück! Es ist mir egal, ob man uns zusammen sieht und darüber tuschelt. Was ich nie für möglich gehalten hätte, ist eingetreten: Ich bin tatsächlich verliebt!

Was kann es Schöneres in der romantischen Weihnachtszeit geben? Auf einmal macht mir die Kälte gar nichts mehr aus. Ich freue mich an allem, vor allem an den Kindern, die auf dem Marktplatz Weihnachtslieder singen. Ich singe lauthals mit und ärgere mich über gar nichts mehr, nicht einmal darüber, dass die Krippenspielproben nicht mehr bei uns stattfinden oder dass die Weihnachtspost noch immer nicht eingetroffen ist.

An einem kalten grauen Tag laufen Klaus und ich händchenhaltend durch den Wald. Hier sind wir ganz allein und ich schmiege mich an seine Schulter. Unter einem großen Baum bleiben wir stehen und küssen uns zärtlich. Klaus ritzt ein Herz mit unseren Initialen in den Baum und ich lächele ihn glücklich an.

Ich berühre das Herz sacht mit den Fingerspitzen und betrachte den Baum, als wolle ich mir seinen Standort merken, damit ich ihn wiederfinden kann.

»Das ist schön! So habe ich einen Ort, den ich aufsuchen kann, falls du wieder fortgehst«, sage ich.

Ich weiß nicht, wo dieser blöde Gedanke auf einmal herkommt, doch er nistet sich in meinem Kopf ein: Der Gedanke, dass ich schon einmal so glücklich wie heute mit Klaus war.

Bis er mich durch eine andere ersetzt und einfach nach Fehmarn gezogen ist!

Als ob Klaus meine Gedanken lesen könnte und meine plötzliche Unsicherheit spüren würde, antwortet er:

»Ich gehe nicht fort, Maja!«

»Es sei denn, du kommst mit.«

Wieder küsst er mich.

»Heißt das, du wirst das Strandbad in Ludwigshafen übernehmen?«, frage ich.

»Ich habe mich noch nicht entschieden. Es gibt noch einige Punkte zu klären … unter anderem haben die Schweizer Investoren noch nicht zugesagt«, antwortet er ausweichend.

Das komische Gefühl in mir verstärkt sich. Also ist es offenbar wirklich nicht sicher, dass Klaus hier am See bleiben wird! Er hatte mir doch von dem tollen Angebot auf Teneriffa erzählt. Irgendwie gefällt mir der Gedanke, er könnte sich dafür entscheiden, ganz und gar nicht. Aber hatte er nicht gesagt, es gäbe noch andere Optionen? Vielleicht hat er ja noch mehr Angebote hier in der Region und ich mache mich heute ganz umsonst verrückt. Doch warum tut er so geheimnisvoll und spricht nicht mit mir über diese »Optionen«? Soll ich etwa nichts davon wissen, weil diese ebenso weit weg von hier sind? Wer weiß … vielleicht hat Klaus ja schon längst neue Reise- und Zukunftspläne, die mich gar nicht beeinhalten?

»Was ist denn aus dem Teneriffa-Angebot geworden, von dem du mir neulich erzählt hast?« frage ich.

»Gut, dass du mich daran erinnerst, Maja! Ich sollte mich diese Woche noch einmal telefonisch dort melden«, antwortet Klaus.

Wenn ich ehrlich bin, hätte ich lieber eine andere Antwort von ihm bekommen.

»Du zitterst ja! Ist dir kalt, Liebes? Komm, wir gehen nach Hause!«, sagt Klaus auf einmal fürsorglich und nimmt meine Hand.

Obwohl er aufmerksam und liebevoll wie immer ist, ist die romantische Stimmung zwischen uns irgendwie dahin. Auf dem Heimweg grübele ich ständig über dieses Teneriffa-Angebot nach. Ich weiß einfach nicht, was Klaus vorhat, auch wenn er mir sagt, er würde ohne mich nicht fortgehen. Ob er das wirklich ernst gemeint hat?

Schließlich konnte ich mich schon einmal nicht auf ihn verlassen!

Auf einmal wäre ich am liebsten allein. Doch Klaus begleitet mich nach Hause und möchte unbedingt noch eine Tasse Tee mit mir trinken.

Während er den Kamin anheizt, setze ich in der Küche Teewasser auf und schalte das Radio ein.

Oh nein, auch das noch! Es läuft »Angel« von Jack Johnson. Ein Lied, das Christian und ich immer zusammen gehört haben. Manchmal, wenn ich in seinen Armen lag, sang er mir vor:

»She gave me everything I could wish for …«

Wie angewurzelt bleibe ich vor dem Fenster stehen und sehe hinaus, selbst als das Lied schon längst zu Ende ist.

Ich bin unfähig, nach nebenan zu Klaus zu gehen. Was ist nur los mit mir? Es war doch so ein schöner Tag mit ihm! Ich denke an das Herz, das Klaus in den Baum geritzt hat … und seine zärtlichen Küsse.

Warum um Himmels willen denke ich jetzt an Christian? Ist es das Lied, das plötzlich Erinnerungen weckt?

Oder Klaus' vage Aussagen seine Zukunft betreffend? Habe ich Angst, mich noch einmal auf etwas einzulassen, was mich am Ende wieder unglücklich machen wird?

»Maja? Wo bleibst du denn?«, fragt Klaus auf einmal ungeduldig.

»Bin schon da«, sage ich und gehe mit dem Tee zu ihm.

Doch sobald wir diesen ausgetrunken haben, erfinde ich eine Ausrede, dass ich noch wahnsinnig viel erledigen und vor allem backen muss, um den nächsten Arbeitstag in der »Butterblume« vorzubereiten. Ich kann nichts dafür, ich fühle mich nicht gut und möchte lieber alleine sein.

Obwohl ich seinem Blick entnehme, dass er enttäuscht ist, verabschiedet sich Klaus verständnisvoll.

»Ich rufe dich an«, verspreche ich und sehe ihm nach, wie er mit großen Schritten vom Hof geht.

Irgendwie verstehe ich mich gerade selbst nicht.

Denn obwohl ich es genieße, mich wieder einmal von einem Mann geliebt und geborgen zu fühlen, gibt es tief in mir drin auch noch ein anderes Gefühl. Eines, welches meine Freude trübt und verhindert, dass ich mich richtig gut fühle. Es ist das Gefühl, das mir einreden will, dass ich es gar nicht verdient habe, wieder glücklich zu sein.

In der folgenden Nacht habe ich wieder einen schlimmen Albtraum von Christians Unfall. Beim Aufwachen fühle ich mich schrecklich schuldig.

Ob es ein Zeichen ist? Ein Zeichen, dass es falsch ist, mit einem anderen Mann als Christian zusammen zu sein?

Vielleicht geht es mit Klaus und mir ja viel zu schnell!

In den nächsten Tagen habe ich im Café tatsächlich so viel zu tun, so dass es nicht einmal eine Ausrede ist, dass ich keine Zeit für Klaus habe.

Dennoch spürt er meine Zurückhaltung, als er mich wie jeden Abend vor dem Schlafengehen anruft.

»Ist alles in Ordnung, Maja? Ich habe irgendwie den Eindruck, dass etwas nicht stimmt«, sagt er auf einmal.

»Aber nein, wie kommst du denn darauf?«, frage ich ausweichend.

»Ich weiß ja, dass du eine vielbeschäftigte Frau bist! Aber irgendwie habe ich seit Sonntag das Gefühl, dass du mir ausweichst. Kann das sein?«, fragt er direkt.

Natürlich hat er es gespürt. Aber wie soll ich über meine Gefühle sprechen, die mich selbst verwirren? Wie soll ich ihm sagen, dass mich nachts immer noch schlimme Träume quälen? Wie soll ich über die Angst sprechen, mich auf etwas einzulassen, das mich am Ende möglicherweise wieder alleine und traurig zurücklassen wird?

»Blödsinn. Das bildest du dir ein«, sage ich deshalb in der Hoffnung, dass ihm diese Auskunft genügen wird.

»Ist es vielleicht wegen dieser Teneriffa-Sache, Maja?«, fragt Klaus nun direkt.

»Was ist denn mit Teneriffa?«, stelle ich eine Gegenfrage.

»Nun, ich habe dort gestern noch einmal angerufen. Sie bieten mir an, mir die Location dort vorab einmal in Ruhe anzusehen. Ich habe es ja bis jetzt nur im Internet gesehen und telefonisch mit den Leuten verhandelt. Ich muss schon sagen: Das Angebot ist wirklich toll.«

»Wie schön für dich«, sage ich leicht verärgert. Etwas in mir beginnt, sich noch weiter von Klaus zurückzuziehen.

Vermutlich hat er wirklich alles längst geplant und ich bin hier nur die »Übergangslösung«, denke ich verstimmt.

Klaus zögert mit seiner Antwort.

»Es wäre schon eine sehr gute und äußerst reizvolle Chance für mich«, sagt er auf einmal.

»Wollen wir uns das Objekt vielleicht einmal gemeinsam ansehen? Maja, das wäre doch etwas: Wir fliegen zusammen nach Teneriffa, schauen es uns an und legen uns anschließend ein paar Tage an den Strand! Wir entfliehen der Kälte«, schlägt er plötzlich begeistert vor.

»Nein, danke«, sage ich verärgert. »Du weißt, dass ich hier nicht weg kann, Klaus. Davon einmal abgesehen: Warum sollte ich mir mit dir ein Objekt ansehen, das DEINE Zukunft sein wird?«

»Hör mal, das steht doch überhaupt nicht fest, dass das *meine* Zukunft sein wird«, antwortet er. »Also hatte ich recht und du bist doch sauer deshalb«, setzt er hinzu.

»Aber nein … du kannst doch tun, was du willst, Klaus«, antworte ich ruhig. »Schließlich musst du doch von etwas leben. Mir ist bewusst, dass du deine Weichen stellen musst. Wenn das mit dem Strandbad in Ludwigshafen nichts wird, musst du eine andere Option ergreifen. Schließlich kannst du ja nicht ewig den Weihnachtsmann spielen.«

Schon als die Worte aus meinem Mund sind, tun sie mir leid. Sie waren gemein und verletzend. Doch ich kann sie nicht zurückholen … und sie verfehlen ihre Wirkung nicht.

»Ja, so ist es, Maja. Ich bin nur der Aushilfs-Weihnachtsmann und kein vermögender Rechtsanwalt! Also dann … bis demnächst einmal«, antwortet er hitzig.

Mein Herz klopft, als ich auflege. Ich habe Klaus zutiefst beleidigt und das tut mir sehr leid.

Eigentlich möchte ich ihn sofort anrufen und ihm sagen, dass ich es nicht so gemeint habe. Doch etwas in mir hält mich zurück. Ich ahne, dass ich vor mir selbst nach Gründen suche, die verhindern, mich auf Klaus richtig einzulassen und dass diese Gründe nicht nur mit ihm und der Enttäuschung in der Vergangenheit zu tun haben. Doch obwohl mir klar ist, dass das eigentliche Problem ICH bin, fühle ich mich außerstande, mit Klaus darüber zu sprechen.

Nach unserem blöden und total unnötigen Streit am Telefon herrscht tagelang Funkstille zwischen uns, die mich sehr belastet. Das Lächeln verschwindet aus meinem Gesicht und ich liege nächtelang wach, weil ich Angst habe, einzuschlafen und schlecht zu träumen. Stattdessen stelle ich mir selbst Fragen, die unbeantwortet bleiben. Fragen, die meinen Körper und meinen Geist nicht zur Ruhe kommen lassen.

Nach ein paar weiteren Tagen ist meine Sehnsucht nach Klaus und seiner Zärtlichkeit jedoch so groß, dass ich zu ihm eile.

»Es tut mir leid«, sage ich schlicht, als ich vor seiner Tür stehe.

Statt einer Antwort lächelt mich Klaus wortlos an und nimmt mich fest in seine Arme.

Obwohl es erst Vormittag ist, zieht er die Vorhänge zu und wir landen im Bett.

»Was tun wir hier?«, frage ich ihn.

»Wir lieben uns. So einfach ist das«, sagt er und lacht.

»Nein, so einfach ist das nicht, Klaus«, sage ich bestimmt.

»Doch, Maja … du musst es nur zulassen! Es gibt nichts und niemanden, der uns daran hindern könnte«, antwortet er und streichelt mich liebevoll.

Ich muss endlich mit ihm darüber sprechen, dass es sehr wohl etwas gibt, das mich daran hindert. Mein Schuldgefühl!

»Klaus, da ist etwas, das ich dir sagen muss …«, fange ich an.

»Ich will es nicht hören, Maja. Ich weiß es doch schon«, sagt er und streichelt weiter meinen Arm.

»Was weißt du?« frage ich.

Statt einer Antwort küsst er mich und wir versinken erneut unter der Decke. Ich spüre, dass Klaus ahnt, dass ich ihn zwar sehr mag, doch dass es etwas gibt, das mich daran hindert, mich vollkommen auf ihn einzulassen … und dass dies in meiner Vergangenheit liegt und mit Christian zu tun hat. Er ist feinfühlig genug, es nicht auszusprechen, als habe er Angst, damit etwas zwischen uns zu zerstören.

Er nimmt ein Päckchen aus der Nachttischschublade.

»Was ist das?«, frage ich neugierig.

»Das ist dein Weihnachtsgeschenk«, sagt Klaus.

»Aber Weihnachten ist doch erst in einer Woche.«

»Ich weiß, Maja. Aber ich wollte es dir gerne persönlich geben, wenn wir alleine sind. Du hast immer so viel um die Ohren und wer weiß, ob wir uns vor Weihnachten noch einmal sehen. Und die Feiertage selbst wirst du sicher mit deiner Familie verbringen.« Klaus ignoriert meinen Protest. »Ich habe in den nächsten Tagen auch sehr viel zu tun und daher weiß ich nicht, ob wir noch einmal so ein gemütliches Stündchen wie jetzt verbringen können. *Das* hier ist jetzt unser eigenes kleines Weihnachten, ja?« Erwartungsfroh sieht Klaus mich an, während ich das Päckchen öffne.

»Aber ich habe jetzt gar nichts für dich«, sage ich. Um ehrlich zu sein, habe ich noch nicht einmal eine Idee, womit ich ihm eine Freude machen könnte.

»Deine Anwesenheit ist das größte Geschenk«, sagt Klaus und sieht mir liebevoll in die Augen. »Weißt du, Maja ... in den vergangenen Monaten habe ich mich einfach nur schlecht gefühlt. Die letzte Zeit auf Fehmarn war ein einziges Chaos und auch hier fühlte ich mich zunächst kein bisschen wohl. Ich war so lange fort von hier, dass mir alles fremd und schal vorkam. Aber seitdem wir beide uns wiedergesehen haben und nähergekommen sind, habe ich auf einmal das Gefühl ... endlich zu Hause zu sein! Seltsam, nicht wahr? Dabei wollte ich mich nach der Sache mit Biene eigentlich gar nicht mehr ernsthaft auf eine Frau einlassen.«

Seine Worte sprechen mir aus der Seele. Auf einmal habe auch ich den Mut, das auszusprechen, was mir schon die ganze Zeit auf der Seele liegt:

»Das geht mir doch genauso, Klaus. Nach Christians Tod dachte ich, nie wieder einen Mann lieben zu können ...«

Und auch jetzt hält mich ja immer noch etwas davon ab, mich völlig meinen Gefühlen hinzugeben! Auch wenn dieser Moment gerade unglaublich und besonders schön ist. Ich fühle mich so sehr geborgen bei ihm.

Zärtlich streicht mir Klaus über die Haare. »Ich weiß, Maja. Du hast eine schwere Zeit hinter dir. Aber ich habe das Gefühl, dass jetzt alles gut wird.« Er lächelt. »Ich will dich beschützen und für dich da sein ... wenn du das auch möchtest.«

Seine Zärtlichkeit tut so gut. Und er will eine Zukunft mit mir ... Nicht mehr alleine sein ... wie schön wäre das! Endlich wäre da jemand, der an mich denkt und für mich da sein will. Klaus will mich also beschützen? Auch wenn das schrecklich altmodisch klingt … ich musste so lange auf mich selbst aufpassen, dass die Aussicht, beschützt zu werden, plötzlich mehr als nur verlockend ist.

»Nun mach schon endlich dein Geschenk auf.«

In dem in Weihnachtspapier eingewickelten Päckchen befindet sich eine kleine Schmuckschachtel von Juwelier Warnke. Ob Linda Klaus beraten hat?

»Was ist denn das?«, frage ich überrascht.

Ich halte eine silberne Kette in den Händen. Der obere Teil besteht aus einem filigranen Baum, der untere Teil ist ein silbernes Plättchen, welches unsere Initialen in einem Herzen trägt …

Es sieht genau aus, wie das Herz, das Klaus vor Kurzem im Wald in den Baum geritzt hat.

»Das ist ein Lebensbaum. Ich dachte, er passt zu dir. Der Baum wirkt zwar zart, aber gleichzeitig stark und kraftvoll … so wie du, Maja! Er hat Wurzeln und ist bodenständig. Und seine Äste zeigen in den Himmel … in eine licht- und hoffnungsvolle Zukunft.«

Die Kette und vor allem die Bedeutung, die Klaus dafür empfindet, ist so schön, dass mir die Tränen in die Augen steigen. Ich bedanke mich mit einem zärtlichen Kuss. Vielleicht hat er ja recht und es wird nun doch endlich alles gut?

*

Meiner Mutter fällt meine Veränderung natürlich auch auf.

Ich ziehe mir gerade die Lippen nach und setze wieder Ninis rote Mütze auf, weil Klaus und ich an der Eisbahn verabredet sind. Für das Eis auf dem See gilt noch immer die Warnung, es nicht zu betreten.

»Ach, Kind! Ich weiß nicht, ob dieser Mann der Richtige für dich ist«, äußert sie ihre Bedenken.

»Wer ist denn schon der Richtige?«, frage ich sie.

»Er hat dich schon einmal enttäuscht«, gibt sie zu bedenken.

»Diesmal ist es anders, Mama. Wir sind 22 Jahre älter …«

»… ja, aber kein bisschen weiser.«

»Das weißt du doch gar nicht.« Ich lache.

Besorgt sieht sie mich an, dann nimmt sie plötzlich meine Hände:

»Maja, ich sehe, dass er dich glücklich macht. Jetzt. In diesem Moment. Aber ich weiß einfach nicht, ob er etwas für die Zukunft ist.«

»Hast du mir nicht erst kürzlich gesagt, dass es ›nur eine wichtige Zeit gibt: Heute. Hier. Jetzt.‹ Tolstoi, nicht wahr? Und nun soll ich auf einmal an die Zukunft denken?«

»Liebes, ich möchte, dass du aufgehoben bist. Dass es jemanden gibt, der für dich da ist. Das brauchst du! Ich werde nicht immer da sein …«

Ich sehe sie an und mir kommen die Tränen. Sie ahnt, dass ich etwas über ihre Krankheit weiß und nimmt mich in die Arme.

»Dann brauchst du eine starke Schulter … einen Halt, der dich durch das Leben trägt. Jemanden wie meinen Steve und keinen Surf- und Motorrad-Hallodri.«

»Klaus ist kein Hallodri, Mama. Und außerdem kann ich sehr gut auf mich alleine aufpassen! Bis jetzt habe ich doch auch alleine für mich und Nini gesorgt, nicht wahr?«

»Eben. Ich wünsche mir, dass du endlich jemanden findest, der dich beschützt.«

Ich drücke fest ihre Hand und sage: »Mach dir keine Sorgen, Mama.«

Wenn sie wüsste, dass mir Klaus erst gestern versprochen hat, mich zu beschützen! Er hat exakt dieselben Worte wie sie benützt. Erwecke ich etwa auf einmal das Gefühl, als müsse ich beschützt werden?

Dennoch hatte ich mich über Klaus' Worte gefreut.

Eilig ziehe ich die Tür hinter mir zu und verlasse das Haus.

Die Luft ist schneidend kalt und ich werde viel zu spät zu meiner Verabredung mit Klaus kommen.

Trotzdem mache ich einen kleinen Umweg und stehe kurze Zeit später an Christians Grab.

»Sag mir, was ich tun soll, Christian! Ich fühle mich so schlecht.

Mein Herz hat doch immer nur dir gehört! Es kommt mir so falsch vor, einen anderen zu lieben.«

Doch die Antwort, die ich suche, kann ich hier nicht finden. Ich kann sie nirgendwo finden, außer in meinem eigenen Herzen.

13. KAPITEL
DER VERGIFTETE HUND

»Heute Abend gibt es ein festliches Weihnachtskonzert vom Überlinger Stadtorchester im Kursaal. Wollen wir zusammen hingehen?«, fragt meine Mutter.

Nach den vielen schlaflosen Nächten fühle ich mich müde und erschöpft. Am liebsten würde ich es mir mit einer Wärmflasche auf dem Sofa gemütlich machen und mit Nini per Skype telefonieren.

Doch heute Abend geht meine Mutter vor. Angesichts ihrer schrecklichen Krankheit möchte ich noch so viele schöne Erlebnisse wie nur möglich mit ihr teilen.

»Gerne«, stimme ich darum zu und erkläre mich bereit, die Karten für das Konzert zu organisieren.

Ich bitte auch Linda, uns zu begleiten, die sich freut, einmal auf andere Gedanken zu kommen. Mir fällt auf, dass sie in den letzten Tagen wieder sehr still und in sich gekehrt ist. Obwohl ihr ihre Arbeit Freude bereitet, ist sie mit den Gedanken ständig woanders. Ich vermute, dass es mit ihrem verschwundenen Mann zu tun hat. Erst gestern hat sie zu mir gesagt, dass sie immer noch glaubt, dass ihm etwas zugestoßen sein muss. Linda hat viele Spuren verfolgt, die jedoch alle ergebnislos blieben. So forschte sie in seinem gesamten Bekanntenkreis ebenso wie innerhalb des weiter entfernten Familienkreises nach ihm. Ein entfernter Onkel in Berlin hatte Frank seit Jahren nicht gesehen, ebenso wie viele seiner alten Freunde aus dem Ruderclub Überlingen. Linda meldete sich im Internet bei verschiedenen Vermissten-Portalen mit Klaus' Fotos und Daten an, ebenso bei »stay friends«. Sie ging sogar zu einem Klassentreffen seiner früheren Klasse. Doch auch dort hatte niemand Frank in letzter Zeit gesehen! Einige Tage nach dem Klassentreffen meldete sich eine Frau namens Birgit, die behauptete, sie habe Frank bei einem Online-Dating-Portal im Internet gesehen und sofort erkannt, obwohl er dort unter einem Pseudonym eingeloggt wäre. Doch als Linda sich dort ebenfalls anmeldete und auch diese Spur verfolgte, war das Profil auf einmal wieder verschwunden. Wahrscheinlich hatte es sich nur um eine Verwechslung gehandelt.

»Ich weiß gar nicht mehr, was ich noch unternehmen soll«, flüstert sie mir während des Konzertes zu.

Die Stimmung im Kursaal ist feierlich, doch Lindas Miene ist wie erstarrt.

Meine Mutter sieht blass aus heute Abend, doch sie hält glücklich Steves Hand und lässt sich von den weihnachtlichen Klängen des Orchesters verzaubern.

»Ich glaube, du musst das der Polizei überlassen. Wenn Frank tatsächlich etwas passiert wäre, hätte diese vermutlich längst Kenntnis davon. Er ist doch zur Fahndung ausgeschrieben! Das heißt, die Polizei kümmert sich darum«, flüstere ich.

»Pah! Die machen doch nichts! Dein Freund Michael sitzt doch auch lieber bei uns im Café und isst Kuchen, statt nach meinem Mann zu suchen«, zischt Linda.

»So kannst du das nicht sagen, Linda. *Wo* soll er denn noch suchen?«, frage ich sie leise.

»Ach … weil er das nicht weiß, da lässt er es lieber ganz?«, wird Linda auf einmal laut.

»Psst! Können Sie sich nicht zu Hause streiten?«, fragt eine erboste Stimme hinter uns.

»Was geht Sie denn das an? Kümmern Sie sich gefälligst um Ihre eigenen Angelegenheiten«, kontert Linda laut.

»Linda«, ermahne ich sie. Darauf steht sie wütend auf und rauscht aus dem Saal.

Irritiert sehe ich ihr nach. Wo kommt nur diese Wut her? Ob sie das cholerische Verhalten vielleicht von ihrem Vater geerbt hat? Auch er neigte ja zu Gewalt- und Wutausbrüchen, wie sie mir erzählt hatte.

Wer weiß, warum ihr Mann Frank wirklich fortgegangen ist?

Vielleicht gibt es ein düsteres Geheimnis, das sie vor uns allen verbirgt!

Der Zauber der weihnachtlichen Klänge bringt mich auf andere Gedanken und ich betrachte versonnen den großen Adventskranz auf der Bühne, auf dem drei Kerzen hell leuchten.

Der Adventskranz! Haben wir die Kerzen zu Hause überhaupt ausgepustet?, fällt mir erschrocken ein. Ich kann mich beim besten Willen nicht erinnern. Vor dem Konzert hatten wir noch gemütlich in der Gaststube unseren Adventskaffee genossen … und dann hatten es alle auf einmal furchtbar eilig. Schließlich mussten wir uns noch ein bisschen hübsch machen vor dem Konzert!

»Weißt du, ob jemand die Kerzen ausgemacht hat?«, frage ich meine Mutter, die daraufhin den Kopf schüttelt.

Mist. Man weiß ja, wie schnell so ein trockener Kranz in Brand geraten kann. Das hätte uns noch gefehlt, so kurz vor Weihnachten!

»Oh nein … dann muss ich nach Hause«, flüstere ich ihr deshalb zu und stehe auf.

»Warum gehen Sie überhaupt in ein Konzert, wenn Sie nur stören wollen?«, herrscht mich der Herr hinter uns an, mit dem sich Linda eben schon angelegt hat. Missbilligend lassen mich die Stuhlnachbarn durch die Reihe gehen.

Ein flüchtiges »Entschuldigung« murmelnd verlasse ich den Saal.

Meine Mutter sieht mir besorgt hinterher.

Steve und sie wollen noch bleiben und später mit dem Taxi nach Hause kommen.

»Maja? Warum bist du nicht im Konzert?«, fragt die völlig zerknirschte Linda draußen vor der Tür. »Ich hoffe, ich habe es dir nicht verdorben.«

»Nein, Linda«, antworte ich mit einem Seufzer. »Ich muss nach Hause. Mir ist eingefallen, dass ich nicht weiß, ob wir die Kerzen ausgepustet haben.«

»Ach, herrje! Das weiß ich leider auch nicht.«

»Möchtest du mitkommen oder lieber den Rest des Konzerts anhören?«

»Ich komme mit! Wenn ich jetzt mitten im Konzert zurückgehe, gibt das nur wieder Ärger mit den Leuten in der hinteren Reihe.«

Schweigend fahren wir zurück nach Nußdorf.

»Es tut mir so leid, Maja. Ich weiß auch nicht, warum ich immer so ausflippe«, sagt Linda auf einmal leise.

Klein und zusammengesunken sitzt sie neben mir auf dem Beifahrersitz. Sie wirkt wie ein kleines Mädchen, das kein Wässerchen trüben kann.

»Schon gut«, sage ich, obwohl ich mich eben noch über ihr aufbrausendes Verhalten geärgert habe.

»Nach allem, was passiert ist, ist es ja verständlich, dass deine Nerven blank liegen.«

»Manchmal denke ich, es ist besser, ich gehe gar nicht mehr aus, sondern bleibe einfach zu Hause. Dort sieht mich keiner und ich kann in Ruhe vor mich hin heulen«, sagt sie darauf.

Obwohl ich das Gefühl kenne und dadurch sehr gut verstehe, antworte ich: »Das ist doch keine Lösung, Linda. Irgendwann muss man akzeptieren, dass das Leben ohne den Partner weitergeht! Auch wenn es verdammt weh tut.«

»Dir scheint das ja schon ganz gut zu gelingen«, sagt sie auf einmal kühl.

Sie spielt auf Klaus an. Natürlich ist auch ihr nicht verborgen geblieben, dass er auffallend oft bei mir ist, manchmal schon früh am Morgen. Sie kann sich denken, dass etwas zwischen uns ist und er die Nacht bei mir verbracht hat. Aber kann sie es auch verstehen? Im Augenblick komme ich mir so vor, als müsste ich mich dafür vor ihr rechtfertigen, was ich selbstverständlich nicht tue.

Nach wenigen Minuten sind wir zurück in Nußdorf. Wie schön die gelbe »Butterblume« im fahlen Licht dieses späten Dezembernachmittags aussieht! Die Lichterketten, die wir rings um das Haus angebracht haben und die Lichterbögen in den Fenstern verleihen dem Haus bereits von außen eine warme und behagliche Atmosphäre. Ich stelle das Auto ab und wir steigen aus. Um uns herum ist alles dunkel. Düster und karg ragen die dunklen Äste der Bäume in den kalten Winterhimmel.

Auf einmal beschleicht mich ein seltsames Gefühl: Irgendetwas stimmt hier nicht …

Als wir auf das Haus zugehen, bemerke ich, was es ist. Die Eingangstür steht offen … nicht viel, nur einen Spalt. Erschrocken sehen Linda und ich uns an.

»Vielleicht hast du vergessen, sie zuzumachen?«, fragt sie.

»Das glaube ich nicht«, flüstere ich. Andererseits bin ich in letzter Zeit oft so zerstreut, dass die Annahme so abwegig nun auch wieder nicht ist. Schließlich sind wir hier, weil ich nicht einmal weiß, ob wir die Kerzen ausgemacht haben!

Einen Moment lang stehen wir unschlüssig vor dem Haus.

Ich weiß nicht, warum, aber auf einmal fällt mir der Mann ein, den ich schon zweimal im Garten vor unserem Haus gesehen habe und ich werde ganz unruhig. Michael hat von vielen Diebstählen und Einbrüchen von osteuropäischen Banden erzählt, die die Häuser von Leuten, die gerade auf dem Weihnachtsmarkt sind, ausrauben. Was, wenn uns dieser Mann ausspioniert hat? Zum Beispiel, wann wir das Haus verlassen? Vielleicht gehört er ja auch zu einer solchen Bande? Erst kürzlich habe ich auch etwas ganz Ähnliches im Südkurier gelesen. Ich denke an unsere Weihnachtsgeschenke, an Lindas Oldtimer in der Garage und an das Bargeld, das in der Kasse in der »Butterblume« ist. Wie leichtsinnig von mir! Warum habe ich es noch nicht auf die Bank gebracht?

»Lass uns reingehen«, sagt Linda. Sie scheint mutiger als ich zu sein.

»Und wenn Einbrecher im Haus sind?«, sage ich leise. »Ich habe in letzter Zeit öfter einmal einen komischen Mann hier herumlungern sehen.«

»Was? Und das sagst du erst jetzt? Was machen wir denn jetzt?«, fragt Linda auf einmal ängstlich.

Ich nehme mein Handy aus der Tasche.

»Am besten, wir rufen Michael an.«

Seine Nummer habe ich zum Glück eingespeichert, doch er geht nicht ran.

»Und jetzt?«, fragt Linda.

Ich zucke die Schultern und schiebe ganz sacht die Tür ein Stückchen mehr auf.

Im Flur scheint alles ruhig zu sein, auch wenn es durch die offene Tür eiskalt hier drinnen ist.

Etwas stimmt hier nicht, das fühle ich!

Mein Herz klopft laut. Ich habe das Gefühl, eine Art Déjà-vu zu haben. Schon einmal wurde in der »Butterblume« eingebrochen. Nicht, um mich auszurauben, sondern um mir Angst einzujagen und mich mit meinem Café aus dieser Gegend zu vertreiben.

Bei der Erinnerung daran läuft es mir eiskalt den Rücken herunter.

Damals haben die Einbrecher versucht, Jojo zu vergiften! Wo ist sie überhaupt? Müsste sie uns nicht längst schwanzwedelnd begrüßen? Mein Herz klopft zum Zerspringen und auch Linda sieht ganz blass aus.

Sie sieht mich an und ich lege einen Finger auf die Lippen.

Wenn tatsächlich Einbrecher im Haus sein sollten, ist es besser, wenn sie uns nicht bemerken …

Ganz leise schleichen wir zum Gastraum und spähen hinein.

Hier sieht es furchtbar aus. Überall auf dem Boden verteilt liegt kaputtes Geschirr herum.

»Mein Gott … du hattest recht! Es wurde eingebrochen«, jammert Linda.

Vorsichtig schauen wir uns um. Außer uns scheint jedoch niemand mehr hier zu sein. Von Jojo fehlt immer noch jede Spur.

Mein Gefühl hat mich nicht getrogen!

»Pssst … vielleicht sind die Täter noch im Haus«, flüstere ich. »Oben vielleicht.«

Mit großen Augen sieht Linda mich an. »In deiner Wohnung! Oh nein … ich hoffe, du hast keine wertvollen Dinge«, flüstert sie noch immer atemlos.

Ich schüttele den Kopf. »Der Picasso ist gerade in einer Ausstellung«, sage ich leise, während ich mich weiter in dem Chaos in der Gaststube umsehe.

Die Tischdecken liegen wild verstreut im Raum … ebenso wie die Adventsgestecke und zerbrochenes Geschirr.

Es sieht mir eher nach mutwilliger Zerstörung aus als nach der Suche von Wertgegenständen. Niemand würde Geld oder Wertsachen unter einer Tischdecke vermuten. Andererseits soll es ja auch Leute geben, die ihr Bares unter die Matratze stopfen.

»Wo ist eigentlich Jojo?«, flüstert Linda auf einmal.

Ich zucke hilflos die Schultern, gebe Linda ein Zeichen und wir gehen wieder hinaus.

»Mir ist das zu unheimlich«, sage ich leise zu Linda. »Besser, wir rufen die Polizei.«

»Bleiben Sie, wo Sie sind! Ich schicke Ihnen einen Streifenwagen vorbei«, sagt der freundliche Beamte, als ich ihm unseren Verdacht geschildert habe.

»Spielen Sie bloß nicht den Helden.«

Schon wenige Minuten später fährt der Streifenwagen auf den Hof. Die Polizisten begrüßen uns und erzählen, dass sie ganz in der Nähe gewesen sind.

Nachdem die Beamten die Tür untersucht und festgestellt haben, dass diese nicht aufgebrochen wurde, gehen sie hinein, um jedoch wenig später bereits wieder zurückzukehren.

»Kommen Sie mal mit«, sagt der Größere der beiden, nicht gerade sehr freundlich.

»Also, wenn Sie mich fragen, sieht es nicht danach aus, als hätten hier Einbrecher nach Wertsachen gesucht! Normalerweise würden alle Schränke und Schubladen offen stehen und man würde sofort sehen, dass in den Sachen herumgewühlt wurde. Aber hier hat jemand einfach nur Chaos angerichtet«, sagt der Beamte, als wir gemeinsam die Gaststube betreten.

»Und wer soll das gewesen sein? Und warum?«, frage ich ihn irritiert.

Der Beamte sieht mich an und macht eine Handbewegung in Richtung Kamin.

Und dann sehe ich sie … hinter einem Sessel liegt die kleine Jojo … regungslos.

Eiskalt läuft es mir den Rücken herunter.

Genau dasselbe habe ich schon einmal erlebt! Ein Einbruch … blinde Zerstörungswut … eine vergiftete Jojo!

Ich laufe zu ihr und versuche zu ergründen, ob ihr kleines Herzchen noch schlägt. Ganz schwach spüre ich den Herzschlag unter ihrem weichen Fell. Jojo hebt kurz die Augen und schließt sie sofort wieder. Es scheint ihr nicht gut zu gehen, aber sie lebt! Was mag nur geschehen sein? Wer hat Jojo das angetan?

»Ich glaube, sie wurde vergiftet«, rufe ich dem Beamten hysterisch zu.

Dieser kommt ruhig zu uns herüber und sagt dann laut: »Mit der Mund-zu-Mund-Beatmung würde ich es an Ihrer Stelle nicht übertreiben. Schauen Sie sich doch einmal genau um.«

Überall auf dem Boden verteilt liegen Krümel und Kuchenreste.

»Das kaputte Geschirr ist vom Tisch gefallen, weil jemand die bunten Nikolausteller mit den Süßigkeiten und den Weihnachtsplätzchen heruntergezogen hat, die wir leichtsinnigerweise auf dem Tisch vergessen haben«, mutmaßt eine plötzlich lächelnde Linda.

Jojo? Jetzt bemerke ich, dass ihr kleiner Bauch so dick ist, als hätte sie einen Fußball verschluckt.

Oh nein!

Wieder denke ich daran, dass wir uns nach unserem Adventskaffee sputen mussten, um uns für das Konzert umzuziehen. Es blieb keine Zeit mehr, um an die Teller, den Kuchen und das Gebäck zu denken. Offensichtlich hat jedoch jemand von uns die Kerzen ausgepustet. Immerhin! Ich kann mich allerdings nicht daran erinnern, die Haustür nicht richtig geschlossen zu haben …

Doch jetzt fällt es mir wieder ein. Meine Mutter kam als Letzte ins Auto. Sie war verwundert, dass ich auch schon im Wagen sitze und sagte, sie hätte gedacht, ich sei noch oben, weil dort noch Licht brannte. Dabei lasse ich immer ein Licht im Flur brennen, damit es nicht so dunkel ist, wenn ich heimkomme. Vermutlich hat sie die Tür offen gelassen, weil sie glaubte, ich wäre noch oben und würde gleich nachkommen.

So muss es gewesen sein!

»Wir haben alles untersucht. Hier hat niemand eingebrochen und Ihr Hund wurde auch nicht vergiftet, Frau Winter. Er hat sich nur überfressen und ist jetzt fix und alle von seiner Fressorgie«, sagt der Beamte und grinst zum ersten Mal, seitdem er hier ist.

»Sie. Jojo ist ein Weibchen … aber das ist ja eigentlich egal. Es tut mir so leid, dass Sie umsonst gekommen sind. Bitte entschuldigen Sie«, antworte ich zerknirscht.

»Wir dachten wirklich … ich dachte wirklich«, korrigiere ich mich, »… es wären Einbrecher im Haus. Wissen Sie, ich habe so eine Situation schon einmal erlebt«, versuche ich zu erklären.

»Schon gut. Es hätte ja sein können! Zur Zeit gibt es in der Tat recht viele Wohnungseinbrüche. Lieber einmal zu viel bei der Polizei anrufen als einmal zu wenig.«

Der Beamte tippt zum Abschied an seine Mütze, wünscht uns noch einen schönen Abend und verlässt mit seinem Kollegen das Haus.

»Puh.« Ich atme tief aus. »Ist mir das peinlich! Wir hätten erst einmal überall selbst nachsehen sollen, bevor wir die Polizei rufen«, sage ich. »Ich weiß gar nicht, warum ich auf einmal so ängstlich war.«

»Ist doch nicht schlimm. Der Polizist hat doch selbst gesagt, dass es besser ist, die Polizei zu rufen, wenn man einen Verdacht hat. Jetzt können wir wenigstens sicher sein, dass nicht eingebrochen und Jojo nicht vergiftet wurde«, sagt Linda aufmunternd.

»Trotzdem habe ich Angst um die Kleine. Offensichtlich geht es ihr gar nicht gut.«

Jojo hat noch immer die Augen geschlossen und bewegt sich nicht.

»Hoffentlich hat sie keine Schokolade gefressen, das kann für Hunde tödlich sein«, sage ich.

»Ach, jetzt übertreibst du aber«, sagt Linda und verdreht die Augen.

»Nein, Linda, das ist so! In Schokolade ist Theobromin enthalten. Das kann bei Hunden zu schweren Herzproblemen und sogar bis zum Tod führen«, kläre ich sie auf.

»Oh nein … das wusste ich ja gar nicht! Dann fahren wir wohl besser gleich zum Tierarzt?«, ruft Linda erstaunt.

»Ja, ich denke, wir können die ›Butterblume‹ getrost alleine lassen. Hier ist niemand außer uns. Jedenfalls keine Einbrecherbande, die meine Weihnachtsgeschenke klauen will«, antworte ich.

Das Ganze ist mir immer noch schrecklich peinlich.

Schon sitzen wir im Auto. Linda hat die immer noch träge und bewegungsunfähige Jojo auf dem Schoss.

Der Tierarzt ist nicht begeistert, dass wir ihn beim Adventskaffee stören. Zum Glück wohnt er in dem gleichen Haus, in dem er auch seine Praxis hat, sonst hätten wir jetzt ein Problem.

Da wir nicht wissen, ob und wie viel Schokolade Jojo gefressen hat, verabreicht der Tierarzt Jojo vorsichtshalber ein Brechmittel und diese übergibt sich gleich darauf noch in der Praxis. Natürlich hat die Sprechstundenhilfe heute frei und so putzen Linda und ich alles feinsäuberlich auf, um den Arzt nicht noch mehr zu verärgern.

»Immer dasselbe in der Weihnachtszeit«, schimpft er mit uns. »Die Leute denken einfach nur an sich selbst und nicht an ihre Tiere. Füttern die kleinen Lieblinge mit fettem und ungesundem Zeug oder lassen Süßigkeiten herumliegen und wundern sich dann, wenn die Tiere schlappmachen! Ich hoffe, Sie lernen daraus.«

Wir entschuldigen uns noch einmal für die Störung am Adventssonntag, wohl wissend, dass der Tierarzt für seine Bemühungen nicht nur unser Dankeschön sondern auch die Begleichung einer fetten Rechnung entgegennehmen wird.

Zu Hause werden wir mit den vorwurfsvollen Worten meiner Mutter »Ich dachte, Ihr wolltet nach Hause fahren, stattdessen juckelt ihr in der Weltgeschichte herum! Wenn da mal nicht wieder dieser Klaus dahintersteckt. Hier ist es übrigens eiskalt« begrüßt.

Ich sage lieber nicht, dass sie es war, die die Tür nicht richtig geschlossen hat.

Mit Steves Hilfe beeile ich mich, den Kamin anzuzünden, während Linda Teewasser aufsetzt und Zutaten für ihren Christstollen, der schon wieder ausverkauft ist, bereitstellt.

Bei einer Tasse Tee berichten wir von unserem Ausflug zum Tierarzt und alle bemitleiden die arme Jojo, die völlig erschöpft in ihrem Körbchen liegt.

»Mama, hast du den Schlüssel für drüben?« Ein offensichtlich völlig durchgefrorener Jonas steht in der Tür und zittert am ganzen Leib.

»Jonas, wo kommst du denn jetzt her?«, fragt Linda statt einer Antwort streng. »Ich dachte, du bist bei Lars zum Mathelernen.«

»Da war ich auch … aber jetzt hab ich Kopfweh … Kann ich den Schlüssel haben? BITTE.«

Linda kramt in ihrer Handtasche nach dem Schlüssel und drückt ihn Jonas in die Hand.

»Ist alles in Ordnung, Jonas? Bist du krank?«, fragt sie schon etwas versöhnlicher.

»Nein, ich hab nur Kopfweh.« Er reißt ihr fast den Schlüssel aus der Hand. »Bin drüben.« Und schon ist er aus der Tür.

Linda schüttelt den Kopf. »Da stimmt doch was nicht! Die Jungs wollten den ganzen Nachmittag auf die Arbeit morgen lernen.«

»Ach, Linda. Jetzt lass den Jungen doch mal! Er kann doch nicht den ganzen Tag lernen. Kein Wunder, dass er Kopfschmerzen bekommt. Er sollte lieber ein wenig an die frische Luft gehen«, verteidige ich Jonas.

In der Tat sah der Junge eben sehr blass aus.

Hoffentlich wird Jonas nicht wirklich krank, denn das wäre für die Aufführung des Krippenspiels sehr schlecht. Immerhin findet diese in wenigen Tagen statt und Jonas ist einer der Hauptakteure!

Mein Blick fällt aus dem Fenster. Ganz leise fallen Hunderte von kleinen Flocken auf die Erde. Wie schön, Schnee zu Weihnachten!, denke ich.

Doch außer den Schneeflocken bemerke ich noch etwas anderes.

Ein dunkler Geländewagen steht auf dem Hof.

Ist das etwa Leon schon wieder? Ehrlich gesagt habe ich so gar kein bisschen Lust auf erneuten Small Talk über seine unglückliche Ehe!

Doch es ist nicht Leon, der schwerfällig aus dem Geländewagen klettert. Es ist ein großer, grobschlächtiger Mann etwa Mitte 50, der derbe Kleidung trägt und ein hochrotes Gesicht hat.

Mit großen Schritten stapft er grimmig auf die »Butterblume« zu.

Wahrscheinlich ist es nur ein Gast, der sich bei uns mit einem Kaffee aufwärmen möchte.

Doch er reißt die Tür auf und ruft laut: »Isch hier eine Frau Berger?«

Linda sieht mich ängstlich an. »Das bin ich.« Sie nimmt ihre Schürze ab. »Was kann ich für Sie tun?«

Sie betrachtet den Mann abschätzend von Kopf bis Fuß.

»Was *Sie* für mich tun könne? Des ka i Ihne sage: Sie könntet zur Abwechslung emol besser uff Ihrn Sohn uffbasse, statt hier Gutzle z' backe.«

»Würden Sie bitte so freundlich sein, mir zu sagen, um was es geht?«, fragt Linda leise.

Doch ihre Hände zittern und ihr Gesicht ist im Gegensatz zu seinem Wutschädel ganz blass.

»Oh ja … Sooo freundlich bin ich.«

Dabei sieht der Mann alles andere als freundlich aus, auch wenn er sich auf einmal um hochdeutsche Ausdrucksweise bemüht.

»Guten Tag. Mit wem haben wir denn das Vergnügen?«, mische ich mich nun ein.

Es ist doch wohl das mindeste an Höflichkeit, dass man sich vorstellt, wenn man irgendwo hereinkommt!

»WIR haben hier überhaupt kein Vergnügen«, knurrt er mich an. »I red mit Frau Berger.«

»Das können Sie auch gerne tun … allerdings wüsste ich gern, wer sich hier in MEINEM Haus aufhält.« So langsam macht mich der Kerl wütend.

»Also gut. Reichmann.«

»Angenehm, Maja Winter.« Ich nicke und lasse die beiden alleine im Flur stehen.

»Nun, Herr Reichmann … warum sind Sie hier?«, fragt Linda.

»I bin hier, weil's reicht! Jede Tag spielet die Bengel uffm Andelshofer Weiher Eishockey und schrecket die ganze Fische auf, die wo unterm Eis ihre Winterruhe haltet! Die werdet jetzt sterbe.«

»Also hören Sie mal … nur weil da ein wenig Schlittschuh gelaufen wird, sterben die Fische doch nicht gleich«, antwortet Linda erbost.

»Als ob Sie Ahnung davo hättet! Sie kennet vielleicht en Kuache backe, aber vo de Fisch verstandet Sie do nix! Was denket Sie, wie laut des isch, wenn di mit ihre Kufe über des Eis schrammet? Des isch unter dem Eis no viel lauter als obe! Die Fische werdet uffgescheucht, verbrauchet mehr Sauerstoff und versuche, nach obe zu komme. Dort frieret sie am Eis an. Aber davo hent SIE ja ko Ahnung«, schreit er auf einmal.

»Was genau wollen Sie denn jetzt von mir?« Lindas Stimme ist gefährlich leise, doch ich befürchte, dass sie gleich wieder ausflippen wird, wenn er weiter so herumschreit.

»Dass Sie für den Schade uffkommet! Des sind sicher 2000 Euro, mindeschtens.«

»Aha. Und wieso soll ICH das bezahlen? Haben Sie nicht von ›Bengeln‹ gesprochen? Was ist denn mit den anderen?«

»Ihr Sohn isch doch dr oinzigschte, den i verwischt hon! Die andere waret ja mit ihre Schlittschuh so schnell weg wie der Deufel. Aber Ihr Bua hot im Tor gschdande und konnt it so schnell wegrenne! I hon en an de Ohre packt, bis er gseit hot, wie sein Name ischt. Aber die andere hot er it verrote! Er ka sichs überlegge. Wenn er die andere Name nennt, denn könntet Sie sich de Schade teile. Sonscht zahlet SIE die volle Summ. Und das Sie's wisset: e Anzeige gibt's au no … wegge Hausfriedensbruch.« Er setzt seine Mütze auf und geht zur Tür. Dort dreht er sich noch einmal um und sagt: »Wenn des mei Sohn wär, dem dät I de Hintere versohle! Dass des it no emol bassiert! Denn wird er vo der Polizei hombroacht.«

14. KAPITEL
TOTE FISCHE?

Linda ist völlig fassungslos. Ich bin erstaunt, dass sie diesmal nicht die Beherrschung verloren hat. Normalerweise rastet sie wegen jeder Kleinigkeit aus, aber der grobschlächtige Fischer hat ihr wohl Angst eingejagt.

»Was soll ich denn jetzt machen?«, fragt sie voller Panik.

»Setz dich erst einmal«, beruhige ich sie.

Meine Mutter und Steve haben sich nach der Aufregung hingelegt und auch Linda will eigentlich gleich zum »Maiglöckchen« gehen, um mit Jonas ein Hühnchen zu rupfen.

Ich halte sie auf, weil ich weiß, dass sie in dieser Verfassung zu unkontrollierter Aggression neigen wird.

Für mich ist das Ganze ein dummer Jungenstreich, der die Aufregung nicht verdient.

»Sie haben doch nicht vorsätzlich eine strafbare Handlung begangen …«, sage ich, »… sondern nur ein bisschen Eishockey gespielt. Was ist denn dabei?«

»Wenn das stimmt, was der Fischer sagt, dann ist bei dem ›bisschen Eishockey spielen‹ ein Riesenschaden entstanden, den ich jetzt bezahlen soll«, jammert Linda.

»Darf ich fragen, um was es geht?«, fragt Paul, der gerade hereinkommt und nach einem Bier fragt. Besorgt betrachtet er die völlig aufgelöste Linda.

Wir erzählen ihm kurz, was passiert ist und er denkt einen Augenblick lang nach. »Es ist doch noch gar nicht erwiesen, dass überhaupt ein Schaden entstanden ist«, tröstet er Linda. »Der Fischer hat doch nur behauptet, die Fische seien aufgeschreckt worden. Das muss er erst einmal beweisen! Außerdem war Jonas doch nicht alleine auf dem Eis. Was ist denn mit den anderen Jungs?«, fragt er.

»Er hat nur Jonas erwischt, weil dieser mit seinen dicken Winterstiefeln nicht so schnell entkommen konnte wie die anderen auf Schlittschuhen«, erzähle ich.

»Dann hat Jonas die Fische doch gar nicht aufgescheucht! Die anderen haben den Lärm mit ihren Schlittschuhen gemacht. Er stand doch nur im Tor.«

»Ja, aber so wie ich den Fischer verstanden habe, hat Jonas seine Kameraden nicht verraten.«

»Nun, aber vielleicht wird er seiner Mutter die Namen nennen! Spätestens dann, wenn sie seinetwegen eine hohe Geldsumme aufbringen muss«, wirft Paul ein.

»Also muss ich doch bezahlen«, seufzt Linda.

»Abwarten. Ich werde morgen erst einmal Michael fragen, ob Jonas überhaupt schon strafmündig ist. Vielleicht kann man ihn gar nicht haftbar machen«, sage ich.

»Ich weiß nicht … ich habe kein gutes Gefühl. Vor allem auch wegen der Anzeige. Jetzt werden alle sagen: Die Frau Berger hat nicht einmal ihren Sohn im Griff.« Lindas Unterlippe zittert verdächtig.

»Wer sind denn alle?«

»Die anderen Mütter. Die machen doch immer alles superrichtig. Kochen die richtigen Mahlzeiten, lassen die Kinder Klavier spielen und Vokabeln lernen. Nur mein Sohn muss sich herumtreiben und Fische aufwecken …

Und du hast mir auch noch geraten, ich solle Jonas Schlittschuhe zu Weihnachten schenken, Maja«, sagt sie auf einmal aufgebracht.

»Jonas wurde erwischt, weil er *keine* Schlittschuhe anhatte und nicht so schnell abhauen konnte«, antworte ich. »Linda, du kannst mit deinen Verboten nicht alles verhindern! Es sind Kinder: Sie wollen spielen und sich austoben. Die spielen nicht nur Klavier und lernen Vokabeln! Wir Erwachsene ärgern uns über das Eis, weil es Kälte und Gefahr bedeutet. Die Kinder freuen sich aber darüber.«

»Du siehst doch jetzt, was dabei rauskommt! Ja, sie freuen sich darüber. Aber wer kann es wieder einmal ausbaden? Ich.«

»Nun warte doch erst einmal ab, ob dieser Reichmann überhaupt etwas unternimmt. Vielleicht hat er nur auf den Busch geklopft.«

»Nein, der meint es ernst. So wie die anderen auch.«

»Welche anderen?«, frage ich.

»Die anderen, die Geld von mir wollen«, entfährt es Linda. »Ich traue mich ja schon gar nicht mehr, ans Telefon zu gehen. Doch es könnte ja Frank sein, also nehme ich ab. Aber es ist nicht Frank. Es ist NIE Frank! Es sind immer irgendwelche Leute, die Geld von mir verlangen.«

»Das kann so nicht weitergehen. Du musst dir etwas einfallen lassen, Linda«, sage ich.

»Ach ja? Welch kluger Rat, Maja! Aber du weißt doch überhaupt nicht, was los ist! Du sitzt hier in deinem Pralinenladen und denkst dir neue Kekssorten aus. Das wahre Leben sieht aber nun einmal anders aus! Das ist eben nicht Friede, Freude, Eierkuchen, sondern ein einziger Kampf! Aber davon hast DU ja keine Ahnung. Dein Leben ist doch eine einzige Herzibussitorte mit dem Traummann als Sahnehäubchen obendrauf. Und deine einzige Sorge ist, ob der Apfelkuchen vielleicht ein bisschen zu lang im Ofen war.«

»Moment mal … jetzt gehst du aber ein bisschen weit, Linda. Schließlich arbeite ich hart für meine ›Herzibussitorte‹«, empöre ich mich.

Ich kann ja verstehen, dass Linda im Moment viele Probleme hat, aber das ist noch lange kein Grund, mich derart anzufeinden. Sie scheint wohl komplett vergessen zu haben, dass sie hier meine Gastfreundschaft genießt.

»Ach, lass mich doch in Ruhe«, schreit sie auf einmal und verlässt wütend das Haus.

*

Wenig später gehe ich zum »Maiglöckchen«, um nach meiner Mutter zu sehen. Wer hätte ahnen können, dass unser schöner Konzertbesuch ein solch unglückliches Ende nimmt? Sie hatte sich so darauf gefreut und es tut mir sehr leid, dass der Tag so unschön verlaufen ist. Doch sie hat sich wieder einmal hingelegt.

Dafür höre ich bereits im Flur laute Stimmen, die aus dem Zimmer von Linda und Jonas kommen.

»Ihr seid ja wohl total verrückt geworden.«

Lindas Stimme hat einen schrillen Tonfall angenommen.

»Wir haben doch nur ein bisschen Eishockey gespielt! Was ist denn da dabei?«, verteidigt sich Jonas.

»Ich habe es dir verboten, Jonas. Und du hast dich nicht daran gehalten.«

»Wir konnten doch nicht ahnen, dass der Typ auftaucht.«

»Der ›Typ‹ will jetzt Geld von mir und zwar nicht zu knapp.«

»Aber warum denn? Wir haben doch nichts kaputt gemacht.«

»Das sieht er anders, Jonas. Er sagt, ihr habt alle Fische aufgeschreckt und die werden jetzt sterben.«

»Das glaube ich nicht.«

»Was du glaubst oder nicht ist jetzt völlig unerheblich, Jonas! Du sagst mir jetzt sofort, wer die anderen waren! Ich sehe nicht ein, dass ich das alles alleine bezahlen soll.«

Doch Jonas schweigt.

»Wird's bald?«, schreit Linda ihn an, doch Jonas gibt ihr keine Antwort. »Gut. Wenn das so ist, dann werde ich eben das Geld, das ich für dein Weihnachtsgeschenk eingeplant habe, dafür einbehalten. Genauso wie dein Taschengeld.«

»Das kannst du nicht machen«, Jonas fängt an zu weinen.

»Oh doch! Und ob ich das kann. Wenn du so stur bist, bin ich das auch. Du bist schließlich schuld daran, dass wir uns nun keine eigene Wohnung nehmen können. Einen Umzug kann ich jetzt nicht auch noch bezahlen.«

»Ich bin überhaupt nicht schuld«, schreit nun auch Jonas. »Du bist so gemein, Mama! Kein Wunder, dass …«

»Was ist kein Wunder?«

»Kein Wunder, dass Papa abgehauen ist! Mit dir kann man es einfach nicht aushalten.«

Ich höre ein Klatschen und einen kurzen Aufschrei. Offensichtlich hat Linda Jonas eine Ohrfeige verpasst.

»Ich hasse dich! Lieber will ich tot sein, als bei dir leben! Wahrscheinlich hat sich Papa auch umgebracht.« Die Tür fliegt auf und ein tränenüberströmter Jonas rast an mir vorbei aus der Tür.

*

»Meine Güte, was war denn gestern Abend los?«, fragt meine Mutter am nächsten Tag. »Ich wollte mich ein wenig hinlegen, aber das war ja überhaupt nicht möglich bei diesem Geschrei.«

»Tut mir leid, Mama. Linda und Jonas hatten einen fürchterlichen Streit wegen dieser Eishockeysache auf dem Andelshofer Weiher«, erkläre ich.

Draußen ist es immer noch bitterkalt und gerade haben wir im Radio gehört, dass die Chancen auf eine neue Seegfrörne in diesem Jahr tatsächlich gar nicht so schlecht sind. Wenn die Temperaturen weiter so im Keller bleiben, könnte es wirklich geschehen, dass der See komplett zufrieren wird. In diesem Fall könnte die Büste des Heiligen Johannes in einer Eisprozession vielleicht schon bald wieder von Münsterlingen nach Hagnau zurückgebracht werden.

»Ich habe dir gleich gesagt, es ist nicht gut, fremde Leute aufzunehmen. Du weißt doch gar nicht, was das für Menschen sind! Jedenfalls herrscht ständig Aufregung, seitdem die beiden hier sind«, erinnert mich meine Mutter.

»Ich weiß, Mama … du magst sie nicht. In gewisser Weise gebe ich dir ja recht. Linda ist manchmal fürchterlich unbeherrscht und dieser Charakterzug macht sie in der Tat nicht gerade liebenswert«, antworte ich.

»Wenn du mich fragst, dann war ihr Benehmen im Kursaal schon total unmöglich. Irgendetwas stimmt nicht mit ihr. Wenn du mich fragst, dann tickt sie nicht richtig«, echauffiert sich meine Mutter.

»Du hast ja recht. Ich kann ihr seltsames Verhalten auch überhaupt nicht einordnen. In der einen Minute wirkt sie hilflos und schutzbedürftig und dann wieder flippt sie aus nichtigen Gründen total aus … und zwar so sehr, dass man regelrecht Angst vor ihr bekommen könnte«, gebe ich zu.

»Ich finde dieses Verhalten nicht nur seltsam, sondern regelrecht schizophren«, sagt meine Mutter. »An deiner Stelle würde ich sie bitten, sich eine andere Bleibe zu suchen.«

»Aber Mama, das kann ich doch nicht machen … so kurz vor Weihnachten! Selbst wenn ihr Verhalten seltsam ist, so müssen wir doch verstehen, dass sie sehr viele Probleme im Moment hat«, verteidige ich Linda. »Du darfst nicht vergessen, dass ihr Mann weg ist und sie vor einem Schuldenberg steht.«

»Probleme haben andere Menschen auch«, ereifert sich meine Mutter. »Aber das müssen doch andere nicht ausbaden. Schon gar nicht das Kind.«

Insgeheim stimme ich ihr zu. Jonas kann am wenigsten für die ganze Situation.

Natürlich bin auch ich der Meinung, dass Linda gestern total überreagiert hat.

Sicher ist die Sache mit den Fischen im Andelshofer Weiher sehr ärgerlich. Aber noch lange kein Grund, derart auszurasten.

»Ich weiß nicht … ich traue ihr einfach nicht. Ich finde, sie hat so einen verschlagenen Blick«, sagt meine Mutter

Auch wenn ich ihre Meinung über Linda in gewisser Hinsicht teile, finde ich das nun doch etwas übertrieben.

Da ich es jedoch nicht auf einen Streit mit ihr ankommen lassen möchte, lenke ich ab und schenke Paul, der gerade hereingekommen ist, etwas Kaffee ein.

»Mir tut der Junge einfach leid«, setzt sie noch hinzu und hält mir ihre Tasse hin.

»Mir auch«, sagt Paul. »Jonas war ja gestern total durch den Wind.«

»Haben Sie die beiden denn gestern gesehen?«, frage ich erstaunt.

»Nur Jonas, der völlig aufgelöst aus dem Haus rannte. Er kam mir total verstört vor.«

»Das ist noch untertrieben«, sagt meine Mutter.

»Kann ich kurz mit dir sprechen?«, fragt auf einmal Linda, die gerade zur Tür hereingekommen ist.

Hoffentlich hat sie nicht gehört, dass wir gerade über sie geredet haben.

Ich gehe zu ihr hinaus auf den Flur und ziehe die Tür hinter mir zu.

»Ich möchte mich entschuldigen, Maja.«

»Bei mir?«, frage ich verwundert.

»Ja, ich war gestern gar nicht nett zu dir. Es tut mir leid, aber ich war so aufgeregt wegen dieser Fischsache …«

»Völlig unwichtig«, sage ich. »Aber was ist mit Jonas?«

»Wir hatten einen furchtbaren Streit. Er rannte nach draußen, kam aber zum Glück gleich wieder und ging sofort ins Bett.«

»Habt ihr heute noch einmal darüber gesprochen?«

»Nein, als ich aufgestanden bin, war er schon in der Schule. Ich habe wohl vergessen, den Wecker zu stellen und verschlafen! Das alles macht mich so fertig, Maja.«

Linda ist kreidebleich und sieht so aus, als hätte sie überhaupt nicht geschlafen. Sie sieht aus wie ein Häufchen Elend.

Auf einmal tut sie mir wieder unglaublich leid.

Ihr Leben ist im Moment ein einziges Chaos und dann kommt auch noch dieser Fischer und macht ein Riesentrara wegen seiner Fische.

»Ich weiß«, sage ich daher mitfühlend.

»Ich dachte wirklich, ich kriege es hin, Maja! Jetzt, wo ich die Stelle habe, können wir uns vielleicht im neuen Jahr nach einer eigenen Wohnung umsehen, das heißt natürlich *falls* Herr Warnke mich fest übernimmt. Doch das wird er sicher nicht tun, wenn er erfährt, dass ich verschuldet bin und auch noch eine Anzeige an der Backe habe. Maja, ich schaffe es einfach nicht«, seufzt sie.

»Natürlich tust du das. Eines nach dem anderen! Jetzt kommt erst einmal Weihnachten und dann sehen wir weiter.«

»Und was mache ich mit den Gläubigern? Und dem Fischer? Woher soll ich das Geld nehmen? Ich habe doch keines.«

»Was die Gläubiger angeht, so brauchst du eine Schuldenberatung, was du tun kannst. Vielleicht kannst du peu à peu immer eine kleine Summe zurückzahlen! Falls das nicht gelingt, kannst du immer noch Privatinsolvenz anmelden. Bei dem Fischer bewahrst du jetzt erst einmal ruhig Blut. Wer weiß, ob er überhaupt recht hat mit den toten Fischen. Und falls doch, habt ihr doch bestimmt eine Haftpflichtversicherung, die für den Schaden einspringen kann?«

»Eine Versicherung? Ich weiß nicht, ob wir so etwas haben, Maja. Um diese Dinge hat sich doch immer Frank gekümmert …«

»Dann wird es höchste Zeit, dass du das jetzt selbst in die Hand nimmst. Sieh in den Unterlagen nach! Für alle Fälle …«

Linda nickt und fängt an zu weinen.

Sie ist schon ein komisches Persönchen. Manchmal tickt sie komplett aus und dann ist sie wieder so weich und verletzlich, dass man sie in den Arm nehmen möchte. Das übernimmt jedoch Michael, der gerade hereinkommt.

»Na, na, na … wer wird denn hier weinen zu meiner Begrüßung?«, fragt er fürsorglich.

In diesem Moment kommt Ruth aus der Küche, die wohl den Wagen ihres Liebsten vorfahren gesehen hat.

Als sie sieht, wie Michael Linda umarmt, dreht sie sich auf dem Absatz um und verschwindet wieder in der Küche. Michael geht ihr nicht nach, sondern fragt die völlig verzweifelte Linda, was passiert ist.

Da diese jedoch vor lauter Weinen nicht reden kann, berichte ich Michael kurz, was vorgefallen ist.

»Kein Grund zur Panik«, sagt Michael. »Ich darf euch zwar keine rechtliche Auskunft geben. Aber ich kann so viel sagen: Die Polizei wird kein Ermittlungsverfahren gegen Jonas einleiten, weil er noch nicht strafmündig ist! Außerdem ist das Betreten des Weihers gar kein Hausfriedensbruch, weil es kein umfriedeter Bereich ist. Ferner müsste der aufgebrachte Fischmeister auch noch einen speziellen Strafantrag stellen. Ich werde mich erkundigen, ob er das überhaupt schon getan hat. Also regt euch nicht auf. Er war wahrscheinlich wegen seiner Fische extrem wütend und hat total überzogen.«

»Siehst du, Linda: Alles halb so wild«, sage ich grinsend.

Auch Lindas Lippen umspielt auf einmal ein zaghaftes Lächeln. »Danke, Michael«, sagt sie.

Er zwinkert uns zu und verschwindet mit einem: »Dann will ich einmal mein ›Hasimausi‹ begrüßen gehen« in die Küche zu seiner Ruth. Insgeheim bin ich froh, dass er mich nicht auf den eingebildeten Einbruch anspricht. Mir ist das Ganze immer noch peinlich.

»Ich glaube, ich habe gestern bei Jonas ein wenig überreagiert, Maja. Sobald er aus der Schule kommt, rede ich mit ihm«, schnieft Linda.

»Gute Idee«, antworte ich. »Und vergiss nicht sein Weihnachtsgeschenk! Er muss es ja nicht auf dem Andelshofer Weiher benützen. Es gibt in Überlingen eine Eisbahn.«

15. KAPITEL

DER VERLORENE SOHN

»Ich bin für eine Beziehung mit einem Schürzenjäger einfach nicht gemacht«, schimpft Ruth und rollt wütend das Nudelholz über den Haselnussteig.

»Michael ist doch kein Schürzenjäger.« Ich lache, denn ich kenne kaum einen verlässlicheren Menschen als Michael.

»Ich weiß nicht, was es da zu lachen gibt! Du hast doch heute Morgen selbst gesehen, dass er diese Linda betatschen musste. Nur, weil sie jung und hübsch ist.«

»Nein, weil sie hilflos und verzweifelt ist, Ruth! Wenn Michael nicht gerade in diesem Moment gekommen wäre, hätte ich Linda in den Arm genommen und Trost gespendet. Sie hat weiß Gott genug mitgemacht in der letzten Zeit. Wo bleibt dein Mitgefühl?«

»Vielleicht hast du ja recht, Maja. Ich weiß auch nicht, warum ich immer so eifersüchtig bin. Aber ich bin mir bei Michael einfach unsicher. Er ist so ein attraktiver Mann! Und ich?«

»Eine ganz tolle Frau! Du musst dringend an deinem Selbstbewusstsein arbeiten, Ruth. Ich müsste mich schon schwer täuschen, wenn du nicht Michaels Traumfrau wärst.«

»Ach Maja. Du kannst mich immer so wunderbar aufbauen. Wie heißt es so schön: ›Ein liebes Wort kann drei kalte Wintermonate erwärmen.‹ Das klappt sogar in diesem Winter, der mit Abstand der kälteste ist, den Überlingen in den letzten 20 Jahren erlebt hat.«

»Dann geh jetzt nach Hause zu deinem ›Mausebär‹. Ich komme hier schon alleine klar.«

In diesem Moment kommt Linda zur Tür herein. Ihre Miene ist wie versteinert. »Kann ich dich bitte kurz sprechen, Maja? Unter vier Augen …«

»Natürlich! Was ist denn los?«

Meine Mutter hatte recht. Seitdem wir diese fremden Menschen im Haus haben, herrscht ständig Aufregung.

Wir gehen nach nebenan.

»Jonas ist weg«, sagt sie atemlos.

»Was heißt ›weg‹?«, frage ich.

»Er ist weg! Jonas ist von der Schule nicht nach Hause gekommen. Ich dachte, ich warte noch ein bisschen … vielleicht ist er ja mit zu Lars gegangen. Aber da ist er nicht! Lars hat gesagt, Jonas war heute gar nicht in der Schule …« Ihre Augen füllen sich mit Tränen. Wenn das so weitergeht, vergießt sie bald mehr Tränen als Wasser im Bodensee ist.

»Ich habe versucht, ihn auf dem Handy anzurufen, aber es ist aus«, schnieft sie.

»Jetzt reg dich nicht gleich wieder auf«, sage ich beschwichtigend. »Wahrscheinlich ist Jonas nicht bei Lars, sondern bei einem anderen Freund.«

»Bei welchem denn? Ich habe Angst, dass die Jungs wieder auf dem Andelshofer Weiher sind. Der Fischer hat doch gesagt, beim nächsten Mal wird er die Polizei holen …«

Ich hole meine Jacke und rufe in die Küche: »Tut mir leid, Ruth … aber kannst du doch bis zum Schluss bleiben? Ich muss dringend weg.«

»Kein Problem, Maja. Michael ist sowieso noch im Dienst.«

»Komm, Linda! Lass uns zum Andelshofer Weiher fahren. Wir werden Jonas schon finden.«

Obwohl es erst Nachmittag ist, dämmert es schon, als wir beim Weiher eintreffen. Grau und düster ragen die Äste der Bäume in den dunkelgrauen Himmel. Wir stellen das Auto unter den Bäumen ab und sehen uns zu Fuß um. Doch von den Jungen findet sich weit und breit keine Spur. Zum Glück auch nicht von dem wütenden Fischer Reichmann. Der hätte mir jetzt noch gefehlt! Die eiskalte Luft erfordert, dass wir unsere Schals bis zur Nasenspitze hochziehen.

Schon bald haben wir den ganzen Weiher umrundet, ohne

eine Menschenseele gesehen zu haben. Nur ein paar Enten sitzen auf dem Eis, eng aneinandergekuschelt.

»Es ist sehr unwahrscheinlich, dass die Jungs sich heute hierher getraut hätten«, nuschele ich unter dem Schal in Richtung Linda.

Doch sie gibt keine Antwort darauf. »Wo kann Jonas nur sein?«, fragt sie stattdessen unglücklich.

»Hier ist er jedenfalls nicht. Lass uns nach Hause fahren«, antworte ich und gehe zum Wagen zurück.

»Ich kann doch nicht zu Hause sitzen und Däumchen drehen, während mein Kind verschwunden ist«, schnauzt Linda mich auf einmal an.

»Jetzt mach dich doch nicht so verrückt, Linda«, sage ich. »Du weißt doch, wie die Jungs sind! Sie sitzen irgendwo zusammen, spielen Computer und vergessen total die Zeit.«

»Jonas nicht. Das darf er doch gar nicht«, sagt sie.

»Linda, nur, weil du es ihm verbietest, heißt es nicht, dass er *nicht* mit den anderen Computer spielt. Sei doch nicht immer so streng zu ihm, da ist doch auch gar nichts dabei! Vielleicht ist er ja auch schon zu Hause und wartet auf dich, während wir uns hier den Hintern abfrieren, um ihn zu suchen.«

Widerstrebend steigt Linda ein und fährt mit mir zurück.

Doch auch hier ist Jonas nicht. Noch einmal bitte ich Linda, Ruhe zu bewahren. Ich erinnere sie daran, dass er neulich Abend, als sie sich schon einmal gestritten hatten, auch erst spät nach Hause gekommen ist. Vielleicht ist das seine Art der Rebellion … seine Art, seine Mutter zu »bestrafen«, indem er einfach wegbleibt, damit sie sich Sorgen macht. Nicht gerade die feine englische Art, denke ich. Allerdings kann ich Jonas auch irgendwie verstehen.

»Ich muss meine Nerven beruhigen«, sagt Linda. »Kann ich irgendetwas tun?«

»Du könntest deine berühmte Kartoffelsuppe kochen«, schlage ich vor.

Erstens haben wir außer Kartoffeln nicht viel anderes im Haus, denn ich hatte keine Zeit, Lebensmittel einzukaufen. Zweitens knurrt mein Magen und drittens wird Linda das Kochen ablenken, so dass sie sich nicht unaufhörlich um Jonas sorgen kann.

Doch Stunden später, als der letzte Teller Suppe längst gegessen ist und wir alle noch ein wenig um den großen Tisch herumsitzen, ist Jonas noch immer nicht zu Hause.

Inzwischen ist es stockdunkel draußen, nicht einmal der Mondschein erhellt den See so wie sonst.

So langsam mache ich mir auch Sorgen um den Jungen. Wenn er seiner Mutter wirklich einen Denkzettel verpassen wollte, dann sollte er jetzt langsam mit dem Spielchen aufhören, finde ich. Es ist nicht mehr lustig.

»Könnte er vielleicht bei einem der Kinder sein, die beim Krippenspiel mitmachen?«, fragt meine Mutter.

Auch wenn sie Linda nicht leiden kann, so scheint sie nun doch Mitgefühl mit der blassen jungen Frau zu haben, deren Hände unaufhörlich zittern.

»Ich weiß es doch nicht …«

Unvermittelt steht meine Mutter auf und holt das Telefon.

»Los, Mädels. Jammern hilft nicht … das hat es noch nie getan! Wir müssen etwas tun.«

Am späten Abend haben wir mit allen Freunden von Jonas und deren Eltern gesprochen. Er ist nirgends!

Linda ist völlig außer sich. Auch wenn ich mir selbst inzwischen große Sorgen mache, versuche ich, sie zu beruhigen.

»Linda, ich glaube nach wie vor daran, dass Jonas dir nur einen Denkzettel verpassen will. Der Streit und die Ohrfeige gestern … das war einfach zu viel für ihn! Ganz bestimmt ist er bei irgendeinem Freund, bei dem die Eltern nicht zu Hause sind … und derjenige hält dicht. Vermutlich ist es einer von seinen Eishockeyfreunden. Vergiss nicht: Jonas hat seine Kumpels bei dem Fischer ja auch nicht verraten.«

Linda nimmt ihr Handy aus der Tasche und versucht noch einmal, Jonas zu erreichen. Doch sein Handy ist wieder aus.

»Hallo Jonas, ich bin's … Mami. Bitte komm nach Hause! Unser Streit tut mir so leid«, spricht sie auf seine Mailbox. Tränen laufen ihre Wangen herunter. »Was sollen wir denn jetzt tun?«, fragt Linda mich verzweifelt.

»Ich rufe Michael an«, sage ich bestimmt.

Dieser ist bereits informiert, da Ruth ihm beim Abendessen erzählt hat, dass wir nun nicht nur den Ehemann von Linda Berger, sondern auch noch ihren Sohn vermissen.

Kurz nach meinem Anruf biegt Michaels Kombi auf unserem Hof ein.

Ruth ist auch mitgekommen und trotz ihrer Eifersucht auf Linda findet sie tröstliche und aufbauende Worte für die weinende Mutter.

»Seit wann fehlt denn der junge Mann?«, fragt Michael.

»Seit heute Nachmittag«, sage ich

»Seit heute früh«, sagt Linda.

»Seit wann denn nun genau?«

»Wir wissen es nicht so recht. Linda sagte, Jonas sei nicht aus der Schule gekommen … also vermissen wir ihn seit heute Nachmittag. Andererseits hat Jonas' Freund Lars berichtet, Jonas sei gar nicht in der Schule gewesen. Insofern kann es auch seit heute Morgen sein«, informiere ich Michael, da Linda dazu gar nicht in der Lage ist. Insgeheim denke ich, es könnte auch seit gestern Abend sein. Denn Linda hat zwar gesagt, er sei nach dem Streit weggerannt, jedoch kurze Zeit später zurückgekehrt und gleich zu Bett gegangen. Aber hat sie das auch überprüft?

Eine ähnliche Überlegung scheint auch Michael anzustellen. »Also haben Sie Jonas heute Morgen zuletzt gesehen?«, fragt er Linda.

Diese schüttelt den Kopf. »Genaugenommen gestern Abend. Als er schlafen ging. Ich wünschte ihm eine gute Nacht und er ging in sein Zimmer.«

»Hat er auch etwas zu Ihnen gesagt?«

Wieder schüttelt Linda den Kopf.

»Nicht einmal gute Nacht?«

»Nein, nicht einmal das. Wir hatten doch diesen furchtbaren Streit …« Sie fängt an zu weinen.

»Wegen der toten Fische im Andelshofer Weiher?«

»Genau. Ich weiß, ich habe überreagiert … ich war zu streng zu ihm. Aber ist denn das ein Grund wegzulaufen? Oder glauben Sie, dass Jonas … etwas zugestoßen ist?«

»Nein, das glaube ich nicht. In den meisten Fällen tauchen die vermissten Jugendlichen nach ein paar Tagen wieder auf, Linda. Wenn Sie wüssten, wie häufig so etwas vorkommt! Die Eltern verbieten irgendetwas und schwupp … ist der liebe Sohn oder die liebe Tochter auf einmal weg. Soll Mama ruhig einmal sehen, was sie davon hat! Meist sind die Eltern nach ein paar sorgenvollen Tagen und Nächten so glücklich, wenn der Nachwuchs wieder da ist, dass sie dem Wunsch des Sprösslings nachkommen. Leider ist das nicht der beste Erziehungsansatz.«

»Sie denken also, dass Jonas abgehauen ist, weil ich böse auf ihn war?«, fragt Linda.

»Ja, das glaube ich«, antwortet Michael.

»Wo soll er denn sein?«, Linda ist immer noch kreidebleich.

»Gibt es eine Oma oder andere Verwandte, die ihm nahestehen?«, fragt Michael.

»Nein, unsere Verwandten leben in Lauscha. Die Eltern meines Mannes sind schon eine Weile tot und Geschwister hat er keine.«

»Und was ist mit Ihrem Mann selbst?«, fragt Michael.

»Mein Mann? Der ist doch selbst schon eine Weile weg … das wissen Sie doch«, empört sich Linda.

»Könnte es nicht sein, dass Ihr Mann gar nicht so weit weg ist … und die beiden Kontakt haben?«, fragt Michael.

Ich finde den Gedanken gar nicht so abwegig.

Linda beißt sich auf die Lippen. »Nein, das ist ausgeschlossen. Jonas hängt sehr an seinem Vater. Wenn er wüsste, wo er ist, hätte er es mir längst gesagt.«

So ganz sicher bin ich mir da nicht. Gerade, wenn er sehr an seinem Vater hängt, würde er wohl kaum seinen Aufenthaltsort verraten, wenn dieser das nicht möchte.

»Nun, wenn Sie meinen. Dann wird Jonas wohl bei einem

Freund sein. Vermutlich bei einem seiner Eishockeyjungs«, sagt Michael ruhig.

»Aber wir haben doch alle angerufen«, wirft Linda ein.

»Nach den vorausgegangenen Vorfällen ist es gut möglich, dass Jonas diesmal von einem Kumpel gedeckt wird. Immerhin hat er seine Freunde auch nicht verraten.«

Michael scheint dasselbe zu vermuten wie ich. »Machen Sie sich bitte nicht allzu viele Sorgen, Linda. Wenn seine Wut verraucht ist, wird Jonas wieder nach Hause kommen«, sagt er beschwichtigend.

»Meinen Sie?« Lindas Stimme wird wieder dünn, aber auch ein wenig hoffnungsvoll.

»Ja, davon gehe ich ganz stark aus! Vorsichtshalber gebe ich aber eine genaue Beschreibung von Jonas an meine Kollegen, die gerade Streife fahren. Vielleicht fällt ihnen ja etwas auf. Welche Kleidung hat Jonas denn getragen?«

»Ich weiß nicht, was genau er morgens angezogen hat. Ich habe ja – wie gesagt – noch geschlafen. Aber er hatte ganz sicher seinen dunkelblauen Daunenparka und Jeans an«, sagt Linda.

»Können wir einmal kurz in sein Zimmer gehen? Vielleicht finden wir ja eine Notiz oder einen sonstigen Anhaltspunkt, wo er sich aufhalten könnte.«

»Natürlich.«

Linda geht voraus in Jonas' Zimmer, das pikobello aufgeräumt ist. Sogar das Bett ist gemacht, was ich völlig ungewöhnlich für einen 13-Jährigen finde.

»Aber ich glaube nicht, dass Sie etwas finden. Ich habe ja auch schon danach gesucht.«

»Erlauben Sie, dass ich mich trotzdem ein wenig umsehe?«

Linda nickt.

»Ist das Zimmer immer so aufgeräumt?«, fragt er.

»Natürlich! Was denken Sie denn? Wir sind eine ordentliche Familie, auch wenn wir im Moment kein richtiges Zuhause haben.« Lindas Stimme klingt schon wieder wütend und empört.

»Außerdem sind die meisten unserer Habseligkeiten ja in Kisten verpackt, bis wir wieder eine Wohnung haben. Hier ist nur das Nötigste, was wir gerade so brauchen.«

Michael nimmt ein paar Schulbücher und Comics in die Hand. »Fehlt etwas von seiner Kleidung?«, fragt er Linda, als er den Kleiderschrank öffnet, in dem penibel ordentlich Jonas' Pullover und Hosen zusammengelegt liegen.

»Nicht, dass ich wüsste.«

»Oder sonst etwas? Eine Taschenlampe oder eine warme Decke?«

Linda schüttelt den Kopf.

»Wie genau ist denn der Streit zwischen Ihnen beiden verlaufen?«, fragt Michael nun.

Linda erzählt in wenigen Worten, wie aufgeregt sie nach dem Besuch des Fischers war. »Ich war so wütend! Wir haben doch sowieso schon kein Geld«, erzählt Linda. »Und dann kommt auch noch dieser Fischer und sagt, wir sollen für seinen Schaden aufkommen. Da bin ich einfach ausgeflippt.«

»Was heißt das denn: Sie sind ausgeflippt?«, fragt Michael ruhig.

»Ich war eben sauer. Ich weiß nicht mehr genau, was ich gesagt habe, aber ich habe ihm Vorhaltungen gemacht, dass wir jetzt die eigene Wohnung vergessen können und ihn angeschrien …«

»Und Jonas?«

»Der war natürlich auch wütend und hat zurückgeschrien, dass ich schuld sei, dass sein Vater nicht mehr da ist. Mit mir könne man es ja nicht aushalten. Und da habe ich …«

»… da haben Sie ihm eine geknallt«, ergänzt Michael.

Linda fängt schon wieder an zu weinen und Michael sieht mich ernst an.

»Und wie hat Jonas reagiert?«

»Er rannte aus dem Haus. Doch er kam ein paar Minuten später wieder, vermutlich weil er keine Jacke anhatte.

Er ging sofort in sein Zimmer.«

»Haben Sie das überprüft?«, fragt Michael.

»Nein, ich war ja auch beleidigt mit ihm. Aber ich habe Musik gehört.«

Ich sehe Michael an, dass er dieses Verhalten einer Mutter ebenso wie ich nicht so ganz verstehen kann.

Vielleicht hätte Linda noch einmal mit Jonas reden sollen, dann wäre das alles nicht passiert.

»Wären Sie so freundlich, mir seine Handynummer aufzuschreiben? Und die Namen und Adressen seiner besten Freunde, sofern Sie sie wissen?«, fragt Michael.

»Natürlich.« Linda wischt sich die Tränen ab und holt ein Blatt Papier, auf das sie fein säuberlich Jonas' Nummer sowie die Daten seiner Freunde schreibt.

»Vielen Dank. Vielleicht bekommen wir ja doch noch einen kleinen Hinweis von Jonas' Freunden. Ich werde mit ihnen sprechen und – wie gesagt – die Kollegen im Streifenwagen informieren. Mehr können wir im Augenblick nicht tun. Falls Ihnen auch noch etwas auf- oder einfallen sollte … oder Sie etwas vermissen, was aufschlussreich sein könnte, lassen Sie es mich bitte wissen! Sie können mich jederzeit unter dieser Telefonnummer erreichen.« Michael drückt Linda seine Visitenkarte in die Hand. »Kopf hoch, Linda, und gute Nacht«, verabschiedet sich Michael von Linda.

Ihr Blick ist traurig und hoffnungsvoll zugleich. »Danke für alles.«

Ich bringe Michael und Ruth zu ihrem Wagen. Ein eiskalter Wind bläst mir ins Gesicht. Es hat zu schneien begonnen und die Straße ist nach dem vorausgegangenen Frost auf einmal spiegelglatt.

»Glaubst du wirklich, dass Jonas nur bei einem Freund ist, Michael?«, frage ich.

Während Michael versucht, seine Autoscheibe, auf der der Schnee in der kurzen Zeit bereits festgefroren ist, frei zu kratzen, antwortet er: »Nun, ich denke schon, Maja. Wissen tun wir es natürlich nicht.«

»Oder meinst du, dass das alles zusammenhängt? Ich meine,

es ist doch merkwürdig. Erst verschwindet der Mann von Linda und nun auch noch ihr Sohn.«

Michael wiegt bedächtig den Kopf. »Merkwürdig ist es schon. Aber ich kann im Augenblick absolut keinen Zusammenhang erkennen. Außer, dass diese Linda offensichtlich ein streitlustiger Vogel zu sein scheint, die offenbar kein gutes Händchen im Umgang mit männlichen Wesen hat«, grinst Michael.

»Michael, da ist noch etwas. Vielleicht ist es ja gar nicht von Bedeutung … aber ich habe schon mehrere Male einen unbekannten Mann auf unserem Grundstück gesehen.«

»Was? Warum sagst du das erst jetzt? Natürlich ist das von Bedeutung. Wann war das und wie sah er aus?«

»Vor ein paar Tagen war das … erst habe ich den Mann am Morgen im Garten der ›Butterblume‹ gesehen. Ich sah aus dem Fenster und erblickte einen großen Mann, der dunkel gekleidet war. Sein Gesicht konnte ich nicht erkennen, weil er einen Hut aufhatte und seinen Schal bis zur Nasenspitze hochgezogen hatte. Ich habe mir gedacht: ›Was will der hier?‹, zumal es an einem Tag war, an dem das Café geschlossen hatte. Aber ich kam nicht dazu, ihn zu fragen, denn kaum war ich im Garten, war er bereits verschwunden. Dann sah ich ihn wenige Tage später, diesmal am Abend, vor dem ›Maiglöckchen‹ stehen. Es sah so aus, als beobachte er das Haus.«

»Warum hast du nichts unternommen, Maja?«, fragt Michael ärgerlich.

»Was hätte ich denn unternehmen sollen? Etwa dich anrufen und sagen: ›Da steht ein Mann vor unserem Haus?‹ Das ist doch lächerlich.«

»Ja, aber vielleicht auch nicht. Wollen wir hoffen, dass dieser fremde Mann nichts mit Jonas' Verschwinden zu tun hat.«

»Oh Gott, nun mache ich mir Vorwürfe, weil ich nicht eher etwas gesagt habe«, sage ich bestürzt.

»Du konntest ja nicht wissen, dass Jonas verschwinden würde. Gut, dass du es überhaupt erwähnt hast. Falls Jonas morgen bis Mittag nicht zurück ist, werden wir etwas unternehmen …«

»Du meinst, wegen des Mannes?«, frage ich ängstlich.

»Auch. Aber es gibt noch einen anderen Grund, Maja: Bei diesen Temperaturen geht es um das Leben von Jonas. Wenn er tatsächlich nicht bei einem Freund ist, sondern sich irgendwo draußen auf dem Eis oder an einem Ort aufhält, an dem nicht geheizt wird, ist sein Leben in Gefahr …«

*

In der Nacht finde ich keine Ruhe, so wie vermutlich jeder von uns. Immer wieder denke ich an Michaels Worte … dass das Leben von Jonas in Gefahr ist! Und ich habe ihn vielleicht in diese Gefahr gebracht, weil ich den unbekannten Mann in unserem Garten niemandem gegenüber erwähnt habe. Ich schäme mich und habe gleichzeitig große Angst, dass Jonas etwas passiert sein könnte, für das ich die Verantwortung trage.

Ich habe in der Nacht mehrmals versucht, Trost bei Klaus zu finden, doch sein Telefon war aus. Er hatte ja gesagt, er sei in der nächsten Zeit sehr beschäftigt. Sicher hat er nach den anstrengenden letzten Tagen heute Nacht Schlaf gebraucht und sein Telefon ausgeschaltet. Sobald er meine Nummer sieht, wird er sicher zurückrufen.

Am frühen Morgen gebe ich die Hoffnung auf, selbst etwas erholsamen Schlaf zu finden, und steige aus dem Bett.

Draußen ist alles weiß, der Schnee hat alle Häuser und Straßen mit einer dicken Puderzuckerschicht überzogen.

Die Kinder werden sich freuen: Schnee zu Weihnachten zu bekommen ist doch das größte Geschenk!

Wo mag Jonas nur sein?

Ich ziehe mich an und hole Jojos Leine. Wie erwartet freut sich die kleine Hündin über die Aussicht auf einen morgendlichen Spaziergang, auch wenn sich der Boden unter ihren Pfötchen doch sicher unangenehm kalt anfühlen muss. Doch überraschenderweise ist es nicht mehr ganz so eisig wie in den letzten Tagen. Der Schnee knirscht unter meinen Füßen und Jojos Pfötchen sind schon ganz weiß.

Als ich beim »Maiglöckchen« ankomme, sehe ich Licht im Fenster von Jonas' Zimmer! Gott sei Dank … er ist zu Hause, denke ich. Wie froh Linda sein wird!

Auch mir fällt ein Riesenstein vom Herzen. Nun kann Weihnachten kommen! Wir haben Schnee und Jonas ist wieder zu Hause. Alles andere ist doch gar nicht so wichtig.

Wo Jonas wohl war? Ich zögere einen Moment und überlege, ob ich hineingehen und fragen soll. Linda wird überglücklich sein, ihr Kind wieder bei sich zu haben. Da störe ich jetzt nur. Außerdem ist es noch so früh! Vielleicht hat Linda sich ja auch noch einmal hingelegt, denn ihr Zimmer ist dunkel. Ich verschiebe meinen Besuch auf später und gehe ruhig durch den frisch gefallenen Schnee am See entlang.

Wie bedeutungslos alles wird, wenn wir uns um etwas sorgen! Wir machen uns täglich so viele Gedanken um lauter unsinnige Dinge. Wenn dann so etwas Schlimmes passiert, wie es Linda gerade erlebt hat, rücken alle anderen Alltagssorgen plötzlich in den Hintergrund. Selbst ihre finanziellen Sorgen waren auf einmal ohne Bedeutung. Ich frage mich, ob immer erst etwas passieren muss, damit wir den eigentlichen Wert des Lebens erkennen. Wir schätzen viele Dinge und Menschen doch gar nicht, solange bis die Gefahr besteht, dass wir sie verlieren.

Dabei fällt mir meine Mutter wieder ein. Die Sorge um den verschwundenen Jungen hat die Sorge um ihre Krebserkrankung ganz in den Hintergrund treten lassen. Doch tief in meinem Herzen trage ich sie ständig mit mir herum. Ich kann auch nicht mehr so tun, als ob ich von alldem nichts weiß!

Ich möchte Anteil nehmen und mit ihr reden, wie alles weitergehen soll. Wir sind doch eine Familie und wie wichtig das ist, habe ich gerade erst wieder gesehen.

Ich beschließe, die gute klare Luft dieses Wintermorgens auszunützen und einen kleinen Spaziergang in die Stadt zu unternehmen. Vielleicht kann ich in der Buchhandlung oder in der Stadtbücherei ein paar Bücher zum Thema Krebs finden und mich ein wenig näher mit dem Thema befassen. Es muss doch Therapiemöglichkeiten geben! Auch wenn Steve gesagt hat, dass die Krankheit erst sehr spät festgestellt wurde. Noch ist es nicht *zu* spät! Wir werden kämpfen, gemeinsam. Ich werde meiner Mutter sagen, dass ich an ihrer Seite bin.

In der Stadt sind zu dieser frühen Stunde und vermutlich durch den heftigen Schneefall noch nicht allzu viele Menschen unterwegs. Die Stadtbücherei hat noch geschlossen und auch die Buchhandlung hat noch zu. Ich bummele ein wenig durch die Altstadt, doch mir ist kalt. Außerdem habe ich fürchterlichen Kaffeedurst! Ich bin so früh aufgebrochen, dass ich mir zu Hause noch nicht einmal Zeit für mein morgendliches Tässchen Kaffee genommen habe. Das werde ich jetzt nachholen, denke ich und steuere auf das Café »Aran« zu. Beim Betreten des traditionsreichen Gebäudes, das im Mittelalter einmal eine Markthalle war, empfängt mich nicht nur leckerer Kaffeeduft, sondern auch wundervolle Weihnachtsmusik aus den 50er-Jahren. Es ist so gemütlich hier … ein wunderbarer Ort, der zum Verweilen einlädt. Doch ich ziehe meinen Mantel nicht aus. Denn ich sehe jemanden, den ich hier und heute auf keinen Fall erwartet hätte. Klaus! Er sitzt in der Ecke und hat mir den Rücken zugewandt, doch ich erkenne ihn, seine breiten Schultern und seinen geliebten roten Pullover genau. Im Gegensatz zu der Dame, die ihm gegenübersitzt. Sie hat lange, seidig blonde Haare, die sie immer wieder kokett nach hinten wirft, und trägt ein hautenges, graues Strickkleid. Offensichtlich hat Klaus etwas gesagt, das sie zum Lachen gebracht hat, denn sie wirft den Kopf nach hinten und entblößt eine Reihe makellos weißer Zähne. Dann sieht sie ihm tief in die Augen und legt eine Hand besitzergreifend auf seinen Arm.

»Hallo! Können Sie bitte die Tür schließen? Es kommt ja eiskalt herein«, herrscht mich die alte Dame an, die an dem Tisch gleich neben der Tür sitzt.

»Natürlich … ich wollte sowieso gerade gehen«, sage ich traurig.

Ich habe genug gesehen. Es ist nicht nur, dass Klaus mir gesagt hatte, er habe in den nächsten Tagen viel zu tun und ich nun weiß, was er damit gemeint hat. Es ist auch nicht nur, dass ich denke, die blonde Schönheit könnte seine geliebte Biene sein, die er nie vergessen hat. Es ist dieses verdammte Gefühl, das ich schon einmal hatte … damals vor 22 Jahren, als ich überraschenderweise doch bei unserem Plätzchen am See aufgetaucht bin und ihn mit dieser Uli zusammen gesehen habe. Es ist das Gefühl, minderwertig zu sein … das Gefühl, dass der Mann, den ich liebe, es vorzieht, mit einer anderen zusammen zu sein.

Dieses Gefühl wollte ich nie mehr erleben und in diesem Moment nehme ich mir vor: Ich werde es auch nie mehr erleben. Jedenfalls nicht mit Klaus.

16. KAPITEL

DIE ZERRISSENE PERLENKETTE

Ich hätte wissen müssen, dass Klaus es nicht ernst mit mir meint! Er hat sich nicht verändert. Menschen ändern sich nicht. Heute findet er mich toll und morgen eine andere Frau. Kaum habe ich ihm den Rücken zugedreht, pussiert er mit einer anderen herum! Wie konnte ich nur so dumm sein! Ich bin wütend auf mich selbst. Werde ich denn nie klug aus meinen Erfahrungen? Es hat so gut getan … dieses Gefühl, begehrenswert zu sein. Die Aufmerksamkeit eines attraktiven Mannes auf mich zu ziehen. Aber manche Männer hat man eben nie für sich allein! Wie hat Ruth neulich so schön gesagt: »Den anderen Frauen ist es egal, ob der Mann in festen Händen ist. Sie schmeißen sich rücksichtslos an deinen Kerl heran! Keine will alleine sein. Und wenn der Mann eine tolle Frau an seiner Seite hat … umso besser! Dann kann er ja sooo schlecht nicht sein, sonst wäre die tolle Frau nicht bei ihm.«

Nicht, dass ich mich selbst für eine tolle Frau halten würde. Außerdem glaube ich auch gar nicht, dass dieses Blondchen, das so liebevoll Klaus' Arm getätschelt hat, überhaupt von meiner Existenz weiß. Na gut, das braucht sie ja auch nicht. Jetzt kann sie weitertätscheln, Tag und Nacht. Vor Wut schießen mir die Tränen in die Augen.

Wie konnte ich mich nur so täuschen? Mein Bauchgefühl hatte mich doch gewarnt. Ich wollte mich doch gar nicht mehr verlieben. Und habe es trotzdem getan. Sogar schon Zukunftspläne geschmiedet! Während sich Klaus in Seelenruhe weiter umgesehen hat.

Wütend stapfe ich immer weiter durch den Schnee. Ich kann kaum die Hand vor Augen sehen, aber das ist mir nun auch egal. Ich sehne mich nur nach einer Tasse Kaffee und meinem warmen Zuhause. Am liebsten würde ich mir die Decke über den Kopf ziehen und alles vergessen!

Doch als ich in die Seestraße einbiege, traue ich meinen Augen nicht.

Im Hof des »Maiglöckchens« stehen mindestens fünf Polizeiwagen, zum Teil mit Blaulicht.

Ich beschleunige meinen Schritt und laufe direkt in die Arme von Linda, die kreidebleich aus dem Haus tritt.

»Was ist passiert?«, frage ich sie.

Linda sieht mich verständnislos an. »Das weißt du doch, Maja.«

Ich begreife nicht. »Ist etwas mit Jonas?«

»Maja, Jonas ist verschwunden! Das weißt du doch«, schreit Linda mich an.

»Aber ich dachte … er ist wieder da! Ich habe heute früh Licht in seinem Zimmer gesehen und da dachte ich …«

»Falsch gedacht«, sagt Linda auf einmal leise. Ich kann sehen, wie ihre Hände wieder zittern. Blass und schmal steht sie in ihrem dünnen Wintermäntelchen vor mir, die Haare strähnig, die Augen trüb und von dunklen Schatten umgeben. »Das war ich. Ich war die ganze Nacht lang auf und habe gehofft, er würde sich melden. Aber es kam nicht das geringste Lebenszeichen von ihm! Ich bin in sein Zimmer, weil ich dachte, vielleicht finde ich doch noch einen Anhaltspunkt … irgendetwas, das mir sagen würde, wo er sein kann. Aber ich habe nichts gefunden. Nur gesehen, dass doch ein paar Sachen fehlen. Dann habe ich gleich am frühen Morgen bei Michael angerufen …«

Linda fängt wieder an zu weinen. Sie ist völlig fertig, das sehe ich.

»Komm, ich mache uns erst einmal einen Tee, ja?«, sage ich, obwohl mir eigentlich eher nach Kaffee ist. »Ich nehme an, die Polizei sucht Jonas jetzt?«

»Ja, es sind schon ein paar Fahrzeuge unterwegs. Außerdem einige Beamte zu Fuß …«, klärt sie mich mit dünner Stimme auf.

Wir gehen ins Haus und ich setze Teewasser auf. Gleichzeitig bereite ich einen starken Kaffee zu, auch wenn das nicht unbedingt gut für unsere Nerven ist.

Ich sehe Michael am Fenster stehen und telefonieren. Als er

mich sieht, winkt er mir zu und lächelt ein schmales Lächeln. Er legt auf, begrüßt mich und sagt zu Linda: »Wir werden unsere Suche auf die Ortschaften und Wälder rund um Überlingen ausdehnen. Glauben Sie mir, wir tun alles, um Ihren Sohn zu finden! In Kürze werden ein paar Beamte mit ihren Mantrailer Hunden eintreffen.«

Wir sehen ihn verständnislos an.

»Das sind Personenspürhunde, die extrem gut riechen können. Die Hunde riechen die menschlichen Hautschuppen, von denen der Mensch jede Minute tausende verliert. Menschliche Hautzellen bleiben etwa 36 Stunden erhalten. Das Problem ist jetzt jedoch, dass es schneit und die Geruchsspur dadurch verblasst. Wir müssen es jedoch versuchen! Dürfte ich Sie um ein Kleidungsstück von Jonas bitten, damit die Hunde seine Spur aufnehmen können? Außerdem bitte noch ein neues Foto von Jonas und seine Haarbürste, um seine DNA zu sichern. Können Sie uns bitte auch noch Gegenstände zeigen, an denen seine Fingerabdrücke vorhanden sind, z.B. ein Glas oder die Maus vom PC? Wir nehmen diese Spurenträger erst einmal mit zur Dienststelle. Das sind jedoch alles nur vorsorgliche Maßnahmen.« Während Linda nach oben geht, um die gewünschten Sachen zu holen, nimmt Michael mich beiseite. »Versuche, ihr ein wenig Kraft zu geben, Maja.«

Sein Blick ist ernst.

»Natürlich. Michael, glaubst du, dass …«

»Was glaube ich?«

»Dass ihr Jonas findet?«

»Ich hoffe es! Es ist natürlich eine sehr ernste Situation bei diesen eisigen Temperaturen. Der Schnee macht es nicht besser. Die Hunde werden Mühe haben, Jonas' Spur zu folgen.«

»Glaubst du, dass Jonas etwas zugestoßen ist, Michael?«

Der warme Kaffee wärmt meinen Körper ein wenig auf, doch innerlich ist mir immer noch bitterkalt.

Ich kann es nicht fassen, dass ich mir eben noch Gedanken um Klaus und diese Blondine gemacht habe. Wie bedeutungslos das alles ist, angesichts der tragischen Geschehnisse.

Ich glaube nicht, dass Linda es überstehen würde, wenn ihrem Jonas etwas passiert. Nicht, nachdem bereits ihr Mann spurlos verschwunden ist. Gerade hatte sie begonnen, so etwas wie Struktur in ihr Leben zu bringen und auch wieder ein klein wenig Hoffnung auf die Zukunft verspürt. Ich hoffe so sehr, dass die Polizei Jonas finden wird!

»Ich weiß es nicht, Maja. Ich hoffe, dass wir ihn gesund finden werden. Im Moment müssen wir jede noch so kleine Spur verfolgen, denn sein Leben steht auf dem Spiel! Daher ist es unbedingt wichtig, die letzten Stunden mit Jonas noch einmal genau zu rekonstruieren. Jedes noch so kleine Detail kann wichtig sein und uns weiterhelfen.«

»Ich kann mich nur an den fürchterlichen Streit der beiden erinnern«, sage ich. »Ich stand ja im Flur, aber es war unmöglich, die beiden nicht zu verstehen. Ich habe sogar den Knall der Ohrfeige gehört.«

»Hast du sonst noch etwas gehört, Maja? Alles kann wichtig sein.«

Ich denke kurz nach. »Nein, ich glaube, Linda hat bereits alles erzählt. Das heißt …« Auf einmal fällt mir doch noch etwas ein.

»… das heißt, was?«

»… ich habe doch noch etwas gehört. Jonas hat geschrien, dass er lieber tot sei, als mit ihr zusammen zu leben! Oder so ähnlich.«

»Er hat wirklich gesagt, er würde lieber tot sein?«

»Ja, das habe ich gehört.«

Nachdenklich wiegt Michael den Kopf.

»Das muss man natürlich ernst nehmen! Ich hoffe es zwar nicht, aber er könnte angedroht haben …«

»… sich umzubringen?«, ergänze ich.

»Hoffentlich nicht. Man darf nicht vergessen, dass Jonas sehr verzweifelt war. Da ist bestimmt eine Sicherung durchgeknallt bei ihm und er wollte seine Mutter verletzen. Ich gehe nach wie vor davon aus, dass dieser Streit die Ursache für sein plötzliches Verschwinden ist. Aber wir können es natürlich nicht sicher sagen. Es könnte auch genauso gut sein, dass …«

»… dass etwas anderes dahintersteckt. Dass Jonas bei seinem Vater ist zum Beispiel? Oder dass Jonas entführt wurde … möglicherweise ebenso wie sein Vater«, vermute ich.

»Das glaube ich nicht. Natürlich wäre es möglich, dass Jonas bei seinem Vater ist. Es könnte ja sein, dass sich dieser in der Nähe irgendwo aufhält und heimlich Kontakt zu seinem Sohn aufgenommen hat. Aber wer sollte ein Interesse daran haben, die beiden zu entführen? Es ist doch keine Lösegeldforderung eingegangen. Jedenfalls nicht, dass ich wüsste! Außerdem würde das wohl kaum etwas bringen, denn Frank Berger ist alles andere als ein reicher Mann, sondern ganz im Gegenteil: Er ist hochverschuldet! Nein, ein Motiv für eine Entführung gibt es meines Erachtens nicht, Maja.«

»Es sei denn …«, überlege ich.

»Es sei denn … was?«, fragt Michael.

»Es sei denn, das Motiv für die Entführung ist nicht Geld … sondern Rache.«

»Wie meinst du das, Maja?«

»Es ist nur eine Überlegung, Michael. Aber Linda hat mir einmal erzählt, dass ihr Vater in der DDR ein ziemlich linientreuer Offizier der Grenztruppen war. Du kannst dir vorstellen, *wie* linientreu er war, wenn er die DDR vor dem Staatsfeind, dem kapitalistischen Westen mit der Waffe verteidigt hat.«

»Und was hat das mit Jonas zu tun?«

»Nun, nach dem Fall der Mauer wurde Lindas Vater arbeitslos und hatte keine Aufgabe mehr. Linda hat mir erzählt, dass er sich sehr veränderte und sie und ihre Mutter oft tyrannisierte. Für ihn waren alle, die den Verlockungen des Westens, die er so lange verachtet und bekämpft hatte, hinterherliefen, Verräter. Lindas Mutter wurde krank davon und starb kurz darauf. Das hat sie ihrem Vater nie verziehen … ebenso wenig wie er *ihr* verziehen hat, dass sie einen verhassten ›Wessi‹ geheiratet und an den Bodensee gezogen ist. Für ihn war Linda die Verräterin schlechthin, die ihren Körper und ihre Seele an einen ›Kapitalisten‹ verkauft hat.«

»Was für ein Schwachsinn«, wundert sich Michael.

»Das habe ich auch gedacht. Aber ich könnte mir vorstellen, dass Lindas Vater, der ja vermutlich die ganzen Jahre durch die Ausbildung in der DDR auch eine Art Gehirnwäsche erfahren hat, irgendwie nicht mehr richtig tickt. Linda sagte, er würde auch übermäßig viel trinken …«

»Ich verstehe immer noch nicht, worauf du hinauswillst, Maja?«

»Könnte es nicht sein, dass dieser ausgeflippte Alte sich rächen will? Und Linda dafür bestrafen möchte, dass sie die Eltern und die Heimat einfach so verlassen hat?«

Michael atmet tief aus.

»Das ist ein ungeheuerlicher Verdacht, Maja.«

»Linda hat mir im Zusammenhang mit ihrem Vater noch etwas anderes erzählt. An dem Grenzabschnitt, für den ihr Vater damals in der DDR zuständig war, wurde ein junger Flüchtling erschossen. Ich war so schockiert, dass der junge Mann einfach so am Grenzzaun verblutet ist. Seine Eltern bekamen nur seine Asche von der Stasi mit dem Hinweis, dass es einen Unfall an der Staatsgrenze gab. Die genauen Hintergründe haben sie erst nach der Wende durch Einsicht in die Stasi-Akten erfahren. Könnte es nicht sein, dass …«

»… der Vater dieses Flüchtlings einen Racheakt vollzogen hat? Du meinst, er wollte die Familie des Mannes zerstören, der ihm seinen Sohn genommen hat?«, fragt mich Michael.

»Warum denn nicht? Ich war so geschockt, als Linda mir davon erzählte. Ich frage mich, wie die Eltern diese Tragödie wohl verkraftet haben. Vielleicht haben sie sie ja gar nicht verkraftet«, sage ich.

»Ehrlich gesagt, finde ich das schon ein wenig abwegig, Maja.«

»Ich weiß. Aber du sagtest doch, wir müssen jede noch so kleine Spur verfolgen! Ich habe nachgedacht … dieser komische Mann, der ein paar Mal vor dem Haus stand … vielleicht war das ja der Opa von Jonas! Oder der Vater des erschossenen Flüchtlings?«

»Oder es war einfach nur ein Gläubiger, dem Frank Berger eine Menge Geld geschuldet hat, Maja. Wie wir inzwischen erfahren haben, hat Frank Berger hin und wieder gespielt. Vermutlich dachte er, er könne so seine Schulden besser tilgen. Das Gegenteil war natürlich der Fall.«

»Ach, herrje. Das auch noch«, seufze ich.

»Wenn der unbekannte Mann tatsächlich ein Gläubiger ist, dann wird er sich natürlich wundern, dass die Bergers, die ja gar kein Geld haben, auf einmal in einem so schmucken Haus direkt am See wohnen ...«

»Da habe ich ja etwas angerichtet! Dabei wollte ich den beiden doch nur helfen ... und nun habe ich sie vielleicht dadurch erst recht in Gefahr gebracht.«

»Das ist doch noch gar nicht raus, Maja. Wir müssen in alle Richtungen denken und ermitteln, wenn wir Jonas finden wollen. Ich werde mir auf jeden Fall von Linda die Adresse von Jonas' Großvater in Thüringen geben lassen und der Sache mit dem jungen erschossenen Flüchtling nachgehen. Wir müssen alle Spuren überprüfen! Wir werden den Jungen schon finden.«

Ich bin so froh, dass Michael hier ist. Mit seiner Ruhe schenkt er mir die Zuversicht, die ich dringend brauche, um sie an Linda weiterzugeben.

*

Stunden später hat die groß angelegte Suchaktion immer noch keinen Erfolg gebracht. Von Jonas fehlt nach wie vor jede Spur. Laut Michael konnten die Hunde zunächst die Spur aufnehmen und sind in Richtung Goldbach gelaufen. In der Säntisstraße haben die Hunde dann wegen der starken Schneefälle die Spur leider verloren. Bisher kann sich keiner einen Reim darauf machen, was Jonas dort in der Gegend zu suchen hatte. Die Polizei hat in der Säntisstraße und in den umliegenden Straßen Lautsprecherdurchsagen durchgeführt. Leider ohne Ergebnis ... es haben sich bisher keine Zeugen gemeldet.

Auch die Suche über das Radio und das Regionalfernsehen brachte keinen Erfolg, ebenso wenig wie der Einsatz von der

Wasserschutzpolizei, die das gesamte Seeufer und den Andelshofer Weiher abgesucht hat.

Die Polizei versucht nach wie vor, Jonas' Handy zu orten. Die letzte Funkpeilung war jedoch vorgestern in der Nähe von Goldbach. Was wollte Jonas dort? War er mit seinen Freunden auf dem Weg zu einer anderen Stelle, wo sie ungestört Eishockey spielen konnten? Vielleicht am Campingplatz? Doch auch die Suche in diesem Gebiet bleibt erfolglos. Es gibt keine einzige Spur von Jonas. Er ist wie vom Erdboden verschluckt, genau wie sein Vater.

Die Dämmerung bricht herein und verdunkelt nicht nur unsere Gedanken, sondern auch die Natur. Einzig der Schnee leuchtet hell in der Dunkelheit.

Ich betrachte die Glaskugel mit den filigranen Eisblumen, die Linda mir geschenkt hat. Am liebsten würde ich nach oben auf den Dachboden gehen und die richtigen Eisblumen anschauen, aber das kann ich heute nicht! Die Erinnerung daran, dass ich sie zuletzt mit Klaus betrachtet habe, schmerzt zu sehr.

Die Sache mit Klaus war einfach ein schöner Traum. Ein schöner Weihnachtstraum, der mir einige sehr glückliche Stunden geschenkt hat. Aber ich bin aus diesem Traum aufgewacht. Klaus ist nichts für mich und das war er damals schon nicht!

Ich muss mich ohnehin um wichtigere Dinge kümmern. Am meisten liegt mir am Herzen, dass meine Mutter wieder gesund wird. Und dass Jonas gefunden wird.

Da Linda nur noch ein Häufchen Elend ist, versuche ich, eine Mahlzeit für uns zu zaubern. Viel Hunger haben wir angesichts der Geschehnisse alle nicht, aber ein Teller Käsespätzle und ein bunter Salat dazu hat noch niemandem geschadet. Irgendwie müssen wir ja ein wenig zu Kräften kommen.

Ich sehe Michaels Wagen auf den Hof fahren und schöpfe für einen winzigen Moment Hoffnung, dass er gute Nachrichten bringt. Doch seine Miene ist ernst, als er aussteigt. Sehr ernst!

»Was ist los?«, frage ich besorgt, als ich ihm die Tür öffne.

»Wir haben den ganzen Tag alles abgesucht, Maja. Doch es gibt keine noch so kleine Spur von Jonas! Es wird immer kälter …«

Mir läuft es eiskalt den Rücken herunter. »Komm erst einmal herein.« Automatisch drücke ich auf den Schalter der Kaffeemaschine, um Michael einen Cappuccino zuzubereiten.

Doch er winkt ab und läuft hektisch umher.

»Wir haben einen Hubschrauber angefordert, der jetzt über Goldbach kreist und die Gegend aus der Luft absucht, weil Jonas' Leben in Gefahr ist«, erklärt er mir.

Eiskalt läuft es mir den Rücken herunter.

Michael legt sein Funkgerät auf den Tisch und nimmt einen Schluck von dem heißen Cappuccino.

»Seevogel von Adler eins kommen«, hört man auf einmal eine Stimme aus dem Gerät.

»Seevogel hört«, antwortet Michael.

»Wir drehen jetzt von Goldbach ab. Hier ist nichts«, ertönt die Stimme.

»Suche weiter ausdehnen«, spricht Michael in das Funkgerät. »Den Radius erweitern und alles absuchen, auch die umliegenden Wälder.«

»Verstanden. Wir erweitern den Suchradius.«

Das Funkgerät schweigt.

»Der Hubschrauber hat eine Wärmebildkamera an Bord. Damit kann man feinste Temperaturabweichungen feststellen.«

»Seevogel von Adler eins kommen«, hören wir wenige Minuten später die Stimme aus dem Funkgerät.

»Seevogel hört.«

»Wir haben eine ganz schwache Wärmemessung. Von der Größe her könnte es sich um eine Person handeln.«

»Scheiße«, sagt Michael und sieht mich ernst an.

»Was ist los?«, frage ich besorgt.

»Eine schwache Wärmemessung könnte ein Anzeichen dafür sein, dass, sofern es sich um eine Person handelt, diese nicht mehr lebt.«

»Waaas?« Kreidebleich steht Linda, die vermutlich auch Michaels Wagen im Hof gesehen hat, auf einmal im Zimmer.

»Ganz ruhig«, sagt Michael zu uns.

»Es könnte sich auch um ein verendetes Tier handeln.«

Er spricht in sein Funkgerät:

»Adler eins: Wo genau ist der Auffindeort?«

»Etwa 50 Meter nördlich der Gedenkstätte der ›Zerrissenen Perlenkette‹.«

Mir wird auf einmal eiskalt. Diese Gedenkstätte ist in Brachenreute … ganz in der Nähe des Andelshofer Weihers.

»Hier Seevogel. An alle Einsatzkräfte: Fahren Sie sofort mit Eile zur Gedenkstätte in Brachenreute! Wir treffen uns auf dem Parkplatz! Adler eins, bleiben Sie dort und leuchten den Auffindeort an. Wir sind in circa 10 Minuten da«, bestimmt Seevogel Michael.

*

»Kommst du bitte mit, Maja?«, fragt Michael.

»Natürlich.« Ich ziehe sofort meine Jacke über.

»Ich komme auch mit«, sagt Linda.

»Nein, Sie bleiben hier«, sagt Michael bestimmt und gibt Ruth ein Zeichen, dass sie sich um sie kümmern soll.

Wir treten hinaus in die eiskalte Winternacht.

»Mein Gott, Maja, warum gehst du denn nicht an dein Telefon?«

Es ist Klaus, der plötzlich vor der Tür steht und mich vorwurfsvoll ansieht.

»Ich habe mir Sorgen gemacht.«

»So, hast du das?«, frage ich.

»Natürlich! Den ganzen Tag kommt im Radio, dass ein 13-jähriger Junge verschwunden ist und nun sehe ich in den Abendnachrichten das Bild von Jonas! Warum hast du mich nicht angerufen?«

»Du hast doch gesagt, dass du sehr beschäftigt bist …«, sage ich.

»Doch nicht zu beschäftigt, um zu telefonieren, Maja! Ich hätte euch unterstützen können.«

Ich nicke, antworte aber nicht.

»Kann ich hereinkommen?«, fragt er.

»Nein, ich bin gerade auf dem Sprung. Ein andermal, Klaus.«

Mein Herz rast wie verrückt.

Ich möchte in Michaels Auto einsteigen, wegfahren und Klaus einfach vergessen.

Doch ein Teil von mir möchte genau das Gegenteil. Dieser Teil möchte sich an die starke Schulter von Klaus anlehnen und Trost und Sicherheit finden.

Aber in diesem Moment ist etwas ganz anderes wichtig.

»Kommst du, Maja?« ruft Michael.

Ich lasse Klaus stehen und gehe mit schnellen Schritten zu Michaels Wagen.

»Darf ich fragen, was los ist?«

»Heute nicht, Klaus. Ich muss weg«, rufe ich ihm zu.

»Na gut.« Enttäuscht blickt Klaus mir hinterher und sagt: »Na gut. Aber vergiss nicht: Ich bin für dich da.« Er dreht sich um und geht.

Auf dem Weg nach Brachenreute höre ich überall das Martinshorn. Helles Blaulicht leuchtet weithin in die Dunkelheit und lässt Schnee und Eis glitzern. Als Michael und ich beim Denkmal der »Zerrissenen Perlenkette« eintreffen, sind bereits viele Streifenwagen vor Ort, die mit ihren Scheinwerfern den dunklen Wald beleuchten.

Auch einige Schaulustige stehen neugierig angelockt von dem großen Polizeiaufgebot in der Kälte vor dem Waldstück.

»Warum sollte ich denn mitkommen, Michael?«, frage ich leise.

Ich weiß nicht, ob es die Kälte ist oder Angst, die mich so zittern lässt.

»Für den Fall, dass du jemanden identifizieren musst.«

Ich schlage die Hand vor den Mund.

»Meinst du, dass es wirklich Jonas ist?«, frage ich voller Angst.

Über uns kreist der Hubschrauber und wirft ein gespenstisches Licht auf den Waldrand.

Doch Michael antwortet nicht auf meine Frage. Er weist die Polizeibeamten an, was sie zu tun haben: Fahrzeuge sollen sich so postieren, dass die Scheinwerfer auf die markierte Stelle und den Weg leuchten. Die Schutzpolizei soll eine Absperrung vornehmen, um die Schaulustigen und die mögliche Presse fernzuhalten. Michael nimmt einen Besen aus dem Dienstwagen und weist zwei Kollegen an, mit ihm zur Auffindestelle zu gehen.

»Warte bitte hier, Maja«, sagt er mit ernster Miene zu mir und stapft mit den Kollegen durch den Schnee.

Vor Kälte klappere ich mit den Zähnen. Um mich herum stehen Polizeibeamte und reden. Ein Beamter kommt zu mir herüber und bietet mir eine Decke an. Ich kann ihm nicht antworten, es ist, als hätte die Angst mir die Stimme genommen. Ich sehe ihn nur an. Mitfühlend legt er mir die Decke um die Schultern.

Michael hat gesagt, dass ich dabei sein soll, falls ich jemanden identifizieren muss …

Er wusste, Linda würde zusammenbrechen, falls es sich dabei um Jonas handelte. Doch auch ich bin nicht so tapfer, wie Michael glaubt.

Mir wird schlecht und ich bete ununterbrochen, dass es nicht Jonas ist, der das schwache Wärmesignal aussendet. Denn Michael hat gesagt, ein schwaches Wärmesignal könne ein Indiz dafür sein, dass die Person nicht mehr am Leben ist und nur noch Restwärme abstrahlt. Ich bete dafür, dass es sich nur um ein verendetes Tier handelt.

Um mich herum spekulieren die Polizeibeamten darüber, was geschehen sein könnte.

Atemlos beobachte ich die drei Männer, die hintereinander im Gänsemarsch durch den Schnee zur vom Hubschrauber ausgeleuchteten Stelle stapfen. Michael fegt mit dem Besen vorsichtig die ausgeleuchtete Erhebung im Schnee frei. Die anderen Einsatzkräfte und ich warten gespannt in circa 50 Metern Entfernung und beobachten das Geschehen. Auf einmal kann ich sehen, dass Michael und die beiden anderen etwas freigefegt haben! Die drei stehen wie angewurzelt davor. Dann beugt sich Michael nach unten und hantiert dort herum. Er spricht mit den Kollegen, doch wir können nicht hören, was er sagt.

Doch dann höre auch ich plötzlich Michaels Stimme über das Funkgerät des Polizeibeamten neben mir:

»An alle Einsatzkräfte, wir haben an der besagten Stelle eine Leiche gefunden.«

Mir wird schwindelig und ich habe das Gefühl, ich kippe um. Der Beamte hält meinen Arm fest.

»Dreh sie mal um, Herbert«, hören wir über Funk Michael zu seinem Kollegen, der ihn begleitet hat, sagen.

Es sind vermutlich nur Sekunden, bis die nächste Mitteilung über Funk zu hören ist, doch mir kommen sie unendlich vor. In diesen Sekunden fühle ich nicht einmal mehr die Kälte … nur noch Angst.

Doch dann höre ich noch einmal Michaels Stimme durch das Funkgerät: »Es ist nicht der Gesuchte, sondern eine tote Frau.«

Eine tote Frau? Das kann doch nicht sein! Ich frage noch einmal bei dem neben mir stehenden Beamten nach, ob ich mich vielleicht verhört habe, doch er bestätigt mir dies.

Ich kann nicht sagen, wie erleichtert ich in diesem Moment bin!

»Danke, lieber Gott …«, murmele ich, obwohl völlig unklar ist, was passiert ist. Es ist nur eines wichtig: Ich muss nicht Linda die Nachricht überbringen, dass wir ihren toten Sohn im Wald gefunden haben!

Michael kehrt mit seinen beiden Kollegen zurück und gibt bekannt, dass die aufgefundene Frau, die einen Pelzmantel trägt, sicher tot ist. Er erklärt den Einsatzkräften, dass er die Leiche jetzt untersuchen wird und geht zum Dienstwagen, dem er einen Koffer entnimmt. Er und seine Kollegen ziehen sich weiße Overalls und Einweghandschuhe an und begeben sich mit Taschenlampen, dem Koffer und einem Fotoapparat auf dem gleichen Weg wieder zur Leiche. Der Hubschrauber ist noch in der Luft und leuchtet mit einem starken Scheinwerfer den

Auffindeort der Leiche aus. Die ganze Situation ist gespenstisch. Die Polizeibeamten vor Ort und auch ich sind irritiert und können es nicht fassen.

Obwohl ich erleichtert bin, dass es nicht Jonas ist, der gefunden wurde, ist mir immer noch schlecht. Die Situation mit dem gespenstischen Licht im dunklen Wald ist mehr als nur gruselig. Ich kann sehen, wie Michael die Leiche entkleidet, sie umdreht und an ihr hantiert. Die Kollegen helfen ihm dabei und machen Fotos.

Vor Angst und Kälte zitternd drehe ich mich weg. Selbst bei einem Horrorfilm habe ich mich noch nie so gegruselt.

Nach einer gefühlten Ewigkeit kehren die drei Beamten zurück.

Michael teilt den anderen mit: »Die Tote trägt einen Pelzmantel mit Pelzmütze und hat ein Amulett, das aussieht wie ein Medaillon um den Hals. Wir konnten keine Handtasche bei ihr finden. Sie hat keinerlei Papiere bei sich, wir wissen also nicht, wer sie ist. Geschätztes Alter: circa 50 Jahre. Aufgrund der Körpertemperatur – rektal gemessen – 4 Grad –, den Leichenflecken, die nicht mehr wegdrückbar sind und wegen der noch vorhandenen Leichenstarre ist davon auszugehen, dass die Tote dort circa zwei Tage liegt. Wegen der kalten Außentemperaturen und den Gesamtumständen kann man jedoch keine genauen Angaben machen. Die Leichenflecke haben eine auffällige hellrote Farbe, was für einen Tod durch Erfrieren spricht. Allerdings könnten hellrote Leichenflecke auch ein Hinweis auf eine Vergiftung sein! Da sich die hellroten Totenflecke jedoch auch an den Fingernägeln und den Handinnenflächen befinden, spricht alles für ein Erfrieren. Die Leichenflecke sind zwar lagegerecht an den herabhängenden, nicht aufliegenden Körperstellen, trotzdem könnte die Leiche noch einige Stunden nach Todeseintritt dort abgelegt worden sein, weil sich innerhalb der ersten sechs Stunden die Flecke noch verlagern können. Äußere Verletzungen sind augenscheinlich nicht vorhanden. Wegen der besonderen Auffindesituation und der ungewöhnlichen

Umstände müssen wir die Leiche wahrscheinlich obduzieren lassen. Wir brauchen einen Leichenwagen, der die Leiche zum Gerichtsmedizinischen Institut nach Freiburg bringt. Und bitte sperrt den Auffindeort der Leiche noch weiter großräumig ab. Im Moment können wir ja leider aufgrund der Schneeverhältnisse nicht weitermachen. Also: Team eins bleibt hier, kümmert sich um die Absperrung und wartet auf den Leichenwagen. Das Gerichtsmedizinische Institut ist bereits informiert und wird morgen ab 8 Uhr die Leiche anschauen. Die anderen Kräfte sind mit Dank entlassen. Wir sehen uns morgen in aller Frühe! Wir müssen die Suche nach dem Jungen fortsetzen.« Michael fährt sich nervös durch das Haar. Er spricht in das Funkgerät: »Adler eins mit Dank entlassen. Gute Arbeit! Weitere Informationen kommen später über Draht.« Er wendet sich uns zu. »Ingo und ich fahren zur Dienststelle und schreiben dort den Leichenbericht und den Bericht für die Staatsanwaltschaft, in dem wir die Obduktion anregen. Fritz, kannst du bitte Maja nach Hause fahren und dann auch zur Dienststelle kommen? Der Bericht muss mit den gemachten Fotos noch heute Nacht fertig werden und nach Freiburg zum Gerichtsmedizinischen Institut sowie zur Staatsanwaltschaft.«

»Klar«, sagt Fritz und bietet mir seinen Arm an. Aufmunternd lächelt mir der nette Beamte zu, der die ganze Zeit an meiner Seite war und mir die Decke umgelegt hat.

Während wir uns verabschieden, erscheint auf einmal eine kleine, unscheinbare Frau neben Michael.

»Hallo, ich bin Gabi Drechsler vom Südkurier«, sagt sie freundlich.

»Können Sie uns bitte sagen, was genau hier geschehen ist?«

»Nun lassen Sie uns doch erst einmal in Ruhe unsere Arbeit machen«, entfährt es Michael unwirsch. »Es ist alles noch total unklar. Nur so viel: Wir haben eine unbekannte weibliche Leiche gefunden. Wir werden Ihnen morgen Fotos der unbekannten Toten zukommen lassen. Vielleicht können Sie einen Aufruf im Südkurier machen … so nach dem Motto: Wer kennt diese Frau?«

»Natürlich. Aber was genau ist denn passiert?«, sagt Frau Drechsler zitternd vor Kälte.

»Ich sagte Ihnen doch bereits: Wir müssen erst einmal unsere Arbeit machen. Für alle weiteren Informationen wenden Sie sich bitte an die Pressestelle der Polizei.«

»Na gut«, sagt Frau Drechsler verschnupft. »Warum ist eigentlich Frau Blum von der Mordkommission nicht hier?«

»Ich glaube, Sie schauen zu viel Fernsehen, beste Frau«, sagt Michael. »Solange nicht erwiesen ist, dass es sich überhaupt um Fremdverschulden handelt, bin ich hier zuständig.« Er wendet sich ab, so dass sie nicht mehr hören kann, wie er hinzusetzt: »… und darf die Drecksarbeit machen. Und das kurz vor Weihnachten! Warum habe ich nichts Anständiges gelernt?«

Ich kann nachempfinden, dass Michaels Nerven total blank liegen. Er hat viel Arbeit … muss den Tod einer unbekannten Frau aufklären … und hat Jonas noch immer nicht gefunden!

*

Obwohl wir natürlich immer noch keinerlei Ahnung haben, was mit Jonas geschehen ist oder wo er ist, bin ich doch unendlich erleichtert. Gleichzeitig fühle ich eine unfassbare Erschöpfung. Die letzten Stunden und Minuten haben mich furchtbar viel Kraft gekostet und ich bin froh, dass mich der nette Beamte Fritz nach Hause bringt. Natürlich sage ich Linda sofort Bescheid, dass sie sich keine Sorgen machen soll, doch diese Worte kommen ihr angesichts ihrer Situation vermutlich wie Hohn und Spott vor. Ich weiß, dass sie nach wie vor in großer Sorge um Jonas ist, auch wenn sie ebenso wie ich erleichtert ist, dass es sich bei der gefundenen Leiche nicht um Jonas handelt. So besteht immer noch die Hoffnung, dass er lebt und wieder nach Hause kommen wird. Ich mache mir eine Tasse Milch mit Honig, doch auch diese bringt mich nicht zur Ruhe, obwohl ich todmüde bin. Die Geschehnisse haben mich schrecklich aufgewühlt und verhindern, dass ich einschlafen kann. Das Telefon klingelt und ich zögere abzunehmen. Mit Klaus will ich auf keinen Fall sprechen ... andererseits könnte es ja wichtig sein, also nehme ich schließlich doch das Gespräch an. Zu meiner Überraschung ist es Michael, der mit Paul sprechen will.

»Als ich vorhin bei Linda war, war Paul noch nicht zu Hause«, sage ich.

»Jedenfalls stand sein Wagen nicht im Hof. Aber ich kann gerne nachher noch einmal zum ›Maiglöckchen‹ hinübergehen und nachsehen, ob er inzwischen heimgekommen ist. Ich sage ihm, dass er dich zurückrufen soll, ja?«, verspreche ich, auch wenn mich der Gedanke, meine warme Stube wieder verlassen zu müssen, nicht gerade freudig stimmt.

»Kannst du das bitte gleich machen, Maja? Es ist wichtig. Ich bleibe solange am Apparat!« antwortet Michael.

»Natürlich«, antworte ich seufzend, lege den Hörer beiseite und schlüpfe schnell in meine warme Jacke und ein paar Stiefel.

So schnell ich kann, laufe ich zum Maiglöckchen, doch Pauls Wagen steht noch immer nicht im Hof. Es brennt auch kein Licht in seinem Zimmer, wie ich von außen erkennen kann. Sicherheitshalber gehe ich hinein und klopfe an seiner Tür, doch niemand antwortet.

Paul scheint wirklich noch nicht zu Hause zu sein! Das ist wirklich seltsam. Es ist doch schon spät am Abend und Paul geht eigentlich nie aus. Aber vielleicht wurde er ja unterwegs bei einem seiner Termine aufgehalten.

Außer Atem berichte ich Michael ein paar Minuten später, dass ich Paul leider nicht angetroffen habe. Ich bohre ein wenig, was Michael zu solch später Stunde noch von Paul will. Was kann so wichtig sein, das nicht bis morgen warten kann und weswegen er mich hinaus in die Kälte schickt? Erst will Michael nicht richtig mit der Sprache heraus, dann sagt er plötzlich ernst: »Maja, sag bitte Paul Koslowski, er möchte bitte gleich morgen früh zum Polizeirevier kommen. Die Tote sieht aus wie seine Freundin Barbara!«

17. KAPITEL

DIE RUSSISCHE BARBARA

»Willst du mir nicht endlich sagen, was los ist, Maja?«, fragt Klaus.

Ich bin müde und will nicht mit ihm reden. Wieder habe ich nicht geschlafen, zu viele Sorgen und Gedanken über den schrecklichen Abend in Brachenreute belasten meine Seele. Trotzdem habe ich Klaus hereingebeten und wir sitzen uns nun schweigend auf meinem Sofa gegenüber.

Paul ist gestern Abend nicht nach Hause gekommen und konnte somit auch nicht von Michael befragt werden. Es sieht so aus, als würden so langsam aber sicher alle Leute aus diesem Haus verschwinden.

Noch ist Paul nicht zur Fahndung ausgeschrieben, da es ja nicht einmal sicher ist, dass es sich bei der Toten um seine Freundin Barbara handelt. Michael hat diese Barbara zwar ein paar Mal auf dem Polizeirevier gesehen, als sie Paul wegen Vergewaltigung angezeigt hat, kann sich aber nicht mehr genau an sie erinnern, weil eine Kollegin den Fall aufgenommen hat. Im Gegensatz zu Ruths Meinung scheint er sich die Damen wohl doch nicht so genau anzusehen!

Die Tote ist um die 50, schlank und blond … wie Barbara. Da sie jedoch schon ein paar Tage mit dem Gesicht teilweise nach unten im Wald gelegen hat, kann man ihre Gesichtszüge nicht genau erkennen. Auch die Todesursache ist im Moment noch unklar, weswegen sie ja zum Gerichtsmedizinischen Institut nach Freiburg gebracht wurde.

»Was los ist, Klaus? Jonas ist immer noch verschwunden und sein Leben ist in Gefahr! Seine Mutter entwickelt sich langsam zu einer Wahnsinnigen und der Mann, der verdächtigt wird, seine Freundin Barbara vergewaltigt zu haben, ist jetzt auch noch verschwunden. Ach ja, und eine Leiche gibt es auch! Eine Frau, die zufälligerweise genauso aussieht wie diese Barbara. Und du fragst mich, was los ist?« Ich sehe aus dem Fenster auf die großen Eisschollen.

»Ich kann verstehen, dass das alles ein bisschen viel für dich ist, Maja«, sagt Klaus sanft und nimmt meine Hand.

Doch ich ziehe sie zurück. Ich fühle mich enttäuscht von ihm und brauche seinen Trost nicht!

»Aber ich verstehe nicht, warum du dich von mir zurückziehst! Gerade, wenn das Leben um einen herum stürmisch ist, braucht man doch einen Partner. Oder nicht?«, fragt er sanft.

Fragend sieht er mich an. Er versteht nicht, warum ich nicht mit ihm reden will. Wie soll er auch?

»Ja, man braucht einen Partner, Klaus. Aber das bist du nicht für mich …«

»Was soll das heißen?«

»Nichts. Das soll heißen, dass …«

Klaus macht einen Schritt auf mich zu und fasst mich bei den Schultern an. »Was willst du mir sagen, Maja?«

Eigentlich will ich es ihm nicht sagen. Ich will eigentlich nur in seinen Armen sein.

Doch ich kann mich nicht auf ihn verlassen!

»… dass es besser ist, wenn wir jeder wieder unseren eigenen Weg gehen, Klaus.«

»Warum denn? Es war doch alles wunderbar«, fragt Klaus fassungslos. Er sieht auf einmal unglaublich traurig aus.

»Das war es nicht, Klaus. Wir beide sind einfach zu unterschiedlich. Wir haben verschiedene Vorstellungen vom Leben … es passt einfach nicht.«

Nun sind die Worte heraus. Sie sind fort wie ein Pfeil, der abgeschossen wurde. Ich kann sie nicht zurückholen, sie sind bereits an ihrem Ziel angekommen.

»Das ist doch Blödsinn, Maja. Wir haben keineswegs unterschiedliche Vorstellungen vom Leben. Wir verstehen uns gut und sind glücklich, dass wir uns wiedergefunden haben. Das ist doch so, oder nicht?«, fragt er mich.

Ich kann ihn nicht ansehen, weil er dann sieht, was ich empfinde. Seine Samtaugen können in meine Seele schauen.

»Ich glaube, es ging einfach viel zu schnell mit uns, Klaus. Ich meine, wir haben uns gerade erst wiedergesehen … dann sind wir auf einmal im Bett gelandet und haben geglaubt, wir seien verliebt«, sage ich und stehe auf.

»Ach, wir haben das nur geglaubt? Ich für meinen Teil habe das nicht nur geglaubt, Maja. Ich *weiß*, dass ich mich in dich verliebt habe. Du bist die Frau, mit der ich zusammen sein will! Ich möchte deine Hand nehmen und mit dir gemeinsam in die Zukunft gehen.«

»Ach, das glaubst du doch selber nicht, Klaus! Du willst heute dies und morgen jenes. Wie früher! Einmal willst du das Strandbad pachten und daraus eine Beach Bar ›Waikiki‹ machen und am nächsten Tag erzählst du mir von einem Angebot aus Teneriffa. Heute willst du meine Hand nehmen und morgen ist es eine langbeinige Blondine, die im Café »Aran« deinen Arm streichelt. Du wirst dein Leben lang hin und her eiern, Klaus! Und so einen Mann brauche ich nicht«, bricht es auf einmal aus mir heraus.

»Wen meinst du denn mit der ›langbeinigen Blondine‹? Oh warte … das kann nur Tamara sein. Hast du uns etwa im Café »Aran« gesehen?«, fragt er.

Ich antworte nicht. Es reicht auch so schon, dass mir das herausgerutscht ist.

»Maja, was soll das? Warum hast du mich nicht angesprochen? Wenn du das getan hättest, hätte ich sie dir sehr gerne vorgestellt. Wie kannst du nur annehmen, ich hätte etwas mit einer anderen und würde mit dieser auch noch öffentlich Kaffee trinken gehen? Für wen hältst du mich?«, fragt Klaus aufgebracht.

»Ich weiß nicht mehr, für wen ich dich halten soll, Klaus! Ich weiß nur eines … dass ich diese Situation schon einmal mit dir erlebt habe. Und nun noch einmal! Ein drittes Mal wird es nicht geben«, antworte ich bestimmt.

»Was soll das denn heißen, Maja? Du hast diese Situation schon einmal erlebt?«

Klaus erhebt sich jetzt auch und kommt auf mich zu.

»Das weißt du doch genau, Klaus. Stell dich doch nicht blöder als du bist. In dem Sommer, als wir uns zuletzt gesehen haben … waren wir eines Abends verabredet. Als ich nicht kommen konnte, hast du einfach mit dieser Uli rumgemacht.«

»Was habe ich … ›rumgemacht‹? Mit einer Uli? Maja, ich weiß beim besten Willen nicht, was das jetzt soll.«

»Aber ich weiß es! Ich habe keine Lust auf solche Spielchen, Klaus. Ich bin keine 20 mehr. Ich will Ehrlichkeit und Offenheit … einen Partner auf den ich mich verlassen kann … und für den ich nicht nur ein Zeitvertreib bin.« Nun werde ich langsam laut.

»Ach ja, ein Zeitvertreib? Maja, ich bin auch keine 20 mehr. Ich weiß nicht mehr, wie das damals gelaufen ist! Gut, ich gebe zu, ich war nicht der Zuverlässigste. Ich war jung und wusste damals sicher nicht immer, was ich will. Aber das ist doch heute ganz anders! Ich bin erwachsen und habe meine Lektion im Leben gelernt. Wenn ich sage, ich will mit *dir* zusammen sein, dann ist das so und dann solltest du mir vertrauen und nicht davon ausgehen, dass ich mit der nächstbesten Blondine … die noch dazu die Tochter meines Schweizer Geschäftspartners ist, auf dessen finanzielle Unterstützung ich angewiesen bin … ›herummache‹!« Auch Klaus ist lauter geworden.

»Das ist ja noch schlimmer! Nur weil du die finanzielle Unterstützung von dem Schweizer Geschäftspartner brauchst, schläfst du mit seiner Tochter?«, frage ich aufgebracht.

»Niemand sagt, dass ich mit Tamara schlafe. Ich habe lediglich einen Kaffee mit ihr getrunken, während wir auf ihren Vater gewartet haben, Maja. Du spinnst dir hier etwas zurecht und ich weiß auch, warum.« Klaus blickt wütend aus dem Fenster.

»Aha? Und warum ›spinne ich mir etwas zurecht‹?«, frage ich.

»Weil du Angst vor deinen Gefühlen hast, Maja! Ich habe einmal gelesen: ›Wer etwas erreichen will, sucht Wege. Wer etwas vermeiden will, sucht Gründe‹. Du suchst krampfhaft nach Gründen, mich loszuwerden! Du läufst nicht nur vor mir, sondern auch vor dir selber weg … vor deinen Gefühlen, vor deiner Liebe zu mir! Du hast einen Stacheldrahtzaun um dein Herz gezogen und erlaubst dir nicht, wieder glücklich zu sein.«

»Das ist doch lächerlich, Klaus! Warum sollte ich das tun?«, sage ich und verdrehe die Augen.

Klaus nimmt das Bild von Christian und mir vom Nachttisch und hält es mir vor die Nase. »Deswegen, Maja. Aber dadurch machst du ihn auch nicht wieder lebendig! Glaubst du vielleicht, es war angenehm für mich, neben diesem Bild mit dir zu schlafen? Du hättest es längst austauschen können, zum Beispiel gegen unser Bild, das ich dir mitgebracht habe. Aber nein, das wolltest du ja nicht. Der Schatten dieser immens großen Liebe steht ständig zwischen uns. Dagegen komme ich einfach nicht an.«

Ich antworte nicht. Ich habe einen schrecklichen Kloß im Hals.

»Du hältst dich selbst für einen Engel, weil du fremden Menschen, die du gar nicht kennst, zu Weihnachten ein Zuhause gegeben hast. Doch die Menschen, denen wirklich etwas an dir liegt, stößt du zurück! Du willst eine Lücke schließen, die der Tod von Christian in deinem Herzen und in deinem Leben hinterlassen hat. Doch das kann man nicht, Maja! Du kannst Menschen nicht einfach als Lückenbüßer einsetzen, damit dir die Leere in deinem Leben nicht so bewusst wird.«

Ich kann nichts sagen.

»Das Leben findet nicht in der Vergangenheit statt. Und Liebe ist nichts für Feiglinge … Sei doch ein klein bisschen mutig«, bittet Klaus.

Ich blicke auf das Bild von Christian und mir, glücklich lachend, Arm in Arm auf dem Segelboot ›Sommerwind‹. Ich kann es nicht entfernen. Ich kann Christian nicht loslassen …

»Es ging einfach zu schnell mit uns. Ich bin noch gar nicht so weit …«, sage ich leise.

Klaus atmet tief aus. Er kommt auf mich zu. Mit einer unendlich sanften Geste nimmt er mein Gesicht in beide Hände und sieht mir direkt in die Augen, die sich auf einmal mit Tränen füllen. Ich mache sie zu, ich kann ihn nicht ansehen, weil ich ihn sonst aufhalten muss.

»Ich verstehe«, sagt Klaus traurig. »Dann ist es wohl wirklich besser, wenn ich jetzt gehe.«

Er hält noch immer mein Gesicht in seinen Händen und wartet. Er wartet darauf, dass ich ihn bitte zu bleiben.

Doch ich sage nichts.

Ich möchte so gerne sagen: »Bleib bei mir und halt mich fest.«

Doch ich kann es nicht. Die Worte kommen einfach nicht aus meinem Mund.

Stattdessen nicke ich mit noch immer geschlossenen Augen.

»Gut«, sagt Klaus traurig. »Am besten, ich nehme doch das Angebot von Teneriffa an und gehe hier wieder weg. Es hält mich hier ja eigentlich nichts mehr.« Er gibt mir einen sanften Kuss auf die Stirn und hält mich immer noch fest.

»Es tut mir leid, dass ich der Falsche bin, Maja. Es tut mir leid, dass ich nicht Christian bin. Ich hätte dich gerne glücklich gemacht.«

Als ich endlich die Augen öffne, ist Klaus verschwunden.

*

»Frau Winter?«, ruft eine ältere, zitternde Stimme von unten.

Irritiert gehe ich zur Treppe. Ich atme tief durch und spähe nach unten.

Im Flur steht Frau Waldmann und lächelt.

»Wir haben heute leider geschlossen, Frau Waldmann«, sage ich.

»Oh, deshalb bin ich gar nicht hier. Ich bekam eben einen Anruf, der sie auch interessieren dürfte. Sie haben unsere Post gefunden.«

»Ach ja? Wo denn?«, frage ich.

»Der Postbote, der extra zu Weihnachten eingestellt wurde, um die zusätzlichen Sendungen zu verteilen, befand sich in Geldschwierigkeiten. Er behielt alle Pakete oder Briefe, in denen er Geld oder Wertsachen vermutete, einfach ein. Zuhause riss er die Sendungen auf, entnahm das Geld und das, was er brauchen konnte. Den Rest ließ er einfach herumliegen. In seiner Wohnung sah es aus wie in einem Warenlager! Die Polizei hat alles beschlagnahmt. Wir müssen jetzt nur noch auf das Polizeirevier und dort nach unseren Dingen suchen.«

»Das wird nicht einfach. Schließlich handelt es sich ja um Geschenke … wir wissen doch gar nicht, mit was unsere Lieben uns erfreuen wollten.«

In meinem Fall ist das jedoch nicht so schwer. Ich kann meine Mutter mitnehmen, sie weiß ja, was sie in das Paket eingepackt hat. Wie gemein – oder besser gesagt – wie verzweifelt muss man sein, Menschen ihre Weihnachtsgeschenke wegzunehmen?

»Es ist die heutige Zeit«, sagt Frau Waldmann traurig. »Jeder denkt nur noch an sich.« Sie setzt ihren Filzhut wieder auf. »Ich möchte nicht neugierig erscheinen, aber ist denn der Junge wieder da?«, fragt sie plötzlich.

Ich schüttele den Kopf.

»Mein Gott, hoffentlich ist nichts Schlimmes passiert! So kurz vor Weihnachten.«

»Die Polizei tut ihr Bestes«, sage ich.

»Ich werde dafür beten, dass er heil zurückkommt. Nicht auszudenken, was in seiner Mutter vorgehen mag, wenn ihm etwas zugestoßen ist.«

Die alte Frau wendet sich zum Gehen. Sie geht nun zurück in ihr leeres Haus. Ihr Mann ist schon lange tot und ihr Sohn fährt mit seiner Familie lieber in den Skiurlaub als zu seiner alten Mutter. Wie kann er nur? Plötzlich macht mich das wütend. Woher will er wissen, wie lange er sie noch hat? Ich denke an meine Mutter und daran, dass dies auch unser letztes gemeinsames Weihnachten sein könnte.

»Hoffen wir das Beste. Auf Wiedersehen, Maja. Verzeihen Sie die Störung, aber ich wollte Ihnen gleich Bescheid geben. Weil wir uns doch neulich darüber unterhalten haben, dass wir beide die Weihnachtspost vermissen«, sagt Frau Waldmann und gibt mir die Hand. »Also dann … alles Gute für Sie und Ihre Familie … und frohe Weihnachten.«

»Frau Waldmann, haben Sie an Heiligabend schon etwas vor?«, frage ich spontan.

»Ich werde in die Kirche gehen und mir das Krippenspiel ansehen. Vorausgesetzt, der ›Josef‹ ist bis dahin wieder da«, sagt sie.

»Das haben wir auch vor. Und danach?«, frage ich.

»Nach der Kirche meinen Sie? Nun, ich werde mir etwas Leckeres zu essen machen, ein wenig fernsehen und früh schlafen gehen … wie jeden Abend.«

»Möchten Sie vielleicht nach der Kirche mit zu uns kommen? Wir werden keine große Feier machen, aber ein bisschen zusammensitzen. Ich habe vor, eine Gans in den Ofen zu schieben. Wenn Sie möchten, sind Sie herzlich dazu eingeladen.«

Beim Gedanken an Weihnachten wird mir ganz schlecht. Nini ist in Australien und meine Mutter todkrank. Den einzigen Menschen, der mir etwas Glück und Frohsinn geschenkt hat, Klaus, habe ich vergrault. Ganz zu schweigen von den richtigen Tragödien in diesem Haus: Wenn Jonas bis zum Heiligabend nicht wieder aufgetaucht ist, wird Linda ein Fall für die Psychiatrie sein. Paul steht inzwischen unter Verdacht, seine Freundin Barbara nicht nur vergewaltigt, sondern auch ermordet zu haben. Wenn sich herausstellt, dass es tatsächlich so war, wird er Weihnachten im Gefängnis verbringen.

Vielleicht hatte meine Mutter ja recht und es war ein Fehler, diese fremden Menschen bei mir aufzunehmen.

Dabei wollte ich nur etwas Gutes tun … an Weihnachten sollte niemand alleine sein! Doch möglicherweise habe ich dadurch alles nur noch schlimmer gemacht und das Schicksal erst recht herausgefordert.

Klaus hat mir an den Kopf geworfen, dass ich das nur getan habe, damit ich mich nicht mit meinen Problemen auseinandersetzen muss. Vielleicht hat er ja recht. Seit Christians Tod habe ich mich immer so unfassbar alleine gefühlt. Vielleicht habe ich diese Menschen tatsächlich nur aufgenommen, um diese Lücke zu füllen?

Doch es ist nicht wahr, dass ich Klaus als Lückenbüßer betrachtet habe. Er hat eine Saite in mir zum Klingen gebracht, die ich längst vergessen geglaubt hatte. Zum ersten Mal seit langer Zeit habe ich mich wenigstens zeitweise wieder aufgehoben und glücklich gefühlt. Allerdings waren Schuldgefühle mein ständiger Begleiter. Sie haben dazu geführt, dass ich mich gegen meine Gefühle für Klaus gewehrt und letztendlich alles zerstört habe.

Da das Gegrübel mir nicht weiterhilft und ich auf andere Gedanken kommen möchte, ziehe ich mich warm an und rufe Jojo zu einem kleinen Spaziergang.

Auch heute hat die Natur eine heilende Wirkung auf meine Seele. Es hat aufgehört zu schneien, doch der Himmel ist schon wieder dunkelgrau. Die Eisschollen scheinen immer größer zu werden, es fehlt nicht mehr viel, und der Überlinger See wird zugefroren sein. Außer mir ist niemand unterwegs, doch in nicht allzu weiter Entfernung sehe ich eine Gestalt. Wie ich blickt sie traurig und einsam auf den See hinaus … ich kenne sie, oder besser gesagt: ihn. Es ist der Mann, den ich schon zweimal bei uns gesehen habe! Ich beschleunige meinen Schritt, um ihn aus der Nähe zu betrachten und anzusprechen, doch da dreht er sich um, sieht mich … und geht in die andere Richtung. So schnell es geht, laufe ich ihm nach. Doch ich werde immer wieder ausgebremst. Schließlich habe ich Jojo dabei, die an jeder Ecke schnüffeln oder ihre Duftmarke hinterlassen muss. Als wir um die nächste Kurve biegen, ist der Mann verschwunden. Enttäuscht trete ich mit Jojo den Heimweg an. Ich weiß nicht, was ich mir von der Begegnung mit dem Fremden erhofft habe. Vielleicht einen Hinweis darauf, wo Jonas ist … vielleicht aber auch nur Klarheit darüber, warum er sich ständig in der Nähe unseres Hauses aufhält.

Als wir zu Hause ankommen, steht Ruth in der Küche und backt einen Apfelkuchen mit Zimtsahne. Es duftet verführerisch und überall leuchten hell unsere Lichterketten. Aus dem CD-Player ertönt meine Lieblingsmusik mit Weihnachtsliedern von Frank Sinatra, Bing Crosby und Ray Charles.

»Was machst du hier, Ruth?«, frage ich erstaunt. »Wir haben heute geschlossen! Warum bist du nicht bei deinem Mausebär?«

»Weil dieser in Freiburg beim Gerichtsmedizinischen Institut die gefundene Leiche betrachtet«, antwortet Ruth. »Aber eigentlich bin ich nicht deshalb hier. Sondern weil ich deine Freundin bin, Maja«, sagt sie leise. »Und weil ich das Gefühl hatte, du könntest ein bisschen Freundinnenwärme brauchen.«

Ich muss schlucken, weil ich so gerührt bin. Die ganze Zeit habe ich geglaubt, stark genug zu sein ... aber jetzt spüre ich das Ende meiner Kräfte.

Ruth nimmt mich in die Arme und angesichts ihrer Fürsorglichkeit fließen die Tränen erst recht.

»Heul dich mal richtig aus, das ist wichtig«, sagt sie. »Und dann essen wir ein Stück Apfelkuchen und trinken dazu einen Glühwein.«

»Ach, Ruth.«

»Du brauchst nichts zu sagen. Das ist alles viel zu viel für dich. Die Krankheit deiner Mutter, das Verschwinden von Jonas, die Sache mit der Toten ... Ich hatte dich gewarnt! Aber du musstest ja unbedingt Mutter Teresa spielen.«

»Fang du nicht auch noch an«, sage ich.

»Warum auch noch? Wer sagt das denn sonst?«

Ich berichte kurz, dass meine Mutter auch dieser Meinung ist und selbst Klaus mir deshalb Vorwürfe gemacht hat.

Bei dem Gedanken an ihn tut mein Herz ganz furchtbar weh. Ich fasse mit der Hand an die Kette mit dem Lebensbaum, die er mir geschenkt hat.

»Ich habe alles falsch gemacht, Ruth! Klaus war so gut zu mir. Er sagte, er wolle mit mir Hand in Hand in die Zukunft gehen. Und was mache ich? Mache ihm ungerechtfertigte Vorwürfe und schlage ihn dadurch in die Flucht.«

Ich erzähle Ruth, dass ich Klaus mit einer blonden Schönheit im Café »Aran« gesehen habe und darin erinnert wurde, dass er mich schon einmal betrogen hat. Es tut so gut, sich einmal alles von der Seele reden zu können.

»Na, wenn er sich deshalb in die Flucht schlagen lässt, müsste mein Michael ja schon längst weg sein«, lacht Ruth und legt uns ein Stück Apfelkuchen auf den Teller. »Ich bitte dich: Er hat einen Kaffee mit einer anderen getrunken und keinen Stehblues mit ihr getanzt! Es gibt ein Sprichwort: ›Eine Frau, die nicht eifersüchtig ist, ist wie ein Ball, der nicht springt.‹ Maja, es ist doch so … du hast doch nur deshalb so reagiert, weil du dich in Klaus verliebt hast! Wäre er dir gleichgültig, dann wäre dir vollkommen egal, mit wem er Kaffee trinkt …«

»… oder Stehblues tanzt?«

Ruth nickt und erwärmt den Glühwein in einem Topf auf dem Herd.

»Ich weiß nicht, Ruth. Klaus hat mir auf den Kopf zugesagt, dass ich nur einen Vorwand suche, um ihn loszuwerden. Weil ich noch nicht über Christian hinweg bin. Ich glaube, er hat recht«, sage ich traurig.

Ruth setzt sich zu mir und nimmt meine Hände. »Das ist sicher richtig. Christian war dein Leben, Maja. Das wissen wir alle! Aber niemand kann etwas für seinen Tod, du schon gar nicht! So furchtbar es ist, dass sein Leben vorbei ist: Dein Leben nicht! Es geht weiter. Aber nur, wenn du es zulässt. Insofern hat Klaus schon recht. Niemand außer dir selbst kann dem Glück eine Chance geben.«

»Ich traue dem Glück nicht mehr, Ruth. Es hat mich schon mehrmals verlassen«, sage ich.

»Aber es hat dich auch reich beschenkt, Maja. Und zwar immer dann, wenn du es zugelassen und dein Leben selbst in die Hand genommen hast«, sagt Ruth und sieht mich an.

»Du hast ja recht, Ruth. Aber ich kann es jetzt auch nicht mehr ungeschehen machen. Klaus ist weg und vielleicht ist das auch besser so. Ich habe nichts getan, um ihn aufzuhalten«, sage ich.

»Quatsch! Ich sage dir etwas: Wenn er dich liebt, dann ist er nicht weg.«

»Doch, er hat gesagt, er geht nach Teneriffa. Weil ihn hier nichts mehr hält. Ich glaube, es ist wirklich besser so, Ruth! Wenn eine Liebe zerbricht, dann kann man nicht so tun, als wäre nie etwas geschehen und einfach weitermachen. Klaus hat sich entschieden, nach Teneriffa zu gehen. So ist das im Leben: wir stehen an einer Kreuzung und können entscheiden, welchen Weg wir einschlagen. Wir treffen unsere Entscheidung, ohne zu wissen, ob der gewählte Weg der richtige ist. Wir müssen damit leben, ob er richtig ist oder falsch.«

»Müssen wir nicht! Man kann auch umkehren, Maja! Oder noch einmal zurückgehen … Ich glaube, Klaus hat die Entscheidung für Teneriffa nur aus Enttäuschung getroffen und nicht deshalb, weil er glaubt, dass sein Weg ihn dorthin führen sollte. Denke noch einmal darüber nach«, bittet sie mich.

»Ach, Ruth, ich fühle mich schrecklich. Ich jammere hier herum und dabei gibt es doch viel größere Probleme. Denke doch nur, was Linda gerade durchmacht. Sie ist in ihrem Zimmer und lässt niemanden an sich heran.

Ich glaube, sie macht sich unendliche Vorwürfe, weil sie Jonas eine Ohrfeige verpasst hat.«

»Das war auch ein bisschen zu viel des Guten, nicht wahr?«

»Na klar! Aber du darfst nicht vergessen, dass sie momentan extrem unter Stress steht. Die Ungewissheit, was mit ihrem Mann ist, die Geldsorgen … das alles ist ihr über den Kopf gewachsen! Kein Wunder ist sie so ausgeflippt.«

»Ich weiß nicht recht, Maja. Ich habe eher das Gefühl, dass sie zu unkontrollierten Wutausbrüchen neigt. Das ist uns doch schon mehrmals aufgefallen. Vielleicht hat ja ihr Frank auch darunter gelitten? Möglicherweise hat er ihr deshalb nichts von seiner Arbeitslosigkeit gesagt und ist aus diesem Grund über alle Berge?«

Ich sage Ruth besser nicht, dass ich auch schon den Verdacht hatte, sie könnte ihren Frank mit ihren Wutausbrüchen aus dem Haus getrieben haben. Auch den Gedanken, sie könnte ihn im Streit mit dem Nudelholz erschlagen und im Garten vergraben haben, erwähne ich besser nicht.

»Ihr Verhalten ist in der Tat sehr widersprüchlich. Wirklich seltsam«, gebe ich zu. »An einem Tag hat sie aus einem nichtigen Grund einen fürchterlichen Wutausbruch und am nächsten Tag ist sie wieder das unsichere Lämmchen, das kein Wässerchen trüben kann. Dann wirkt sie so hilflos, dass man sie beschützen und in den Arm nehmen möchte.«

»Das hat Michael neulich ja auch gemacht«, sagt Ruth und verdreht die Augen.

»Auch Paul hat sich ihr gegenüber immer sehr fürsorglich verhalten. Sie hat eben so eine Art, die bei Männern den Beschützerinstinkt weckt«, sage ich. »Ich glaube, das ist ihr nicht einmal bewusst.«

»Vielleicht hast du ja recht und sie kann gar nichts für ihr merkwürdiges Verhalten. Ich habe vor Kurzem einen äußerst interessanten Artikel in der Zeitschrift »Emotion« gelesen. Darin ging es um eine Frau, die unter dem »Borderline«-Syndrom leidet. Und die hat sich genauso verhalten wie unsere Linda«, berichtet Ruth.

»Davon habe ich auch schon einmal gehört«, antworte ich nachdenklich. »Aber ich weiß nicht mehr, in welchem Zusammenhang. Um was handelt es sich denn bei »Borderline« genau? Stand das auch in dem Artikel?«, frage ich neugierig.

»Nun, es wurde anhand der Geschichte dieser Frau ein wenig darüber berichtet. Es handelt sich wohl um eine massive Persönlichkeitsstörung. Menschen mit Borderline-Syndrom haben Probleme damit, ihre Gefühle zu steuern und reagieren stark impulsiv. Sie sind überaus wechselhaft in ihren Emotionen. Oftmals sind sie gedrückter oder niedergeschlagener Stimmung … oder haben ein Gefühl der inneren Leere«, erzählt Ruth.

Ich denke an die erste Begegnung mit Linda bei der Weihnachtsfeier der Kirche, als sie völlig in sich versunken schien. Auch wenn sie inzwischen bei uns lebt, hat man oft das Gefühl, dass sie gar nicht richtig »bei uns«, sondern geistig völlig abwesend ist.

»In dem Artikel stand auch, dass urplötzlich Angst, Verzweiflung oder auch Wut auftreten können«, berichtet Ruth weiter.

Auch dieses Verhalten kommt mir sehr bekannt vor.

»Wenn man unter Borderline leidet, kann man diese Stimmungsschwankungen einfach nicht kontrollieren!

Und eine mögliche Folge davon könnte sein …«

Ruth macht eine bedeutungsvolle Pause.

»… dass man sich oder anderen Schaden zufügt!«, ergänzt sie.

Auf einmal kommt mir ein schrecklicher Verdacht. Hatte Linda nicht vor Kurzem zu mir gesagt, wenn sich herausstellen würde, dass diese Barbara gelogen und Paul völlig zu Unrecht der Vergewaltigung beschuldigt hätte, müsse man ihr »das hier in den Leib rammen«? Wie dunkel hatten ihre Augen gefunkelt, als sie mit dem Küchenmesser herumfuchtelte!

Was, wenn Linda wieder einmal in Rage war und dies tatsächlich getan hat?

Es wäre zwar absolut wahnsinnig, aber ein kleiner Teil meines Herzens hält es nicht für gänzlich unmöglich. Paul war stets gut zu Linda und vor allem auch zu Jonas. Er tat ihr unfassbar leid, weil sie spürte, dass er unter dem Verdacht schrecklich litt. Sie behauptete sogar, diese Barbara habe ihn »zerstört«.

»Als ob Paul nicht genug eigene Probleme hätte«, unterbricht Ruth meine Gedanken. »Weißt du übrigens zufällig, ob seine Freundin Barbara eine Russin ist … oder war?«, fragt sie mich.

»Nein, das weiß ich nicht. Warum fragst du?«

»Michael hat gesagt, dass die Tote im Wald russische Kleidung trug. Das haben sie an den Waschanleitungen und an einem Größenaufnäher auf ihrem Pelzmantel gesehen.«

»Eine russische Barbara? Das glaube ich nicht«, sage ich.

»Nun, die Polizei wird es schon herausfinden! Hast du den Artikel im Südkurier gelesen?«

»Du meinst den Aufruf mit dem Foto: ›Wer ist die unbekannte Tote beim Denkmal der zerrissenen Perlenkette?‹ Ja, den habe ich gelesen. Ich habe mich über das Foto gewundert … Irgendwie sah die Frau ganz hübsch aus. Sie sah geschminkt aus und trug eine tolle Kette. Ich dachte, die Tote lag im Wald. Müsste sie da nicht total verdreckt ausgesehen haben? Und erfroren?«

»Dann würde sie doch niemand erkennen, Herzchen«, sagt Ruth und schüttelt den Kopf. »Michael sagt, bevor sie ein Foto von einer entstellten Leiche machen, wird die oder der Tote erst einmal von einer Maskenbildnerin geschminkt, damit sie oder er so aussieht wie sonst.«

»Iiieh … das ist ja gruselig«

Ich schüttele mich.

»Ja, aber hilfreich.« Ruth steht auf und verteilt Apfelkuchen auf zwei Teller.

»Für deine Mama und Steve … und für Linda«, sagt sie.

»Wir dürfen bei allen Sorgen und Aufregungen nicht vergessen, dass in zwei Tagen Weihnachten ist.«

Ruth lächelt mir aufmunternd zu.

»Hmmmm … das duftet ja verführerisch! Ich glaube, da komme ich gerade richtig«, ertönt eine Stimme von der Tür.

»Das glaube ich auch«, sagt Ruth ruhig. »Ich glaube, es ist genau der richtige Zeitpunkt, sich bei der Polizei zu melden, Paul.«

18. KAPITEL

DIE HEIDENHÖHLEN

»Eben haben sie im Radio gesagt, dass die Chance auf eine erneute Seegfrörne ziemlich groß ist«, sagt meine Mutter. »Und der Junge ist immer noch nicht da! Wenn du mich fragst, Maja, dann ist er wieder irgendwo auf dem Eis gewesen. Und eingebrochen … da können wir hier lange nach ihm suchen.« Die Augen meiner Mutter sind vor Entsetzen geweitet.

»Nun mal bitte den Teufel nicht an die Wand, Mama«, sage ich. »Linda ist auch so schon fertig genug. Sie verlässt ihr Zimmer gar nicht mehr und lebt nur noch von Beruhigungsmitteln.«

»Was ist denn mit ihrer Stelle im Schmuckladen?«

»Ich habe mit Herrn Warnke gesprochen und ihm ihre Verfassung geschildert. Er hatte schon von dem verschwundenen Jonas im Radio gehört und war überaus verständnisvoll.«

»Dann wird er sie nicht hinauswerfen, weil sie ihn jetzt so kurz vor Weihnachten im Stich lässt?«

»Aber nein. Er meinte, seitdem sie da war, wären die Umsätze deutlich gestiegen. Anfänglich habe sie nur Geschenke eingepackt, aber immer häufiger Kunden bedient, wenn viel los war. Kein einziger Kunde von ihr hätte das Geschäft ohne ein Schmuckstück verlassen. Herr Warnke hat regelrecht geschwärmt von ihrem Verkaufstalent und will sie auf jeden Fall auch im neuen Jahr weiterbeschäftigen.«

»Also könnte alles gut werden. Hauptsache, der Junge wird gefunden.«

Meine Mutter setzt sich und sieht in die Flamme der Kerze auf dem Tisch.

»Maja, ich möchte dass du etwas weißt.«

Ich weiß, was sie mir jetzt sagen will und setze mich zu ihr.

Doch sie spricht nicht über ihre Krankheit, wie ich es erwartet habe.

»Vielleicht hast du damals nicht verstanden, dass ich hier einfach so weggegangen bin. Aber ich musste es tun«, sagt sie.

»Mama, ich weiß doch, dass du nicht nach Amerika gegangen bist, um dort ein neues Leben anzufangen, weil es dir hier nicht gefallen hat ... sondern weil du dich in Steve verliebt hast.«

»Für euch war es trotzdem sicher ungewöhnlich und ihr habt bestimmt gedacht, die Alte ist auf ihre alten Tage durchgeknallt! Aber weißt du, Maja ... ich hatte ja gar nicht mehr an die Liebe geglaubt. Ich war glücklich hier am schönen Bodensee ... mit meiner hübschen Tochter und meiner liebreizenden Enkelin. Natürlich habt ihr euch immer um mich gekümmert, aber ihr hattet doch euer eigenes Leben! Da wollte ich nicht stören ... Dennoch habe ich mich oft ganz furchtbar einsam gefühlt.«

»Aber Mama, warum hast du denn nie etwas gesagt?«, frage ich überrascht.

Ich habe immer gedacht, sie sei zufrieden mit ihrem Leben. Dass sie sich einsam fühlen könnte, kam mir nie in den Sinn. Und doch muss es so gewesen sein! Warum haben wir uns denn nicht mehr um sie gekümmert?

»Weil ihr euch dann verpflichtet gefühlt hättet, mich öfter zu besuchen und anzurufen. Das wollte ich aber nicht! Wenn wir uns getroffen haben, war es immer eine vergnügliche Angelegenheit, nicht wahr? Ich wollte keine Pflichtveranstaltung daraus machen. Außerdem hattet und habt ihr nun wirklich genug mit eurem eigenen Leben zu tun. Im Grunde ging es mir ja auch gut ... doch es gab so viele einsame Tage und Nächte ... Ich dachte, ich würde für den Rest meines Lebens alleine bleiben und dieser Gedanke erfüllte mich mit Hoffnungslosigkeit.

Doch dann traf ich Steve und auf einmal wurde alles andere bedeutungslos! Ich hätte mir nicht vorstellen können, hier alleine ohne ihn weiterzuleben, Maja. Auch wenn ihr beide mir in Amerika unendlich fehlt, so bin ich doch zutiefst davon überzeugt, dass die Hochzeit mit Steve die beste Entscheidung meines Lebens war.«

»Warum sagst du mir das, Mama? Das weiß ich doch«, antworte ich.

»Ich sage es dir deshalb, weil ich glaube, dass ich dir neulich einen falschen Rat gegeben habe, Maja! Ich habe gesagt, dass dieser Klaus nicht der Richtige für dich ist. Aber ich bin eine alte Frau. Wie kann ich wissen, welcher Mann der Richtige für dich ist? Ich habe dich in den letzten Wochen so glücklich und fröhlich erlebt wie in den ganzen eineinhalb Jahren seit dem Unfall nicht. Klaus hat dir gut getan, Maja. Und viel mehr kann man von der Liebe nicht erwarten, nicht wahr?«, sagt sie auf einmal.

Ich nehme ihre Hand, die mir auf einmal so zerbrechlich vorkommt. Ihr ganzer Körper ist so dünn geworden, das bemerke ich erst jetzt.

»Mir bleibt vielleicht nicht mehr viel Zeit, Maja. Ich möchte, dass du glücklich bist. Egal mit wem. Ich spüre, dass sich seit ein paar Tagen etwas verändert hat und das hat nicht nur mit dem verschwundenen Jonas zu tun.

Wenn Klaus dich glücklich macht, dann höre nicht auf andere. Höre einzig auf dein Herz und gehe deinen Weg mit ihm. Nichts ist schlimmer, als alleine zu sein«, sagt sie.

»Und deshalb bleiben wir beide auch für immer zusammen«, sagt Steve, der gerade hereinkommt und sie küsst.

»Denke immer daran, was ich dir gesagt habe, Maja: Die Liebe ist das Wichtigste im Leben«, lächelt meine Mutter.

*

Der Schnee verschluckt alles, alle Geräusche und alle Geheimnisse. Doch irgendwann werden sie ans Licht kommen, es ist nur eine Frage der Zeit. Wie die Sonne, die zwei Tage vor Heiligabend ganz plötzlich zum Vorschein kommt. Doch sie ist zu schwach, um das Eis zu schmelzen und hüllt alles um uns herum in ein mildes, kühles Licht.

Obwohl ich mich vor der bittersüßen Erinnerung an Klaus fürchte, kann ich nicht widerstehen und gehe am Morgen auf den Dachboden, um wieder einmal die Eisblumen zu betrachten. Das helle Sonnenlicht fällt sanft durch die Scheibe und verwandelt die Eisblumen in einen glitzernden Traum.

Ich denke an den Abend mit Klaus, als wir hier oben in der Kälte eng aneinander geschmiegt das Mondlicht durch die Eisblumen betrachteten. Es kommt mir vor, als sei eine Ewigkeit seither vergangen, dabei waren es nur wenige Tage. Doch so viel ist in diesen Tagen geschehen, dass der romantische Abend mit ihm nur noch eine wundervolle Erinnerung ist.

»Dieser Anblick ist einmalig«, höre ich plötzlich eine Stimme hinter mir.

Erschrocken blicke ich mich um und in die traurigen Augen von Paul.

Unwillkürlich fängt mein Herz schneller an zu klopfen. Ich versuche, meinen Atem zu beruhigen.

»Bitte entschuldigen Sie die Störung, Maja. Ich wollte mich einfach nur vergewissern, dass die Eisblumen noch da sind.«

»Schon gut, Paul. Aber ich muss zugeben, dass Sie mich wieder einmal ganz schön erschreckt haben«, sage ich.

»Das tut mir leid, das wollte ich nicht«, antwortet er leise und senkt den Kopf.

»Glauben Sie mir, nichts liegt mir ferner, als Sie zu irritieren, nach all dem, was Sie für mich getan haben. Momentan gibt es so wenig Schönes in meinem Leben, dass ich versuche, mich an der Natur zu erfreuen. Deshalb bin ich hier hinaufgekommen.«

Mein Herz klopft immer noch rasend schnell. Obwohl Paul wie gewohnt freundlich zu mir ist, kann ich nicht verhindern, dass ich mich in seiner Gegenwart hier oben alleine unwohl fühle.

»Ich weiß, dass mich alle Welt verdächtigt, meine Freundin vergewaltigt zu haben. Aber bitte glauben Sie mir, Maja, ich habe nichts Unrechtes getan.«

Ich sehe ihn an. Er ist ein gebrochener Mann, vom Leben und von der Liebe enttäuscht.

Kann er wirklich einer Frau Gewalt angetan haben, so schmächtig und kraftlos wie er wirkt?

Ich beruhige mich mit dem Gedanken, dass die Polizei ihn wohl kaum auf freien Fuß gesetzt hätte, wenn es ernstzunehmende Beweise gäbe, dass er ein gewalttätiger Verbrecher ist.

»Ich komme gerade vom Polizeirevier, Maja. Man hat mich gebeten, die Fotos dieser toten Frau anzusehen, die man im Wald gefunden hat.«

Bei dem Gedanken daran läuft es mir eiskalt den Rücken herunter.

»Es ist nicht meine Barbara. Das heißt ›meine‹ Barbara ist sie ja schon lange nicht mehr.« Traurig senkt Paul wieder den Kopf.

Ich sehe ihn fragend an. »Das heißt, die Tote ist nicht Ihre Freundin, Paul?«

»Nein, Maja. Ich habe keine Ahnung, wer sie ist … Barbara ist es jedenfalls nicht«

*

Kaum dass uns die Sonne mit ihrem milchigen Licht erfreut hat, ist sie auch schon wieder verschwunden.

Ruth und ich warten auf Michael, der noch einmal mit Linda sprechen möchte, um vielleicht doch noch einen Anhaltspunkt zu bekommen, wo Jonas sich aufhalten könnte.

»Wie geht es ihr denn?«, fragt Ruth.

»Heute Morgen war Frau Neubauer hier und hat mit ihr geredet.«

»Die Pfarrerin? Ich dachte, Linda sei gar nicht gläubig?«

»Das ist sie auch nicht. Dennoch scheint ihr der Besuch von Frau Neubauer gut getan zu haben. Lindas Gefühle schwanken im Moment zwischen großer Hoffnung und tiefster Verzweiflung. Sie ist nur noch ein Nervenbündel, Ruth. Mit jeder Stunde, die vergeht, wird die Chance, Jonas zu finden, kleiner«, seufze ich.

»Die Chance, Jonas zu finden, ist zwar klein … aber sie ist immer noch da! Gebt den Jungen doch noch nicht auf, Mädels.«

»Michael … wie schön, dass du da bist«, begrüße ich den guten Freund.

»Ich bin gekommen, um noch einmal mit Linda zu reden. Vielleicht fällt ihr ja doch noch etwas ein, was uns auf die Spur von Jonas bringen könnte.«

»Sie hat sich gerade ein wenig hingelegt. Ich hole sie gleich, Michael. Vorher wollte ich dich allerdings noch etwas anderes fragen …«

»Umso besser. Das gibt mir Gelegenheit, euren wunderbaren Cappuccino zu trinken! Habt ihr vielleicht auch noch von diesem tollen Apfelkuchen? Vor lauter Arbeit komme ich überhaupt nicht mehr zum Essen.«

»Den mit der Zimtsahne? Hole ich dir, Mausebär.«

Wieder einmal muss ich innerlich über diesen idiotischen Kosenamen grinsen, während ich Michael eine große Tasse Cappuccino zubereite.

»Hast du eigentlich die Spur von Jonas' Großvater verfolgt?«, frage ich Michael.

»Natürlich habe ich das. Ich habe einen Kollegen in Lauscha gebeten, dem Alten einmal auf den Zahn zu fühlen, ohne ihm zu verraten, dass sein Enkelsohn verschwunden ist. Nun, das war nicht besonders erfolgreich. Jonas' Großvater scheint ein griesgrämiger alter Bursche zu sein, der gerade wegen einer Darmgeschichte im Krankenhaus liegt. Meines Erachtens hat er mit der ganzen Sache nichts zu tun. Auf die Frage nach seiner Tochter gab er an, schon lange keinen Kontakt mehr zu ihr zu haben und ›die könne ihm auch gestohlen bleiben‹.«

»Und die Eltern …«

»… des jungen Mannes, der seinerzeit an der Grenze erschossen wurde? Die Mutter ist zwar deshalb wegen Depressionen in Behandlung, ansonsten scheinen sie ein relativ ›normales‹ Leben zu führen. Im Moment schippern sie auf einer Kreuzfahrt durch das Mittelmeer.«

»Also auch das Fehlanzeige«, seufze ich.

»Stimmt. Aber es hätte ja sein können, Maja, dass uns der Hinweis weiterbringt! Alles kann wichtig sein«, tröstet mich Michael. »War es das, was du mich fragen wolltest, Maja?«

»Nein, das fiel mir nur gerade ein. Eigentlich wollte ich etwas Anderes von dir wissen, Michael. Ich habe heute Paul getroffen. Er sagte mir, ihr hättet ihm Fotos von der Toten, die ihr im Wald gefunden habt, gezeigt … aber es sei nicht seine ehemalige Freundin Barbara.«

Michael nickt. »Nein, sie ist es nicht.«

»Dann glaubst du ihm also?«, frage ich ihn.

»Natürlich tue ich das. Dafür gibt es mehr als einen guten Grund. Zunächst einmal diesen: Die Gerichtsmedizin hat festgestellt, dass es sich bei der Toten um eine Osteuropäerin, vermutlich Russin, handelt. Außerdem hat sich heute nach dem Aufruf im Südkurier ein Taxifahrer gemeldet, der die Frau zwei Tage vor Todeseintritt, also am 20. Dezember, gegen 21 Uhr im Badhotel abgeholt und zum Denkmal der zerrissenen Perlenkette nach Brachenreute gefahren hat. Er ist ein sehr wichtiger Zeuge, denn er hat gesagt, dass die Frau so gut wie kein Deutsch konnte und es sehr schwer war, herauszufinden, wohin sie überhaupt wollte. Doch sie trug einen Zettel bei sich, auf dem die Gedenkstätte erwähnt wurde. Also brachte er sie dorthin. Sie kam ihm sehr merkwürdig vor, sprach kaum ein Wort und wirkte völlig apathisch. Am Parkplatz stieg sie aus, so dass der Taxifahrer glaubte, sie wolle vielleicht zu der Camphill-Schule für Behinderte. Beim Aussteigen schwankte sie leicht, so dass der Taxifahrer ebenfalls ausstieg, um ihr zu helfen. Doch sie winkte ab und warf nur einen Hunderteuroschein in das Innere des Wagens. Als er ihr das Wechselgeld geben wollte, winkte sie wieder ab. Der Taxifahrer wollte ihr vermitteln, er würde sie wieder abholen, doch sie antwortete ihm nicht, sondern stapfte schwankend durch den Schnee Richtung Wald.«

»Vielleicht war ja der Taxifahrer der Mörder?«, fragt Ruth. »Er dachte, sie sei reich … wegen des großzügigen Trinkgelds und des Pelzmantels … Er wollte sie ausrauben, ging ihr nach und ermordete sie.«

»Noch ist gar nicht erwiesen, dass es Mord war, Hasimausi. Selbst wenn, dann wäre der Taxifahrer doch schön blöd, wenn er sich freiwillig bei der Polizei melden würde, oder nicht?«

»Es könnte ihn ja jemand gesehen haben! Da dachte er vielleicht: ›Besser, ich melde mich freiwillig!‹«, gebe ich zu bedenken.

»Ich sehe schon, die Damen der »Butterblume« machen den Job besser als ich.« Michael grinst. »Bis alle Fakten geklärt sind, müssen wir natürlich jede Spur verfolgen. Aber der Taxifahrer hatte doch überhaupt kein Motiv. Die Tote hatte nicht einmal eine Handtasche dabei.«

»Und Paul? Er ist doch auch nicht mehr verdächtig, oder?«, frage ich.

»Auf keinen Fall. Zum einen hat er ein wasserdichtes Alibi.«

»Wo war Paul überhaupt? Hat er dir das erzählt?«, frage ich Michael neugierig.

»Natürlich. Er war bei der Weihnachtsfeier seines Betriebes in Kassel und höchst erstaunt, dass wir nach ihm gesucht haben. Die Tote wurde ja noch von der Wärmebildkamera erfasst, das heißt, sie kann noch nicht lange tot gewesen sein. Das hat auch der Gerichtsmediziner bestätigt. Der Schnee und auch der warme Pelz hat die Auskühlung etwas verzögert. Sie wird vor drei Tagen zu Tode gekommen sein – da war Paul allerdings bereits in Kassel. Dafür gibt es Dutzende von Zeugen. Außerdem hätte Paul ja gar kein Motiv. Denn die Tote war auf keinen Fall seine Freundin Barbara.«

»Weil seine Barbara keine Russin ist«, stelle ich mehr fest, als ich frage.

»Richtig! Wir haben natürlich die Aussage des Taxifahrers überprüft und im Badhotel nachgefragt. Dort hatte sich eine gewisse Ludmilla Fedotova vor einer Woche eingemietet, war jedoch seit zwei Tagen nicht mehr zum Frühstück erschienen. In ihrem Hotelzimmer fanden wir neben einigen Kleidungsstücken und einer fast leeren Flasche Wodka auch ihre Handtasche mit ihrem russischen Reisepass. Das Hotelzimmer hatte Frau Fedotova bereits bei Anreise bezahlt. Eigentlich wollte die Dame bis Silvester in Überlingen bleiben, hat uns die Rezeptionistin berichtet. Auch ihr war aufgefallen, dass Frau Fedotova irgendwie komisch war, hatte das aber auf die Sprachschwierigkeiten geschoben.«

»Dann kann Paul also nichts mit der Sache zu tun haben, weil die Tote gar nicht seine ehemalige Freundin Barbara ist.«

»Genau. ›Seine‹ Barbara erfreut sich nämlich bester Gesundheit und genießt die Vorweihnachtszeit mit einem neuen Lover auf einer Skihütte mitten in den Schweizer Bergen. Das erklärt auch, warum wir sie nicht einmal auf dem Handy erreichen konnten. Auf jeden Fall hört sich das für mich nicht nach einem traumatisierten Vergewaltigungsopfer an«, erzählt Michael.

»Puh ...« Erleichtert atme ich aus.

Nicht, dass ich Paul wirklich zugetraut hätte, diese Barbara getötet zu haben! Trotzdem ist es ein gutes Gefühl, sicher zu wissen, dass er nichts mit der Toten zu tun hat. Auf einmal fühle ich mich schlecht, weil ich sogar für einen kurzen Moment Linda verdächtigt habe, Pauls ehemaliger Freundin etwas angetan zu haben, da diese ihm so übel mitgespielt hatte.

»Und woher weißt du auf einmal, dass diese Barbara auf einer Skihütte ist?«, fragt Ruth.

»Ich habe meinen Charme spielen lassen und eine gute Freundin von ihr befragt. Was Frauen einem so alles erzählen, wenn man ihnen einmal zuhört.« Michael grinst und steckt sich genießerisch noch ein Stück der Apfeltorte in den Mund.

»Was meinst du damit?«, fragt Ruth gleich mit einer Spur von Eifersucht in der Stimme.

»Ich meine damit, dass es sich immer lohnt, genau zuzuhören, wenn die beste Freundin einer Frau etwas erzählt.«

»Nun mach's doch nicht spannend«, bitte ich Michael. »Sonst war das der letzte Cappuccino, der aufs Haus ging.«

»Das ist Erpressung! Also gut, diese ›beste Freundin‹ von Barbara ... sie heißt übrigens Carmen ... hat mir beiläufig erzählt, dass ihre Freundin Barbara offenbar ganz schön viele Männer kennt. Sie scheint wohl seit Jahren im Internet aktiv zu sein, natürlich immer auf der Suche nach dem ›Traummann‹. Es sieht so aus, als habe sie sich immer Typen ausgesucht, die ein wenig vermögend sind und die niemanden haben, der sie beerben könnte.«

»Aber Paul ist doch gar nicht vermögend«, werfe ich ein.

»Das ist ja der springende Punkt! Vielleicht hat er ja zu Beginn dieser Liaison ein bisschen angegeben und so getan, als hätte er Besitz. Aber irgendwann kommt alles heraus …«

»Du meinst, Barbara hat irgendwann festgestellt, dass Paul gar nicht der Traumprinz ist, für den sie ihn hielt? Jedenfalls nicht in finanzieller Hinsicht?«, frage ich.

»Das könnte ich mir vorstellen. Jedenfalls hat diese Carmen erzählt, dass es für ihre Freundin Barbara ein Leichtes sei, die Männer sich in sie verlieben zu lassen. Es schwang ein gewisser Neid in ihrer Stimme mit, denn Carmen selbst ist nicht gerade das, was man unter einer Schönheit versteht. Ich fragte sie rundheraus, ob Barbara denn nicht irgendwann einmal die große Liebe gefunden hätte, wenn sie so viele Männer kennengelernt hat. Daraufhin meinte Carmen verächtlich, Barbara hätte doch nur finanzielles Interesse an den Männern und würde ihre Ansprüche notfalls auch ertrotzen oder erzwingen. Das ginge nie gut! Ich fragte sie natürlich, was sie damit meine … doch plötzlich wollte sie nicht mehr mit der Sprache heraus. Vermutlich merkte sie, dass sie schon einen Tick zu viel verraten hatte. Als ›beste Freundin‹ macht man so etwas doch nicht! Auch wenn einem der nette Kommissar noch so gut gefällt.«

»Du und deine Ermittlungsmethoden«, seufzt Ruth und verdreht die Augen.

»Wenn sie Erfolg haben?«, sagt Michael grinsend und küsst Ruth herzhaft auf die Wange.

»Was meinst du, Michael: Dann hat Paul diese Barbara nicht vergewaltigt?«

»Davon ist meines Erachtens nicht auszugehen … selbst wenn sie ihre Anschuldigung bisher noch nicht zurückgezogen hat.«

»Was hat sie nur davon?«, frage ich.

»Wie ich schon sagte: Rache ist immer ein guter Grund«, antwortet Michael. »Oder enttäuschte Eitelkeit. Wenn es stimmt, was diese Carmen erzählt, dann wollte Barbara etwas von Paul. Etwas, das er ihr nicht geben konnte oder wollte. Was es auch immer war, ob Geld oder Liebe … Barbara wollte es unbedingt haben. Und als sie es nicht bekam, wollte sie Paul eins auswischen! So könnte ich es mir jedenfalls vorstellen.«

»Wie kann man nur so etwas tun?«, fragt Ruth. »Sie hätte sich doch auch einfach so von ihm trennen können.«

»Das hätte sie! Aber vielleicht ist diese Barbara aus einem anderen Holz als du, Hasimausi. Manche Frauen können nach einer Trennung wirklich fies sein. Ich habe einmal eine Frau sagen hören: ›Der wird sich noch umgucken! Den mach ich fertig!‹ Das hat sie auch getan und ihren langjährigen Ehemann, mit dem sie zwei Kinder hatte, bei der Steuerbehörde angezeigt«, erzählt Michael.

Ruth schüttelt ungläubig den Kopf.

»Auf jeden Fall werde ich mit dieser Barbara noch einmal ein Wörtchen reden, sobald sie von ihrem romantischen Ausflug auf die Skihütte zurückgekehrt ist.«

Ich weiß nicht, ob Paul die letzten Worte Michaels gehört hat. Bleich und dünn steht er auf einmal in der Tür und sagt: »Ich glaube, ich weiß, wo Jonas ist.«

*

»Was haben Sie da gerade gesagt?«, fragen wir auf einmal wie aus einem Mund.

»Ich habe nachgedacht und mir ist etwas eingefallen. Etwas, das mir Jonas vor Kurzem erzählt hat. Ich habe so ein Gefühl, dass Jonas dort sein könnte«, sagt Paul und lächelt.

Verständnislos schauen wir uns gegenseitig an.

»Kommen Sie«, sagt Paul nun zu Michael. »Wir müssen uns beeilen.«

»Soll ich Linda holen?«, frage ich.

»Lieber nicht. Vielleicht ist es eine falsche Spur, dann wird sie noch mehr leiden als zuvor. Aber wollt ihr beiden vielleicht mitkommen?«, fragt Michael uns.

»Ich bleibe hier«, sagt Ruth. »Für den Fall, dass Linda aufwacht. Ich werde sie mit Plätzchenbacken ablenken.«

»Gut. Ich komme mit«, sage ich.

So schnell wie heute habe ich mich noch nie angezogen.

»Wohin fahren wir überhaupt?«, fragt Michael, als wir im Wagen sitzen.

»Das ist eine gute Frage! Vielleicht kann Maja uns diese beantworten«, antwortet Paul und setzt hinzu: »Wissen Sie, wo die Heidenhöhlen sind?«

»Die Heidenhöhlen? Die gibt es doch gar nicht mehr«, sage ich.

»Doch, Jonas hat davon gesprochen. Ich wusste jedoch mit dem Begriff überhaupt nichts anzufangen. Nun ärgere ich mich, dass ich nicht einmal nachgefragt habe«, berichtet Paul.

»Vermutlich im 8. oder 9. Jahrhundert wurden in die Felswand zwischen Goldbach und Sipplingen künstliche Gänge und Kammern eingehauen. Man sagt, es seien die ersten Schlupfwinkel verfolgter Christen gewesen«, klärt Michael ihn auf.

»Goldbach! Hast du nicht gesagt, man hätte Jonas' Handy zuletzt in Goldbach geortet, Michael?«, fällt mir ein.

»Stimmt«, sagt er.

»Also könnte Jonas dort irgendwo in einer Höhle sein?«, fragt Paul.

»Das ist unwahrscheinlich. Die Höhlen sind doch alle zerstört worden. Im 18. Jahrhundert wurden sie von Armen und Obdachlosen bewohnt. Um diese und auch Räuber und anderes Gesindel von dort zu vertreiben, wurden die Höhlen von der Stadt Überlingen bereits teilweise zerstört. Zunächst waren diese inzwischen leer stehenden urigen ›Felsenwohnungen‹ jedoch noch gut erhalten und wurden eine Art Touristenattraktion. Mit dem Bau der Uferstraße wurde jedoch eine Schneise in die Felsen gesprengt und die Höhlen dadurch endgültig zerstört.«

»Es gibt demnach keine Höhle mehr, die noch existiert?«, fragt Paul.

»Ich weiß nur von einer Höhle, die man jedoch aufgrund der gefährlichen Lage direkt über der Straße und dem dichten Dornengestrüpp nicht betreten kann«, sagt Michael.

»Ich kann mir nicht vorstellen, dass Jonas dort ist«, sage ich enttäuscht.

Wieder nichts! Zum Glück ist Linda nicht dabei.

»Wenn ich nur wüsste, was genau Jonas gemeint hat«, sagt Paul.

»Wie kommen Sie überhaupt darauf, dass Jonas in den Heidenhöhlen sein könnte?«, fragt Michael.

»Nun … Jonas und ich haben uns ja hin und wieder unterhalten, wie Sie vielleicht mitbekommen haben.

Er war immer ganz begeistert, wenn ich von den Abenteuern in meiner Jugend erzählte. Eissegeln, Bäumeklettern und solche Dinge, die Jungen gerne so tun. Er meinte, seine Mutter würde ihm nie so etwas erlauben. Eines Tages erzählte ich ihm von einer Höhle, in der wir Burschen früher immer Armee gespielt haben. Da teilte er mir mit, dass er und sein Freund Lars im Sommer auch eine geheimnisvolle Höhle entdeckt hätten. Ich meine, mich zu erinnern, dass er ›Heidenhöhle‹ gesagt hat, aber ich kann mich natürlich auch täuschen. Es muss eine Höhle mitten in einem Felsen gewesen sein, die die beiden durch ein seltsames Gitter, in dem sich ein Loch befand, entdeckt hatten. Mithilfe eines Wagenhebers – das hatten sie einmal im Fernsehen bei der Sendung ›Aktenzeichen XY ungelöst‹ gesehen – gelang es ihnen, das Gitter ein wenig weiter aufzubiegen und schließlich weitere Gitterstäbe aus der Verankerung zu reißen. Sie kletterten hinein … und hatten von diesem Tag an ein Geheimversteck.«

Michael sieht mich an. Ich weiß, was er jetzt denkt. Als habe Paul seine Gedanken erraten, sagt er: »Ich weiß auch nicht, warum mir das jetzt erst einfällt. Es war nur eine beiläufige Bemerkung von Jonas, die ich gar nicht so ernst nahm. Aber es wäre doch immerhin eine kleine Spur …«

»Aber die Heidenhöhlen gibt es doch gar nicht mehr«, sage ich seufzend.

»Höhlen in Felsen allerdings schon …«, meint Michael.

»Warten Sie … ich meine, er sagte so etwas wie ›Mariengericht‹«, fällt Paul auf einmal ein.

»Das Maiengericht! Das ist es«, rufe ich.

»Jetzt ist auch klar, warum die Hunde in diese Richtung liefen und der letzte Funkkontakt des Handys dort abriss«, sagt Michael.

»Was ist denn das Maiengericht?«, fragt Paul neugierig, während Michael bereits den Weg Richtung Goldbach einschlägt.

Ich erzähle ihm, was ich darüber weiß: »Wenn man von Überlingen aus Richtung Goldbach geht, gelangt man zu einer kleinen seltsamen Felsengasse, die so eng ist, dass kaum Licht von oben einfallen kann. Hier wurde vor vielen Jahren einmal im Jahr im Mai das Maiengericht nach altdeutscher Sitte unter freiem Himmel abgehalten. Es gibt dort immer noch einen Gedenkstein und eine kleine Kapelle mit drei Kreuzen.«

»Und ein paar in die Felsen eingearbeitete Keller«, sagt Michael. »Das ideale Versteck, das findet kein Mensch.«

Wir sind fast da, doch die restlichen Meter müssen wir zu Fuß gehen. In die enge Gasse kann man mit dem Auto nicht einfahren.

Es ist schon fast dunkel und es beginnt wieder zu schneien.

Zum Glück hat Michael eine Taschenlampe dabei!

Es befinden sich mehrere Öffnungen im Gestein, die jedoch alle vergittert sind.

»Wie sollen wir jetzt herausfinden, ob möglicherweise hinter einer der Gitteröffnungen eine Höhle ist?«, frage ich.

»Keine Ahnung. Es ist schon fast dunkel. Außerdem sind die Öffnungen alle in circa zwei Meter Höhe. Da kommt doch keiner hoch«, sagt Michael.

Mit dem Schein der Taschenlampe leuchtet Michael die dunkle Gasse aus.

Als das schwache Licht auf die Felswand fällt, bemerke ich, dass dort unterhalb einer vergitterten Öffnung kleine stufenähnliche Löcher in den Molassefels hineingeschlagen wurden, als hätte jemand eine kleine Treppe gebaut, um nach oben zu klettern. An dem weichen Molassegestein sind frische Kratzspuren erkennbar, die darauf hindeuten, dass dort jemand diese Stufen benutzt hat.

»Hier könnte etwas sein«, sage ich.

»Da kommt doch keiner ohne Hilfestellung oder einen langen Haken hoch. Außerdem ist die Öffnung vergittert«, sagt Michael mit Blick auf die Felsöffnung.

»Ich gehe da mal hoch«, sage ich mutig.

»Ach ja? Kannst du denn fliegen?«, fragt Michael mich abfällig.

»Nun, ich habe zwar zufälligerweise heute meinen Hexenbesen nicht dabei«, antworte ich leicht genervt, »aber wenn du mir dabei hilfst, dann schaffe ich das auch ohne ihn! Bitte halte mich fest, damit ich nicht nach hinten falle.« Ich nehme Anlauf.

Verdutzt hält mich Michael am Po fest und schiebt mich ein Stückchen nach oben.

Oben angekommen hält mich Michael noch immer an den Füßen fest. Ich rüttele am Gitter und bemerke, dass zwei Gitterstäbe aus der Verankerung gerissen und nur leicht angelehnt sind. Möglicherweise sind dies die Stäbe, welche die Kinder mit Hilfe des Wagenhebers herausgelöst und die sie provisorisch wieder verankert haben, damit man ihr Versteck nicht bemerkt.

»Voilà ... hier haben wir einen Eingang«, rufe ich begeistert. »Wirf mal die Taschenlampe hoch, Michael! Ich gehe da jetzt rein.«

»Hör auf, Pippi Langstrumpf zu spielen, Maja«, sagt Michael. »Das ist nicht deine Aufgabe. Komm wieder herunter. Das ist jetzt meine Sache!«

»Nein, jetzt bin ich schon oben. Lasst mich das mal machen«, sage ich mutig, auch wenn ich selbst nicht weiß, was mich in dieser dunklen Höhle erwartet. »Sollte Jonas wirklich da drin sein, ist es besser, wenn ich erst einmal mit ihm rede ...«

Mühsam versuche ich, durch die immer noch verdammt enge Luke in das Innere zu klettern. Hätte ich nur nicht so viele Weihnachtsplätzchen gegessen! Doch Michael hätte vermutlich noch größere Probleme, hier hereinzukommen.

»So eine Irre«, höre ich Michaels Stimme. »Ich kann sie da oben nicht alleine lassen. Helfen Sie mir mal«, sagt er zu Paul.

»Wie denn?«, fragt dieser.

»Na, auf die gleiche Weise, wie ich eben Maja geholfen habe«, herrscht Michael Paul an.

»Das wird doch nichts«, antwortet der schmächtige Paul.

»Aber wir können doch hier nicht so einfach herumstehen und Maja allein in diese dunkle Höhle lassen! Wer weiß, was dort ist …«

Während die beiden noch diskutieren, habe ich es endlich geschafft und mich durch die Öffnung hindurchgehangelt. Ich lasse mich auf den Boden fallen und versuche, meine Augen an die Dunkelheit zu gewöhnen.

Im Inneren ist es stockduster und es riecht unangenehm muffig. Ich schalte die Taschenlampe ein, doch ich kann trotz des schwachen Scheins fast nichts erkennen. Auf einmal verlässt mich der Mut. Am liebsten möchte ich wieder umkehren und tatsächlich Michael weitersuchen lassen.

Doch plötzlich … hinten in der Ecke … bewegt sich auf einmal etwas!

»Jonas?«, frage ich vorsichtig und meine Stimme hallt durch das feuchte Gemäuer.

»Ich bin hier hinten«, gibt eine dünne Stimme Antwort.

19. KAPITEL

DIE WEIHNACHTSÜBERRASCHUNG

»Wuff.«

Ich richte die Taschenlampe auf die dunkle Ecke, aus der die Stimme und das Bellen kam.

Zwei große Augen in einem schmalen, blassen Gesicht blicken mir ängstlich entgegen. Genau genommen sind es vier Augen, denn zwei treue Hundeaugen betrachten mich ebenso neugierig.

»Jonas! Endlich haben wir dich gefunden«, sage ich erleichtert und gehe auf ihn zu. Dabei sehe ich mich um.

Der Schein der Taschenlampe lässt erkennen, dass die Höhle eigentlich ganz gemütlich eingerichtet wirkt, mal abgesehen von dem muffigen Geruch und der Tatsache, dass kein Tageslicht hineindringt.

Offenbar haben die Jungs ganze Arbeit geleistet, um es sich in diesem Geheimversteck richtig behaglich und bequem zu machen. Es gibt ein Matratzenlager mit mehreren Schlafsäcken und Decken, auf dem sich Jonas und der kleine Hund gerade befinden, einen kleinen Tisch mit einer Laterne und sogar eine Feuerstelle, die allerdings aus ist.

Dennoch ist es hier drinnen deutlich wärmer als draußen.

Außerdem sieht es nicht so aus, als habe Jonas Hunger gelitten. Nebst zahlreichen leeren Pizza-Pappkartons befinden sich Süßigkeiten, Limoflaschen und ein paar Orangen.

»Nett hast du's hier«, sage ich.

Verlegen krault Jonas die Ohren des kleinen Hundes, der neben ihm auf der Matratze liegt und mich neugierig betrachtet.

»Das haben wir im letzten Sommer so eingerichtet. Woher wussten Sie, dass ich hier bin?«, fragt er nun. »Weiß Mama das etwa auch?«

»Nein, sie weiß es nicht, Jonas. Paul hat uns berichtet, dass du ihm einmal davon erzählt hast, dass ihr hier gespielt habt. Da dachten wir, wir sehen einmal nach.« Ich mache eine Pause und betrachte das schmale und blasse Gesicht des Jungen. »Weißt du, dass deine Mama sich riesengroße Sorgen um dich macht?« Ich knie mich neben ihn und der kleine Hund fängt an zu knurren. »Wer ist denn der kleine Kerl?«, frage ich, obwohl mir Jonas noch nicht auf meine andere Frage geantwortet hat.

»Das ist Oskar.«

»Und wem gehört Oskar?«

»Niemandem. Mir«, sagt Jonas.

»Ach so … Ist das der Grund, warum du nicht nach Hause kommst, Jonas? Wegen Oskar?«

»Nein … oder doch. Auch. Aber auch wegen dem Typen vom Andelshofer Weiher. Und wegen Mama … ich hab so Angst …«

»Du hast Angst, dass sie wieder mit dir schimpfen wird. Aber das brauchst du nicht, Jonas. Deine Mama ist furchtbar unglücklich, seitdem du fort bist. Sie hat schrecklich große Angst um dich und wünscht sich nichts sehnlicher, als dass du wiederkommst! Glaub mir, sie wird ganz bestimmt nicht schimpfen, sondern froh sein, dass du wieder da bist.«

»Meinen Sie?« Misstrauisch sieht Jonas mich an.

»Das weiß ich. Hab keine Angst, Jonas. Es wird alles gut.«

»Und was wird aus Oskar? Ich lasse ihn nicht hier.«

»Woher kommt Oskar überhaupt?«

Jonas beißt sich auf die Lippen. »Lars hat sich einen Hund zu Weihnachten gewünscht. Seine Eltern haben Oskar aus dem Tierheim geholt. Aber dann bekam seine Mutter Schnupfen und hat behauptet, sie hätte eine Tierhaarallergie! Lars und ich sollten Oskar zurück ins Tierheim bringen … aber das wollten wir nicht.«

Ich sehe in die treuen Augen des kleinen Hundes und kann die beiden gut verstehen.

»Und da fiel euch die Höhle vom Sommer wieder ein?«

»Ja, wir haben hier ja immer gespielt. Wir dachten nur, es sei zu kalt hier. Aber das ist es ja gar nicht, oder?«

»Dann hattest du den Streit mit deiner Mutter und bist mit Oskar hier eingezogen?«

Jonas grinst. »Lars hat uns mit Essen versorgt …«

»… und dicht gehalten, weil du ihn auch bei der Sache mit dem Andelshofer Weiher nicht verraten hast, stimmt's?«

»Genau.«

»Jonas, deine Mama hat große Angst um dich«, sage ich.

»Ehrlich?«, fragt er ungläubig.

»Ganz ehrlich.« Ich sehe sein Handy neben ihm liegen. »Du hast hier keinen Empfang, oder?«

Kein Wunder, konnte die Polizei das Handy von Jonas nicht orten. Die Felsmauern sind so dick, da gehen garantiert keine Handystrahlen durch. Auch die Hunde hätten ihn hier nicht aufgespürt, allerdings hätten sie uns vielleicht hierhergeführt, wenn der Schnee nicht ihre Nasen verwirrt hätte.

»Nö. Zum Glück kam Lars jeden Tag vorbei.«

Auf einmal ertönt Michaels tiefe Stimme durch das Gitter: »Maja? Ist alles in Ordnung?«

»Alles gut«, rufe ich zurück. »Wir gehen jetzt nach Hause, Jonas. Du kommst doch mit uns mit?«, frage ich.

»Nur, wenn ich Oskar mitnehmen darf«, antwortet er, steht aber gleich auf.

Irgendwie kommt er mir erleichtert vor. So langsam ist ihm in der Höhle sicher langweilig geworden und er wusste selbst nicht, wie es weitergehen soll.

»Klar.« Ich nehme seine kleine Hand, die eiskalt ist.

»Und Mama? Was ist, wenn sie Oskar nicht haben will?«

»Lass das mal meine Sorge sein«, sage ich und zwinkere Jonas zu. »Es ist schließlich Weihnachten.«

Auch wenn ich beim besten Willen nicht weiß, ob unser neuer Mitbewohner nicht noch mehr Unruhe in unsere kleine Weihnachts-WG bringen wird. Schließlich scheint Oskar ein Männchen zu sein und meine kleine Jojo ist ein Weibchen …

*

Es ist schon dunkel, als wir zu Hause eintreffen.

»Wartet einen Moment …«, sage ich. »Ich hole Linda.«

Michael, Jonas und Oskar bleiben im Auto sitzen. Jonas ist angespannt, das spüre ich. Gleichzeitig glaube ich, dass er irgendwie froh ist, dass es vorbei ist. Er hätte ja nicht ewig in der Höhle bleiben können!

»Linda?«, frage ich leise. Nachdem sie mein Klopfen nicht beantwortet hat, bin ich einfach eingetreten.

Linda liegt auf ihrem Bett und starrt an die Decke.

»Es liegt an mir, Maja. Ich mache alles falsch. Mein Vater hatte recht. Ich bin ein egoistischer und nichtsnutziger Mensch. Ich hätte in Lauscha bleiben sollen …«

»Das ist Blödsinn, Linda und das weißt du auch! Komm, steh auf … und komm mit mir runter.«

»Ich will nicht, Maja. Es ist lieb gemeint, aber ich kann nichts essen«, sagt sie traurig.

»Ich wollte dich auch nicht zum Essen einladen, Linda. Ich habe eine Überraschung für dich.«

»Eine Überraschung?« Abrupt richtet sich Linda auf.

»Was denn für eine Überraschung?«

»Es ist doch Weihnachten, Linda … jedenfalls beinahe. Da kann schon einmal ein Wunder passieren.«

»Jonas.«

Wie der Blitz ist Linda aus der Tür und rast die Treppe herunter.

Eigentlich wollte ich ihr noch sagen, dass sie Jonas nicht gleich wieder mit Fragen und Vorwürfen bombardieren soll, doch dazu komme ich nicht mehr.

Ich kann ihr kaum folgen, so schnell ist sie auf dem Hof draußen. In Pantoffeln und Schlafanzug, aber das ist ihr vollkommen egal.

Sie reißt die Wagentür auf und Jonas klettert heraus.

Tränen laufen Lindas Wangen herunter und sie drückt ihr Kind so fest, dass ich Angst habe, er könnte ersticken.

Keine Fragen, keine Vorwürfe … sie ist einfach nur glücklich, dass er wieder bei ihr ist.

An ihrem Gesicht erkenne ich, wie schlimm die letzten Stunden für sie gewesen sein müssen.

Sie hält die Augen geschlossen und flüstert nur: »Dem Himmel sei Dank, dass du wieder da bist.«

Das will nun wirklich etwas heißen, dass Linda dem Himmel dankt!

Wir lassen die beiden alleine und gehen hinein. Dieser Moment gehört nur Mutter und Sohn. Und Oskar, der laut bellend um die beiden herumhüpft.

Zum Glück findet sich in unserem Haushalt immer jemand, der das Kochen übernimmt. Diesmal hat meine Mutter ihren weltbesten Kartoffelsalat und Ruth dazu hausgemachte Frikadellen zubereitet. Was könnte es für ein besseres Wiedersehensmahl geben? Wir decken den Tisch mit Kerzen und Wein und sind alle unfassbar froh.

Auch Paul ist ausnahmsweise guter Dinge. Nicht nur, dass sich der Verdacht, er könne seine Freundin getötet haben, nicht bestätigt hat. Schließlich ist er auch der Retter, der uns zu Jonas geführt hat.

Linda ist so glücklich, dass sie Jonas sogar erlaubt, Oskar zu behalten. Natürlich fragt sie mich, ob es in Ordnung ist, wenn Oskar noch ein paar Wochen mit hier wohnt, solange bis die beiden eine kleine Wohnung gefunden haben.

»Wie sollen wir die denn bezahlen?«, fragt Jonas und nimmt sich noch einen Nachschlag vom Kartoffelsalat. So toll scheint Lars' Verpflegung in der Höhle nun auch nicht gewesen zu sein!

»Ich habe doch jetzt Arbeit, Jonas. Herr Warnke hat gesagt, er will mich im neuen Jahr fest anstellen. Dann suchen wir uns sofort eine kleine Wohnung.«

»Und was ist mit diesem Typen vom Andelshofer Weiher?«, fragt Jonas ängstlich.

»Pah, der! Der soll erst einmal beweisen, dass die Fische euer Eishockeyspiel nicht überlebt haben! Vielleicht schlafen die ja alle noch tief und fest.«

Linda sieht so schön aus. Weil sie glücklich ist!

»Und wenn nicht?«, fragt Jonas noch einmal.

»Wir haben eine Haftpflichtversicherung, Jonas. Die hat dein Vater für uns abgeschlossen. Ich habe sie in den Unterlagen gefunden. Wir brauchen also keine Angst zu haben.«

Sie zieht ihn an sich heran und küsst ihn auf den Kopf. Obwohl ihm das vor uns eher unangenehm ist, lässt er es geschehen.

Nachdem die beiden sich schon längst zurückgezogen haben, sitzen wir anderen noch bei einem Gläschen Wein zusammen.

Die vergangenen Ereignisse haben die beiden viel Kraft gekostet und ich denke, dass sie heute Nacht sicher gut schlafen werden.

»Hoffentlich macht Linda ihm nicht noch nachträglich die Hölle heiß«, sagt meine Mutter.

»Das glaube ich nicht. Linda ist froh, dass Jonas wieder da ist«, sage ich.

»Was haben sich die Jungs auch nur dabei gedacht? Es muss ihnen doch klar gewesen sein, dass Linda Höllenqualen ausgestanden hat«, sagt meine Mutter.

»Ich glaube, das war ihnen gar nicht so bewusst. Jonas fühlte sich ungerecht behandelt und wollte seiner Mutter einen Denkzettel verpassen«, sage ich, auch wenn ich sein Verhalten bei allem Verständnis nicht so ganz nachvollziehen kann.

»Dieser Lars scheint jedenfalls ein echter Freund von Jonas zu sein! Er hat ihn nicht verraten.«

»Er hatte auch guten Grund dazu. Schließlich wäre dann ja aufgeflogen, dass die beiden Oskar nicht zurück ins Tierheim gebracht haben.«

Dieser liegt schnarchend vor dem Kamin und scheint sich hier ganz wohl zu fühlen. Es gab lediglich einen kleinen Disput mit Jojo, als Oskar versuchte, sich an ihrem Fressnapf gütlich zu tun. Nachdem sie ihren Unmut kundgetan und wir Oskar mit einer Plastikschüssel voll eigenem Essen ausgestattet hatten, war alles in bester Hundeordnung.

»Außerdem hatte Jonas Lars ja auch nicht verraten, als es um das Eishockeyspiel auf dem Andelshofer Weiher ging«, sagt Ruth.

»Einen richtigen Plan, wie es weitergehen sollte, hatten die beiden allerdings nicht«, sage ich und lache. »Ich habe das Gefühl, dass Jonas richtig erleichtert ist, dass er das Höhlenleben aufgeben kann. So langsam wurde das Abenteuer vermutlich ein wenig ungemütlich.«

»Wie muss Linda sich erst fühlen?«, fragt Ruth.

»Die Frage stellt sich nicht. Man braucht sie ja nur anzusehen«, antwortet meine Mutter.

»Ich glaube, ihre größte Angst war, dass Jonas nicht mehr leben würde. Vor allem, als die Leiche gefunden wurde.«

»Wo genau hat man sie denn gefunden?«, fragt meine Mutter.

»In Brachenreute. Bei der Gedenkstätte der zerrissenen Perlenkette«, antworte ich.

»Ist das nicht da, wo das Flugzeug mit den vielen Kindern abgestürzt ist?«, fragt meine Mutter.

»Genau da«, sage ich.

»Das ist ja ein merkwürdiger Name für eine Gedenkstätte. Was bedeutet er?«, fragt Steve.

»Es handelt sich um sieben kleinere und größere Edelstahlkugeln, die teilweise mit Seilen verbunden vor dem Wald im Gras liegen und eine zerrissene Perlenkette darstellen sollen. Das Kunstwerk erinnert an den schrecklichen Flugzeugabsturz in Brachenreute 2002, bei dem so viele russische Kinder den Tod fanden«, kläre ich ihn auf. ›Es soll ein Symbol dafür sein, dass der Lebensfaden so vieler Menschen abrupt und unwiderruflich auseinandergerissen wurde‹, hat unser damaliger Ministerpräsident Teufel bei der Einweihung gesagt«, erinnert sich meine Mutter.

»Ein Flugzeugabsturz? Wie furchtbar«, sagt Steve.

»Das war richtig tragisch. Ihr habt das in den USA sicher nicht mitbekommen, aber hier war es ständig in den Nachrichten«, sage ich. »Genau genommen waren es zwei Flugzeugabstürze! Es sind nämlich zwei Maschinen in der Luft zusammengestoßen. Eine Frachtmaschine, die aus Italien kam und auf dem Weg nach Brüssel war, knallte kurz vor Mitternacht mit der bashkirischen Maschine, die von Moskau aus auf dem Weg nach Barcelona war, zusammen. Das Schlimme war, dass an Bord überwiegend Kinder zwischen

8 und 16 Jahren waren, die von einigen erwachsenen Betreuern begleitet wurden. Es waren hochbegabte Kinder, die diese Reise wegen guter Leistungen in der Schule als Geschenk erhielten.«

»Wie furchtbar«, sagt Steve noch einmal. »Aber wie konnte das passieren?«

»Wie so oft bei tragischen Ereignissen war es eine Verkettung tragischer Ereignisse«, antwortet Ruth. »Ich habe damals in der Zeitung gelesen, dass die Kinder eigentlich schon einen Tag früher abfliegen sollten. Doch der Bustransfer zum Flughafen verspätete sich und sie verpassten den Flug. Daher konnten die Kinder die Reise erst am nächsten Tag antreten«, berichtet sie.

»Das eigentliche Problem lag jedoch bei der Flugsicherung Skyguide in Zürich«, sagt meine Mutter.

»Der diensthabende Fluglotse machte einen folgenschweren Fehler. Ich weiß nicht mehr genau, wie das Ganze geschah, denn es ist ja schon viele Jahre her. Aber wenn ich mich richtig erinnere, sah er die beiden Maschinen aufeinander zukommen und gab der bashkirischen Maschine die falsche Anweisung, in den Sinkflug zu gehen! Dabei hätte sie aufsteigen müssen, da sich die Frachtmaschine aufgrund des Warnsystems an Bord ebenfalls im Sinkflug befand. Dadurch stießen die beiden Flugzeuge erst recht zusammen.«

»How awful! Dann war also menschliches Versagen an der Katastrophe schuld«, sagt Steve

»Ja, der Fluglotse war alleine und abgelenkt von einem Landeanflug einer anderen Maschine auf den Flughafen Friedrichshafen. Er musste wohl zwischen zwei Radarmonitoren hin- und herwechseln. Aus Unachtsamkeit beging er diesen folgenschweren Fehler. Einen Fehler, den er selbst ebenfalls mit seinem Leben bezahlte«, berichtet nun Michael.

»Der Fluglotse? Why that … wieso denn das?«, fragt Steve nach.

»Knapp zwei Jahre nach dem tragischen Unglück wurde der Lotse von einem Mann, welcher bei dem Unglück seine Frau und zwei Kinder verloren hatte, vor seinem Haus in Zürich erstochen«, klärt Michael uns auf.

»Michael, kann es nicht sein, dass die russische Tote bei der Gedenkstätte auch etwas mit dem Unglück zu tun hat?«, kommt mir auf einmal ein Gedanke.

»Unsere kleine Miss Marple vom Bodensee«, sagt Michael lachend. »Du wirst es nicht glauben, aber auch der Polizei kam bereits dieser Gedanke. Vor allem durch das Medaillon.«

»Was für ein Medaillon?«, frage ich verwundert.

»Die Tote trug eine Kette um den Hals, in deren Anhänger zwei Kinderbilder waren …«

20. KAPITEL

HEILIGABEND

Ganz sanft scheint das Licht des frühen Morgens auf mein Bett. Es ist immer noch bitterkalt, doch die Wetterprognosen versprechen für Weihnachten neuen Schnee und leicht ansteigende Temperaturen. Ob wir in diesem Winter tatsächlich noch einmal eine Seegfrörne erleben werden? Noch ist der Rand des Bodensees gefroren und ich sehe Jonas schon in den Weihnachtsferien mit den neuen Schlittschuhen, die Linda ihm sicher zu Weihnachten schenken wird, herumflitzen. Nur vom Andelshofer Weiher wird er sich bestimmt in Zukunft fernhalten!

Im Moment ist Jonas ohnehin nur glücklich über Oskar, welcher zu Weihnachten eine neue Familie geschenkt bekommen hat.

Ich räkele mich noch ein wenig im warmen Bett und denke über die Ereignisse der vergangenen Tage nach.

Nach all der Aufregung haben wir uns alle ein paar gemütliche Feiertage verdient.

Obwohl mich die Suche nach Jonas und die Entdeckung der toten Frau in Brachenreute stark beschäftigt haben, habe ich auch immer wieder an Klaus gedacht. Gerade jetzt, als ich hier im warmen Bett liege und in den grauen Winterhimmel träume, wünschte ich, er wäre noch da. Doch ich schiebe den Gedanken beiseite. Klaus war meine Jugendliebe. Wir haben uns gefreut, uns wiederzusehen … ein paar schöne Stunden miteinander verbracht und gehen nun unseren Weg alleine weiter. Wenn wir füreinander bestimmt gewesen wären, dann hätten wir uns schon damals nicht getrennt. Aber dann hätte ich auch meine wunderbare Tochter Nini nicht. Es ist schon seltsam, wie verschlungen die Wege des Schicksals manchmal sind. Je nachdem, wie wir unsere Entscheidungen treffen, verläuft unser Leben. Nun wird es Zeit, dass ich mich wieder mehr um meine Familie kümmere.

Wer weiß schon, wie viel Zeit uns allen miteinander bleibt? Woher soll ich wissen, wie viele glückliche Stunden ich noch mit meiner Mutter verbringen darf? Ich habe ohnehin das Gefühl, dass ich mir in den letzten Jahren viel zu wenig Zeit für sie genommen habe. Ständig war etwas anderes wichtiger als sie. Der Beruf, Nini, dann die Männer: erst Leon, dann Christian … Dann zog sie in die USA und die Gelegenheiten, zusammen schöne Stunden zu verbringen, wurden immer seltener.

Und nun hat sie extra die weite Reise angetreten, um mit mir Weihnachten zu feiern. Doch seitdem sie hier ist, bin ich ständig mit anderen Dingen beschäftigt. Ich nehme mir fest vor, mich an den Feiertagen und auch danach mehr um sie zu kümmern und solche kleinen Ausflüge wie den nach Lindau häufiger zu wiederholen.

Steve hat von einer neuartigen Krebstherapie gehört, die in der Klinik in Heidelberg angewandt wird. Gleich nach Weihnachten will er versuchen, dort einen Termin für meine Mama zu bekommen.

Also werden sie wohl die nächste Zeit hier in Deutschland bleiben und dieser Gedanke erfüllt mich trotz der Sorge um sie mit großer Freude.

Die Vorstellung, uns wieder verabschieden zu müssen, ohne zu wissen, wann und ob wir uns wiedersehen, behagt mir nämlich ganz und gar nicht.

Eigentlich mag ich noch nicht aufstehen, aber ich brauche jetzt unbedingt einen Kaffee! Ich streife nur meine dicke Strickjacke über und gehe nach unten, um die Kaffeemaschine anzuwerfen.

Mir fällt ein, dass ich das Schild, dass unser Café »Butterblume« über die Feiertage geschlossen hat, noch aufhängen muss. Ich gehe nach draußen und befestige es an der Tür.

Doch halt! Wer steht vorne an der Straße?

Der Mann mit dem Hut! Er steht regungslos und blickt in Richtung »Maiglöckchen«.

Ohne auf meinen Aufzug zu achten, stürme ich los … ungewaschen, mit strähnigem Haar, in Schlafanzug und Puschen. Doch bevor ich an der Straße angekommen bin, ist er bereits in einen dunklen Wagen gestiegen und davongebraust. Nicht einmal das Kennzeichen konnte ich erkennen!

Völlig außer Atem bleibe ich stehen. Verflixt, er ist mir schon wieder entwischt!

In diesem Moment hält ein Taxi direkt vor mir und aus diesem klettert …

»Nini! Was machst du denn hier?«, frage ich, noch immer atemlos.

»Die Frage ist doch eher: Was machst DU hier, Mami? Frühsport? Im Schlafanzug? Dich kann man doch wirklich nicht alleine lassen.«

Nini lacht und wir umarmen uns innig.

»Mein Gott, bin ich kaputt! Ich saß die letzten zwei Tage nur im Flugzeug oder auf irgendwelchen Flughäfen herum«, seufzt sie

»Wie schön, dich zu sehen, Nini.«

Vor Freude steigen mir die Tränen in die Augen.

Jetzt erst spüre ich, wie fertig auch ich bin. Die letzten Tage haben mich unglaublich viel Kraft gekostet. Es tut so gut, das liebe und freundliche Gesicht meiner Tochter zu sehen.

»Aber warum bist du hier?«, frage ich sie erstaunt.

»Warum ich hier bin? Also Mami, was soll denn *diese* Frage? Es ist Weihnachten und da wollte ich bei dir sein. Und wenn ich mir deinen Aufzug so ansehe, dann wurde es allerhöchste Zeit, dass ich nach Hause zurückkehre«, sagt sie lachend.

Mein Outfit vermittelt ganz offensichtlich den Eindruck, ich sei inzwischen verwahrlost. Wenn sie wüsste, was in der Zwischenzeit alles passiert ist!

»Da hast du wahrscheinlich recht, Nini. Aber was sagen denn die Hausers dazu, dass du einfach nach Deutschland geflogen bist?«, frage ich erstaunt.

Wir sind in unserer warmen Küche angekommen und ich kann endlich die Kaffeemaschine starten.

»Och, die haben gesagt, sie haben Verständnis, dass ich gerade zu Weihnachten unter Heimweh leide. Sie sagten, es sei kein

Problem, wenn ich den Urlaub abbrechen und lieber bei meiner Familie sein möchte.« Nini grinst. »Wir waren ja nun auch lange genug zusammen. Jetzt müssen sie sich zur Abwechslung einmal selbst um ihre Kinder kümmern.«

»Und Australien?«, frage ich neugierig.

»Ach, Australien … das ist ein ganz fantastisches Land, Mami! Ich habe unglaublich viele und einzigartige Naturerlebnisse gehabt und ganz tolle Fotos gemacht. Aber nun reicht mir das auch irgendwie mit dem Urlaub. Ich wollte Weihnachten zu Hause sein … bei den Menschen, die ich liebe.«

Mir wird ganz warm ums Herz.

»Wir machen es uns richtig gemütlich an den Feiertagen«, freue ich mich. »Nini, ich habe dir so viel zu erzählen.«

»Ich dir auch, Mami«, antwortet sie mit strahlenden Augen.

»Dann schieß mal los. Ich bin schon ganz neugierig. Anziehen kann ich mich auch später noch«, sage ich und lache.

»Ich … also es ist so … ich erzähle dir alles später, Mami. In Ordnung?«, stammelt Nini plötzlich.

Ich hebe fragend eine Augenbraue.

»Also … nicht dass du jetzt etwas Falsches denkst. Es ist natürlich schon so, dass ich Weihnachten mit dir und Omi und Steve verbringen wollte und deshalb nach Deutschland zurückgeflogen bin …«

»… aber nicht nur unseretwegen?«, frage ich schmunzelnd.

Nini schüttelt den Kopf.

»Weißt du, Mami … ich habe so oft an deine Worte gedacht: Dass man manchmal ein bisschen Abstand braucht, um die Dinge klarer zu sehen. Als ich in Australien war, war das auf einmal so.«

»Du meinst Freddy?«, frage ich.

Sie nickt. »Ich habe ihn so sehr vermisst. Obwohl ich es ja eigentlich gewohnt bin, ohne ihn zu sein, weil er ja ständig in der Polizeischule in Biberach ist. Aber auf einmal war er so ganz weit weg! Wir konnten uns nicht einmal kurz treffen wie sonst. Das hat mir so furchtbar gefehlt. Wir haben dann jeden Tag geskypt und Handynachrichten geschickt. Auch Freddy hat mich anscheinend sehr vermisst …« Nini grinst.

»… und jetzt willst du mir sagen, dass du zwar ›völlig am Ende nach dem langen Flug‹ bist, aber trotzdem gleich nach Biberach fahren möchtest?« Lächelnd betrachte ich meine hübsche Tochter. Ihre Haare sind in der australischen Sonne noch heller geworden und ihr Teint ist zart gebräunt. Freddy wird bei ihrem Anblick noch verliebter werden, als er es ohnehin schon ist.

»Das brauche ich gar nicht, Mami. Freddy ist hier, in Überlingen. Bei seiner Familie. Ich fahr gleich mal zu ihm, ja?« Sie drückt mich fest. »Du bist doch nicht böse, oder? Wir haben doch jetzt Weihnachtsferien und noch gaanz viel Zeit zum Erzählen.«

»Hau schon ab«, sage ich. »Aber morgen ist Heiligabend und da feiern wir alle zusammen, vergiss das nicht.«

»Ich bin pünktlich zur Kirche zurück, Mami … versprochen.«

Nini umarmt mich noch einmal und ist schon wieder aus der Tür. Ihr Gepäck liegt verstreut im Flur.

Meine Tochter ist wieder zu Hause. Und auch wieder nicht. So ist das mit den erwachsenen Kindern!

*

Am späten Nachmittag beginnt es wieder ganz sacht zu schneien. Ich sehe hinaus und freue mich über die Flocken, die ganz leise zu Boden sinken.

»Wir wollten einmal nach dem jungen Ausreißer sehen«, sagt Michael, der gerade mit Ruth zur Tür hereinkommt.

»Hallo, Seevogel«, grinse ich ihn zur Begrüßung an.

»Ich habe mir schon gedacht, dass es ein Fehler war, dass dir dieser Name zu Ohren kam«, sagt Michael und lacht zurück.

Ich zwinkere ihm zu: »Hab ich schon wieder vergessen! Aber ihr habt leider Pech. Jonas und Linda sind in der Stadt, um für Oskar ein Halsband und einen eigenen Fressnapf zu besorgen. Wir trinken gerade einen leckeren Adventspunsch. Darf ich euch auch einen anbieten?«, bitte ich die beiden herein.

»Welche Frage«, lacht Ruth und die beiden setzen sich zu meiner Mutter und Steve an den großen Tisch, auf dem die vierte Adventskerze brennt. Wir sind alle erleichtert, dass die Sache mit Linda und Jonas so gut ausgegangen ist. Natürlich auch die Pfarrerin Frau Neubauer, die gerade wie fast jeden Tag angerufen hat und hocherfreut die Nachricht von Jonas' Heimkehr vernommen hat. Endlich ist der »Josef« wieder da und dem morgigen Krippenspiel steht nichts mehr im Wege!

Michael wirkt nicht mehr ganz so angespannt wie in den letzten Tagen, selbst wenn er natürlich noch immer stark mit dem geheimnisvollen Tod der Russin beschäftigt ist.

»Habt ihr schon einen Hinweis, wer diese Ludmilla Dingsbums ermordet haben könnte?«, frage ich ihn, während ich ein paar Weihnachtsplätzchen auf den bunten Teller vor uns lege.

Wir dürfen morgen nicht vergessen, diese wegzuräumen!, denke ich. Jetzt leben hier zwei kleine Hunde, die eigentlich ständig Appetit haben und nach Essen suchen … und die zu Weihnachten auf gar keinen Fall eine Schokoladenvergiftung bekommen dürfen. Unser Tierarzt wäre sicher selbst zu einem Mord bereit, wenn wir ihn am Heiligabend von seiner Familie wegholen würden!

»Es gibt keinerlei Anzeichen für Fremdeinwirkung bei der Toten, Maja«, berichtet Michael nun. »Die Gerichtsmedizin hat eindeutig Spuren von einem sehr starken Schlafmittel und eine große Menge Wodka in Ludmillas Magen gefunden. Das hat sie offenbar in ihrem Hotelzimmer eingenommen, bevor sie das Taxi rief und sich nach Brachenreute fahren ließ. Wir gehen im Moment davon aus, dass sich Ludmilla Fedotova selbst getötet hat«, berichtet Michael.

»Oh nein! Wie kann man sich denn mitten im Winter freiwillig zum Sterben in den Wald legen?«, frage ich.

»Nun, sie hat sich ja nicht einfach so in den Wald gelegt. Sondern an der Gedenkstätte für das Flugzeugunglück. Sie hat sich genau den Platz zum Sterben ausgesucht, an dem auch ihre Kinder verunglückt sind«, klärt Michael uns auf.

»Wie furchtbar.« Ruth schlägt eine Hand vor den Mund.

»Wir haben doch gestern über das Flugzeugunglück und die Gedenkstätte in Brachenreute gesprochen. Nun, du hast mich nach dem Medaillon am Hals der Toten gefragt, Maja«, erzählt Michael.

»Genau! Was hatte es damit auf sich?«, frage ich neugierig.

»Es waren Bilder ihrer Kinder darin. Aber der Reihe nach: Die ganze Sache, vor allem der Fundort der Leiche, kam mir äußerst merkwürdig vor. Als sich dann auch noch herausstellte, dass es sich bei der Toten um eine Russin handelte, dachte ich gleich an das tragische Unglück mit der russischen Maschine. Ich habe daher ein offizielles polizeiliches Ersuchen auf dem dafür vorgesehenen Weg über das Bundeskriminalamt und Interpol an die russischen Polizeibehörden geschickt. Das ist in der Regel ein langwieriges und aufwendiges Verfahren. Glücklicherweise kenne ich den BKA-Verbindungsbeamten, der in der deutschen Botschaft in Moskau tätig ist. Ich habe mit ihm gesprochen und er konnte den Weg drastisch abkürzen. Nach der Übermittlung des Namens und der Fotos von Ludmilla Fedotova sowie der beiden Bilder im Inneren des Medaillons fand er heraus, dass sie vor drei Wochen bei ihrer Arbeitsstelle Urlaub genommen hatte, um eine ›wichtige Reise‹ anzutreten. Nachdem sie nicht wiederkehrte, wurde sie dort von der Arbeitsstelle als vermisst gemeldet. Wie sich herausstellte, waren beide Kinder von Ludmilla Fedotova tatsächlich bei dem Flugzeugunglück 2002 ums Leben gekommen. Das hatte sie offenbar nie verkraftet. Sie war stark depressiv und auch medikamentenabhängig, wie ihre Arbeitskollegin Tanja Bolschakow der dortigen Polizei berichtet hat. Frau Bolschakow hat auch gesagt, dass Frau Fedotova sich in den letzten Jahren immer mehr von allem und jedem abgekapselt hätte. Darüber ging auch ihre Ehe in die Brüche. Sie konnte nicht verstehen, dass ihr Mann einfach so weiterleben konnte, während sie selbst nur noch depressiv und unglücklich war. Am schlimmsten waren die Vorwürfe, die sie sich selbst machte, hat wohl diese Tanja ausgesagt. Ludmilla hätte damals die Möglichkeit gehabt, mit ihren Kindern zu diesem Urlaub aufzubrechen, wollte aber keinen Urlaub nehmen, um ihren Arbeitsplatz nicht zu riskieren. Anscheinend hat sie wiederholt gesagt: ›Wäre ich nur mitgeflogen, dann wäre ich mit meinen Kindern in den Tod gegangen!‹«, berichtet Michael.

»Du liebe Zeit, so darf man doch nicht denken«, sagt meine Mutter. »Das Leben ist doch ein Geschenk. Offensichtlich hatte Gott oder das Schicksal … oder wer auch immer … noch etwas mit ihr vor.«

»Ich verstehe sie«, sage ich dagegen.

Wie oft habe ich mir auch nach Christians Tod gewünscht, mit ihm gestorben zu sein!

Auch mir fiel es so schwer, einfach weiterzuleben, als sei nichts passiert.

Ich habe mich so lange wie in einem dunklen Tunnel, an dessen Ende kein Licht zu sehen ist, gefühlt. Bis zu dem Moment, als Klaus wieder in mein Leben trat, muss ich mir ehrlich eingestehen. Beim Gedanken an ihn spüre ich sofort wieder einen Stich in meinem Herzen. Klaus hatte mit seiner Liebe erreicht, das Licht in mein Leben zurückzubringen. Ich denke daran, wie oft er meine Hand hielt und mir dadurch Trost und Zuversicht schenkte. Und daran, wie ich in seinen Armen eingeschlafen bin und keine Angst mehr vor Albträumen hatte.

So jemanden hatte Ludmilla nicht. Sie wollte ihren Kindern nahe sein und reiste deshalb an den Ort, an dem das Flugzeug zerschellte … und setzte ihrem Leben ein Ende.

»Ich auch«, sagt Ruth. »Ich glaube, das ist auch ganz normal. Wir alle haben schon einmal einen geliebten Menschen verloren. Aber man darf sich doch nicht aufgeben, das Leben geht doch weiter! Auf einmal passiert etwas Schönes … oder man lernt jemanden kennen, den man wieder lieben kann …« Dabei sieht sie ihrem Michael verliebt in die Augen, worauf er ihre Hand küsst. »… und man ist wieder glücklich, auch wenn man das zuvor nie für möglich gehalten hätte.«

»Das sehe ich ganz genauso«, sagt meine Mutter.

Ihr Steve legt seinen Arm um sie. Ich hoffe, er denkt nicht gerade daran, dass er sie auch verlieren könnte.

»Aber das Leben kann einen schon manchmal niederdrücken. Denkt nur an den armen Paul! Was er in der letzten Zeit mitgemacht hat, ist ihm sicher sehr an die Substanz gegangen«, sage ich.

»Wenn diese Barbara tatsächlich gelogen hat, wird das sicher erhebliche Konsequenzen für sie haben«, sagt Michael.

»Was denn für welche?«, frage ich neugierig.

»Sollte sich herausstellen, dass die Geschichte unwahr ist, dann werden wir ein Verfahren gegen die Dame wegen falscher Verdächtigung und Vortäuschen einer Straftat einleiten. Meist geht das jedoch aus wie das Hornberger Schießen. Wir produzieren Unmengen an Arbeitsstunden und Papier und nichts kommt dabei heraus, weil Aussage gegen Aussage steht. Doch Paul kann natürlich seinerseits Anzeige wegen Verleumdung erstatten«, klärt Michael uns auf.

»Hast du ihm das schon gesagt?«, frage ich. »Ich meine, das wäre doch wichtig für ihn! Immerhin hat sein guter Ruf erheblich gelitten. Ganz zu schweigen von seiner Seele …«

»Noch nicht. Ich kam ja nicht dazu! Erst haben wir die große Suchaktion für Jonas gestartet … dann die tote Russin entdeckt … und zu guter Letzt Jonas in den Heidenhöhlen gefunden.«

»Aber nur durch Pauls entscheidenden Tipp«, erinnere ich Michael. »Hat sich eigentlich irgendjemand bei Paul dafür bedankt?«, frage ich.

»Ich denke, Linda hat es sicher getan. Oder nicht? Ich weiß es nicht …«, sagt meine Mutter.

»Wo ist er überhaupt? Hat ihn heute schon jemand gesehen?«, frage ich.

Alle schütteln den Kopf.

»Also ich nicht. Zuletzt gestern Abend. Er sah müde aus«, sagt Ruth.

»Hat er gesagt, dass er Weihnachten nach Hause fahren will?«, möchte meine Mutter wissen.

»Nach Hause? Wo soll das denn sein?«, frage ich.

»Ich denke, er kommt aus Hannover?«, erwidert sie.

»Ja, aber dort hat er doch kein Zuhause mehr! In den letzten Jahren war er in Hannover doch auch ganz allein. Eine Familie hat er ja schon eine ganze Weile nicht mehr. Sein eigener Sohn will nichts mehr von ihm wissen, dafür hat seine Exfrau gesorgt. Das hat er jedenfalls Linda erzählt. Und hier? Wen hat er hier schon nach der Sache mit Barbara? Außer uns?«, frage ich.

»Nun ja … immerhin hat er uns«, sagt Ruth. »Wir sind zwar ein illustrer kleiner Haufen, aber wir sitzen doch häufig gemütlich zusammen.«

»Ja, und wir halten zusammen. Wenn man bedenkt, was alles passiert ist in der letzten Zeit«, sagt meine Mutter.

»Nur so kann man Probleme lösen. Indem man sich gegenseitig hilft«, sage ich und nehme ihre Hand. »Alleine schafft man es einfach nicht.« Bedeutungsvoll sehe ich sie an.

»Du hast ja so recht, Maja«, antwortet sie. »Durch Eintracht werden kleine Dinge groß. Durch Zwietracht wird man große Dinge los.«

»Wie wahr! Von wem ist das?«, fragt Ruth.

»Das habe ich neulich auf einer Hauswand in Lindau gelesen. Als Maja und ich zur Hafenweihnacht dort waren«, erzählt meine Mama mit einem Lächeln.

Ich bin auf einmal unruhig und stehe auf.

»Wo willst du hin, Maja?«, fragt Ruth.

»Zum ›Maiglöckchen‹. Ich hole Paul, vielleicht möchte er ja auch ein bisschen mit uns zusammen sein.«

Ich werfe mir meine Jacke über und trete hinaus in den Schnee. Ein eisiger Wind weht mir die Schneeflocken ins Gesicht.

Im »Maiglöckchen« ist alles dunkel.

Ich gehe hinein und klopfe bei Paul an die Tür. Niemand antwortet. Ich klopfe noch einmal.

»Paul?«

Immer noch keine Antwort.

Langsam drücke ich die Klinke herunter.

Das Zimmer ist dunkel. Ich mache Licht und sehe mich um. Keine Spur von Paul … es sieht allerdings auch nicht so aus, als sei er abgereist. Seine Sachen hängen noch ordentlich im Schrank. Vielleicht ist er ja noch auf dem Weihnachtsmarkt. Oder er hat irgendwo Linda und Jonas getroffen.

Ich will schon wieder gehen, da fällt mein Blick auf den Tisch am Fenster. Ein Briefumschlag, auf dem »Maja« steht, liegt darauf. Neugierig trete ich näher.

Liebe Maja!, lese ich. *Man sagt: »Die wahren Freunde sind nicht die, die mit dir lachen und weinen, sondern die, die mit dir fühlen.« Das haben Sie getan! Als niemand an mich geglaubt hat, haben Sie mir ein Heim geboten. Zu einer Zeit, als alle Welt mich verachtet oder sich vor mir geängstigt hat.*

Ich muss mir selbst eingestehen, dass auch ich manchmal Angst vor Paul hatte, wenn er so plötzlich wie aus dem Nichts einfach vor mir stand!

Das hätten nicht viele getan, lese ich weiter. *Und dafür danke ich Ihnen von Herzen. Vielleicht konnten Sie deshalb mit mir fühlen, weil Sie wissen, wie es ist, alleine zu sein. Sie haben auch eine schwere Zeit hinter sich und Ihr Herz tut noch immer weh. Das habe ich in Ihren Augen gesehen, auch wenn Sie versuchen, es zu verbergen. Doch vergessen Sie nie: Sie sind nicht allein! Sie haben Ihre wundervolle Familie und Freunde, die immer für Sie da sind. Ich dagegen habe niemanden. In diesem Umschlag finden Sie die Miete für den restlichen Monat. Sie können das Zimmer weitervermieten. Ich danke Ihnen noch einmal dafür, dass Sie mir vertraut haben. Alles Gute für Sie! Paul Koslowski.*

Ich lasse den Brief sinken. Was soll das heißen? Ich kann das Zimmer weitervermieten? Wo ist Paul? Auf einmal wird mir eiskalt. Er wird doch nicht …

Ich dagegen habe niemanden …

Ich renne zurück zur »Butterblume«, wo die anderen immer noch gemütlich bei Kerzenschein sitzen und sich auf Weihnachten freuen.

Ich dagegen habe niemanden …

»Was ist los?«, fragt Michael besorgt.

Wortlos reiche ich ihm den Brief.

»Oh nein! Bitte sag, dass das nicht wahr ist, Maja! Nicht noch ein verschwundener Mensch! Was ist denn hier in der Seestraße nur los?«, fragt er und verdreht die Augen.

»Das ist überhaupt nicht witzig, Michael«, sage ich.

Ich habe auf einmal große Angst.

Angst, dass Paul sich etwas angetan hat. Wie die Russin im Wald. Auch er ist allein und ohne Zukunftsperspektive. Er hat einen Job, der ihm keinen Spaß macht und in dem er erfolglos ist. Keine Familie, keine Frau, die am Abend auf ihn wartet. Nicht einmal eine Jojo oder einen kleinen Oskar.

»Was sollen wir nur tun?«, frage ich nervös.

»Maja, bleib ganz ruhig. Das ist doch kein Abschiedsbrief! Er hat doch nicht geschrieben, dass er sich umbringen will«, sagt Michael.

»Er hat geschrieben, dass ich das Zimmer weitervermieten kann«, sage ich.

»Na und? Das heißt doch nicht, dass er Selbstmord begehen will! Vermutlich ist er wirklich in seine Heimat zurückgekehrt …«, antwortet Michael.

»Ohne seine Sachen? Das glaubst du doch selbst nicht, Michael.«

»Hast du eine Handynummer von ihm?«, fragt er.

»Natürlich nicht.« Ich schüttele den Kopf.

»Was ist mit seinem Wagen?«, fragt Michael.

»Wenn er weggefahren ist, müsste er fehlen.«

»Ich habe ihn eben auf dem Parkplatz vor dem ›Maiglöckchen‹ stehen sehen«, sage ich. »Siehst du! Er kann gar nicht weggefahren sein.«

»Na gut«, sagt Michael. »Du willst mir einfach keine Ruhe gönnen, Maja.« Michael erhebt sich. »Was hältst du von einem kleinen Spaziergang am Seeufer, Hasimausi?«

»Jetzt?« Ruth sieht angesichts des eisigen Schneegestöbers draußen nicht begeistert aus. Aber sie erkennt an meinem flehenden Blick, dass ich tatsächlich in großer Sorge um Paul bin.

Die beiden ziehen sich warm an und verlassen das Haus.

»Übertreibst du jetzt nicht etwas, Maja?«, fragt Steve.

»Es ist viel passiert. Deine Nerven liegen blank«, sagt meine Mutter. »Ruh dich ein wenig aus, Liebes.«

Doch das kann ich nicht. Ich fühle, dass etwas nicht stimmt! Hektisch laufe ich hin und her. Und dann weiß ich es plötzlich. Ich weiß, wo Paul ist.

»Ich komme gleich wieder«, sage ich zu meiner Mutter und Steve.

Leise gehe ich die Stufen der kleinen Treppe nach oben. Ich halte den Atem an und hoffe, dass ich nicht das zu sehen bekomme, was ich erwarte.

Ich öffne die Tür zum Dachboden und sehe …

»Paul! Hier sind Sie«, sage ich, unendlich erleichtert.

Er dreht sich um. Und lächelt.

»Woher wussten Sie, dass ich hier bin?«, fragt er.

»Hm, nur so ein Gedanke«, sage ich und lächle zurück.

»Ich wollte sie noch einmal sehen. Wenn es stimmt, was der Wetterbericht sagt, dann wird es in den nächsten Tagen immer wärmer und das Eis beginnt zu tauen.«

»Oh! Dann wird es wohl nichts mit der Seegfrörne«, sage ich. Als ob das jetzt wichtig wäre!

»Sie sind so schön.« Zärtlich streicht Paul mit dem Finger über die filigrane Blumenpracht. »… und so vergänglich.«

»Vielleicht sind sie ja gerade deshalb so schön, weil sie vergänglich sind? Schönheit ist immer vergänglich«, sage ich.

»Das stimmt nicht«, sagt Paul.

»Wahre Schönheit ist immer da … in unserem Herzen.«

»Aber nur in den Herzen derer, die sie erkennen, nicht wahr?«, sage ich und streiche ebenfalls bewundernd über die Eisblumen. »Paul … sagen Sie mir die Wahrheit … Sie wollten doch nicht …?«

Statt einer Antwort sieht Paul durch die Eisblumen hindurch in den verschneiten Garten.

»Ich habe viel falsch gemacht in meinem Leben, Maja«, sagt er plötzlich. »Beruflich ist einiges schief gelaufen … darüber ging meine Ehe in die Brüche. Meine Exfrau hat mich aus ihrem Leben verbannt und unseren gemeinsamen Sohn gegen mich aufgehetzt. Ich war einige Jahre allein und dann … habe ich geglaubt, das Schicksal hätte es noch einmal gut mit mir gemeint und mir ein neues Leben hier am schönen Bodensee geschenkt, an der Seite einer liebenden Frau. Doch diese hat mich getäuscht und verraten. Sie wollte nur mein Geld. Geld, das ich gar nicht hatte. Ich gebe zu, ich habe zu Beginn unserer Bekanntschaft ein wenig angegeben, aber wer tut das nicht? Ich habe ihr von dem großen Haus meiner Großeltern auf dem Lande erzählt und sie dachte wohl, das hätte ich geerbt. Jedenfalls stellte sie Forderungen. Forderungen, die ich nicht erfüllen konnte. Ich sollte die Wohnung, in der sie lebte, für sie kaufen … aber selbstverständlich nicht mit in das Grundbuch. Als ich mich weigerte, gab es einen großen Streit. Sie drohte mir, mich bei meinem Arbeitgeber unmöglich zu machen. Unvorsichtigerweise hatte ich ihr manche Betriebsinterna erzählt. Ich vertraute ihr ja! Schließlich wollte ich eine Zukunft mit ihr. Aber nicht unter diesen Bedingungen. Das habe ich ihr klipp und klar gesagt. Darauf wurde sie unfassbar wütend und sagte, ich sei ›ein impotenter Schlappschwanz‹ und es sei kein Wunder, dass mich sogar die dumme Exfrau verlassen und mein Sohn nichts mehr mit mir zu tun haben wollte. Ich weiß nicht, wie es passiert ist, Maja … aber ich packte sie am Arm und stieß sie wütend von mir. Sie taumelte und fiel quer über den Wohnzimmertisch. ›Das wirst du mir büßen!‹, schrie sie. In Panik verließ ich die Wohnung. Ich wusste nicht, wie es weitergehen sollte. Bis zu diesem Zeitpunkt habe ich noch geglaubt, es sei nur ein Streit. Vielleicht könnten wir uns ja wieder vertragen? Trotz ihrer heftigen Reaktion habe ich sie doch geliebt! Sonst wäre ich doch nicht ihretwegen an den Bodensee gekommen.«

»Aber es gab keine Versöhnung?«

»Nein, natürlich nicht. Das nächste, das ich von ihr hörte, war, dass sie mich wegen Vergewaltigung bei der Polizei angezeigt hatte. Aber das habe ich nicht getan, Maja! Das müssen Sie mir glauben.«

»Das tue ich, Paul. Auch Michael hat Ihrer Barbara von Anfang an misstraut. Sie hat sich so widersprüchlich verhalten.«

»Sie wollte mir schaden. Und das hat sie auch! Stellen Sie sich vor, sie hat diese Geschichte nicht nur in unserem ganzen Bekanntenkreis erzählt, sondern auch meiner Exfrau. Kein Wunder darf ich unseren Sohn jetzt erst recht nicht mehr sehen. Sie hat das ›Opfer‹ so glaubwürdig gespielt, dass es so gut wie niemanden gibt, der meine Version der Geschichte hören will.«

»Doch, Paul. Ich bin froh, dass Sie mir das alles erzählt haben.«

Wenn er es nur eher einmal getan hätte! Insgeheim schäme ich mich, dass ich auch manchmal Angst vor ihm hatte, wenn er unerwartet vor mir stand.

»Mein Leben ist sinnlos, Maja«, sagt er auf einmal.

»Das stimmt nicht! Nur, weil sie zweimal Pech mit Frauen hatten, heißt das doch nicht, dass Sie nie wieder Freude am Leben haben werden! Es liegt an Ihnen! Sie können Ihr Leben in die Hand nehmen und alles ändern. Einen neuen Job suchen, wenn dieser Sie nicht erfüllt …«

»Ach, Maja! Das glauben Sie doch selbst nicht! Wissen Sie, wie alt ich bin? Über 50 stellt einen doch niemand mehr ein. Und mit den Frauen habe ich auch kein Glück.«

»Denken Sie nicht so negativ, Paul! Es geht immer weiter. Gerade dann, wenn man nicht mehr daran glaubt, schenkt uns das Leben etwas Wunderbares …«

Er sieht mich an.

»Das erlebe ich gerade, Maja. Ich muss gestehen, ich war so verzweifelt, dass ich mich ins Auto setzen und gegen einen Baum fahren wollte. Ich dachte, mich wird sowieso niemand vermissen. Doch dann wollte ich noch einmal die Eisblumen sehen … ich kam hier hoch und fand noch einmal dieses Kunstwerk vor. Es mag Ihnen merkwürdig erscheinen, aber ich saß hier und betrachtete das Fenster und dachte: Solange es so etwas Schönes gibt, ist das Leben nicht verloren. Ist das nicht total verrückt? Ein Fenster?«

»Nein, das ist es ganz und gar nicht, Paul. Sie haben recht, das Leben ist noch nicht vorbei. Es wird noch viel Schönes für

Sie bereithalten, glauben Sie mir! Eines Tages werden Sie denken: Wie konnte ich nur so einen blödsinnigen Gedanken fassen und an einen Baum fahren wollen! Noch dazu einen Tag vor Weihnachten.«

Ein schwaches Lächeln umspielt Pauls Lippen, auch wenn er immer noch sehr traurig aussieht.

»Außerdem ist es einfach nicht wahr …«, sage ich.

»Was ist nicht wahr?«

»Dass Sie … dass Sie niemanden haben! Sie hatten nur die falschen Leute.«

Er sieht mich ernst an.

Ich gebe ihm meine Hand.

»Kommen Sie mit, Paul. Wir feiern jetzt Weihnachten.«

*

Ganz leise und sanft fällt der Schnee auf die Bäume. Ich sehe hinaus und träume vor mich hin. Heute ist Heiligabend und gleich werden wir alle in die Kirche gehen. Frau Neubauer ist überglücklich, dass sie keinen neuen Josef für ihr Krippenspiel einlernen muss. Oskar ist glücklich über seinen neuen Napf und den Inhalt desselben. Und ich? Ich halte die Kristallkugel aus Lauscha in meinen Händen.

»Jonas und ich fahren hin«, sagt Linda auf einmal.

»Wohin?«, frage ich.

»Nach Lauscha. Zu meinem Vater. Gleich nach Weihnachten.«

»Oh … das ist eine gute Idee, Linda«, sage ich erstaunt. »Wie kommt das so plötzlich?«

»Ich habe nachgedacht, Maja. Als Jonas auf einmal weg war … da war nicht nur die Angst und die Sorge, es könnte ihm etwas passiert sein. Es war noch etwas anderes. Ich fühlte mich auf einmal verlassen. Genauso, wie ich mich gefühlt habe, als Frank weggegangen ist.«

Fragend sehe ich sie an.

»Ich dachte plötzlich an meine Eltern. Wie sie sich gefühlt

haben müssen, als ich auf einmal weg war. Ich gebe zu, ich habe mich kaum gemeldet, seitdem ich am Bodensee war. Ich hatte hier so ein gutes Leben! Mein Vater war mir peinlich mit seinem Schwärmen über die DDR und seinem Geschimpfe auf die Bundesrepublik. Dazu sein Trinken und die Wutausbrüche … ich wollte mit diesem Menschen einfach nichts mehr zu tun haben, weißt du. Aber … als ich selbst so alleine war … ich weiß, ihr wart alle für mich da … aber du weißt schon, was ich meine? Da habe ich plötzlich an meinen Vater und daran gedacht, wen *er* jetzt eigentlich noch hat. Ich meine, meine Mutter ist tot. Seine geliebte DDR ist schon lange nicht mehr da. Und seine einzige Tochter meldet sich nicht mehr. Mir fiel auch ein, was Paul mir einmal erzählt hat. Wie sehr er darunter leidet, dass sich sein Sohn von ihm abgewandt hat. Als ich gestern so glücklich war, weil Jonas wieder da war … dachte ich auf einmal, ich müsse irgendwie etwas weitergeben von diesem Glück. Und da habe ich meinen Vater einfach angerufen. Maja, er hat … geweint.« Linda seufzt. »Wir sollen kommen, sobald es geht. Er möchte Zeit mit seinem Enkel verbringen … solange es noch geht, hat er gesagt. Ich glaube, er ist auch krank … deshalb kann er nicht herkommen.«

Ich denke an meine Mutter. »Zeit verbringen … solange es noch geht«, hat Linda gerade gesagt.

Wie recht sie doch hat!

Ich bin so froh, dass Steve und meine Mutter hier bei mir sind und nicht in Amerika.

Ich drücke Lindas Hand.

»Das ist eine super Idee«, sage ich. »Es wird höchste Zeit, dass du und dein Vater euch einmal aussprecht. Auch Jonas wird sich freuen, einen Opa zu haben. Aber ihr kommt doch hoffentlich wieder?«, frage ich.

»Na klar«, sagt Linda und lacht.

»Ich habe doch jetzt eine Stelle, und eine Wohnung finden wir sicher auch.«

»Ich werde mich umhören und dir helfen, eine zu finden«, verspreche ich.

»Hauptsache, du backst mir auch in Zukunft zur Weihnachtszeit deinen leckeren Christstollen.«

»Das ist wohl das Mindeste, nach all dem, was du für uns getan hast, Maja.«

»Kommt ihr endlich?«, ruft meine Mutter. »Der Josef darf doch nicht zu spät zum Krippenspiel kommen.«

Blass und schmal steht sie im Flur. Sie trägt ein rotes Samtkleid und darüber ihren schwarzen Fake-Pelzmantel. Richtig elegant sieht sie aus, genauso wie ihr Mann Steve, der über seinem Anzug einen dunklen Mantel trägt.

Nini, die zur Feier des Tages ein schwarzes, enges Strickkleid anhat, hat nur Augen für ihren Freddy.

»Könnt ihr die Omi und Steve in deinem Beetle mit zur Kirche nehmen?«, unterbreche ich ihr Geschmuse.

»Klaro.« Nini lacht.

»Aber nur, wenn du nicht so schnell fährst«, ermahnt die Oma sie.

»Dann können Paul, Jonas und Linda bei mir mitfahren«, sage ich.

»Ich komme nicht mit«, sagt Paul.

»Nein? Warum denn nicht?«, frage ich.

Er wird doch keine Dummheiten machen?

Doch er lächelt mich an und sagt: »Einer muss doch auf die Gans aufpassen! Sonst verbrutzelt womöglich unser Weihnachtsbraten und das wäre sehr schade, nicht wahr? Außerdem ist es besser, wenn die beiden Hunde nicht alleine sind. Wer weiß, was sie sonst anstellen«, sagt Paul grinsend.

Damit hat er nicht ganz unrecht, auch wenn die beiden gerade einträchtig vor dem Kamin schnarchen.

»Es ist vielleicht ganz gut, wenn Sie hierbleiben, Paul«, sage ich. »Ich habe Frau Waldmann aus der Nachbarschaft zu uns eingeladen. Dann ist jemand zu Hause, falls sie die Einladung doch annimmt.«

»Oh, das habe ich ganz vergessen«, sagt meine Mutter. »Diese Frau Waldmann hat heute früh angerufen, als du einkaufen warst.

Sie hat sich noch einmal für die Einladung bedankt, aber sie kann nicht kommen. Ihr Sohn ist mit seiner Familie überraschend zu Besuch gekommen. Er hatte sich wohl Sorgen gemacht, weil sie seine Weihnachtspost nicht beantwortet hat.«

Wie freue ich mich für die alte Frau! Nun ist sie Weihnachten doch nicht allein und hat ihre Familie bei sich. Auf diese Weise hat der Diebstahl der Weihnachtspost wohl doch noch etwas Gutes gehabt.

Wenn wir auch nicht alle Dinge bei der Polizei abholen konnten, so fand meine Mutter doch ein paar unserer Weihnachtsgeschenke: eine feine Duftkerze für Nini und mein Weihnachtsgeschenk, eine Spieluhr aus Glas in Form eines Engels.

Wir steigen in die Autos und fahren los.

»Ich bin ja eigentlich überhaupt nicht gläubig, wie du weißt«, sagt Linda unterwegs.

»Ich habe dir doch erzählt, dass das bei uns in der Familie und in der DDR nicht so angesagt war. Aber heute habe ich irgendwie das Bedürfnis, in die Kirche zu gehen.«

»Nun, das solltest du auch, Linda. Immerhin spielt dein Sohn die Hauptrolle im Krippenspiel.«

»Nicht nur deshalb, Maja. Ich habe einfach das Gefühl, ich muss mich heute bedanken …«

Ich verstehe sie sehr gut. Die letzte Zeit war sehr hart für sie.

Ich weiß nicht, ob Linda wirklich unter einer Persönlichkeitsstörung leidet oder ob die Ereignisse der vergangenen Monate ihre Wutausbrüche hervorgerufen haben. Heute macht sie jedoch einen zufriedenen, beinahe glücklichen Eindruck und das liegt sicher nicht nur daran, dass Weihnachten ist.

Es schneit noch immer ganz sachte und es ist darum nicht leicht, einen Parkplatz zu finden. Alle Leute sind heute mit dem Auto gekommen, wie es scheint. Wir lassen Jonas direkt bei der Kirche aussteigen, damit er pünktlich da ist, um sich für das Krippenspiel umzukleiden und vorzubereiten.

Wir sind etwas früh dran und sehen uns vor der Kirche suchend nach den anderen um.

Auf einmal entdecke ich etwas … oder genauer gesagt jemanden: Den Mann mit dem Hut!

»Linda! Da ist er«, sage ich aufgeregt.

»Da ist wer?«, fragt sie und hält sich ihre Handtasche über den Kopf, damit die Haare nicht nass werden.

»Der unheimliche Mann, der immer vor dem ›Maiglöckchen‹ herumlungert.«

»Wo?«

»Dort drüben! Der Mann mit dem Hut …«

Linda wird leichenblass.

»Kennst du ihn etwa?«, frage ich.

Sie nickt.

»Das ist Frank. Maja, ich glaube, ich werde ohnmächtig …«

»Nicht jetzt«, sage ich und halte sie fest. »Der unheimliche Mann ist Frank?« Ich kann es nicht fassen.

Plötzlich hat er uns entdeckt und kommt ganz langsam auf uns zu.

»Ich habe so weiche Knie, Maja. Was soll ich denn jetzt tun? Ich würde am liebsten weglaufen …«

»Das wirst du auf gar keinen Fall! Ich denke, es gibt einen guten Grund, warum er hier ist.«

Der Mann mit dem Hut, den Linda für ihren verschwundenen Mann Frank hält, bleibt vor uns stehen.

Mich beachtet er gar nicht. Verlegen nimmt er seinen Hut ab und sagt:

»Linda … ich bin gekommen, um dich um Verzeihung zu bitten! Ich wusste einfach nicht mehr weiter und habe keinen anderen Ausweg gesehen, als abzuhauen und unterzutauchen … aber ich weiß schon lange, dass es ein Riesenfehler war, euch beide im Stich zu lassen.«

Linda schaut auf ihre Schuhspitzen, als würde sie das alles überhaupt nichts angehen. Stocksteif steht sie da und sagt kein Wort.

Ich gebe ihr einen kleinen Schubs und sage: »Ich glaube, ich lasse euch jetzt besser allein.«

Zum Glück entdecke ich die anderen, die offensichtlich auch endlich einen Parkplatz gefunden haben und geselle mich zu ihnen.

»Wo ist Linda?«, fragt meine Mutter.

Ich zeige auf das Paar, das sich gegenübersteht und miteinander spricht.

»Wer ist der gutaussehende Typ?«, fragt Nini, worauf sie von Freddy einen Klaps auf den Hintern bekommt.

»Das ist Lindas Mann Frank«, sage ich.

»Der Mistkerl?«, fragt meine Mutter erstaunt.

»Frank ist kein Mistkerl«, sage ich.

»Na hör mal! Er hat Linda sitzenlassen ... noch dazu auf einem riesigen Schuldenberg ... und er soll kein Mistkerl sein?«

»Du hast recht. Frank hat Mist gebaut. Aber offenbar will er das irgendwie in Ordnung bringen. Ehrlich gesagt hoffe ich, dass es ihm gelingt. Jonas braucht seinen Vater! Und außerdem ist doch Weihnachten.«

»Ach Maja ... du und dein großes Herz ... einfach unverbesserlich«, seufzt meine Mutter und verdreht die Augen.

Die Glocken läuten und wir gehen hinein, um uns ein Plätzchen zu suchen. Die Kirche ist wie immer am Heiligabend gerammelt voll. Doch in einer der hinteren Reihen sehe ich Ruth und Michael sitzen, die uns zu sich winken, weil sie Plätze für uns freigehalten haben.

Linda und Frank stehen vermutlich immer noch draußen und ich hoffe sehr, dass sie nicht zu spät kommen, um den Auftritt ihres Sohnes zu sehen. Allerdings kann ich mir vorstellen, dass sich die beiden einiges zu sagen haben!

Endlich kommen sie herein und quetschen sich in die hinterste Bank. Ich sehe, wie Frank Lindas Hand nimmt. Sie lässt es geschehen. Vielleicht wird ja nun wirklich alles gut. Was auch immer geschehen sein mag, wie groß die Verzweiflung Franks auch gewesen ist ... offensichtlich hat er sich entschlossen, zu seiner Familie zurückzukehren. Mit den Schulden werden die beiden schon irgendwie fertig werden. Linda kann ihren Mann dabei unterstützen, diese loszuwerden, indem sie in Zukunft mitarbeitet. Ihre Ansprüche werden sie herunterschrauben müssen. Aber ich glaube, sie beide haben ihre Lektion, was wirklich zählt im Leben, gelernt.

Vielleicht werden Lindas Wutausbrüche ja seltener, wenn sich ihre Lebensumstände wieder beruhigt haben.

Solange die beiden als Paar zusammenhalten, können sie alles schaffen, glaube ich. Auch Steve und meine Mutter halten zusammen. Mit ihm an ihrer Seite kann sie den Kampf gegen den Krebs aufnehmen und vielleicht sogar gewinnen.

In Gedanken spreche ich ein kurzes Gebet, dass ihr dies gelingen möge.

Ich bin so froh, dass sie nicht alleine ist, sondern eine Hand hat, die ihre hält.

Ich werfe einen Blick auf Ruth und Michael neben mir. Auch sie halten sich an den Händen … an Ruths anderer Hand entdecke ich einen neuen Ring, der mit einem Rubin verziert ist! Ich sehe sie fragend an und sie zwinkert mir lächelnd zu.

Wie hat meine Mutter so schön gesagt: »Die Liebe ist das Wichtigste im Leben, Maja.«

Und was ist mit mir? Ich sehe mich um. Um mich herum nur Paare und Familien, die sich auf Weihnachten freuen. Ich habe auch eine Familie, für die ich sehr dankbar bin. Aber keine Hand, die meine hält … so wie Frank Lindas Hand hält … oder Steves Luises … oder Freddys Ninis …

Meine Hände liegen im Schoss. Ich hatte eine Hand, die meine Hand hielt. Eine, die meine niemals loslassen wollte und die mit mir gemeinsam in die Zukunft gehen wollte. Ich habe sie losgelassen, weil ich Angst hatte. Angst vor meinen Gefühlen und davor, irgendwann wieder alleine zu sein. Doch was hat mir das gebracht? Dass ich jetzt schon alleine bin! Ich habe der Liebe nicht einmal eine Chance gegeben, sondern sie schon vorher aufgegeben. Und nun sitze ich hier alleine und das werde ich vermutlich auch bleiben. Ist es das, was ich will? Ist es das, was Christian für mich gewollt hätte? Dass ich alleine bleibe und für den Rest meines Lebens traurig und unglücklich bin? Ich glaube nicht.

Unruhig rutsche ich auf meinem Platz hin und her.

Ich möchte nicht mehr alleine sein! Ich möchte auch eine Hand, die meine hält.

Warum habe ich Klaus gehen lassen? Vermutlich ist er längst weg im sonnigen Süden.

Vielleicht aber auch nicht.

Ich nehme die Hand meiner Mutter und flüstere ihr ins Ohr: »Ich muss noch mal weg.«

»Was, jetzt? Wohin denn?«, fragt sie erstaunt.

»Ich glaube, ich habe die Kerzen auf dem Adventskranz angelassen«, flüstere ich und stehe auf.

Ich höre gerade noch, wie sie sagt: »Schon wieder? Aber Paul ist doch zu Hause.«

Doch da habe ich mich schon aus der Bankreihe herausgeschlängelt und gehe zum Ausgang.

Gerade, als ich zur Tür hinaustrete, stimmt die Gemeinde das erste Lied an.

Im Laufschritt eile ich zu meinem Auto. Dann bleibe ich plötzlich stehen, als hätte ich etwas vergessen.

Ich drehe um und schlage den Weg zum Friedhof ein. Vor Christians Grab bleibe ich stehen.

»Weißt du noch, wie du mir einmal gesagt hast: ›Versuche stets, ein Stück Himmel über deinem Leben freizuhalten‹? Ich habe dieses Zitat von Proust so sehr geliebt, Christian … und die ganze Zeit versucht, es umzusetzen. Aber es ist mir nicht gelungen. Ich habe den Himmel nicht mehr gesehen … Und das werde ich auch nie wieder, wenn ich es nicht zulasse«, sage ich leise und atme tief aus.

»Du wirst immer in meinem Herzen bleiben, Christian … aber ich muss dich jetzt loslassen … und versuchen weiterzuleben.«

Mit der Hand streichele ich über den kalten Grabstein, als wäre es das Gesicht meines Liebsten.

»Frohe Weihnachten, Christian.«

Dann steige ich in mein Auto und fahre so schnell ich kann zu Klaus' Wohnung.

Unterwegs bete ich: »Lieber Gott, ich weiß, es war nicht nett von mir, einfach aus der Kirche abzuhauen. Aber es handelt sich um einen Notfall! Mir ist gerade eben erst etwas sehr Wichtiges klar geworden. Bitte lass es noch nicht zu spät sein.«

Doch als ich bei seiner Wohnung eintreffe, ist alles dunkel.

»Zu wem wollet Sie denn?«, fragt die Nachbarin, die bemerkt hat, dass ich Sturm geklingelt habe.

»Zu Klaus Schindler«, antworte ich.

»Zum Klaus wollet Sie? Der isch nimmer do«, sagt sie.

»I glaub, der wollt zum Flughafe. Er hot meim Ma erzählt, dass er nach Teneriffa gehe will.«

Oh nein! Ich komme zu spät.

»Do hon i no denkt, wi ka mer denn a Weihnachte verreise? Also i tät des it.«

Enttäuscht lasse ich die Schultern hängen.

»Haben Sie vielleicht seine neue Adresse?«, frage ich.

»Nei, des hon i it. I mon, Teneriffa … des muas ja scho en Traum sei. Grad jetzt, wo es hier so kalt isch, gell? Aber entschuldiget Sie, i muas jetzt na meinem Rollschinkle gucken. Frohe Weihnachte.«

Die Tür ist zu und ich gehe traurig zu meinem Auto.

Was habe ich denn erwartet? Dass Klaus an Weihnachten alleine zu Hause sitzt und nur auf mich wartet?

Er war bei mir und wollte sich mit mir aussprechen! Und ich habe ihn in die Flucht geschlagen.

Soll ich vielleicht zum Flughafen fahren und ihn aufhalten? Aber zu welchem denn? Stuttgart, Zürich oder Friedrichshafen? Nein, das ist Blödsinn. Klaus ist sicher längst weg.

Er wollte mich beschützen und für mich da sein. Doch ich habe alles kaputt gemacht und ihn verloren!

Mit der Hand berühre ich die Kette mit dem Lebensbaum, die er mir vor Kurzem geschenkt hat.

Warum bemerke ich erst jetzt, wie glücklich ich mit ihm war? Jetzt, da es zu spät ist …

Was soll ich denn nun tun? In die Kirche brauche ich nicht mehr zurück, dort läuft doch schon das ganze Programm.

Am besten, ich fahre nach Hause. Ich werde noch einmal zu den Eisblumen gehen und dort meinen Tränen freien Lauf lassen.

Ich stelle den Mini in die Garage und gehe langsam durch den Schnee auf das Haus zu. Die anderen werden noch eine Weile in der Kirche sein und es ist mir ganz recht, dass ich noch ein wenig alleine sein kann.

Ich habe einen großen Fehler gemacht und das erkenne ich jetzt, da es zu spät ist. Manchmal treffen wir eine Entscheidung und stellen fest, dass es nicht die richtige war. Doch dann müssen wir damit leben, irgendwie.

Ich bin so in Gedanken versunken, dass ich erst, als ich auf den Hauseingang zutrete sehe, dass dort jemand steht.

»Hallo, du«, sagt der Mann mit der roten Mütze.

»Klaus! Was machst du denn hier?«, frage ich verwundert.

Am liebsten würde ich ihm um den Hals fallen. In meinem Bauch tanzen die Schmetterlinge wie verrückt. Mein Herz, das so lange eingefroren war, klopft stark und warm in meiner Brust.

»Was ich hier mache? Ich bin doch der Weihnachtsmann! Und der kommt pünktlich am Heiligabend. Schon vergessen, Maja?«, sagt Klaus und grinst.

»Aber ich dachte … dass du …«

»… dass ich …was?«

»Ich dachte, dass du auf Teneriffa bist«, sage ich.

Klaus zögert einen Moment und in diesem Moment liegt eine Ewigkeit. Millionen von Gedanken kreisen in meinem Kopf, vor allem dieser eine: Ich will nicht, dass er fortgeht!

Er ist derjenige, an den ich denke und dem ich nahe sein will, Tag und Nacht … derjenige, nach dem ich meine Hand ausstrecke, an dessen Schulter ich einschlafen will.

Er nimmt meine Hand und lächelt.

»Denkst du, ich würde weggehen, ohne mich von dir zu verabschieden?«, fragt er.

Ich atme tief ein und schließe die Augen.

Ich fühle, wie eine Schneeflocke direkt auf meiner Nase landet.

»Musst du denn weggehen, Klaus?« frage ich, noch immer mit geschlossenen Augen.

Klaus antwortet nicht. Er küsst die Schneeflocke von meiner Nase und nimmt mich endlich so fest in die Arme, als ob er mich nie mehr loslassen möchte.

Ich öffne die Augen und sehe in seinen Augen nichts als Liebe.

Um uns herum tanzen die Schneeflocken.

»Ohne dich gehe ich nirgendwohin. Frohe Weihnachten, Maja«, sagt Klaus.

ENDE